刺殺騎士團長

第一部｜意念顯現篇

村上春樹

その年の五月から翌年の初めにかけて、私は狭い谷間の入り口近くの、山の上に住んでいた。夏には谷の奥の方でひっきりなしに雨が降ったが、谷の外側はだいたい晴れていた……それは孤独で静謐な日々であるはずだった。騎士団長が顕(あらわ)れるまでは。

刺殺騎士團長

第一部
意念顯現篇

目錄

目錄

前言

今天，我從短暫的午睡醒來時，「沒有臉的男人」就在我眼前。他坐在我睡的沙發對面的椅子上，以沒有臉的一對虛構的眼睛，筆直注視著我。

男人個子高高，和上次穿著同樣的衣服。戴寬邊黑帽，遮住沒有臉的半邊臉，依然穿著那件深色長大衣。

「我來請你幫我畫肖像。」沒有臉的男人確定我完全清醒後這樣說。他聲音低沉，缺乏抑揚和溫潤。「你跟我約好這件事的，還記得嗎？」

「我記得。不過那時候因為找不到紙，所以無法畫。」我說。我聲音也同樣缺乏抑揚和溫潤。「交換的是，我給您企鵝護身符。」

「噢，那個我現在帶來了。」

他筆直伸出右手。他的手非常修長，手中握著塑膠企鵝。那是當護身符的手機吊飾。他把那放在玻璃咖啡桌上，發出微小的喀噹聲。

「這個還你，你可能需要它。這小企鵝應該會成為護身符，保護周圍重要的人。

不過交換這個，我希望你幫我畫肖像。」

我很困惑。「但您忽然這麼說，我還從來沒有為沒有臉的人畫過肖像。」

我喉嚨乾渴。

「我聽說你是個優秀的肖像畫家，而且任何事都有第一次。」沒有臉的男人說。說著笑了，我想應該是笑。那笑聲似的東西，從洞窟最深處傳來，彷彿空虛的風聲。

他脫掉遮住半邊臉的黑帽。該有臉的地方沒有臉，只有乳白色的霧像漩渦般慢慢轉著。

我站起來，從工作室拿了素描簿和軟鉛筆來。並在沙發坐下，準備動筆畫沒有臉的男人的肖像。卻不知該如何開始下手，該從什麼地方找到開頭。畢竟那裡所有的，只是空無而已。什麼都沒有到底該如何造形？而且包著那空無的乳白色霧，形狀又不停地繼續變著。

「最好快一點。」沒有臉的男人說。「我不能在這地方停留太久。」

心臟在胸腔裡發出乾乾的聲音。不太有時間了，必須趕快才行。但我握著鉛筆的手還停在半空中，怎麼也無法動彈。手腕前端簡直像麻痺了似的。正如他說的，我有必須保護的幾個人。而我能做的，說來只有畫畫。然而我卻無論如何都無法畫出「沒有臉的男人」的臉。我只能無奈地凝視那霧的飄動。「抱歉，時間到了。」稍後沒有臉的男人說。隨即從沒有臉的口中吐出一大口白色霧般的氣息。

「等一下，再一會兒就好——」

男人重新戴上黑帽，把半邊臉藏起來。「下次再來拜訪，那時候或許你也能畫出我的模樣了。等到那時來臨前，我先幫你保管這企鵝護身符。」

於是沒有臉的男人便失蹤了。就像霧突然被疾風吹散般，瞬間消失在空中。只剩下無人的椅子和玻璃桌而已。玻璃桌上並沒有企鵝的護身符。

那感覺就像只是一場短暫的夢。但我清楚知道那不是夢。如果是夢，我所活著的這整個世界本身，就該變成夢了。

或許有一天我終於能畫出無臉的肖像。就像某一個畫家能畫出〈刺殺騎士團長〉的畫那樣。但到那樣為止，我還需要時間。我必須爭取時間才行。

01 如果表面看來陰雲密佈

從那年五月到第二年年初，我住在那狹小山谷入口附近的山上。夏天山谷深處一直下著雨，但山谷外側卻大多晴天。那是因為西南風從海上吹來的關係。風帶來溼雲，吹進山谷，雲順著山的斜坡上升時，就會下雨。房子正好建在那山的稜線上，因此經常發生房子正面雖是晴天，後院卻下著大雨的情況。剛開始覺得很不可思議，不過習慣後反而覺得這是理所當然的事了。

周圍的山上低低覆蓋著片片雲朵。風一吹那些雲朵，便彷彿從過去誤闖而來的魂魄般，飄飄盪盪在山坡追尋著失去的記憶。有時看來像細雪般純白的雨，也會無聲地隨風起舞。因為經常吹著風，因此即使沒有冷氣機也幾乎可以舒適地度過夏季。

房子雖然小而舊，庭園卻很寬闊。若是放著不管，庭園綠色雜草便長得密密高高，貓一家大小就躲在裡面長住著，園丁一來除草，則移到別的地方去。住起來大概不舒服吧。帶著三隻小貓的條紋母貓。臉色凝重，瘦瘦的，活得很勉強的樣子。

房子蓋在山頂，走出朝西南的露台時，可以稍微看得見雜木林間有一小點海。像洗臉盆裡裝了水那樣程度的海。巨大太平洋的極小一丁點。根據認識的房地產業者的說法，即使是這麼一小點，看得見海和看不見海，土地價值就相當不同，不過以我來說，看得見海看不見海都無所謂。從遠處看來，那海的一角，只不過像色調黯沉的鉛塊而已。我無法理解，人們為什麼那麼想看海。我倒更喜歡眺望周圍山的模樣。山谷對面看得見的山，隨著不同季節，氣候變化，表情也會生動地改變。每天光是留心看著那變化，就百看不厭。

當時，我和妻子一度解除婚姻關係，雖然在正式離婚協議書上也簽名蓋章了，但後來由於種種原因，結果決定重新復合再結一次婚。

無論怎麼說，都很難了解，原因和結果的發展串聯就連當事人都無法適當掌握，那經過的情形如果要勉強以一句話來說，不外就是「破鏡重圓」這極通俗的說法了，不過在那兩次婚姻生活（也就是前期和後期）之間，有九個多月的時間，就像在陡峭的峽谷間挖出一條運河般，裂開深深的開口。

九個多月——以分離時間來說，自己也很難判斷，是長是短。事後回想起來，感覺既像接近永遠，相反的也覺得轉眼就過了。印象每天都在變。經常看見有人會在拍照時放一個香菸盒在被攝體旁，以便容易判斷實物的尺寸，我記憶的映像旁所放的香菸盒，似乎會隨當時的心情而任意伸長或縮短。我記憶框架的內側，事物和映像會不停變動一樣，或和那對抗似的，本該固定不變的尺，似乎也會變動。

雖然如此，我的記憶也不全然會那樣隨便移動、或任意伸縮。我的人生基本上是平穩而整合的，大體上是在合情合理的狀態下生活過來的。唯有這九個月左右，說來卻陷入實在無法說明的混亂狀態。那期間對我來說，在所有意義上都是例外的，不平常的期間。那時候的我，就像正在平靜的海上游泳時，突然被捲進一個莫名其妙的巨大漩渦裡的游泳者那樣。

可能也因為這樣，當我回想那時期所發生的事情時（沒錯，我一邊回憶幾年前所發生的一連串事情，一邊寫這文章），事情的輕重、遠近，和聯繫的情況往往搖擺不定，變得不確實，或稍不注意時理路順序就會快速替換。雖然如此，我想我還是會盡全力，在能力許可的範圍內有系統地合理說下去。雖然結果可能白費力氣，但我想我會拚命抓緊自己所擬的假設的尺。就像無力的游泳者緊緊抓住偶然漂過來的木頭那樣。

我搬到那棟房子後所做的第一件事，就是買一輛便宜的中古車。以前開的車，稍早以前壞了，當廢車處理掉，因此有必要重新買一輛新車。在地方都市，尤其在山上一人獨居的情況下，日常購物車子便成為必需品。我到小田原市郊的Toyota中古車中心去，找到非常便宜的Corolla休旅車。推銷員說車子是淺灰藍的，但我看來色調卻像憔悴的病人臉色。里程數才三萬六千公里，但過去有車禍紀錄因此大幅降價。試開一下，煞車和輪胎似乎沒問題。可能並沒有頻繁跑高速公路，這樣就行了。

租房子給我的雨田政彥，是我美術大學時的同班同學。他雖然比我大兩歲，但對我來說，卻是少數意氣投合的朋友之一，大學畢業後也常碰面。他畢業後放棄作畫，到廣告公司上班，從事美術設計。他知道我跟妻子分開，一個人離家出走，暫時沒地方可去，正好他父親擁有一棟空屋，就問我要不要以看家形式住看看。他父親雨田具彥是一位著名的日本畫家，在小田原郊外山中擁有一棟畫室兼住宅，夫人過世後的十年左右，就一個人繼續在那裡過著輕鬆的獨居生活。但最近發現老人痴呆症情況加重，於是住進伊豆高原的高級養護中心，幾個月前那棟房子就成為空屋。

「畢竟孤零零蓋在山頂，實在不能說是方便的地方，不過可以保證百分之百安靜。要畫畫是最理想不過的環境。完全沒有讓人分心的東西。」雨田說。

房租幾乎只是象徵性的。

「房子沒人住會荒廢掉，也擔心被闖空門或發生火災。有人願意來住，我這邊也可以安心。不過如果完全免費，恐怕你也會住得不安。但相對如果這邊有需要，或許在簡單告知後會請你搬出去。」

這點我沒異議。本來我的東西就只有小型車後車廂就能裝完的程度。只要一叫我搬，第二天就能搬走。

我到那棟房子，是在五月連休假期過後。房子是可以稱為小木屋的雅致西式平房，一個人住是足夠寬敞了。在略高的小山上，四周雜木林圍繞，正確說來，連雨田自己都不太清楚地界在什麼地方。庭園裡長著高大的松樹，粗壯的枝幹往四面伸展。幾處安置有庭石，石燈籠旁並種有挺拔的芭蕉樹。

就像雨田說的，安靜確實安靜沒錯。不過現在回想起來，實在不能說完全沒有讓人分心的東西。

在和妻子分手，住到這山谷的八個月裡，我和兩個女人有過肉體關係。兩個都是有夫之婦。一個比我小，一個比我大。兩個都是我教畫的繪畫教室的學生。

我找到機會，向她們開口邀約（平常的情況不會這樣做。我的個性很內向，本來就不習慣這種事），她們沒有拒絕我的邀約。不知為什麼，不過對那時候的我來說，覺得要引誘她們上床似乎很容易，也很合理。誘惑自己所教的對象，幾乎沒感覺愧疚。和她們擁有肉體關係，感覺就像在路上向偶然遇到的人問時間般自然的事。

第一次發生關係，是和二十多歲後半高個子大眼睛的女人。乳房小、腰細、額頭寬，頭髮直溜溜的很美，相對於身材比例，耳朵算大。一般說來可能不算美女，但以畫家來看，她的相貌具有特徵，相當耐人尋味，會引起想畫畫看的興趣（實際上我就是畫家，也畫過幾次她的素描）。沒有小孩，丈夫是私立高中的歷史老師，在家會打老婆。似乎在學校無法使用暴力，於是回家後才發洩累積的鬱悶。不過他會巧妙避開臉部，當她脫下衣服時，才會知道身上到處是瘀青和傷痕。她不喜歡那被看到，因此在脫衣擁抱時，總把房間的燈完全關掉。

她對做愛幾乎不感興趣。性器總是不夠濕潤，插入時會說痛。即使花時間耐心做前戲，或擦潤滑劑也無效。激烈的疼痛仍難消除，有時會因痛而大聲叫。

不過她依然想跟我做愛。至少不討厭。為什麼？或許她渴望疼痛，或許她追求的是快感的無，或許她在追求某種形式的受罰。因為人在自己的人生中其實會追求各種東西。不過她在這裡不追求的東西只有一個，那就是親密性。

她不喜歡來我家或我去她家，因此我們經常由我開車，到稍微偏遠的海邊約會用賓館去，在那裡做愛。我們會先約在家庭式餐廳的大停車場碰頭，大約下午一點過後進入賓館，三點前出來。這時她都會戴著大太陽眼鏡，無論陰天或雨天都一樣。不過有一次她沒在約好的地方出現，也沒再到教室露臉。那是和她短暫的，幾乎沒擦出火花的交往結局。和她有性接觸，我想總共四、五次。

其次另外一位有關係的有夫之婦，則過著幸福的家庭生活，至少看來是過著沒什麼不滿的家庭生活。當時四十一歲（我記得是這樣）比我大五歲左右。個子小容貌端莊，經常穿著很有品味的服裝。每隔一天會到健身房去做瑜伽，因此腹部完全沒有贅肉。然後開一輛紅色MINI Cooper，剛買的新車，在晴朗的日子遠遠就可以看見閃閃發亮。有兩個女兒，都在湘南地區上昂貴的私立學校。她自己也是那所學校畢業的。丈夫自己開一家公司，什麼樣的公司我沒問（當然也沒特別想知道）。

我不知道她為什麼沒有乾脆拒絕我厚臉皮的性邀約。或許那時期的我，身上帶有特殊磁性般的東西。把她的精神（可以說）當作單純的鐵片吸引過來。或許和精神或磁性都完全無關，只是她正在向外尋求純肉體性刺激，而我可能「碰巧是近在身邊的男人」而已。

不管怎麼樣，當時的我，無論對方需求什麼，我都能非常自然而毫不遲疑地送上。剛開始，她看來似乎極自然地享受著和我的那種關係。以肉體領域來說（其他也不太有可說的領域），我和她的關係進行得極順利。我們對那樣的行為，很坦然，不帶雜念地做，那不帶雜念幾乎達到抽象的層次。我中途想到這點，稍微有點吃驚。

不過中途可能又恢復理智了吧。一個光線幽微的初冬早晨，她打電話到我家，以朗讀文章般的聲音說：「我想我們以後，最好不要再見面了。因為就算見面也沒有未來。」意思大約這樣。

確實正如她說的。事實上，別說未來，我們幾乎連眼前都看不到立足點。

上美術大學那個時代，我大多在畫抽象畫。雖然同樣說是抽象畫，但範圍卻很廣，我也不太知道該如何說明那形式和內容，但總之是「把不是具象的印象，不拘泥地自由描繪出來的畫」。在美展上曾經得過幾次小獎，美術雜誌登過幾次。也有少數老師和朋友讚美過我的畫，鼓勵過我。就算還不至於寄望我未來會有什麼成就，至少認為多少有一點當畫家的才能。不過我所畫的油畫，多半需要使用大幅畫布，和大量油畫顏料，當然製作費也高。而且不用說，會購買無名畫家大號抽象油畫，掛在自家牆上的奇特人物，出現的可能性幾乎接近零。

當然因為光靠畫自己喜歡的畫活不下去，因此大學畢業後為了餬口，便開始接受委託為人畫肖像。也就是盡量把公司的董事長、學會的大人物、議會議員、地方仕紳之類，可以稱為「社會支柱」（柱子粗細多少有別）的人物模樣，盡量具象地畫出來。在這裡需要的是寫實而沉著穩重的風格。為了可以掛在客廳或董事長室牆上的實用性繪畫。換句話說是把和我以畫家身分所追求的個人目標完全相反的畫，當成工作不得不畫。即使補上一句不得不畫，但那絕對也無法讓藝術家引以為榮。

四谷有一家專門接受肖像畫委託的小公司。經由美術大學老師的私人介紹，我成為那裡的特約畫家。雖然沒有固定薪水，但畫的數量達到一定程度時，可以獲得一個年輕男人能活下去的收入。我在西武國分寺線沿線租了一間狹小的公寓，一天盡量吃三餐，有時還會買便宜的葡萄酒，偶爾也和女朋友一起去看個電影，過著這種程度的儉約生活。固定一段時期集中完成肖像畫的工作，存夠了某種程度的生活費後，接下來則接連畫自己想畫的畫，這種生活繼續了幾年。當然對當時的我來說，畫肖像畫，只是為了生活一時的方便而已，並不打算永久持續。

只是如果純粹當成勞動來看，畫所謂肖像畫是相當輕鬆的工作。大學時代我曾經在搬家公司打過工，也做過便利商店的店員。跟那些比起來，畫肖像畫的負擔，無論肉體上或精神上都輕得多。一旦抓住要領，接下來只要反覆做相同的作業程序。完成一張肖像畫不需要多長時間，和操作自動駕駛的飛機沒什麼兩樣。

但在繼續輕鬆地做著那樣的工作大約一年之後，才知道我所畫的肖像畫似乎出乎意料之外的受到好評。據說顧客的滿意度也無可挑剔。如果肖像畫的成果，經常被顧客抱怨的話，當然工作就不太會進來，或者會明確中止特約關係。相反地如果評價好，工作自然會增加，每一件的報酬也多少會提升。肖像畫的世界算是相當嚴格的職業領域。不過明明還算新人，我這邊的工作卻接二連三地進來，報酬也適度提升。負責人對我作品的成績也感到佩服，委託人之中還有人讚美「這畫有特別的筆觸」。

我所畫的肖像畫為什麼能獲得那麼高的評價，我自己也想不通。我並沒有投入多少熱情，只是把對方交付的工作一件又一件做完而已。老實說，到目前為止自己到底畫了什麼樣的人，現在我連一個人的臉都想不起來。雖然如此我總是有志當畫家的人，一旦握起畫筆站在畫布前，不管是哪一種畫，都不會畫出完全沒價值的作品。如果那樣做，不僅會玷汙自己作畫的心，同時也會貶低自己有志從事的職業。就算無法畫出令自己自豪的作品，至少會留意別畫出會讓自己感覺羞恥的畫，這或許可以稱為職業道德吧。就算那對我來說只是「不得不做」的事而已。

另外一點，我在畫肖像畫時，從一開始就一直貫徹自己的做法。首先第一，我不以實際的人當模特兒作畫。接受委託後，開始會和委託人（被畫肖像的人）面談。請對方給我一小時左右，兩個人單獨對談。只是談話而已，沒有做素描之類的。我會提出各種問題，由對方回答。聽他們說，什麼時候在哪裡出生，在什麼樣的家庭長大，度過什麼樣的少年時代，上什麼樣的學校，做什麼樣的工作，有什麼樣的家庭，是如何到達現在的地位的。也談到日常生活和興趣，大多的人會主動談到自己，而且是相當熱心地談（可能因為沒有其他人會想聽那些）。約定一小時的面談，有時會變成兩小時、三小時。然後我會借用有他們本人的五、六張照片。在日常生活中自然拍攝的普通照片。然後看情形（不是每次）也會用自己的小型相機，請他們讓我從幾個角度拍幾張臉部相片，這樣就行了。

很多人擔心地問我「不需要擺姿勢，安靜坐著不動嗎？」每個人下決心讓人畫肖像時，都會覺悟可能遇到這種情況。畫家——現在該不會還戴著貝雷帽吧——可能一臉嚴肅地手拿畫筆面對畫布，模特兒則一直安靜端坐在他前面，身體不能亂動。想像著這種電影上經常看到的情景。

「您想要這樣嗎？」我反問。「當畫畫的模特兒，對不習慣的人其實是一件相當辛苦的勞動。必須長時間保持一個姿勢不動，很無聊，會腰痠背痛，如果您希望這樣，當然歡迎。」

當然，百分之九十九的委託人不希望這樣。他們幾乎都是正值事業巔峰的大忙人，或退休的高齡長者。如果可能都希望免除無意義的苦行。

「只要這樣見面跟您談話就夠了。」我這樣說，讓對方安心。「要親自來當模特兒也好，不來也好，作品的成果完全沒有兩樣。如果不滿意，我負責幫您重畫。」

大約兩星期後肖像畫就畫好了（顏料要完全乾需要幾個月）。我需要的與其說是眼前的本人，不如說是那新鮮的記憶（本人在場有時反而妨礙作畫）；立體氛圍的記憶，只要依樣把那轉換成畫面就行了。我似乎天生就具備這種豐富的視覺記憶能力，而且這種能力——或許可以稱為特殊技能——對於身為職業肖像畫家的我來說，已成為相當有效的武器。

在那樣的作業中有一件很重要的事，就是我對委託人需要有少許親愛的感情。因此我在一小時左右的初次面談中，便努力在客人身上盡量多找出一些自己會有同感的要素。當然其中也有讓人實在找不出這種東西的人。也有叫你今後要一直和他交往下去，便會讓你想逃的對象。不過如果只是在限定場所保持臨時關係的「訪客」的話，要在委託人身上找到一兩個可愛的資質，並不太難。只要往更深處探視，任何人心中一定會有閃閃發亮的東西。要好好找出來，如果表面看來陰雲密佈（可能陰雲的情況較多），就用布把陰霾擦拭去除。因為那種心情會自然從作品中滲出。

就這樣我在不知不覺間，已經成為專門畫肖像的畫家。在這特殊的狹小圈子裡也開始小有名氣了。我趁著結婚的機會，和那家四谷的公司解除特約關係，自己獨立，透過專營繪畫的經紀公司，以比較有利的條件接受肖像畫的委託。負責人比我大十歲左右，是個能幹而熱心的人。就是他鼓勵我獨立出來，積極投入更重要的工作的。從此以後，我畫了許多肖像畫（很多是財經界和政界的人物。在他們的領域據說都是名人，但我幾乎全不知道任何人的名字），開始獲得不錯的收入，但並非在那個領域已經成為「名家」。肖像畫的世界和所謂「藝術繪畫」的世界結構完全不同，和攝影的世界也不同。有不少專門拍攝人物肖像的攝影師博得世間的好評，名聲廣為人知，但肖像畫家卻不會有這種事。畫出的作品也極少流出外面的世界。既不會登在美術雜誌上，也不會掛在畫廊展出。只會掛在某家的客廳牆上，然後就蒙上灰塵被遺忘而已。就算偶爾有人仔細觀看那幅畫（可能是閒得無聊），也絕不會去詢問畫家的名字。

有時會感覺自己就像繪畫界的高級妓女似的。我驅使技術，盡可能有良心地，按照既定程序沒有疏漏地完成工作，並能滿足顧客的需求。我具備那樣的才能，雖然是高度職業性的，但並非只是機械性的完成順序而已，也會適度用心帶著感情。雖然費用並不便宜，但顧客毫無怨言地支付。因為我的對象本來就是那些不在乎金額的人，而且隨著我的手藝口碑自然傳開，因此來訪者絡繹不絕。預約名簿經常客滿，但我自己這邊卻看不到慾望這東西。絲毫沒有。

既不是我自己希望成為那種類型的畫家，我也沒有成為那種類型的人。我只是順著各種事情的發展，不知不覺之間已停止為自己而畫。結婚後，不得不考慮到生活的安定，也成為那契機之一。但不只那樣，我想實際上在那之前，我已經對「為自己而畫」這件事，不再感覺慾望那麼強了，或許我只是把結婚當藉口而已。我的年齡已經不再年輕，我心中似乎正逐漸喪失某種東西——胸中燃燒的火般的東西。我已經逐漸忘記以那熱度溫暖身體的感觸了。

對於這樣的自己，我已經看破，該在什麼地方做個切割才行。該採取什麼手段呢？但我還繼續拖延，然而妻子那邊卻比我先看透了。我當時三十六歲。

02 大家可能都會到月球去

「非常抱歉，但我已經無法再跟你一起生活下去了。」妻子突然以平靜的語調說出這樣的話，然後就一直保持沉默。

實在太突然了，那是出乎我意料之外的通知。她突然這樣一說，我不知該如何開口，只能等她繼續。雖然不覺得會有什麼好話，但當時除了等下去之外我也無法做什麼。

我們隔著廚房的桌子坐著。三月中旬的星期天下午，下個月中旬即將迎接我們第六次的結婚紀念日。那天從早上開始就一直下著冷雨。聽到她那通知，我首先採取的行動是把臉轉向窗外，確認雨的情況。安靜而平穩的雨，幾乎也沒有風。雖然如此我肌膚依然感到傳來陣陣冰冷寒意的雨，那寒意告訴我春天還很遙遠。雨霧深處看得見橘紅色迷濛的東京鐵塔。天空沒有一隻飛鳥，鳥兒們大概都乖乖躲在哪個屋簷下避雨了吧。

「你不問理由嗎？」她說。

我輕輕搖搖頭。既不是Yes也不是No。說什麼？怎麼說？完全一片空白，因此只反射性地搖頭而已。

她穿著寬領口，紫藤色的薄毛衣。白色襯衣的柔軟肩帶，露在隆起的鎖骨旁。看來就像用在西餐中，特殊的義大利麵似的。

「我有一個問題。」我一邊視而不見地看著那肩帶，終於這樣說。我的聲音僵硬，顯然缺乏溫潤和展望。

「只要我能回答的話。」

「這個，是我有責任的事嗎？」

她認真地思考這個問題。然後，才像長久潛伏在水中的人那樣，把臉露出水面，慢慢地吸一口大氣。

「我想直接的是沒有。」

「直接的是沒有？」

「我想沒有。」

我試著揣測她話中的微妙音調。就像把蛋放在掌心衡量重量一般。

「也就是說間接的是有的意思？」

她沒回答這個問題。

「幾天前，將近黎明時分我做了一個夢。」她轉而這樣說。「分不清現實和夢的界線的活生生的夢。然後醒來時，我這樣想。或者說，很清楚地確信。我已經無法再跟你一起生活下去了。」

「什麼樣的夢？」

她搖搖頭。「抱歉，那內容在這裡我沒辦法說。」

「因為夢是私人所有的東西？」

「也許。」
「在那夢中我有出現嗎？」我問。
「沒有，你沒出現在那夢中。所以在這個意義上，你沒有直接的責任。」
為了慎重起見我整理了一下她的發言。不知道該說什麼才好時，先整理對方的發言，似乎是我的老毛病（不用說，這往往會惹對方生氣）。
「換句話說，妳在幾天前做了一個非常清楚的夢。然後醒來時，就確信無法再跟我一起生活下去了。但無法告訴我那個夢的內容，因為夢是個人的東西。是這樣嗎？」
她點頭。「嗯，就是這樣。」
「可是，這樣不能說明什麼啊。」
她把雙手放在桌上，俯視著眼前咖啡杯的內側。彷彿裡面正浮現神籤來，她正在讀著那上面所寫的句子似的。從她的眼神看來，似乎是相當象徵性、多義性的文章。
夢對妻子來說，向來擁有重大意義。她往往會根據夢來決定行動、變更判斷。不過無論多麼重視夢，總不能因為做了一個活生生的夢，就把六年婚姻生活的重量完全歸零。
「夢當然只是一個扳機而已。」她好像讀出我的心似地說。「只是由於做了那個夢，很多事情就重新釐清了而已。」
「扳機一扣子彈就會飛出來。」
「什麼意思？」
「對槍來說，扳機是重大的要素，只是一個扳機而已的說法，我覺得好像不太恰當。」

她什麼也沒說，只一直注視著我的臉。好像不太了解我想說什麼。我自己其實也不太明白。

「妳正在跟誰交往嗎？」我問。

她點頭。

「而且跟那個人睡？」

「對，不過我覺得非常抱歉。」

或許我該問，跟誰，從什麼時候開始的？不過我並不想知道那些，也不願意去想那些事，因此我再度把眼光轉向窗外，眺望雨繼續下著的模樣。為什麼一直沒注意到這種事呢？

她說：「不過那只是很多事情中的一件而已。」

我轉頭看看屋裡。本來應該是長久看慣的房屋，但對我來說卻已經變成陌生的異鄉風景了。

只是一件而已？

只是一件而已的話，到底是怎麼回事呢？我認真思考。她除了我以外，還跟別的某個男人做愛。不過那只是各種事情中的一件而已。其他到底還有什麼樣的事呢？

妻說：「過幾天我會到別的地方去，你什麼都不必做。因為我必須負責，當然由我出去。」

「從這裡出去之後要去哪裡已經決定了嗎？」

她沒回答，不過要去哪裡好像心裡有數的樣子。可能事先已經準備好各種事情，才說出來的。想到這裡，我彷彿像在黑暗中一腳踩空似的，被一股強烈的無力感所襲。在我所不知道的地方事情著實地在進展著。

妻說：「我會盡快進行離婚手續，所以可能的話希望你能配合。抱歉，我好像說得太自私了。」

我停止眺望雨，轉頭看她的臉。然後重新想到，六年之間即使在同一個屋簷下生活，我對這個女人的事幾乎什麼也不了解。就像人每天晚上抬頭眺望天空的月亮，但對月亮的事也毫無所知一樣。

「我只想拜託妳一件事。」我提出。「只要答應這個，其他都隨便妳。離婚協議書我也會默默蓋章。」

「什麼樣的事？」

「我要離開這裡。而且在今天之內。希望妳留下來。」

「今天之內？」她驚訝地說。

「畢竟，不是越快越好嗎？」

她稍微想一想，然後說：「如果你希望這樣的話。」

「這是我的希望，其他沒什麼了。」

那真的是我實在的心情。在這樣淒慘的如殘骸般的場所，三月冷冷的雨天裡，只要不必一個人被留下來，要我做什麼都沒關係。

「車子我要開走，可以嗎？」

倒也不用問。結婚前我朋友接近免費轉讓給我的，手排舊車，已經跑超過十萬公里。

而且反正她也沒有駕照。

「畫具、衣服，和必要的東西我以後再來拿。沒關係吧？」

「沒關係，不過你說的以後，大概是多久以後？」

「這就不知道了。」我說。我沒有餘裕想到多久以後的事，連腳下的地面都已經沒剩多少了。現在站在這裡，幾乎已經竭盡力氣了。

「我在這裡可能也待不久。」她很難開口地說。

「大家可能都會到月球去。」我說。

她好像沒聽清楚似的。「你剛剛，說什麼？」

「沒什麼，不重要。」

那天晚上七點以前，我把身邊的日用品塞進大塑膠健身包，放進紅色Peugeot 205掀背車的後車廂。只帶了換洗衣服、盥洗用具、幾本書和日記。登山時經常攜帶的簡單露營用品。素描本和作畫用的成組鉛筆。此外完全想不到該帶什麼才好。沒關係，不夠的話隨處再買就是了。我揹著那背包走出房間時，她還坐在廚房的桌前，咖啡杯依然放在桌上。她以和剛才同樣的眼光注視著杯子裡。

「嘿，我也有一個希望。」她說。「就算這樣分手了，我們還繼續當朋友好嗎？」

她想說什麼，我不太明白。穿好鞋子，把背包揹上肩，一手放在大門把手上，我看了她一會兒。

「當朋友？」

她說：「我想如果可能的話，有時見個面聊聊天。」

我還是不太了解那意思。保持友誼？有時見個面聊聊天？見面聊什麼呢？簡直像要我猜謎似的。她到底想傳達什麼給我？她對我沒有什麼壞的感情，是這樣嗎？

「不曉得。」我說。找不到其他話可說，可能一直站在那裡思考一星期也找不到話說。於是就那樣打開門，走出外面。

離家時自己穿的是什麼樣的衣服，完全沒去想。就算在睡衣上披著浴袍就那麼出門，自己可能都不會發覺。事後在汽車餐廳的洗手間，站在全身鏡前才知道，我穿著工作用的毛衣、鮮豔的橘紅色羽絨衣、藍牛仔褲、工作靴。頭上戴著舊毛線帽，好些地方已經綻線的綠色圓領毛衣上，沾有白色顏料的斑痕。全身穿的東西裡只有牛仔褲是新的，那鮮明的藍色好招眼。整體上很雜亂的模樣，但並不覺得異樣。後悔的只有忘了帶上圍巾。

從大廈的地下停車場把車開出來時，三月的冷雨還繼續無聲地下著。Peugeot的雨刷發出老人沙啞的咳嗽般的聲音。

因為不知道該往何處去，於是暫時在都內的道路上漫無目標地，隨意開著。從西麻布十字路口經過外苑西通往青山，在青山三丁目右轉往赤坂，東轉西轉最後來到四谷。然後開進眼前看到的加油站，加滿了油。順便請他們代為檢查機油、胎壓，並添加擋風玻璃清洗液。往後可能開始長途駕駛。或許一直開到月球去也不一定。

用信用卡付過帳，再度上路。雨中的星期日夜晚，路上空空的。打開ＦＭ收音機，太多無聊的談話節目，人人聲音過分高亢。ＣＤ播放器裡有Sheryl Crow的首張專輯。我放了三曲之後，把開關關掉。

一不留神時，車子已跑在目白通上。花了一點時間才搞清楚是往哪個方向，然後明白是從早稻田往練馬方向前進。由於無法忍受沉默，於是又打開ＣＤ開關，聽了幾曲Sheryl Crow的歌，然後再關掉。沉默太安靜，音樂太吵。不過還是沉默稍微好一點。傳進我耳朵的，是雨刷塑膠老化所發出的沙啞刮水聲，和輪胎滾過濡濕的路面，不停發出的唰唰聲而已。

在那樣的沉默中，我想像妻子被某個男人擁在懷裡的光景。

有這種事，早就該知道，我想。怎麼會沒想到？我們已經有幾個月沒做愛了。我挑逗她，她都以各種理由拒絕。不，在那稍早之前，我就覺得她對做愛不太起勁。不過，我想或許也有這種時期吧。或許每天工作很忙太累了，身體情況也有關係，不過當然她和別的男人睡了。那是什麼時候開始的？我試著追溯記憶。可能是四個月或五個月前，大約是這樣。現在開始的四、五個月前，那就是十月或十一月了。

不過我完全想不起，去年十月或十一月有過什麼事。這麼說來，連昨天發生過什麼事，我幾乎都不記得了。

我一邊注意別疏忽了燈號變換，注意前車的煞車燈以免太靠近，一邊繼續尋思去年秋天發生過的事。專心思考得頭腦都發熱起來。我右手隨著交通的流量狀況無意識地切換排檔，左腳則配合踩離合器踏板。我沒有比這時候更慶幸自己開的是手排的車。除了思考妻子的外遇事件之外，我還必須要求自己手腳並用地熟練操作幾種物理性作業才行。

十月和十一月到底發生過什麼事？

秋天的黃昏。我想像在一張大床上，某個男人的手正在解開妻子衣服的光景。我想起她白色襯衣的肩帶，想起那下面粉紅色的乳頭。雖然我並不想去一一想像這些事情，然而思緒一旦開始動起來，就無論如何都無法切斷連結。我嘆一口氣，把車子開進一家汽車餐廳的停車場。打開駕駛座的車窗，胸部吸進一大口外面潮濕的空氣，花時間調整心臟的鼓動，然後下車。戴著毛線帽，沒撐傘便橫越過細雨中，走進店裡，然後在後面的座位坐下。

店內很空。女服務生走過來，我點了熱咖啡，和火腿起司三明治。然後邊喝著咖啡，邊閉上眼睛讓心情沉靜下來。努力想把妻子和別的男人擁抱的光景，從腦子裡驅逐出去。然而那種光景卻很難消失。

我到洗手間去用肥皂仔細地洗手，再度凝視映在洗臉台前鏡子裡自己的臉。眼睛比平常小，看得見發紅的血絲。就像由於飢餓而逐漸喪失生命力的森林動物那樣，憔悴而畏怯。我用毛巾手帕擦拭手和臉，然後用牆上的全身鏡檢查自己的模樣。鏡中映出的是，穿著沾染顏料寒酸毛衣的三十六歲疲憊男人。

我現在到底要去哪裡？看著自己的模樣，我一邊想。倒不如說，在那之前先自問我到底來到哪裡了？這裡到底是哪裡？不，在那更前面先問，我到底是誰？

一邊看著映在鏡子裡的自己，我想試著來畫自己的自畫像。如果要畫的話，到底要畫怎樣的自己？我對自己能夠懷有一絲一毫類似感情的東西嗎？我能從中發現什麼閃閃發光的東西嗎？就算一件也好。

在得不到結論之下我回到座位。喝完咖啡，女服務生走過來，為我續杯。我請她給我紙袋，把還沒碰的三明治放進去。我想過些時候應該會肚子餓，但現在什麼都不想吃。

離開汽車餐廳後，沿著道路繼續筆直前進，終於看見關越道入口的指標了。我想，就這樣上高速公路往北去吧。北邊有什麼並不知道。不過總覺得，往南走不如往北走比較好似的，我想去冷而清潔的地方。而且更重要的是，無論南北，離這地方越遠越好。

打開前方的手套箱，裡面有五、六張CD。其中一張是I Musici義大利室內樂團所演奏的孟德爾頌弦樂八重奏，一邊聽那音樂一邊開車兜風是妻子所喜歡的。兩組完整的弦樂四重奏這樣奇特的編制，卻能奏出旋律美妙的曲子。孟德爾頌才十六歲時就作出這首曲子，妻子這樣告訴我。真是神童。

你十六歲時在做什麼呢？

十六歲時，我好像迷上同班的女孩子，我想起當時的事情這樣說。

你跟她交往了嗎？

不，幾乎連說話都沒有。只從遠遠看著她而已，沒有勇氣向她開口啊。然後回到家畫出她的素描，畫了好幾張喔。

從以前就開始做同樣的事嘛，妻子笑著說。

是啊，我從以前開始大概都在做同樣的事。

是啊，我從以前開始大概都在做同樣的事。我在腦子裡重複當時自己所說的話。

我把 Sheryl Crow 的ＣＤ從播放匣取出，然後把ＭＪＱ現代爵士四重奏放進去。《金字塔》專輯。於是一邊聽著 Milt Jackson 舒服的藍調獨奏，一邊在高速公路上筆直朝北開。有時在休息站停留一下，解個手，喝幾杯熱黑咖啡。除此之外，幾乎整夜握著方向盤。一直開在行車道上，只有在超越慢速的卡車時，才開進超車道。奇怪並不睏，不睏得甚至覺得或許一輩子都不會再感覺睏了。不睏。於是我在黎明前，已經來到日本海。

到達新潟後，右轉沿著海岸北上，從山形縣進入秋田縣，從青森縣過海到北海道。不再使用高速公路，轉進一般道路悠閒地前進。在所有的意義上都是不急的旅行。到了晚上，看到便宜的商務旅館或簡易旅館就住進去，在狹小的床上躺下就睡。幸虧我無論在什麼樣的地方，什麼樣的床，大概立刻就能睡著。

第二天早晨，我在村上市附近打電話給經紀人，告訴他我想暫時無法接肖像畫的工作。雖然有幾件已經接的案子，但我目前的狀況實在無法工作。

「那就麻煩了。既然已經接受委託。」他聲音僵硬地說。

我道過歉。「不過沒辦法。麻煩你跟委託人好好說，就說因為發生車禍或什麼好嗎？除了我之外應該還有別的畫家吧。」

經紀人暫時沉默。我從來沒有拖延過交件期限。他也很清楚我的個性，對工作不是不負責任的人。

「因為有事，現在開始我想暫時離開東京。在這之間很抱歉，無法工作。」

「你說暫時，是多久？」

我無法回答這個問題。我關掉手機，隨便看到一條河，便把車子開到橋上停下，把那手機往窗外丟掉。很抱歉，只能請對方放棄，讓他以為我到月球去了。

在秋田市內我找了家銀行，從ＡＴＭ領出現金，確認帳戶的餘額。我的個人帳戶還剩下一些金額。信用卡的帳單也從這個帳戶扣。暫時還可以就這樣繼續旅行。平常每天並不需要花多少錢。只要有加油錢、餐費、商務旅館的住宿費，這種程度就夠了。

我在函館郊外的outlet大賣場買了簡單的營帳和睡袋。因為初春的北海道還相當冷，因此也買了防寒用的內衣。而且如果所到的地方附近有露營地的話，就在那裡搭帳棚睡。盡可能節省開銷。地上還有堅硬的殘雪，夜晚氣溫還會降低，但因為之前睡過商務旅館的狹窄房間，可以感覺到營帳內清清爽爽的好自由。營帳下有堅硬的大地，營帳上有無垠的天空。天空有無數星光閃爍，其他什麼都沒有。

接下來的三星期，我開著Peugeot在北海道各地漫無目的地轉。四月來了，但那年的雪溶解得稍微慢一點。雖然如此天空的顏色還是眼看著在變，植物的花苞開始漸漸膨脹起來。只要有小溫泉地就在那裡的旅館住下，悠哉地泡溫泉、洗頭髮、刮鬍子、吃個稍微像樣的餐。即使如此一站上體重機時，體重還是比在東京時掉了五公斤左右。

既沒讀報紙，也沒看電視。汽車音響的收音機到北海道之後情況變壞，最後什麼都聽不見。完全不知道世間到底發生了什麼事，也不怎麼想知道。有一次在苫小牧走進一家自助洗衣店，把髒衣服一起放進去洗。在等候洗衣的時間，到附近的理髮店去剪頭髮，順便刮鬍子。當時理髮店的電視正在播出ＮＨＫ的新聞節目，好久沒看了。不如說，就算閉著眼睛，也會聽到主播的聲音。不過那所傳達的一連串新聞，從頭到尾都跟我沒有任何關係，感覺好像是其他星球所發生的事似的，或者也像是誰隨便捏造的事情。

我唯一感覺到和自己有一點關係的，是北海道山中，一個獨自採香菇的七十三歲老人被熊襲擊而死的新聞。主播說，從冬眠醒來的熊，肚子很餓，激動起來特別危險。我興致來的時候會一個人走進森林去散步，因此對我來說就算被熊襲擊也不奇怪。只不過這次被襲擊的碰巧不是我，碰巧是那位老人。不過聽著那新聞時，對那位被熊殘殺的老人卻不知怎麼沒有湧出同情心。也無法對那位老人所經歷的痛苦、恐懼或震驚產生體恤的感覺，我反而覺得更同情那隻熊。不，我想不能說同情，那或許更接近同謀意識。

我有問題，我一邊注視著鏡子裡的自己一邊想，也想小聲說出來。我的頭腦好像變得有點怪怪的。這樣最好不要接近任何人，至少暫時這樣。

四月逐漸進入尾聲時，我對寒冷感覺有點膩了。因此離開北海道，回到內地。然後從青森到岩手，從岩手到宮城，沿著太平洋海岸線前進。隨著越往南下，季節逐漸顯出真正春天的模樣。在那之間我還繼續想著妻子的事。想著妻子，以及現在可能在某個地方的床上抱著她的無名的手的事。雖然我不想去想這種事，卻想不到其他任何一件可想的事。

我第一次遇見妻，是將近三十歲時。她比我小三歲。在四谷三丁目一家小建築師事務所上班，擁有二級建築師執照，是我當時交往的女朋友的高中同學。長直髮，淡妝，容貌看起來可以說很溫和（後來才知道，其實個性並不像看起來那麼溫和）。我和女朋友約會時，在某個餐廳偶然遇到。經過介紹後，我幾乎當場就對她一見鍾情。

她的容貌並不特別出色。沒看到明顯的缺點，也不特別招眼。睫毛長長，鼻子細細，個子算小，長到肩胛骨一帶的頭髮修剪得很美（她很用心照顧頭髮）。豐滿的嘴唇接近右端有顆小痣，因表情的變化而會奇妙的移位。這種地方會微微給人性感的印象，不過那也只是「注意看才看得見」的程度。如果平常地看，反而是我當時交往的女朋友要漂亮多了。然而我只看了一眼，就突然像被雷打中了似的，心被她奪走了。為什麼呢？我花了幾個星期思考原因，但有一天我忽然想到了。她，讓我想起死去的妹妹，非常明顯。

兩個人外表並不像。如果把兩人的相片放在一起比較的話，人們或許會說「一點也不像」。因此我剛開始沒注意到這點。她讓我想起妹妹，不是因為具體的容貌像，而是她表情中的動態，尤其是眼神的閃動和光輝所給我的印象，真是相像到匪夷所思的程度。簡直像施了魔法或什麼，讓過去的時光在眼前甦醒過來一般。

妹妹也小我三歲，天生心臟瓣膜就有問題。小時候做過幾次手術，雖然手術本身是成功的，但留下難纏的後遺症。那後遺症連醫師都不知道是會自然痊癒，或是未來會引起致命的問題。結果妹妹在我十五歲時去世，才剛上初中。在短暫的人生中，妹妹持續不停地和那遺傳上的缺陷戰鬥，雖然如此她並沒有失去積極開朗的性格。在她的計畫中並沒有包含自己會死這件事。她天生聰明，學校成績向來優秀（是個比我好太多的孩子）。她意志堅強，決定的事總是堅持到底。兄妹間如有爭執——這種情況很少——最後都是我讓她。她最後身體變得很瘦，只有眼睛依然不變還水汪汪的，充滿生命力。

我被妻子吸引也正是因為她的眼睛，眼睛深處可以看到什麼。那一對眼珠，我從第一次見到時，心就強烈動搖了。話雖如此，我並沒有想到藉著得到她，來讓死去的妹妹復活。我也可以想像到，這種冀求終究是會失望的。我所追求的，或需要的，是那積極向上的意志的光輝。為了活下去所需的確實熱源般的東西。那對我來說，本來是熟悉的東西，同時可能也是我所缺乏的東西。

我順利地打聽到她的聯絡方式，約她出來。她當然猶豫了，因為再怎麼說，我都是她朋友的男朋友。但我並不輕言放棄，我說只是想見個面聊聊而已。只要見面聊天就行了，沒有其他任何要求。我們在安靜的餐廳用餐，隔著餐桌談了各種事情。剛開始對話還戰戰兢兢的有點尷尬，但漸漸變得活潑生動起來。我想知道很多關於她的事，不愁沒有話題。原來她的生日，竟然和妹妹的生日只差三天而已。

「我可以畫妳的素描嗎？」我問。

「現在，在這裡嗎？」她說著看看周圍一圈。我們正在餐廳的餐桌，剛點過甜點。

「甜點送來之前就可以完成。」我說。

「那樣，可以呀。」她半信半疑地說。

我從背包拿出隨身攜帶的小型素描本，用2B鉛筆快速畫出她的臉。而且依照約定在甜點送來之前畫完，重要的部分當然是她的眼睛。我最想畫的也是那眼睛，那眼睛深處隱藏著超越時間的深遠世界。

我把那素描讓她看，她好像滿喜歡那畫的樣子。

「非常生動。」

「因為妳自己很生動啊。」我說。

她好像很佩服似地，盯著那素描很久。就像正在看著自己所不認識的自己那樣。

「如果喜歡，就送給妳。」

「真的可以嗎？」她說。

「當然，只不過是速寫而已。」

「謝謝。」

然後我們約會過幾次，結果就變成男女朋友關係了，發展得非常自然。不過我的女朋友，因為我竟然被她的好朋友搶走了，似乎深受打擊。我想她可能想像未來將會跟我結婚的，因此生氣也是當然的（無論如何，我可能都不會跟她結婚）。而且妻子當時也有交往的男友，那邊也沒有那麼容易談定。另外還有幾個障礙，過半年，我們結婚了。舉辦了只有幾個朋友參加的小型喜宴，定居在廣尾的一棟公寓。她叔父擁有那棟公寓，以比較便宜的租金租給我們。我把較小的房間當畫室，在那裡正式繼續畫肖像。那對我來說已經不再是臨時性的工作，因為結婚生活需要穩定的收入，而除了畫肖像畫之外，我沒有獲得其他收入的方法。妻子從那裡搭地下鐵到四谷三丁目的建築事務所上班。於是當然日常的家事就落在留在家裡的我身上了，不過那對我來說一點也不辛苦。我本來就不討厭做家事，而且也可以當成畫畫工作的調劑。至少比每天到公司上班面對辦公桌，不如在家做家事要愉快多了。

剛開始幾年的結婚生活，我想對彼此應該都算是安穩而滿足的。不久日常生活便開始有了舒服的節奏，我們身在其中自然地安定下來。周末或假日我也會停下畫筆，兩個人到處出遊。有時去看美術展，有時到郊外去爬山。有時只在都內漫無目的地繞圈子，一起親密地聊天，互相交換著談彼此的情況，對兩個人都成為重要的習慣。各自身邊發生的事情大體上不會互相隱瞞，都誠實地交談，並互相交換意見，陳述各自的感想。

只是我這邊有一件事，沒有對她提起。那就是妻子的眼睛，讓我清楚憶起十二歲時死去妹妹的眼睛，那是我被她吸引的最大原因的這件事。如果她沒有那對眼睛，或許我就不會那麼熱心地去追求她了。不過我感覺到那件事不要說比較好，實際上到最後都從來沒提過。那是我對她所保有的唯一祕密，她對我又有什麼樣的祕密呢——大概有——我不知道。

妻子的名字叫柚子。做菜調味用的柚子。在床上擁抱時，我有時會開玩笑地叫她「酸橘」，在她耳根小聲耳語。她每次都會笑，不過也半帶生氣。

「不是酸橘，是柚子。很像，但不一樣。」她說。

事情到底是從什麼時候開始漸漸惡化的？握著車子的方向盤，從汽車餐廳往汽車餐廳，商務旅館往商務旅館，一邊繼續為移動而移動，我一邊想著這件事，但卻看不到事情的轉折點。我一直以為我們處得很好，當然就像世間所有夫妻那樣，實際上是會有幾件懸案，也會因此而引起口角。具體說來，我想要不要生小孩，對我們而言，是最大的懸案。不過在最後非決定不可的時期來臨之前，那暫時還有一段時間可以考慮。除了那個問題（還算可以暫緩的議題）之外，我們基本上是過著健全的婚姻生活，精神上肉體上都互相配合得很好。我到最後的最後，大體上都還這樣相信。

我為什麼能這麼樂觀？或者該說，為什麼會這麼愚蠢？我的視野中一定有某種與生俱來的盲點般的東西。我好像經常都會看漏什麼，而且那什麼經常是最重要的事情。

早晨，我目送妻子出門去上班後，到過午為止都專心作畫，用過中餐後就到附近散步，順便買菜，到了傍晚開始準備做晚餐。每周有兩三次，會到附近的健身俱樂部的泳池去游泳。妻子回家後便把菜做好端出來，並一起喝啤酒或葡萄酒。「今天加班，我會在公司附近隨便吃。」如果她有事先聯絡，我便一個人面對餐桌，簡單解決。我們六年的結婚生活，每天大致是這樣的重複，這樣我並沒有感到不滿。

建築事務所工作很忙，她經常加班。我一個人用餐的次數逐漸增加，有時將近午夜才回家。「最近工作量增加了。」妻子說明。有一個同事突然離職，自己不得不填上那空缺，她說。可是事務所不太會增加新人。每次夜歸的她，經常都筋疲力盡。淋浴過後立刻就睡了，因此做愛的次數減少了許多。偶爾工作做不完，假日也要去上班。她這樣的說明我當然照單全收，因為沒有任何必須懷疑的理由。

不過或許其實根本沒有加班。我獨自在家用餐之間，她可能正在某個旅館的床上，和新的戀人共度著兩人的親密時光。

妻的個性屬於外向的。雖然表面看起來很文靜，但頭腦轉得快，隨機應變能力強，某種程度需要社交的活動，而我卻無法提供那樣的場合。因此柚子有時會和親密的女性朋友出去用餐（她有很多朋友），下班後會和同事去喝酒（她酒力比我強）。柚子這樣採取個別行動自己行樂，我並沒有抱怨，或許反而鼓勵過她。

試想起來，我和妹妹的關係也很類似。我以前就不喜歡外出，從學校回家後經常躲在房間裡一個人讀書、或畫畫。比起我來，妹妹的個性比較外向而好動。因此我覺得日常生活中，我們兩人關心的事情和採取的行動好像不太一樣。不過我們彼此非常了解對方，互相尊重各自的特質。以那個年代的兄妹來說，我們或許算是少見的，經常會談各種話題。二樓有曬衣露台，我們會不分夏冬地上去那裡，兩個人聊個不停。我們特別喜歡談一些奇怪的事情，兩人交換所知。提到滑稽的事情，經常笑翻了。

並不是說因此就怎樣，不過我自己對於和妻子的那種關係，可以說完全放心。我對自己在結婚生活中所扮演的角色——言語不多的輔助伴侶的角色——當成是自然的，理所當然的。不過柚子或許不這麼想。對她來說，和我的結婚生活可能有某種不滿的地方。因為妻子和妹妹是完全不同的人格，不同的存在。而且不用說，因為我已經不再是個十幾歲的少年了。

月份進入五月之後，一天又一天持續不斷地開車，我真的也開始累了。一邊握著方向盤，一邊沒完沒了地想著同樣的事情，也膩了。疑問翻來覆去還是一樣，而答案依舊還是零。因為一直坐在駕駛座，腰也開始痛了起來。Peugeot 205 本來是大眾車，座椅的品質不太優良，懸吊系統顯然也已疲乏。而且因為長期注視著道路的反光，覺得眼睛深處似乎開始慢性疼痛起來。試想起來我已經超過一個半月幾乎沒有休息，好像被什麼追趕著似的，持續忙著趕路。

在宮城縣和岩手縣的縣界附近的山中，發現了一處鄉野療癒小溫泉，我決定在那裡暫時停下來。那是個在溪谷深處的無名溫泉，有供當地人為了療養而長期逗留的旅館。價錢便宜，有共同廚房，也可以簡單地自炊。我在那裡盡情地泡溫泉，盡情地睡個飽。讓開車的疲勞消除，躺在榻榻米上看書。書也讀膩之後，從包包裡拿出素描簿來畫畫。好久沒有心情畫畫了。剛開始先畫庭園的花和樹，然後畫旅館院子裡所養的兔子。雖然是簡單的鉛筆素描，但大家看了都非常佩服。然後再應周圍人的要求畫起他們的臉。同樣住宿的客人，旅館工作的員工，他們只不過是在我眼前通過的人，可能是再也不會遇到的人。而且如果他們提出要求，就把畫好的肖像畫送給本人。

我想差不多該回東京了。一直繼續這樣下去，恐怕哪裡也到不了。而且我也想再畫畫了，不是受託畫的肖像畫，也不是簡單的素描，而是認真靜下來去畫停筆好久的，自己想畫的畫。不知能否順利，總之只能試著踏出第一步。

我打算就那樣開著 Peugeot 縱貫東北地方，回到東京，然而在國道六號線的磐城市之前車子壽命終於告終。燃料管產生裂縫，引擎完全不動了。一直幾乎沒做什麼保養，因此會變成這樣也沒得抱怨。唯一幸運的是，車子拋錨的地方，剛好在有親切修車師傅的汽車保養場附近。這裡很難取得舊型Peugeot汽車的零件，要調貨又花時間。就算修理好了，其他部分可能很快又會出問題，那位修車師傅說。風扇皮帶已經很危險，煞車片也磨損得很厲害。懸吊裝置也鬆動了。

「我不騙你，不如讓它就這樣安樂死比較好。」要和一個半月來陪我在路上生活，儀表顯示里程數將近十二萬公里的Peugeot告別不禁感到寂寞，但也不得不留下車子。我想，它是代替我斷了氣的。我把營帳、睡袋和露營用品送給那位修車師傅，為了感謝他為我處理車子的善後。最後畫下那輛Peugeot 205素描後，我揹起一個背包，搭上常磐線回東京。然後從車站打電話給雨田政彥，簡單說明現在所處的情況。婚姻生活不順利，暫時出去旅行，剛剛回到東京。暫時沒地方可回。有沒有地方可以讓我住的，我問。

正好有一棟好房子，他說。我父親一直獨居的房子，但父親已住進伊豆高原的養護中心，房子暫時空著。家具和生活必需品都齊全，因此不用準備什麼。地點偏僻有些不便，但電話還能用。如果可以的話，要不要暫時住那裡？

求之不得，我說。真是求之不得的事。

就這樣，我在新的地方，展開了新生活。

03 只不過是物理上的反射而已

我在小田原郊外山頂的新家定居下來，幾天之後跟妻子聯絡。一共打了五次電話，才跟她聯絡上。似乎公司的工作很忙，依然要很晚才回到家，或者和誰在外面見面。不過無論如何，那都與我無關了。

「嗨，你現在在哪裡？」柚子問我。

「我現在在小田原的雨田家住下來了。」我說。並簡單說明住進那房子的經過情形。

「我打了好幾次你的手機。」柚子說。

「我已經不帶手機了。」我說。我的手機現在說不定已經流到日本海了。「所以，我想最近過去搬一些身邊常用的東西，可以嗎？」

「這房子的鑰匙你還有吧？」

「還有啊。」我說。本來想過跟手機一起丟進河裡的，但想到或許會被要求退還，於是繼續帶著。

「不過妳不在的時候，我隨便進去沒關係嗎？」

「這裡也是你的家啊，當然沒關係。」她說。「不過這麼久，你到底在哪裡做什麼呢？」

一直在旅行，我說。一個人持續開車，在寒冷的地方到處繞，途中車子報銷了。我把經過情形簡短地告訴她。

「不過，總之你沒事吧？」

「我還活著啊。」我說。「死掉的是車子。」

柚子沉默了一下。然後說：「我上次，夢見你。」

我沒問，是什麼樣的夢。我並不想知道，在她的夢中出現的我怎麼樣。因此她也沒再提到那個夢。

「房子的鑰匙我會放在屋裡。」我說。

「我無所謂，你想怎麼樣就怎麼樣吧。」

離開的時候我會放在信箱裡，我說。

停頓一下。然後妻子說：

「嘿，你還記得第一次約會時，你畫了我的臉的素描嗎？」

「記得啊。」

「我常常拿出那張素描來看，畫得非常好。覺得好像在看真的自己一樣。」

「真的自己？」

「是啊。」

「可是每天早晨，不都會在鏡子裡看到自己的臉嗎？」

「跟那不一樣。」柚子說。「因為鏡子裡看得到的自己，只不過是物理上的反射而已。」

我掛上電話後走到洗臉台去，照照鏡子。裡面映出我的臉，好久沒有好好從正面看自己的臉了。她說，鏡子裡看得到的自己只不過是物理上的反射而已。但是映在那裡的我的臉，看起來好像是在什麼地方分枝的自己，假想的一枝而已。在這裡的，是我所沒有選的自己，那連物理性的反射都不是。

兩天後的中午過後，我開著Toyota Corolla到廣尾的大廈去，把自己身邊的東西整理好。那天也是從早就不停地下雨，我把車子停進大廈地下室的停車場時，就聞到每次雨天停車場總會有的氣味。

我搭電梯上樓，打開門鎖，幾乎兩個月沒進去過的房子，感覺自己好像變成一個非法入侵者似的。那是我生活了將近六年，每個角落都看慣了的房子。但現在，門內卻已經是不包含我在內的風景了。廚房水槽裡堆積的餐具，是她所用的餐具。洗手間晾著洗好的衣服，但那些衣服全是她的。我打開冰箱看看，裡面放的都是我所沒看過的食品，大多是立即可食的現成食品。牛奶和橘子汁品牌也和我買的不同。冷凍庫裡塞滿了冷凍食品，我是不會買冷凍食品的。在不到兩個月之間很多東西真的都變了。

我有一股強烈的衝動，想把水槽裡堆的餐具洗起來，把晾的衣服收進來摺好（需要燙的，就用熨斗燙好），把冰箱裡的食品整理好。不過當然我沒有這樣做。這裡已經是別人的家了，不是我該動手的。

行李最佔空間的是畫具。畫架和畫布，我把畫筆和顏料之類的放進一個大紙箱。然後是衣服，我本來就是個不需要太多衣服的人。不在乎每次都穿同樣的衣服，沒有西裝也沒有領帶。除了冬天的厚大衣之外，一個大型皮箱大概就夠了。

還沒讀的幾本書，和一打左右的CD。愛用的咖啡杯。游泳褲、蛙鏡、泳帽。總之，要說必要的東西，頂多就這樣。如果沒有這些，其實我也無所謂。

洗手間裡我的牙刷、全套刮鬍子用具、乳液、防曬油、整髮液還照樣留著。沒開封的保險套也還原封不動。不過這些零零碎碎的東西，我不想特地搬到新的房子去，最好能幫我處理掉。

這些行李裝進後車廂後，我回到廚房用水壺燒開水，用茶包泡了紅茶，坐在桌子前喝茶，這樣做應該沒關係吧。屋子裡非常安靜，沉默在空氣中，產生些微的重量。簡直就像一個人獨自坐在海底似的。

我獨自在那屋子裡待了三十分鐘左右。在那之間既沒有人來訪，也沒有電話響。冰箱的自動控溫器停了一次，又再啟動一次。我在沉默中側耳傾聽，彷彿放下鉛錘測量水深般探測屋子裡的動靜。但那怎麼看都是一間獨居女人的房子。每天忙於工作，幾乎沒時間做家事，雜事都在周末休假時一次解決。屋子裡放眼望去，看得見的東西全都是她自己的東西。看不出有其他人的痕跡（連我的痕跡幾乎都看不到了）。這裡難道沒有男人來嗎？我這樣想。他們或許在別的地方見面？

一個人待在那屋子裡時，雖然無法說明，但有自己正被誰監視的感覺，覺得像透過隱藏式攝影機正被誰監視著似的。不過當然應該不會有這種事，妻子對機器非常不行，她連換個遙控器的電池都不會。要裝設和操作隱藏式攝影機，她沒這麼靈巧。只是我神經過敏而已。

雖然如此我在那個屋子裡時，就想像自己的每個行動都會被虛構的攝影機逐一記錄下來。沒做任何多餘的事，不適當的事。沒有拉開柚子書桌的抽屜，檢查裡面的東西。雖然我知道，她放絲襪之類東西的櫃子深處，收著一本小日記和重要信件，但我也沒去碰那個。我也知道她筆記型電腦的密碼（當然是指如果還沒換的話），但我沒打開。那些事情全都跟我沒關係了。我只把自己喝過的紅茶杯子洗了，用布巾擦乾收進餐具櫃，把電燈關掉。然後站在窗邊，眺望外面繼續下著的雨一會兒。橘紅色東京鐵塔朦朧地浮在那深處。然後我把房子的鑰匙丟進信箱，開著車回到小田原。大約一個半小時的車程。但感覺好像從當天來回的異國旅行回來似的。

第二天，我打電話給經紀人。說我已經回到東京了，但很抱歉我不想再繼續畫肖像畫的工作了。

「您是說不再畫肖像畫了嗎？」

「可能。」我說。

他沒多說地接受了我的通知。既沒特別抱怨，也沒提什麼忠告。因為他知道我一旦說出什麼就不會再改變。

「不過，如果又想再做這工作的話，請馬上跟我聯絡。我隨時歡迎。」他最後說。

「謝謝。」我向他道謝。

「也許我多管閒事，不過您要怎麼生活下去呢？」

「還沒決定。」我老實回答。「一個人過日子，生活費不高，現在多少還有一點儲蓄。」

「還會繼續畫畫吧？」

「大概。我也不會做其他的事。」

「希望一切順利。」

「謝謝。」我再道謝一次。然後忽然想到，好像順便似的問。「有沒有什麼我必須記得的事情？」

「您必須記得的事情？」

「也就是，怎麼說好呢，像專家的忠告似的東西。」

他稍微考慮一下，然後說：「您對於接受事情，好像屬於比別人花時間的類型。不過以長遠眼光來看，時間或許會站在您這邊。」

好像《滾石》的老歌曲名似的，我想。

他繼續說：「我想還有一點，您擁有畫肖像的特殊才能。能夠筆直踏進對象的核心，有掌握那內在東西的直覺能力。這是其他人不太會有的。您手上擁有這樣的能力卻不去用，我覺得實在太可惜了。」

「不過繼續畫肖像畫，現在不是我想做的事。」

「這我也很清楚。不過那種能力有一天應該會對您有幫助。但願一切都順利。」

我也想，但願一切都順利。但願時間會站在我這邊。

第一天，屋主的兒子雨田政彥開著VOLVO，帶我到那小田原的房子去。他說：「如果喜歡的話，可以從今天就住下來。」

在小田原厚木道路接近終點的地方下交流道，順著農道般狹窄的柏油路往山邊開。道路兩邊有田地，有成排種著青菜的塑膠溫室，隨處可以看見梅林。在那之間幾乎看不見民宅，一個紅綠燈都沒有。最後來到一條蜿蜒的陡坡，換低速檔繼續往前上坡，看得見路的盡頭有房子的門。只豎立了兩根氣派的門柱，卻沒裝門扉，也沒有圍牆。看起來好像剛開始本來打算裝門和砌牆的，但改變想法而沒做的樣子，也許中途發現沒有必要裝。門柱的一邊掛著「雨田」的氣派門牌，簡直像看板似的。前方看得見一棟西式小洋房，褪色的紅磚煙囪凸出在石板屋頂上。雖然是平房，但屋頂卻異常的高。因為是著名的日本畫家的住宅，我原本當然想像可能是古老的和風建築。

車子停在玄關前寬敞的門廊，車門一開，幾隻松鴉般黑色的鳥發出尖銳的啼聲，從附近的樹枝往空中飛去。看來牠們似乎對我們的侵入那裡感到不悅。屋子周圍幾乎被雜木林所包圍，只有西側面臨山谷，視野遼闊。

「怎麼樣？真的是什麼都沒有的地方吧？」雨田說。

我站在那裡試著環視周圍一圈，確實真的是什麼都沒有的地方。真佩服能在這樣寂靜的地方蓋房子，一定是討厭與人交往吧。

「你是在這裡長大的嗎？」我問。

「不，我自己沒有長住在這裡，只有偶爾來住，或暑假來玩順便避暑。因為要上學，我是和母親一起住在目白的家，在那裡長大的。父親不工作時，會到東京去，跟我們一起住，然後再回到這裡來一個人工作。我獨立出去，十年前母親過世後，他一直一個人在這裡過著獨居生活。幾乎像個隱居的出家人一樣。」

據說這房子還委託一個住在附近的中年婦人看管，她也來了，為我做了幾點實際的說明。廚房設備的用法，桶裝瓦斯和煤油的叫貨法，各種道具的擺放位置，星期幾丟垃圾的場所。畫家似乎過著相當簡單的獨居生活，所用的機器和器具數量很少，因此也不太需要接受什麼方法的傳授。如果有不明白的地方隨時可以打電話來，她說（結果我一次也沒打過電話）。

「房子有人住幫助很大。如果沒有人住的話房子會荒廢掉，因為沒有費心照顧。而且知道沒有人在的話，野豬和猴子也會靠近來。」

「這附近，偶爾會出現野豬和猴子噢。」雨田說。

「請注意野豬喔。」那個女人說。「春天牠們為了吃竹筍，經常會在這一帶出沒，尤其是正在育兒的母野豬特別凶很危險。還有也要注意虎頭蜂，有人被螫而死掉的，虎頭蜂會在梅林築巢。」

附有開放式暖爐的寬敞客廳，成為一家的中心。客廳西南邊有一個附有屋簷的寬敞露台。北側有一間正方形的畫室，政彥的父親雨田畫伯就在這裡作畫。客廳東側有一間附有小餐廳的廚房，有浴室。然後一間舒適的主臥室，和稍小一點的客用臥室。客用臥室裡擺放著書桌，主人似乎是喜歡讀書的人，書架上塞滿許多古書。畫伯似乎以這裡為書房。比起房子的老舊，室內相當清潔，住起來想必很舒服。奇怪的是（或許並不奇怪），牆上竟然一張畫都沒掛。每一面牆上都樸素地空白著。

正如雨田政彥所說的那樣，家具和電器用品，餐具和寢具，生活必需品都一應俱全，「只要人來就行了。」真是這樣。暖爐所需要的薪柴在倉庫屋簷下也堆積如山。家裡雖然沒有電視（據說雨田的父親憎恨電視），但客廳擺著氣派的音響設備。揚聲器是TANNOY巨大的Autogragh，Separate Amplifier是Marantz的原版真空管，而且擁有可觀的類比唱片收藏。一眼看來就有許多套歌劇。

「這裡沒有CD播放器。」雨田說。「因為他是個非常討厭新道具的人，只信任從前就有的東西。當然網路之類的東西是毫無蹤影的，如果需要，只能去到街上的網咖。」

「我並沒有特別需要上網。」我說。

「如果想知道世間的動態，只能用廚房架子上的電晶體收音機聽新聞。因為在山上，收訊很不穩定，只能聽到NHK的靜岡台，不過總比沒有好吧。」

「我對世間的事情也沒什麼興趣。」

「那就好，你跟我爸爸可能談得來。」

「你父親是歌劇迷嗎？」我問雨田。

「是啊，他雖然是畫日本畫的人，但經常都一邊聽著歌劇一邊工作。他在維也納留學時，好像經常去歌劇院。你聽歌劇嗎？」

「聽一點。」

「我就不行，覺得歌劇又長又無聊。那邊有堆積如山的舊唱片，你可以盡情聽。因為我父親已經用不上了，你如果能聽，他應該會很高興。」

「已經用不上了？」

「因為失智症已經加重，現在已經分不清歌劇和平底鍋的差別了。」

「維也納？你父親在維也納學日本畫嗎？」

「不，再怎麼說，都不會有到維也納去學日本畫的好事之徒。我父親原來是學西畫的，因此到維也納去留學。本來是畫非常現代的畫的，不過回到日本後不久，突然轉向日本畫。不過這也是世間經常有的例子，可以說由於到外國去了，民族意識才覺醒的。」

「而且成功了。」

雨田輕輕聳聳肩。「以世間眼光來看是這樣的。不過以小孩的眼光來看，只是個脾氣憋扭的老頭子。滿腦子只有畫畫的事，隨心所欲地活著，愛做什麼就做什麼。不過現在已經沒有那模樣了。」

「現在幾歲？」

「九十二歲。聽說年輕時候很豪放地玩過，不過詳細情形我並不清楚。」

我向他道謝。「非常感謝，讓你照顧這麼多。這次幫了我一個大忙。」

「還喜歡這裡嗎？」

「喜歡，能讓我暫時住一陣子的話，真的很感謝。」

「那就好，以我來說，倒更希望你跟柚子的感情能順利復合。」

對這點我沒發表任何意見。雨田自己沒結婚，聽說他是雙性戀，但不清楚是否真的。雖然是老朋友了，卻沒有觸及過這種話題。

「肖像畫的工作還繼續嗎？」臨走時雨田問我。

我向他說明我完全拒絕再畫肖像畫的經過。

「以後要怎麼生活呢？」雨田問了和經紀人相同的問題。

生活儉約，暫時靠儲蓄過活，我還是同樣的回答。好久沒有像這樣無拘無束了，也覺得想畫畫自己喜歡的畫。

「這很好。」雨田說。「不妨暫時做做自己想做的事看看。不過，如果你不討厭的話，要不要試試打工，當老師教教畫。小田原車站前有一個類似文化教室的地方，那裡有教人畫畫的繪畫班。主要是以兒童為對象，但也設有類似以成人為對象的市民教室。只有素描和水彩，沒有油畫。經營那學校的人是我父親的朋友，不太有商業色彩的感覺，滿有良心地在做。不過正為了缺老師而煩惱。如果你能幫忙的話，他一定很高興。雖然謝禮不高，但對生活應該不無小補。一星期只要教個兩天就行了，我想負擔也不會太重。」

「不過我沒教過畫法，而且水彩畫也不太行。」

「簡單啦。」他說。「又不是要你培養專家，只不過教非常基本的事情而已，那種要領只要一天就能立刻掌握了。尤其教小孩畫畫，對自己也是一種刺激。而且如果你打算一個人住在這種地方的話，一星期總要有幾天下山去，就算勉強也要跟人接觸，否則頭腦會變怪的。如果變成像《鬼店The Shining》的電影那樣就傷腦筋了。」

雨田學傑克．尼克遜的臉上表情。他從以前就很有模仿天份。

我笑了。「做做看也好。但不知道能不能順利。」

「我來先幫你聯絡對方。」他說。

然後我和雨田一起，到國道沿線的Toyota中古車行去，在那裡選了一輛Corolla的廂型車，以現金一次付清買下。從那天開始我就在小田原山上展開了獨居生活。將近兩個月過著始終在移動的生活，然後接著是不動的，完全靜止的生活。極端的轉變。

從下一周開始，我就在小田原站前的文化學堂的繪畫教室，星期三和星期五開班授課了。剛開始有簡單的面談，因為有雨田的介紹因此立刻被採用。星期三教兩堂成人班，然後星期五另外加一堂兒童班。教一群兒童我立刻就習慣了，看著他們畫畫感覺好愉快，正如雨田說的，對我自己也是一種刺激。跟來上課的孩子們也立刻熟悉起來。我所做的只不過是，輪流看看孩子們畫的畫，給他們一點技術上的小建議，發現優點就加以誇獎和鼓勵。我的方針是，同樣的題材盡量讓他們多畫幾次。而且教他們即使是同樣的題材，只要稍微改變一下角度，看起來就會相當不一樣。就像人有各種面向一樣，物體也有各種面向，孩子們立刻就理解那趣味了。

教大人畫畫或許比教小孩稍微困難一些。到教室來的有些是退休的老人，或孩子大了，生活稍有餘裕的家庭主婦。他們頭腦當然沒有小孩那麼柔軟，我給他們提示，似乎不那麼容易接受。不過其中也有幾個感覺比較敏銳，而且也畫出相當有意思的畫來。只要他們提問，我都會給他們有益的建議，但多半只讓他們隨心所欲地自由去畫。然後在他們的畫中只要發現有某些優點，我就會誇獎他們。這樣做，他們似乎也覺得相當快樂。我想只要能以快樂的心情來畫畫，就很難得了。

然後我在那裡跟兩個有夫之婦發生了性關係。她們都是來繪畫教室上課，接受我「指導」的，換句話說立場上是我的學生（而且順便一提，她們兩個都畫得相當不錯）。身為一個教師——就算沒有正式資格的臨時教師——那行為能被允許嗎？很難判斷。成年男女在互相同意之下所進行的性行為應該不成問題吧，這是我的基本想法，但以社會觀點來看，確實也是不太值得鼓勵的事情。

不過不是我找藉口，但自己所做的事情是否正確，以當時的我來說，沒有餘裕去判斷。我只能抓住木材，任水沖流而已。周遭是一片漆黑，天空沒有星月。唯有抓住那木材，我才不至於溺斃。當時的我，完全不知道自己正身在何處，也不知道以後要往何方前進。

我在搬到那裡幾個月之後，發現雨田具彥有一幅名為〈刺殺騎士團長〉的畫。而且當時還無從知道，那一幅畫竟然完全改變了我周圍的狀況。

04 從遠處看大多數的東西都顯得很美

五月接近月底的一個晴朗早晨，我把自己的整套畫具搬進過去雨田畫伯所使用的畫室，面對許久沒碰了的嶄新畫布（畫室裡畫伯所用的畫具完全沒留下來，可能是政彥全部整理起來放到什麼地方去了）。畫室是約五公尺見方的正方形房間，地上鋪木地板，四周牆壁漆成白色。地板裸露著，沒鋪任何地毯。朝北面是一扇大窗，掛著素淨的白色窗簾。朝東的窗戶很小，沒掛窗簾。牆上照例沒有任何裝飾，屋角設有一個清洗顏料用的陶製大水槽。可能用了很久，表面沾染上各種混合的顏色。水槽旁擺著一個舊式煤氣暖爐，天花板掛著一個大電扇。有一張作畫的桌子，一張木製圓凳。木製的架子上放著輕便型音響設備，一邊畫畫時，就一邊聽著歌劇唱片。從窗戶吹進來的風帶有新鮮樹木的氣味。這不會錯，正是為了供畫家專心作畫的空間。必要的東西都齊全了，而且沒有一件多餘的東西。

獲得這樣的新環境，我心中湧起**想畫什麼**的心情。那是一種類似安靜的疼痛。而且對於現在的我來說，幾乎擁有無限自己能用的時間。既不必為生活去畫不情願的畫，也沒義務為回家的妻子準備晚餐（準備晚餐雖然不辛苦，但那依然是個義務）。不只是要不要作飯而已，如果想，還可以完全不進食，我也有挨餓的權利。完全自由，不必對誰客氣，可以隨心所欲，愛怎樣就怎樣。

但結果，我無法畫畫。無論站在畫布前多久，一直瞪著那雪白的空間，依然絲毫無法湧現可畫的創意，掌握不住該如何下筆的頭緒。我像失去語言的小說家，像失去樂器的演奏家，在那一無裝飾的正四方形畫室裡束手無策。

過去從來沒有過這種感覺。只要一站在畫布前，我的心幾乎立即離開日常的地面，總有什麼會浮上我的腦海。那有時是擁有有益實體的創意，有時是毫無用處的妄想，但一定會有什麼浮上來。然後我就會從中發現適當的什麼，抓住它，把它移到畫布上，只要憑直覺繼續發展下去就行了。於是作品自己就完成了。不過，現在卻看不見那應該成為開頭的什麼。無論多麼充滿想畫的意願，內心多麼痛癢，事情卻需要有具體的開端。

我清晨起床後（大約總在六點前起床），首先到廚房泡咖啡，然後拿著馬克杯走進畫室，坐在畫布前的圓凳上，然後集中精神。傾聽內心的聲音，想找出裡面該有的形象。然而總是空虛地敗退下來。我試著暫且集中精神一陣子，然後放棄了坐在畫室的地上，背靠牆壁聽著普契尼的歌劇（不知為什麼，那陣子我一直在聽普契尼）。《杜蘭朵》啦、《波西米亞人》等。然後一邊望著天花板上懶洋洋旋轉著的電風扇，一邊等待創意或動機來臨。然而什麼也沒來，只有初夏的太陽繼續朝空中緩慢移動。

到底是什麼不對勁？或許是太長的歲月，為了生活持續畫肖像畫的關係。或許因此我心中自然的直覺逐漸變弱了。就像海岸的沙子被海浪緩緩捲走一樣。總之，不知道在什麼地方，水流轉向錯誤的方向前進了。我想，需要花一點時間。此時此刻我必須忍耐，必須讓時間站在我這邊。這樣我一定能再度掌握住正確的流向，那水路應該會再回到我這邊來。不過老實說，我不是那麼確信。

我和有夫之婦發生關係，就是在那個時期。我想可能是在尋求類似精神上的出口，想設法從現在深陷的停滯中脫離。因此需要給自己刺激（任何刺激都行），需要讓精神振奮。此外我對獨自一人也開始覺得累了，而且好久沒有抱女人了。

現在想起來，我每天過著相當奇怪的日子。早晨很早醒來，走進四面白牆圍繞的正方形畫室，面對雪白的畫布，卻得不到任何作畫創意，只坐在地上聽著普契尼。在創作的領域，我幾乎是面對純粹的無。關於遇到歌劇創作瓶頸時期，德布西曾經在什麼地方寫過「我每天只有不斷地製作無」，我在那個夏天也一樣，每天每天都在「製作無」。或者我已經相當習慣於每天面對那「無」了——就算沒說也已經變得很親密了。

於是每星期兩次左右，一到下午她（第二個有夫之婦）就會開著紅色MINI來。我們立刻上床擁抱。而且下午的時間，就盡情享受彼此的肉體。那所產生的東西當然不是無，那裡確實存在著現實的肉體沒錯。每個細部都可以用手實際觸摸得到，可以用唇親吻得到。就這樣我彷彿在切換意識的按鍵，在模糊而無從掌握的無，和活生生的存在之間來回游走。據說她先生已經兩年沒碰她的身體了。比她大十歲，工作又忙，回家的時間也晚。她以各種方式引誘他，似乎都沒有反應。

「為什麼不呢？妳的身體這麼美。」我說。

她輕輕聳肩。「結婚已經十五年，孩子都有兩個了，我已經不新鮮了啊。」

「對我來說，妳看起來非常新鮮。」

「謝謝。被這麼一說，覺得好像被資源回收似的。」

「資源的再生利用？」

「是啊。」

「是非常重要的資源。」我說。「對社會也有幫助。」

她吃吃笑了。「如果能正確分類的話。」

於是我們稍微停一下後，再一次認真開始做起資源的分類回收。

老實說，我本來並沒有對她感興趣。在這方面，我想她和我過去交往過的女人感覺不同，我和她之間不太有共通話題。就算現在生活的環境，或過去生活的經歷，彼此幾乎也沒有互相重疊的部分。因為我本來話就很少，因此兩個人在一起時主要都是她在說話。她會提到自己個人的事，我會聽著應答著，也會說說感想，但那正確說來並不算對話。

這種經驗對我來說完全是第一次。以其他女性來說，我大多是先被對方的個性所吸引，然後附帶才產生肉體關係，是這樣的類型。但她的情況不同，首先有肉體，不過這樣也相當不錯。我在跟她見面時，我想是純粹樂在那行為。我想她似乎也同樣樂在那行為。她在我的懷抱裡數度迎接高潮，我也在她裡面數度射精。

她說，結婚後這是第一次和丈夫以外的男人上床，這可能不是謊言。我也一樣，結婚後這是第一次跟妻子以外的女人上床（不，有一次破例跟一個女人同床過。不過那不是我所希望的。這件事以後再說）。

「不過同年代的朋友，都已是太太，但好像大多有外遇。」她說。「我常常聽到這種事。」

「資源回收。」我說。

「不過我沒想到自己也會變成其中之一。」

我抬頭看天花板，想到柚子的事。她也在什麼地方和某個人，做著同樣的事情嗎？

她回去後我一個人，變得非常手足無措。床上還留下她的凹痕。我什麼都不想做，躺在露台的躺椅上讀書消磨時間。雨田畫伯的書櫃裡全是古書，也有不少現在不容易到手的珍本小說。這些作品從前是相當受歡迎的，曾幾何時已經被遺忘，幾乎沒人會再拿起來讀了。我倒喜歡讀這些古老的小說，而且把彷彿被時光遺留下來的心情，和那未曾謀面的老人共享。

天黑後便打開葡萄酒瓶（偶爾喝喝葡萄酒是當時的我唯一的奢侈。當然並不是貴的），聽古老黑膠唱片。唱片收藏全都是古典音樂，其中大半是歌劇和室內樂。每張都好像很珍惜地在聽，盤面毫無瑕疵。我白天主要聽歌劇，到了夜晚則主要聽貝多芬和舒伯特的弦樂四重奏曲。

和那位年長的人妻有了關係，定期擁抱活生生的女性身體之後，我感覺好像得到某種落實感。成熟女性肌膚的柔軟觸感，似乎讓我原有毛毛躁躁的情緒舒緩不少。至少在抱著她時，可以把各種疑慮和懸案都暫時擱在一邊。但要畫什麼，依然沒有頭緒的狀況，則沒有改變。我有時在床上用鉛筆畫她的裸體素描，那多半是色情的東西。我的性器進入她的裡面時，她口中含著我的性器時之類的。她對那樣的素描，雖然臉紅卻也歡喜地看著。如果這種情況拍成照片的話，大半的女性可能會覺得討厭。對於會這樣做的對象可能也會懷有厭惡感和警戒心。但如果畫成素描，而且畫得好的話，她們反而會喜歡。因為那裡有生命的溫暖，至少沒有機械的冰冷。不過無論那素描畫得多好，我真正想畫的畫，依然絲毫沒有浮現的任何跡象。

我學生時代曾經畫過所謂的「抽象畫」，現在幾乎不再挑動我的心。我已經對那種類型的畫不感興趣了。從現在的時間點回頭看時，我過去著迷地畫出的作品，似乎只不過在「追求forme」。青年時代的我，曾經被forme的形式美和均衡之類的東西強烈吸引，那當然也不錯。不過以我的情況，那前面該有的靈魂的深度，我並沒有摸到。那種事現在很清楚。我當時所做到的，只是比較淺的造形趣味而已，看不到能強烈撼動人心般的東西。那裡所有的，說得好聽頂多只不過是「才氣」而已。

我三十六歲了，眼看著不久就快四十歲。在四十歲之前，必須想辦法確立身為畫家，自己所擁有的作品世界。我一直這樣感覺。四十歲這個年齡對人來說，是一個分水嶺。越過之後，人已經不能像從前一樣了。到那時候為止還有四年，但四年轉眼就會過去。而且我為了生活持續畫肖像畫，已經在人生的路上多繞路了。必須想辦法重新好好掌握時間才行。

住在那山中的房子時，我開始想多了解那屋主雨田具彥的事。我過去從來沒關心過日本畫，因此即使聽過雨田具彥的名字，而且他碰巧又是我朋友的父親，卻幾乎不知道他是怎麼樣的人物，過去畫過什麼樣的畫。我對他所知道的頂多只有，雨田具彥是日本畫壇的大師級人物之一，卻和世間名聲無緣，可以說完全不出現在世間的舞台上，總是一個人安靜地——不如說是偏執地——過著創作生活。

但在用著他所留下的音響設備，聽著他的唱片收藏，讀著他書架上的書，睡在他睡過的床，在他的廚房每天做著菜，進出他用過的畫室之間，我逐漸對雨田具彥這個人物開始感興趣起來，或許可以說出於好奇心。對於他過去志在現代主義繪畫，到維也納去留學，歸國後卻突然「回歸」日本畫，這種腳步的轉向，也頗感興趣。雖然不太知道詳細情形，不過單從常識來考慮，長久持續畫西畫的人要轉向日本畫，絕不容易。過去辛苦學會的技法，必須下決心完全拋棄。然後還要從頭開始由零出發才行。雖然如此，雨田具彥卻勇敢地選擇了這條艱難的路。其中應該有什麼重大的原因。

有一天，我到繪畫教室上課之前，先到小田原市立圖書館去找雨田具彥的畫集。可能因為是住在本地的畫家吧，圖書館裡有他的三本豪華畫冊。其中一冊中，以「參考資料」的形式刊載著他二十幾歲時所畫的西畫。令我驚訝的是，他青年時代所畫的一系列西畫中，不知怎麼有些地方讓我想起自己過去所畫的「抽象畫」。雖然不是說風格具體上相同（戰前的他受到立體派的影響很深），但可以看出「貪婪地追求形的本身」的姿態，和我的姿態有不少相通的地方。當然日後能成為一流畫家，他的畫底子之深厚，是我所遠不及的，而且具有說服力。技巧上也有令人驚嘆的東西，當時應該已經受到很高的評價，但裡頭卻少了什麼。

我在圖書館的閱覽室書桌前坐下來，花時間仔細觀賞那些作品。到底缺少了什麼？我無法恰當地特定指出那是什麼。但結果，要不客氣地說的話，就是那些是沒有也沒什麼關係的畫。就那樣永遠消失掉，誰也不覺得可惜的畫。或許說得殘酷，但卻是事實。在經過七十年以上的歲月的現在，這個時間點看來，事情就很清楚。

然後我往下翻頁，觀賞他「轉向」日本畫家之後他的畫作，不同時期往下看。初期留下一些生硬感，經過類似模仿前輩畫家手法的時代後，逐漸而且確實地看出他日本畫的獨自風格。我可以依順序看出那軌跡來。雖然偶爾有試行錯誤的情形，但並沒有迷失方向。自從拿起日本畫的筆之後，他的作品中有唯有他才能畫出的什麼，他自己也有這自覺。而且他朝向那「什麼」的核心，以充滿自信的腳步筆直前進。這裡已經看不到西畫時代「少了什麼」的印象了，與其說他「轉向」，不如說是「昇華」了。

雨田具彥剛開始時，和一般日本畫家一樣，畫過現實中的風景和花卉，不久（可能有某種動機）開始主要畫日本的古代風景。雖然也有以平安時代和鐮倉時代為題材的，但他最愛畫的是西元七世紀初，也就是聖德太子的時代。他大膽而精緻細密地把當時的風景，歷史上的事件，和一般人民的營生重現在畫面上。他當然沒有實際目睹那樣的風景。但想必是以心眼，活生生地觀察。他為什麼選擇飛鳥時代，原因並不清楚。但那成為他獨自的世界，固有的風格。而且同時，他日本畫的技巧也磨練得出類拔萃了。

仔細觀察，從某個時間點開始，他似乎變得可以自由畫出自己想畫的東西了。從那時候開始他的筆，隨心所欲自由奔放地飛舞、跳躍於紙上。他的畫巧妙的地方在於空白。換句話說，就是妙在沒畫的部分。他故意在那地方留白不畫，因而清楚凸顯出自己想畫的東西，這可能也是日本畫這個格式最擅長的部分。至少我在西畫中就沒看過那樣大膽的留白。看到這裡，我覺得似乎可以理解雨田具彥轉向日本畫家的意思了。我所不知道的是，他在何時下定決心大膽「轉向」，並如何實際採取行動的。

我讀了卷末他的略歷。他出生在熊本的阿蘇，父親是大地主也是地方上的有力人士，家境極為富裕。他從少年時代就有超群的繪畫才能，早已嶄露頭角。東京美術學校（即今東京藝術大學）畢業，即在備受矚目之下，於一九三六年末至三九年留學維也納。並於三九年初，第二次世界大戰開始前，由德國不來梅港搭客輪歸國。三六年至三九年，說起來正是希特勒在德國掌握政權的時代。奧地利被德國併吞，稱為「德奧合併」是在一九三八年的三月。年輕的雨田具彥就是在那動盪的年代滯留維也納的，他在那裡想必目睹了各種歷史性光景。

他在那裡到底發生了什麼事？

我讀完在他畫冊之一所收錄題為「雨田具彥論」的長篇論考，但只明白那對維也納時期的他幾乎一無所知。雖然對他回到日本之後開始的日本畫家生涯所走過的足跡，論述相當具體而詳細，但對維也納時代所做「轉向」的動機和過程，則模糊不清，只有不太有根據的臆測而已。他在維也納做了什麼，是什麼讓他決心大膽「轉向」的，則一直留下無解的謎。

雨田具彥於一九三九年二月回到日本，在千馱木租屋定居。當時他似乎已經完全放棄西畫。雖然如此，老家每個月都寄足夠的生活費讓他衣食無虞，母親尤其溺愛他。他在那個時期幾乎是以自修學習日本畫的。雖然幾次想拜師，但似乎並不順利。他本來就不是個性謙虛的人，並不擅長與人和睦相處保持友好關係。因此「孤立」是貫徹他人生的主要動機。

一九四一年底發生珍珠港事件，日本突然進入真正的戰爭狀態，從此他離開騷動的東京，回到阿蘇老家。由於是次男因此也逃過傳承家業的麻煩，家裡給他一間小屋和一個女傭，在那裡度過幾乎與戰爭無關的安靜歲月。不知是幸或不幸，他的肺先天有缺陷，不必擔心被徵兵（或許那是表面上的藉口，可能老家曾經在背後做了某種安排），也不必像一般日本國民那樣為嚴重的飢餓而煩惱。此外因為住在深山裡，因此除非有重大錯誤，否則也不愁美軍飛機會來轟炸。就這樣直到一九四五年戰爭結束為止，他一直一個人躲在阿蘇的山上。可能和世間斷絕關係，專心投注在獨自學習日本畫的技法上。在那個期間他沒有發表任何一件作品。

對於才華洋溢的西畫家受到世間矚目，未來前途無量，還到維也納去留學的雨田具彥保持沉默達六年以上，被中央畫壇遺忘，應該不是尋常的體驗。但他並不是一個會輕易受挫的人。漫長的戰爭宣告結束，人人正從那混亂中辛苦掙扎準備重新站立起來時，新生的雨田具彥搖身一變，成為新進日本畫家重新出道。這時才一點一點開始發表戰爭期間所累積的畫作。那是許多名畫家為配合戰爭的武勇國策而畫，或背負那責任勉強保持沉默，在佔領軍的監視下不得不過著半隱遁生活的時代。因此他的作品成為日本畫革新的一大可能性，受到世間的矚目。換句話說，時代幫助了他。

他在這之後的經歷沒什麼可說，成功後的人生說起來往往很無聊。當然在獲得成功的當下，就朝絢爛的毀滅直衝的藝術家不是沒有，但雨田具彥的情況不同。他至今獲得無數的獎賞（以「會失去鬥志」的理由拒絕接受文化勳章），在世間也贏得名聲。他的畫價格逐年攀升，許多作品在公共場所展出。作畫的委託源源不絕，在海外也評價很高。真可以說是一帆風順。但他本人幾乎不在公開場合露面，也堅決辭卻就任一切官職。即使受到邀請，無論國內外都不出席。只在小田原的山上獨棟住宅（也就是我現在住的這棟房子）一個人獨居，隨心所欲地專心創作。

而現在，他已經九十二歲，住進伊豆高原的養護中心，連歌劇與平底鍋的差別都分不清了。

我闔上畫冊，到圖書館的櫃台去還書。

晴朗的日子，我會在用餐後，走出露台躺在躺椅上，喝白葡萄酒。然後一邊眺望南方的天空閃亮的星星，一邊尋思我是否能從雨田具彥的人生學到什麼。當然有一些可以學的事情。改變生活方式的無畏勇氣，讓時間站在自己這邊的重要性。此外還有，找出只屬於自己獨有的創作風格和主題。當然這不簡單。但一個人若想要身為創作者活下去，這是無論如何都必須做到的事，而且最好是在四十歲以前……

但雨田具彥在維也納到底體驗到什麼樣的事情？在那裡目擊到什麼樣的光景？還有到底是什麼，讓他決心永久拋棄油畫的畫筆？我想像著維也納街頭正飄揚著紅黑色納粹德國旗幟，而年輕時的雨田具彥正走在那路上的模樣。季節不知怎麼是冬天。他穿著厚大衣，脖子圍著圍巾，頭上深深地戴著鴨舌帽。看不見臉。市街電車在剛開始下的粉雪中，轉過街角而來。他一邊走著，一邊往空中吐出沉默具象化般的白氣。市民們在溫暖的咖啡館裡喝著加了蘭姆酒的維也納咖啡。

我試著把他後來所畫的飛鳥時代的日本光景，和那維也納古老街角的風景重疊起來看。但無論怎麼動用想像力，都無法找出兩者之間的任何類似點。

露台的西側面臨狹窄的山谷，隔著山谷的對面，有和這邊高度大致相同的連綿山嶺。而且那山的斜坡面，有幾間房舍間隔寬敞錯落有致地建在豐沛的綠意圍繞之間。我所住的房子右手邊的斜對面，有一棟特別顯眼的摩登大宅院。大量使用白色混凝土牆和藍色濾光玻璃建在山頂的房子，與其說房子不如說「宅邸」更恰當，散發著優雅奢侈的氣氛。沿著山坡蓋成三層樓房，應該是第一級的建築師所設計的。這一帶是從以前就有許多別墅的地區，那棟房子好像整年都有人住的樣子。每天晚上玻璃窗裡都點著燈光。當然為了防盜，也可以用定時器進行自動點燈。但我猜不是那樣，因為在不同的日子開燈和熄燈時間各有不同。有時所有的玻璃窗都像大街上的百貨櫥窗那樣耀眼地閃爍，有時則只剩下庭園燈的微明燈光而已，整棟房子則沉入黑夜的昏暗中。

朝向這邊的露台上（就像船上的頂層甲板那樣），有時看得見人影。一到黃昏時分常常看得見那住戶的身影，是男是女分不清楚。因為那身影很小，大多承受背後的光線成為逆光的陰影。不過從那輪廓的動作看來，我推測大概是男的，而且那個人經常是一個人。或許沒有家人。

到底是什麼樣的人會住在那棟房子裡？我無聊時就會做各種想像。那個人是獨自住在這人煙稀少的山頂嗎？他是做什麼的？在那優雅的玻璃宅院裡，過著瀟灑自由的生活是不會錯的。因為在這樣不方便的地方，不可能每天到都市去通勤上班吧？應該是家境富裕不必為生活煩惱。不過反過來說如果從對面隔著山谷往這邊看的話，我好像也無憂無慮，一個人悠哉悠哉地過日子似的。從遠處看大多數的東西都顯得很美。

那天夜晚人影也現身出來。和我一樣坐在露台的椅子上，身體幾乎不動。似乎和我一樣，一邊望著天空閃亮的星星一邊好像在想著什麼。一定是在想著怎麼想都不會有答案的事吧。在我的眼裡看來是這樣。無論境遇多好的人，都有想不通的事情。我輕輕舉起葡萄酒杯，向山谷對面的那個人物送出祕密的連帶致意。

那時，當然不會想到那個人物不久會進入我的人生，大大改變我所走的道路。如果沒有他的話，我身上應該不會發生這麼多事，而且同時，如果沒有他的話，我可能會在黑暗中喪命也無人知道。

事後回想起來，覺得我們的人生真是相當不可思議。充滿了難以置信的離奇偶然，和無法預測的曲折發展。但實際正在發生那些事情的當時，往往無論多麼注意地環視周圍，仍然無法發現任何不可思議的要素。在我們眼裡看來，可能只是在沒有縫隙的日常生活中，普普通通的事情理所當然地發生了而已。那可能是完全不合理的事情。但事情是否合理，往往不經過一段時間真的看不出來。

但以整體來說，無論合不合理，最後能發揮某種意義的，多半的情況可能只有結果而已。結果由誰看來都顯而易見地實際存在那裡，行使著影響力。但是要斷定造成那結果的原因卻不簡單。要拿在手上對人說「你看」，則是更難的事情。當然原因應該存在於某個地方，任何結果都是有原因的，就像蛋不打開就做不成歐姆蛋一樣。一枚棋子（原因）首先會第一個咚地推倒旁邊的棋子（原因），然後再咚一聲推倒旁邊的棋子（原因）。就在這連鎖地一直延續下去之間，到底本來哪個是最初的原因，大概已經搞不清楚了。或都無所謂了。或人們已經不想知道了。然後「結果，好多棋子都在那裡紛紛倒下」，話題就此結束。我接下來要說的故事，說不定也會走上類似的路線。

無論如何，我在這裡必須首先說清楚的是——換句話說最初必須拿出的兩枚棋子——隔著山谷住在山頂的那位謎樣的鄰人，和名為〈刺殺騎士團長〉的畫作。首先來談那幅畫。

05 氣息已經斷絕，手腳已然冰冷

住進那棟房子之後，我首先感覺不可思議的事情是，家裡到處看不到一件稱為繪畫的東西。不只是牆上沒掛，連家裡的儲藏室和櫥櫃裡，也沒有任何一幅畫。不僅沒有雨田具彥自己的畫，也沒有其他畫家的畫。每一面牆都完全赤裸，連掛過畫的釘子痕跡都沒看見。據我所知，任何畫家或多或少手頭總會保有一些畫。有自己的畫、有其他畫家的畫，不知不覺身邊就堆積了各種畫。就像即使剷雪，雪也會越積越多一樣。

有事打電話給雨田政彥時，順便問他這件事。為什麼這棟房子裡沒有任何一幅畫呢？是有誰帶走了，還是一開始就這樣？

「我父親不喜歡在身邊放自己的畫。」政彥說。「畫好的東西立刻就叫畫商來拿走，不滿意的就在院子裡燒掉。因此父親的畫一幅也沒在身邊並不奇怪。」

「其他畫家的畫也完全沒有嗎？」

「有過四、五張。以前馬諦斯的或布拉克的，都是小的作品，戰前在歐洲從朋友手中買的，因此買的時候好像並不太貴。當然現在已經相當有價值了。那些畫，父親在住進養護中心時，整批寄放在熟識的畫商那裡了。總不能在空屋裡放那種東西，應該是放在有空調的美術品專用倉庫保管吧。除了那些之外，我沒在那棟房子裡看過其他畫家的畫。老實說，我父親不太喜歡同業，當然同業也不太喜歡我父親。說得好聽是一匹狼，說得難聽是落單的烏鴉吧。」

「令尊在維也納，是一九三六到三九年對嗎？」

「嗯，應該待了兩年左右，不過為什麼會去維也納，我也不清楚。因為父親喜歡的畫家幾乎都是法國人。」

「而且從維也納回到日本，突然轉向成為日本畫家。」我說。「到底是什麼讓他下了那樣大的決心？在維也納的時候發生了什麼特別的事情嗎？」

「嗯——那是一個謎。因為父親很少談到維也納時期的事情。有時會提一些無關緊要的事，維也納動物園的事啦、食物的事啦、歌劇院的事。可是關於自己的事卻嘴巴很緊，我也刻意不多問。我跟父親有一半時間是分開生活的，只有偶爾見面的程度。與其說是父親，不如說是有時來訪的伯父似的像親戚般的存在。而且從上中學以後，父親的存在漸漸讓我感覺陰鬱，我盡量避免接近他。我上美術大學時也沒跟他商量。雖然家庭環境不算複雜，但也不能算是平常的家庭。大概的感覺，你可以了解吧？」

「大致上。」

「不管怎麼說，到現在，父親過去的記憶已經完全消失。或沉到什麼地方的深泥底下去了，問他什麼都沒有反應。我是誰他也不知道，可能連自己是誰都不知道。或許在變成這樣之前，早該多問他各種事情的，我也這樣想過。不過現在已經太遲了。」

政彥默不作聲好像沉思了一會兒，然後開口問：「你為什麼想知道這些事？對我父親開始感興趣，是有什麼契機嗎？」

「不，沒有什麼。」我說。「只是生活在這棟房子裡，到處可以感覺到你父親的影子似的東西。因此我到圖書館去查了一下有關你父親的事。」

「父親的影子般的東西？」

「類似存在的惜別吧。」

「有討厭的感覺嗎？」

我拿著電話話筒搖頭。「不，完全沒有討厭的感覺。只是會有一點雨田具彥這個人的氣息，好像還飄散在那裡似的。在空氣中。」

政彥再度落入沉思。然後說：「因為父親長久住在那裡，做了很多工作，所以可能留下一些氣息。或許也有這種事，以我來說，老實說不太想一個人靠近那房子。」

我什麼也沒說，只聽他講。

政彥說：「我想以前也說過了，雨田具彥對我來說，只是個壞脾氣的麻煩的阿伯而已。經常關在工作室，一臉嚴肅地在畫畫。很少說話，不知道他在想什麼。住在同一個屋簷下時，母親經常告誡我『不可以妨礙父親工作』。也不能亂跑或發出大聲來。在社會上或許是個名人，是個傑出的畫家，但對幼小的孩子來說，卻只有麻煩而已。而且我踏進美術領域後，父親也總是成為我沉重的包袱。每次提到名字時，就會被問到是那位雨田具彥的親戚嗎？之類的話。我真想改名字。現在想起來，他並不是那麼壞的人。他可能也想疼小孩，只是並不是能盡情關愛小孩的那種人。不過那也沒辦法。因為對他來說首先作畫總是擺在第一。藝術家可能就是這樣。」

「大概吧。」我說。

「我實在沒辦法成為藝術家。」雨田政彥嘆一口氣說。「我從父親學到的可能只有這些。」

「你以前好像說過，你父親年輕時候過得相當隨興，愛怎麼樣就怎麼樣之類的話？」

「噢，我長大以後已經不會這樣了，但他年輕時候好像玩得很痛快。長得身材高大容貌端正，既是地方上有錢世家的少爺，又有繪畫才華。女孩子不可能不靠近來，父親也沒有看女人的眼光。好像也發生過老家必須花錢解決的麻煩事情。但留學回國後，親戚們都說他人好像變了。」

「人好像變了？」

「回到日本以後，父親已經不再遊手好閒，他開始一個人窩在家裡專心畫畫。極端不愛跟人交往。回到東京，長久過著單身生活，但能光靠畫畫就足夠生活之後，突然好像想起來似的和同鄉的遠房親戚的女孩子結婚。簡直像在做人生對賬似的，算是相當晚婚。於是我出生了，婚後有沒有再交女友我不清楚。不過總之應該是沒有再玩得很兇了。」

「改變相當大。」

「是啊，不過我祖父母好像很喜歡歸國後父親的改變，因為不用再為女人的問題而傷腦筋了。不過在維也納發生過什麼事，為什麼突然捨棄西畫轉向日本畫，這問任何親戚也都不知道。對於這件事，父親總之就像海底的牡蠣那樣堅持閉嘴不肯透露。」

然後事到如今，就算撬開那硬殼，內容可能也已經空了。我向政彥道過謝，掛斷電話。

我會發現那張附有〈刺殺騎士團長〉這不可思議標題的雨田具彥的畫，完全出於偶然。

半夜裡有時候會從臥室的屋頂下傳來窸窸窣窣的微小聲音，剛開始我想可能是老鼠或松鼠爬進屋頂下來。但那聲音，和小型齧齒類的腳步聲顯然不同。和蛇的爬行聲也不同。那有一點類似把蠟紙放在手心咖沙咖沙揉成一團時的聲音。雖然不是吵得睡不著的聲音，但屋子裡有不明就裡的東西，總不能心安。那說不定是會危害屋子的動物。

我到處找過之後，發現客房內側壁櫥的天花板，有通往閣樓的入口。入口的蓋子是八十公分見方的正四方形。我從儲藏室搬了鋁梯來。一手拿著手電筒，推開入口的蓋子。然後戰戰兢兢地探出頭去，環視周圍一圈。閣樓的空間比想像的寬，昏昏暗暗的。右手邊和左手邊各開了一個小通風口，從那裡稍微透進一點白天的光。我試著用手電筒照一照每個角落，沒看見任何東西。至少看不見會動的東西，我乾脆從開口處爬上閣樓看看。

空氣中有一股灰塵的氣味，但不至於令人感覺不快。通風似乎不錯，地板上灰塵也不算多。雖然有幾根粗壯的樑低低橫過頭上，但除了那個之外還可以站起來走動。我小心慢慢前進，檢查一下兩個通風口。兩邊都罩著鐵絲網，讓動物無法侵入，然而朝北的通風口的鐵絲網有個破洞。可能被什麼碰撞而自然破損了。或者某種動物想進來而故意破壞網子。不管怎麼樣，總之有一個小型動物可以輕鬆穿過的破洞。

然後我看到夜晚發出聲音的那個壞東西了。那東西悄悄躲藏在樑上陰暗的地方，是一隻小型灰色貓頭鷹。貓頭鷹好像閉著眼睛正在睡覺。我把手電筒關掉，為了別嚇到牠而退後一點，從稍微離開的地方安靜觀察那隻鳥。從這麼近看貓頭鷹還是第一次，看起來與其說是鳥不如說是長了羽毛的貓。真是美麗的生物。

貓頭鷹可能白天在這裡安靜休息，到了晚上才從通風口出去，在山上尋找獵物。牠出入時的聲音，可能吵醒我了。沒有害處。而且只要有貓頭鷹在，就不用擔心老鼠或蛇會到閣樓來築窩。就讓牠繼續留在那裡吧。我對那隻貓頭鷹自然有了好感。我們是偶然借住並共有這間屋子的房客，你就盡情的住在閣樓上吧。觀察了貓頭鷹的模樣一會兒之後，我就躡著腳步往回走。就在這時發現入口旁有一個大包裹。

一眼就知道那是包裝起來的一幅畫。大小約高一公尺寬一公尺半左右。以茶色的包裝用和紙緊緊包著，再用繩子捆了好幾圈，此外閣樓上沒有擺任何東西。從通風口透進淡淡的陽光，停在樑上的灰色貓頭鷹，靠在牆上立著的一幅包裝著的畫。這樣的搭配組合含有某種幻想性，吸引人心的東西。

我試著小心的悄悄提起那包裝看看，不重。畫只有用簡單的框裱裝的重量。包裝紙上積著薄薄的一層灰塵。可能從相當久以前，就放在這裡沒被誰的眼光接觸過。繩子上用鐵絲牢牢繫著一張名片，上面以藍色原子筆寫著〈刺殺騎士團長〉。相當工整的字體，那可能是畫的標題。

為什麼只有那一幅畫，悄悄藏在閣樓上呢？當然原因不明。我思索著，這是怎麼回事？試想起來，當然保持原來狀態才是合乎禮儀的行為。這裡是雨田具彥的住家，那幅畫一定是雨田具彥所有的畫（很可能就是雨田具彥自己畫的畫），由於某種私人理由，他不想讓別人看到而藏在這裡。那麼不要多管閒事，就和貓頭鷹一起一直留在閣樓上好了。我不該去干涉。

不過雖然知道應該這樣，我卻無法壓抑自己內心湧起的好奇心。尤其那畫的標題（可能是）〈刺殺騎士團長〉這字眼挑逗了我的心。那到底是什麼樣的畫？而且雨田具彥為什麼非要把那——偏偏只有那幅畫——藏在閣樓上不可呢？

我拿起那包裝，試試看能不能通過那入口。以理論上來說，能搬上這裡的畫不可能無法搬下去。而且通往閣樓的出入口除此之外沒有別的。不如實際試試看。正如預料，畫剛好可以從那正四方形對角線的地方緊挨著通過那開口。我試著想像雨田具彥把那幅畫搬上閣樓的樣子。那時候他應該是獨自一人，心中懷著某種祕密。我彷彿實際目擊那情景一般，腦子裡歷歷浮現那模樣。

就算知道我把這幅畫從閣樓上搬下來，雨田具彥可能也不會生氣吧。他的意識現在已陷入深深的混沌中，借用他兒子的說法是已經「連歌劇和平底鍋都分不清」了。他不可能再回到這屋子來了。而且這幅畫如果繼續放在通風口網子破損的閣樓上，難保什麼時候不會被老鼠或松鼠咬壞，也可能被蟲子蛀蝕。如果那幅畫是雨田具彥畫的，那就意味著會成為文化上不小的損失。

我把那包裹放在壁櫥的架子上，向依舊在樑上縮著身體的貓頭鷹微微揮揮手後，就下來，把入口的蓋子靜靜地關上。

不過我沒有立刻打開包裝。幾天之間，就讓那茶色包裝靠在畫室的牆上。然後我坐在地板上，沒做什麼，只是一直望著它。要不要擅自打開包裝，很難下定決心。那怎麼說總是別人的所有物，再怎麼善意地想，我都沒有權利打開那包裝。如果想這樣做，至少必須得到他兒子雨田政彥的許可。但不知道為什麼，我不想讓政彥知道那幅畫的存在。我覺得這是我和雨田具彥之間純粹個人的，一對一的問題。我無法說明為什麼我會有這種奇怪的想法。

以包裝用的和紙包著，再用繩子嚴密地捆起來的那幅畫（好像是），名副其實快被我凝視出破洞了，經過一再思索又思索之後，終於決心要取出內容物來。我的好奇心更堅強而執拗，遠遠勝過我重視禮節和常識的心情。那是身為畫家的職業性好奇心，還是身為一個人的人性上單純的好奇心，自己也無從判斷。但無論如何，我不能不看那內容。不管會被別人怎麼指責，我心已經篤定。把剪刀拿來，剪開牢固的繩子，再把茶色包裝紙打開來看。為了有必要的話可以重新包起來，我花時間仔細地揭開。

在幾層重疊的茶色包裝紙之下，還用像更紗般柔軟白布裹起來的簡單裱框的畫。我試著輕輕揭開那布。像揭開受到重度火傷者的繃帶時那樣，小心翼翼地。

在那白布下現身的，正如我所預料的，是一幅日本畫。長方形橫幅的畫。我把那畫立在架子上，從稍遠的地方眺望。

毫無疑問，就是雨田具彥親手畫的作品。不會錯，正是他的風格，以他獨自的手法描繪出來的。大膽的留白，和動態的構圖。上面所畫的是飛鳥時代裝束的男女。那個時代的服裝和那個時代的髮型。但那幅畫讓我非常驚訝。因為那是令人窒息的暴力性的畫。

就我所知，雨田具彥幾乎沒有畫過粗獷類型的畫。或許可以說一次都沒有。他的畫，多半是會引人懷舊的，安穩而和平的作品。偶爾也會以歷史上的事件為題材，但畫中所能見到的人們的姿態大多溶入樣式之中。人們在古代富饒的自然中，被包含在緊密的共同體中，珍惜和諧地生活著。多數的自我在共同體的總體意識裡，或被吸收在安穩的宿命中，於是世界的環境被安靜地封閉。那樣的世界對他來說就是烏托邦嗎？他從各種角度，各種視線繼續描繪著那樣的古代世界。很多人把那樣的風格稱為「近代的否定」，稱為「古代的回歸」。其中當然也有人把那稱為「現實的逃避」用以批判他。無論如何他從去維也納留學再回到日本之後，便捨棄了現代主義取向的油畫，一個人在那靜謐的世界閉門作畫。一句都沒說明，也沒辯解。

但在〈刺殺騎士團長〉的畫中，卻流血了，而且真的流著大量的血。兩個男人握著沉重的古代的劍互相爭鬥。看來似乎是個人的決鬥，爭鬥的一方是年輕男人，一方是年老的男人。年輕男人的劍深深刺進老男人的胸部。年輕男人留著細細的漆黑鬍子，穿著淺艾草色修長的衣服。老男人身穿白色裝束，留著大把白鬍子，脖子戴著珠串首飾。他手上握的劍已經脫手，那劍還沒完全掉落地上。他的胸前卻已噴出大量的血。想必劍的尖端貫穿了大動脈。那血染紅了他的白色裝束，嘴角因痛苦而歪斜。眼睛睜得大大的，悔恨地睨著虛空。他覺悟到自己落敗了，但真正的痛還沒來到。

另一方年輕男人的眼神極冷，眼光筆直尖銳地瞪視對方男人。眼中既沒有悔意，沒有猶疑或畏怯的影子，也沒有興奮的神色。那瞳孔始終保持冷靜，眼中只看見迫在眉睫的別人的死，和自己無疑的勝利。洶湧噴出的血只不過是證據，那並沒有引起他任何的感情。

老實說，我過去以為日本畫是一種描繪比較靜態的，樣式化世界的美術形式。我很單純地認為日本畫的技法和畫材並不適合表現強烈的感情，覺得那是和自己完全無緣的世界。但在面對雨田具彥的〈刺殺騎士團長〉時，才知道自己的那種想法只是成見而已。雨田具彥所畫的那兩個男人賭上性命，激烈決鬥的光景中，有撼動看畫者內心深處的東西。勝利的男人和失敗的男人，刺殺的男人和被刺的男人。那落差般的東西，撼動了我的心。……這幅畫有某種特別的東西。

而且有幾個人在近處守望著那決鬥。一個是年輕女子。穿著純白衣服的高尚女子，頭髮挽起，別著大髮飾。一手摀在嘴前，半張著口，吸著氣，好像即將大聲喊叫似的。美麗的眼睛睜得大大的。

另外一個，是年輕男人。服裝不太講究，膚色黝黑。沒什麼裝飾，穿著方便行動的衣服。腳上穿著簡單的草鞋，看起來像個僕人。沒配劍，只有腰間插著短刀。個子矮小肥胖，下顎留著薄薄的鬍鬚。左手拿著賬簿般的東西，以現在來說就像辦事員拿著記事夾般。右手像要抓住什麼，伸向空中。但那手什麼也沒抓住。他是老人的僕人嗎？是年輕男人的僕人嗎？或者女子的僕人？從畫面看不出來。只知道一件事，就是這決鬥似乎是在快速發展之下所發生的，無論女子或僕人都完全無法預測到的事。兩人臉上露出顯然無比驚愕的表情。

四個人中唯一不驚訝的只有一個人，就是年輕的殺人者。可能任何事情都無法讓他驚訝，他並不是天生的殺手，並不以殺人為樂。但為了某種目的，要斷絕他人的性命他倒是毫不遲疑。他還年輕，會為理想而燃燒（什麼樣的理想則另當別論），是充滿力氣的男人，而且也學會如何技巧地使用劍術。看見人生盛年已過的老人，在自己手中死去的模樣，對他來說並不值得驚訝。反倒是自然的，合理的事情。

此外還有一個人，這裡還有一個奇怪的目擊者。那個男人的模樣，就像本文所附的註腳一般，出現在畫面的左下方。男人把蓋在地面的蓋子推開一半，從那裡伸出頭來探看。蓋子是正方形的，好像是用木板做的。那蓋子讓我想起這棟房子通往閣樓入口的蓋子，形狀和大小都一模一樣。男人從那裡探視著地上人們的身影。

地面的開口？四方形的地洞？怎麼可能。飛鳥時代不可能有下水道。而且決鬥是在戶外進行的，在什麼也沒有的空地般的地方。背景畫出的，只有枝葉低垂的松樹而已。為什麼在那樣的地面，會有附蓋子的洞穴開口呢？不合理。

而且從那裡伸出頭來的男人也很奇怪。他的臉就像彎曲的茄子般，異樣細長。而且那臉上長滿了黑鬍子，頭髮也長得糾結在一起。看來既像流浪漢，像出家的隱士，也像呆子。但眼神卻出奇的銳利，看來甚至具有洞察力。雖然如此，那洞察並不是透過知性而獲得的，而是出於一種飄逸——或有時像瘋狂般——碰巧帶來的東西。服裝的細節不清楚，因為我眼睛能見到的，只有脖子以上的模樣而已。他也目睹了那場決鬥。但對那結果似乎並不感到驚訝，反倒當作該發生的事，純粹在旁觀似的。或者看來也像對那事情的發展過程為了慎重起見而來確認細節而已。女子和僕人，並沒發現背後那個長臉男人的存在。他們的眼光都盯在激烈的決鬥上。誰都沒有回頭看。

這個人物到底是誰？他為什麼會潛進這古代的地底？雨田具彥是以什麼目的，特地把這身分不明的奇怪男人的模樣，畫進畫面的角落，破壞了整體協調的構圖呢？

而且首先，為什麼要為這幅作品取名為〈刺殺騎士團長〉呢？確實在這幅畫中，身分較高的人物被劍刺殺了。但穿著古代衣裳的老人的模樣，怎麼看都和「騎士團長」的稱呼不搭調。「騎士團長」的頭銜顯然是歐洲中世紀或近世的東西。這種官職在日本歷史上並不存在。然而雨田具彥依然要為這幅作品加上〈刺殺騎士團長〉這樣不可思議的標題。其中應該有某種理由。

然而「騎士團長」這個詞彙，有什麼輕微刺激我的記憶。我記得以前聽過這個字眼。為了把那細線拉近，我回溯記憶的痕跡。應該在哪一本小說或戲曲中，看過那字眼的。而且是廣為人知的著名作品。在哪裡呢……

然後我忽然想起來，是莫札特的歌劇《唐．喬凡尼》。那一開頭應該有〈刺殺騎士團長〉的一幕。我走到客廳的唱片櫃前，從裡面拿出《唐．喬凡尼》的盒裝專輯來，查閱解說書。而且確認開頭的場景中被殺害的果然是「騎士團長」。但他沒有名字，只記載「騎士團長」而已。

歌劇的劇情介紹是用義大利文寫的，上面寫著一開始被殺的老人是「IL Commendatore」。不知是誰把那翻譯成日本語「騎士團長」，這譯名從此固定下來。我不知道現實的「IL

Commendatore」正確是什麼樣的地位或官職。幾種版本專輯的解說書上，都沒有說明。在這齣歌劇中他只是沒有名字的「騎士團長」，角色任務就是一開始被唐．喬凡尼親手刺殺，並在最後化身為能行走的不祥雕像出現在唐．喬凡尼面前，把他帶到地獄去。

試想起來，這應該很清楚了。這幅畫中所描繪出來的、容貌端正的年輕人，就是放蕩的唐．喬凡尼（以西班牙語來說是唐．璜），被殺的年長男人是有名望的騎士團長。年輕女子是騎士團長美麗的女兒安娜女士，僕人是服侍唐．喬凡尼的雷波雷羅。他手上拿著的是，逐一記載主人唐．喬凡尼到目前為止所征服的女人們名字的名簿，相當長的名單。這唐．喬凡尼極力調戲安娜女士，與出面譴責的父親騎士團長鬧到決鬥，最後刺殺了他。這是著名的一幕。為什麼沒注意到這個呢？

可能是因為莫札特的歌劇，和取材於飛鳥時代的日本畫，這樣的組合實在距離太遠了吧。因此在我心中這兩件事情未能順利連上。不過一旦弄清楚之後，一切就明白了。雨田具彥把莫札特的歌劇世界原原本本直接「翻案」到飛鳥時代。我承認，這確實是個非常有趣的嘗試。但那翻案的必然性到底在哪裡呢？那和他平常的畫風實在差別太大了。而且他為什麼非要特地把那幅畫包裝得那麼嚴密又藏到閣樓上去不可呢？

還有那畫面左下方，從地下探出細長的頭來的人物，他的存在到底意味著什麼呢？莫札特的歌劇《唐．喬凡尼》中當然沒有這個人物出場。雨田具彥是懷著某種意圖，才把這個人物加進畫的這一幕的。而且在歌劇中，安娜女士並沒有目擊父親被刺殺的現場。她正去向情人騎士奧塔維歐求助。然後兩人回到現場時，發現父親已經斷氣。雨田具彥的畫中

——可能為了加強戲劇效果——微妙地改變了那狀況的設定。但從地下探出頭來的人，怎麼看都不像奧塔維歐。那個男人的相貌，顯然違背這個世界的基準，是個異形。不可能是來幫助安娜女士的白面正義騎士。

那個男人是從地獄來的惡鬼嗎？為了最後要把唐・喬凡尼帶到地獄去，先來偵查，提前在這裡現身的嗎？不過怎麼看，那個男人都不像是惡鬼或惡魔。惡鬼不會擁有會發出這麼奇異光輝的眼睛。惡魔不會悄悄推開正方形木製孔蓋，探頭窺探地面。那個人物或許是以某種奇術師（trickster），介入其中的樣子。我暫且把那個男人稱為「長臉的」。

然後過了幾星期，我只是默默盯著那幅畫。面對那幅畫時，完全沒有想自己畫的念頭，也不想好好吃東西。頂多打開冰箱眼睛看到的青菜加上美乃滋嚼，或打開買來放著的罐頭倒進鍋裡熱而已。我坐在畫室地板上，反覆聽著《唐・喬凡尼》的唱片，不厭其煩地注視著〈刺殺騎士團長〉。天黑後就在那前面喝葡萄酒。

了不起的作品，我想。但就我所知，這幅畫並沒有收錄進雨田具彥的任何畫冊中。換句話說世間一般人並不知道這幅作品的存在。如果公開的話，這幅作品一定會成為雨田具彥的代表作之一。如果什麼時候會舉行雨田具彥回顧展的話，這是用在海報上也不奇怪的作品。而且這不只是「畫得真精彩」而已的畫。這幅畫中顯然有著不尋常的張力，這是稍具美術素養的人都不會看漏的事實。畫中含有會對看畫的人內心深處訴說什麼，好像會把想像力誘導到某個別的地方去似的暗示。

而且我的眼睛無論如何都無法離開那畫面左端，滿臉鬍子的「長臉的」。因為我覺得他好像打開蓋子，正在引誘我個人到地下的世界去似的。不是其他的誰，而就是我。事實上，那蓋子底下到底是什麼樣的世界，我在意得不得了。他到底是從哪裡來的？他在那裡到底在做什麼？那蓋子是否終究要再關閉起來，或者會一直繼續開著？

我一邊看著那幅畫，一邊反覆聽著歌劇《唐．喬凡尼》的那個場面。序曲之後，第一幕．第三場。並幾乎能背出那時所唱的歌的歌詞，和口中所唸的台詞。

安娜女士

「啊，那個兇手，殺了我的父親。

這血……，這傷……

臉上浮現死亡的顏色，

氣息已經斷絕

手腳已然冰冷

父親哪、親愛的父親！

意識逐漸遠離，

您就這樣即將死去」

06 目前為止還是沒有臉的委託人

經紀人打電話來，是在夏季已經即將接近尾聲時。很久沒有人打電話來了。白天還留有夏天的暑氣，太陽一下山，山中的空氣就變涼。原來那麼吵鬧的蟬聲也逐漸變小，取而代之的是蟲鳴開始展開盛大的合唱。和在都會中生活時大不相同，在圍繞著我的自然中，推移的季節更不客氣地切取該取的份。

我們先互相報告各自的近況。話雖如此，也沒什麼大事可說。

「那麼，畫畫方面進行順利嗎？」

「一點一點。」我說，當然是說謊。搬進這棟房子四個多月，準備的畫布還是雪白的。

「那就好。」他說。「過一陣子讓我看一下作品吧。說不定我可以幫上什麼忙。」

「謝謝。過一陣子。」

然後他切入重點。「我想拜託您一件事情，所以打電話來。有意願再畫畫看肖像畫嗎？一次就好，怎麼樣？」

「我應該說過，不再畫肖像畫了啊。」

「是啊，確實聽您說過。不過這次的報酬特別好。」

「特別好？」

「無與倫比的好？」

「怎麼個無與倫比？」

他提出具體的數字。我不禁想吹口哨，不過當然沒吹。「世間除了我之外，應該還有很多肖像畫的專家。」我以冷靜的聲音說。

「雖然不是很多，不過功力不錯的肖像畫專家，除了您之外是有幾個。」

「那麼可以問他們哪。有那樣的金額，誰都會二話不說就接下吧。」

「委託人就是指名要您。條件是要您畫，別人不行。」

我把話筒從右手轉到左手，用右手抓抓耳朵後面。

對方說：「那個人看過幾幅您畫的肖像，聽說非常喜歡。他說您的畫所擁有的生命力，是別人難以達到的。」

「不過我真不懂。首先我畫過的肖像畫，一般人看過幾幅，這種事情可能嗎？我又不是每年都在畫廊開個展。」

「詳細情形我也不清楚。」他以有點為難的聲音說。「我只是把委託人的話照樣轉達給您而已。我一開始就先告訴對方，您已經不再接肖像畫的工作了。決心很堅強，所以拜託應該也沒有用。可是對方沒有放棄，因此才會提出這具體的金額來。」

我在話筒前試著考慮那個提案。老實說，提出的金額讓我動心。而且我所畫的作品——就算是家庭副業，一半也是機械性完成的——有人能看出那價值，也帶來不少的成就感。但我已經向自己發誓過不再畫營業用肖像畫了。以和妻子分開為契機，一心想重新展開新的人生。不能只因眼前看到一大筆錢，就輕易推翻這決心。

「可是委託人，為什麼這委託人出手這麼大方呢？」我試著問。

「雖然世間這麼不景氣，另一方面還是有錢太多的人。例如靠從網路的股票交易賺來的，或是ＩＴ產業的創業者，這方面的人好像很多。而且肖像畫的製作費用也可以用支出報帳。」

「當成支出報帳？」

「帳簿上肖像畫不是美術品，而是可以當成業務用的固定設備。」

「這樣聽起來心頭暖暖的。」我說。

從網路上的股票交易賺錢的人，或ＩＴ產業的創業者，不管錢怎麼多，就算能以經費報銷，我還是不認為他們會想讓人畫自己的肖像，當成設備掛在辦公室的牆上。他們多半是以穿洗褪色牛仔褲，Nike運動鞋，舊的T恤襯衫，套一件Banana Republic的夾克在工作，用紙杯喝STARBUCKS咖啡自豪的年輕傢伙。厚重的油畫肖像和他們的生活格調不搭配。不過世上當然有各種各樣的人，不能一概而論。未必沒有人希望畫出自己正以紙杯喝STARBUCKS（或哪裡）（當然是採用Fair Trade咖啡豆泡的）咖啡的肖像。

「但是，只有一個條件。」他說。「那位委託人希望實際當模特兒，面對面讓您畫。」

「可是我大體上不採用這種畫法。」

因此他說他會空出時間。」

「我知道。您雖然會跟客人做單獨面談，但實際作畫時卻不採用模特兒。這是您的做法，我也把這點告訴委託人了。他說您或許向來是這樣，不過這次希望好好面對他本人畫。這是對方的條件。」

「那意味著什麼呢？」

「我也不清楚。」

「相當不可思議的委託啊。為什麼要堅持這個？不用當模特兒，反而輕鬆不是嗎？」

「是有點特別的委託，不過我想關於報酬則沒話說。」

「我也覺得報酬沒話說。」我同意。

「那麼接下來就看您了，並沒有要您出賣靈魂賣給他。您身為肖像畫家的手上功夫非常高明，人家就是看上您的手上功夫。」

「好像退休隱居的黑手黨殺手似的。」我說。「去把最後一個目標幹掉，似的。」

「又沒要您讓人流血。怎麼樣？要不要接？」

沒要你讓人流血，我在腦子裡重複。並想起〈刺殺騎士團長〉的畫面。

「那麼要畫的對象是什麼樣的人？」我問。

「老實說，我也不知道。」

「男的還是女的，這也不知道嗎？」

「不知道。性別、年齡、名字，什麼都沒說。到目前為止還是沒有臉的委託人。是由自稱代理人的律師打電話來的，我只跟那個人談。」

「不過是認真的吧？」

「是啊，絕對不是隨口說說。對方是可靠的律師事務所，如果談成的話，會立刻把訂金匯過來。」

我握著話筒嘆了一口氣。「事情太突然了，沒辦法馬上答覆。我需要一點時間考慮。」

「沒關係。儘管好好考慮。對方說不急。」

我道了謝，掛斷電話。因為想不起其他事可做，便走進畫室打開燈，坐在地上繼續盯著〈刺殺騎士團長〉的畫。不久肚子開始餓了，於是走進廚房，拿著番茄醬和裝了Ritz餅乾的碟子回來。然後用那餅乾沾番茄醬吃，再看畫。那種東西當然稱不上美味。不如說很難吃。不過不管美不美味，對當時的我來說，都是小事一樁。只要能稍微填一下空肚子就不錯了。

那幅畫以整體或細部，都如此強烈地吸引我的心。甚至可以說我幾乎是被囚禁到那畫裡了。我在花了幾個星期盡情眺望那幅畫之後，接下來走上前去，把每個細節分別挑出來一一仔細檢查看看。特別引起我興趣的是五個人臉上所露出的表情。我用鉛筆把畫中每個人的表情精密地素描下來。從騎士團長、唐・喬凡尼、安娜女士、雷波雷羅，到「長臉的」，就像讀書家把書中喜歡的段落，一字一句毫不差錯地仔細抄進筆記那樣。

對我來說，把日本畫中所描繪的人物以自己的筆調描繪下來，這還是第一次的經驗，而開始畫之後立刻發現那是難度遠遠超乎想像的嘗試。日本畫本來就是以線為主的繪畫，表現法與其重視立體性不如更傾向平面性。所重視的與其說是寫實性不如說更具象徵性和記號性。以這樣的視線所描繪的畫面，要轉變成所謂「西畫」的語法本來就不合理。雖然如此但在幾次試行錯誤之後，似乎倒也逐漸順手。在這樣的作業中即使稱不上「脫胎換骨」，也需要經過自己對畫面的解釋和「翻譯」，因此首先就必須掌握原畫中的意圖。換句話說，我——只是或多或少——必須先了解雨田具彥這位畫家的視點，和為人才行。如果以比喻來說，就是有必要試著把自己的腳穿進他所穿的鞋子才行。

在持續那樣的作業不久之後，我忽然想到「好久沒畫了，再來畫畫肖像或許也不錯啊。」反正什麼也畫不出來。不知道自己想畫什麼，該畫什麼，一點頭緒都無法掌握。就算是沒有意願的工作，實際動手試畫看看或許也不錯。如果繼續每天這樣無所事事的話，或許真的會變成什麼都不會畫了。或許連肖像畫都不會畫了。當然對方提出的報酬金額也吸引人。現在雖然幾乎過著不太花錢的生活，但單靠繪畫教室的收入實在很難維持生活。已經做過長途旅行，也買了中古的Carolla廂型車，儲蓄確實正在漸漸減少。整筆大額的收入當然有很大的魅力。

我打電話給經紀人表示工作可以接，但只限這次。他當然很高興。

「可是要跟委託人面對面，在本人面前作畫，那麼我就必須去那邊了。」我說。

「這不用擔心。對方說會到您小田原的住宅訪問。」

「小田原的？」

「沒錯。」

「那個人知道我住的地方嗎？」

「聽說就住在您的附近，也知道您住在雨田具彥先生的家。」

我一瞬間說不出話。然後說：「真不可思議。應該沒有人知道我住在這裡。尤其是雨田具彥的家。」

「當然我本來也不知道。」經紀人說。

「那麼，他為什麼會知道？」

「這我就不清楚了。不過這個世界只要上網查一下，什麼都會知道。對老手的人來說，或許個人祕密等於不存在吧。」

「這個人住在附近只是偶然嗎？或者因為住得近，也成為他選我的理由之一嗎？」

「這我就不清楚了。您跟對方見面時，想知道什麼就自己問他好了。」

我說我會。

「那麼什麼時候可以開始工作呢？」

「隨時可以。」我說。

「那我就這樣回答對方，其他的事我會再聯絡。」經紀人說。

放下話筒後，我在露台的躺椅上躺下，試著回想這事情的始末。越想疑問越多。我住在這棟房子的事，那位委託人居然知道，這個事實最令我不高興。覺得自己簡直像是一直被誰監視著，一舉一動都被觀察著似的。可是甚麼地方的誰，到底為什麼，那麼關心我這個人呢？而且整體上有事情似乎太順利的印象。我畫的肖像畫確實口碑不錯，我自己對這個也有自信。話雖如此，但這也不過是到處都有的肖像畫。無論從任何觀點來看都稱不上「藝術品」。而且以社會觀點來看，我完全是個無名畫家。就算是看過我畫的幾幅畫，他個人很欣賞（這種話其實我還無法照單全收），他真的會這麼慷慨地照付報酬嗎？

難道那位委託人，是現在和我有關係的女人的丈夫嗎？這個想法忽然閃過我的腦子。雖然沒有具體根據，但越想越覺得這種可能性也不是沒有。附近對我個人會感興趣的匿名者，我只能想到這樣而已。不過為什麼她的丈夫，非要花大錢特地請妻子的外遇對象為自己畫肖像不可呢？事情說不通。除非對方是個想法相當變態的人。

算了，我最後想。如果眼前有這樣的趨勢，就暫且順其自然吧。假如對方有什麼隱藏的企圖，就配合那企圖吧。與其在山上動彈不得，或許不如臨機應變比較聰明。而且我也很好奇，到底我即將面對的對手是什麼樣的人物？那對方捧著大把鈔票來，希望從我得到什麼回報呢？我倒想看看那是什麼？

這樣打定主意之後，心情稍微輕鬆一點。那天夜晚好久沒這樣什麼都不想地立刻睡熟了。半夜裡覺得好像聽到貓頭鷹活動所發出的咖沙咖沙聲，不過那可能是在斷斷續續的夢中所發生的事。

07 很容易記住的姓，無論好壞

我跟東京的經紀人通了幾次電話，決定第二周的星期二下午和那謎般的委託人見面（當時也還不知道對方的名字）。第一天只是初次見面的問候，略做一小時左右的談話而已，並不進入實際繪畫的作業，這是我向來的程序，事先做過確認。

畫肖像畫所必要的，不用說是確實掌握對方臉部特徵的能力，但只有這樣還不夠。只有這樣可能會流於漫畫、諷刺畫。寫生肖像所必要的，是能看透對方核心的能力。臉某種意義上類似手相。要說是天生的，不如說在歲月之流中，和各自的環境中慢慢形成的，沒有一個相同。

星期二的早晨，我把家裡整理乾淨，打掃一遍，從庭院摘花插進花瓶裝飾，把〈刺殺騎士團長〉的畫從畫室移到客房，用原來包裝的茶色和紙再包起來看不見裡面。那幅畫不能讓別人看到。

一點〇五分時一輛車開上陡坡，在玄關外的門廊停下來。粗壯沉重的引擎聲一時響徹周遭，好像大動物在洞窟深處滿足地低吼般的聲音。應該是排氣量很大的引擎。然後引擎聲停止，山谷之間再度恢復寂靜。銀色的Jaguar雙門跑車，擦得晶亮的長長葉子般耀眼地反射著雲間射出的陽光。我對車子不太熟悉，因此不知道是什麼型款。不過那是最新型的款式，行車里程還停留在四位數，我推測價格可能是我的中古Corolla廂型車所付金額至少二十倍的程度。不過我並不特別驚訝，這是為自己的肖像畫能出得起偌大金額的人物。就算是開著大型遊艇來也毫不奇怪。

從車上下來的是穿著品味良好的中年男人。戴著深綠色太陽眼鏡，穿著雪白長袖棉襯衫（不只是**白色**而已。而是**雪白**）、卡其色棉長褲、奶油色帆船鞋，身高大約比一七〇公分略高。臉算平順，曬得適度，整體散發著相當清潔的感覺。不過他首先吸引我目光的，怎麼說還是那頭髮。稍微有波浪的豐厚頭髮，可能一根也不剩完全是白髮，不是灰色或花白。總之像完美堆積起來的處女雪般的純白。

他下了車，關上車門（高級車輕鬆關上車門時，會微微發出厚重的聲音），他沒上鎖便把車鑰匙放進長褲口袋，往玄關方向走過來。我從窗簾的縫隙一直看著，非常美的步法。背脊挺直，必要的肌肉全都用上。平常一定有做什麼運動，而且是相當扎實的運動。我離開窗前，在客廳的椅子上坐下，等玄關的門鈴響起。門鈴一響，便慢慢走到玄關，把門打開。

我一打開門，男人便把太陽眼鏡摘下，放進襯衫胸前口袋，然後什麼也沒說就伸出手來，我也幾乎反射性地伸出手。男人握了我的手，就像美國人常做的那樣，有力的握手。從我的感覺來說力量稍微過強一點，但還不至於痛的地步。

「敝姓Mien Ser，請多指教。」男人以清楚的聲音說出。像演講會開頭，演講者一邊試著麥克風一邊打招呼那樣的口氣。

「歡迎。」我說。「Mien Ser先生？」

「寫成免稅店的免，色調的色。」

「免色先生。」我在腦子裡試著排出兩個漢字，字的組合有點奇怪。

「免除顏色。」男人說。「很稀有的姓，除了我們的親戚之外，幾乎沒有見過。」

「不過很容易記住。」

「沒錯。很容易記住的姓。無論好壞。」男人說著微笑了。從臉頰到下顎有一點薄薄的鬍渣，可能是鬍渣吧。正確說是幾厘米刻意不刮掉的吧。鬍子和頭髮不同，有一半是黑的。只有頭髮不知怎麼會完全變白，我覺得不可思議。

「請進。」我說。

姓免色的男人輕輕點頭，脫下鞋子進到屋裡。體態優雅，但似乎帶有幾分緊張。像被帶進新的場所的大貓那樣，每個動作都細心而輕柔，眼睛快速地四下觀察。

「好舒服的房子啊。」他在沙發上坐下後說。「非常安靜而祥和。」

「安靜是很安靜。只是買東西之類的有點不方便。」

「不過像您做這種工作，一定是很理想的環境吧。」

我在他對面的椅子上坐下。

「聽說免色先生也住在附近。」

「是啊，沒錯。走路過來有點花時間，但如果以直線距離來說的話是相當近。」

「‧‧‧‧‧‧‧‧‧‧‧‧‧‧‧」

「如果以直線距離來說的話。」我重複對方的話。因為這說法聽起來有一點奇怪。

「以直線距離來說的話，具體上有多近呢？」

「如果揮手的話，就看得見的地步。」

「換句話說從這裡可以看見府上嗎？」

「沒錯。」

我不知道該說什麼正猶豫時，免色先生說。「要不要看看我家。」

「如果方便的話。」我說。

「可以走出露台嗎？」

「當然，請便。」

免色從沙發站起來，從客廳直接往前走出相連的露台。然後從扶欄探出身子，指著山谷對面。

「那邊看得見白色的水泥房子吧。在山上，被太陽照著玻璃反光耀眼的那棟房子。」

他這麼一說，我頓時啞口無言。那就是我傍晚躺在露台的躺椅上，一邊喝著葡萄酒經常眺望的，那別致的豪宅。我家右手邊的斜對面，非常顯眼的大房子。

「是有一點距離，但大大揮手的話，好像可以打招呼的樣子。」免色說。

「可是，我住在這裡，您怎麼會知道呢？」我雙手放在扶欄上問他。

他臉上露出稍微困惑的表情。但並不是真的困惑，只是要讓人看來困惑而已。不過幾乎感覺不到其中帶有演技的要素。他只是想在應對之間稍微停頓一下而已。

免色說：「有效取得各種資訊，也是我的工作的一部分。我是從事這種職業的。」

「跟網路有關嗎？」
「是的。或者該說，我的工作一部分跟網路有關。」
「可是我住在這裡，應該幾乎沒有人知道。」
免色微笑。「幾乎沒有人知道，反過來也可以說，有少數人知道。」
我再看一次山谷對面，那棟白色的豪華水泥建築。然後重新再看看這位姓免色的男人的模樣，他可能就是每天晚上在那棟房子的露台現身的男人。我試著這樣想時，他的體型和動作，和那個人物的輪廓似乎完全吻合。年齡無法適當判斷，從雪一般純白的頭髮來看，好樣是五十歲代的後半或六十歲代的前半，皮膚有光澤和彈性，臉上沒有一點皺紋。而且那一對深邃的眼睛正放射出三十歲代後半的男人年輕的光輝。要總合這些再推算出實際年齡實在太難了。要說是四十五歲到六十歲間的任何年齡，可能都會就那樣相信。
免色回到客廳的沙發，我也回到客廳又在他對面坐下。我乾脆提出問題。
「免色先生，我有一個問題。」
「當然，請隨便問。」對方溫和地說。
「我住在您家附近這件事，和這次肖像畫的委託有什麼關係嗎？」
免色稍微面有難色。當他臉上感覺困惑時，眼睛兩側就會出現幾道小皺紋，相當有魅力的皺紋。他臉的五官，單獨看來都非常有型。眼睛修長稍微深入，額頭寬闊端正，眉毛清楚濃密，鼻子細長適度高挺。和略小的臉形完全搭配的眉毛眼睛和鼻子。不過說他的臉小，卻有點往橫向寬出，因此純粹從美的觀點來看，就產生平衡上的問題。縱橫不太均衡，但那不均衡也未必能一概斷定是缺點。那反而成為他容貌上的一個特色，因為那不平衡的地方，反倒有讓看的人安心的作用。如果太過於端正均衡的話，人們反而會對那容貌產生輕微的反感，而可能懷有戒心也不一定。但那張臉上，有讓初次見面的對象暫且放心的東西。看起來好像在親切地述說「沒問題，請放心。我不是那麼壞的人，不會對你做出過分的事情。」似的。

在尖尖的大耳朵前端，修剪整齊的白髮之間露出小臉。耳朵讓我感覺到新鮮的生命力般的東西。讓我想起秋天雨後的清晨，從滿地落葉之間忽然探出頭來的，充滿森林活潑朝氣的菇類。嘴巴橫向寬出，薄唇漂亮地筆直閉著，不怠惰地準備可能隨時會立刻微笑似的。

當然要稱他為英俊的男人是可以的，而且實際上也算英俊。只是他的容貌中，有乾脆拒絕那種千篇一律的形容，讓那些完全化為無效的地方。他的臉要稱為英俊未免太生動了，舉動太精妙了。臉上所浮現表情看來並不是刻意做出來的，而是完全自發性自然浮上來的。如果那是刻意的話，那麼他的演技就未免太高明了。不過我的印象那應該不是。

我會觀察初次見面的人的臉，從中感受各種事情。這已經成為我的習慣。大多的情況，並沒有具體根據，只不過是直覺而已。不過對身為肖像畫家的我，幫助最大的幾乎都是這只是直覺。

「答案是Yes，也是No。」免色說。他的手放在雙膝上，掌心朝上大大地張開，然後翻面。

我什麼也沒說，等他說下去。

「我這個人是一個會注意附近住著什麼樣人的人。」免色繼續說。「不，說注意不如說有興趣。這樣說可能比較接近，尤其是隔著山谷偶然會碰面的話。」

碰面的說法，我想距離有點太遠了吧，但我沒說什麼。腦子裡忽然浮現他可能擁有高性能望遠鏡，用那個悄悄觀察，但這點我當然也沒提。人家有什麼理由，非要觀察這個我不可呢？

「因此我知道您住在這裡。」免色繼續說。「我知道您是肖像畫的專業畫家，開始感興趣，於是看了您的幾件作品。剛開始是從網路的畫面看的，但那不過癮，於是看了三件實物。」

聽到這裡，我不得不懷疑。「您說看過實物？」

「我去找肖像畫的主人，也就是當模特兒的人，請他們讓我看。大家都很高興地讓我看喏。有人想看自己的肖像畫，被畫的人好像相當開心。讓我很靠近地看那些畫，而且跟實際的本人的臉比較之下，我覺得有點不可思議。因為畫和本人對照之下，漸漸搞不清楚哪一邊才是真的了。該怎麼說呢，您的畫中有某種東西，會從不尋常的角度刺激看畫人的心。猛一看就像平常類型的肖像畫，但仔細看時卻有什麼潛藏在裡面。」

「什麼？」我問。

「就是什麼。語言無法適當表現，但或許可以稱為真正的個性personality吧。」

「personality。」我說。「那是我的personality？還是被畫者的personality呢？」

「可能是雙方的。或許二者混合在那畫中，細密地糾纏在一起，無法分割開來。那是無法漏看的東西。就算猛一看就走過去，也會覺得忽略了什麼而自然回過頭來，這次卻入神了。我就是被這什麼所吸引的。」

我默不作聲。

「於是我想，無論如何我都要請這個人畫我的肖像畫。於是立刻跟你的經紀人聯絡。」

「透過代理人。」

「是的，我通常會用代理人幫我做各種事情。法律事務所會幫我做這個，並沒有罪惡感。只是想珍惜匿名性而已。」

「而且是很容易記得的姓。」

「沒錯。」說著他微笑了。嘴巴大大往橫向張開，耳朵尖端略微搖動一下。「有時不想讓人知道名字。」

「就算這樣，報酬的金額似乎也有點過高。」

「您也知道，東西的價格畢竟是相對的。供給和需要是由自然平衡決定的，這是市場原理。如果我想買什麼，而您卻說不賣的話，價格就會攀升。相反的話，當然就會下降。」

「市場原理我懂。不過有這必要嗎？對您來說，有那麼需要由我為您畫肖像畫嗎？這樣說也許不太妥，不過肖像畫這東西首先就不是非有不可的東西吧。」

「沒錯，不是非有不可。但我有好奇心這東西。如果由您來畫我的話，會畫出什麼樣的肖像畫？我想知道這個。換句話說，我是對自己的好奇心自己定了價碼。」

「而您的好奇心價碼很高。」

他笑得很樂。「好奇心這東西，是越純粹就越強的，而且也相對花錢。」

「您要喝咖啡嗎？」我試著問。

「好。」

「我剛剛用咖啡機泡的，沒關係嗎？」

「沒關係。請給我黑的。」

我到廚房去，用馬克杯倒了兩杯，拿著回來。

「有好多歌劇唱片啊。」免色一邊喝著咖啡說。「您喜歡歌劇嗎？」

「這裡的唱片不是我的，是屋主的。托這個福，我從到這裡之後聽了相當多歌劇。」

「您說的屋主是雨田具彥先生嗎？」

「沒錯。」

「您有特別喜歡什麼歌劇嗎？」

我想了一下。「最近經常聽《唐・喬凡尼》。有一點原因。」

「什麼樣的原因？如果方便可以告訴我嗎？」

「這是個人的小事，不是什麼大事。」

「我也喜歡《唐・喬凡尼》，常常聽。」免色說。「我有一次在布拉格的小歌劇院聽過《唐・喬凡尼》。那是共產黨政權垮台不久的事。我想您可能知道，布拉格是《唐・喬凡尼》初次演出的地方。劇場小，交響樂團編制也小，也沒有有名的歌手，但卻是非常精彩的公演。不像在大劇場時那樣，歌手不需要特別大聲唱，卻因此可以非常親密地把感情表現出來。如果是大都會歌劇院或米蘭的史卡拉歌劇院就沒辦法那樣。必須要有聲音宏亮的歌手。進行到詠嘆調時，簡直就像是特技演員一樣。但像莫札特的歌劇的作品所需要的，是室內樂般的親密。您不覺得嗎？在這層意義上，在布拉格的歌劇院所聽到的《唐·喬凡尼》，某種意義上或許是理想的《唐·喬凡尼》也不一定。」

他喝一口咖啡，我什麼也沒說地觀察他的動作。

「到目前為止，我有機會在世界很多地方聽過《唐·喬凡尼》。」他繼續說。「在維也納聽過、在羅馬、在米蘭、在倫敦、在巴黎、在紐約的大都會、在東京都聽過。有阿巴多、李汶、小澤、馬澤爾，還有誰指揮的……是普雷特吧，不過在布拉格聽到的《唐·喬凡尼》卻不可思議地留在心中。歌手和指揮家都是沒聽過名字的人。公演後走出外面時，布拉格街上正被濃霧籠罩。當時燈光照明還很少，一到夜晚街上便一片漆黑。在沒有人跡的石板路上漫無目的地走著時，有古老的銅像孤零零地豎立著。不知道是誰的銅像，不過好像是中世紀騎士的模樣。當時我不禁很想招待他吃晚餐，當然沒那麼做。」

這時他又笑了。

「您經常出國嗎？」我問。

「因為工作有時會出去。」他說。而且好像想起什麼似的就那樣閉嘴。我推測他可能不想觸及工作的具體內容吧。

「那麼怎麼樣？」免色筆直看著我的臉問。「我通過您的審查了嗎？願意幫我畫肖像畫嗎？」

「沒有什麼審查啊。只是想這樣面對面談一談而已。」

「不過我聽說，您在開始畫以前，首先要和客人見面談談。如果是意氣不相投的對象就不畫。」

我眼光轉向露台，一隻大烏鴉停在露台的護欄上，彷彿感覺到我的視線般，展開光澤的翅膀飛走了。

我說：「或許也有那樣的可能性，很幸運到目前為止，還沒遇過意氣不相投的對象。」

「但願我不會成為第一個。」免色微笑著說。但那眼睛卻絕沒有在笑，他是認真的。

「沒問題。我很樂意，請讓我為您畫肖像畫。」

「那太好了。」他說。然後頓了一口氣。「只是我擅自提出來，我這邊也有一點希望。」

我重新筆直望著他的臉。「請問是什麼樣的希望？」

「如果可能，我希望您不要在意肖像畫的規定，更自由地畫我。當然如果您想畫所謂的肖像畫的畫，也沒關係。可以照您向來所用的一般性的畫法也沒關係。但，如果不是，您想要以別種手法來畫，我也很歡迎。」

「別種手法？」

「那無論是什麼樣的風格，只要您喜歡，想那樣畫就行了。」

「換句話說，像有一段時期畢卡索某時期的畫那樣，半邊臉有兩隻眼睛也沒關係，是這樣的意思嗎？」

「如果您想那樣畫的話，我完全沒有異議。一切都交給您辦。」

「您要把那掛在您辦公室的牆上嗎？」

「我現在沒有所謂辦公室的地方。所以我想可能會掛在我家書房的牆上，如果您沒有異議的話。」

當然沒有異議。要掛哪裡的牆上，對我來說沒什麼差別。我想了一下之後說：

「免色先生，您這樣說我很感謝。但就算您說任何風格都可以，請自由地隨你高興畫，也無法立刻浮現具體的構想。我只是一介肖像畫家，長久以來一直在既定的樣式下畫著肖像畫。就算您要我把制約拿掉，制約本身有一部分也已成為技法了。因此我想可能會以向來的做法，就是所謂肖像畫的方式來畫。這樣也可以嗎？」

免色雙手一攤。「當然可以，只要您認為可以就可以。我所要求的唯一一件事，就是您是自由的。」

「還有，實際上以您為模特兒畫肖像畫時，會請您到這畫室來好幾次，長時間坐在這椅子上。我想您工作應該很忙，這可能嗎？」

「我隨時可以空出時間，實際上面對面畫，本來就是我這邊提出的希望。我會到這裡來，盡量長時間乖乖地當模特兒坐在椅子上。我想在那之間我們可以慢慢談話。說話沒關係吧？」

「當然沒關係。不如說，很歡迎談話，對我來說您真是謎一樣的人。要畫您，或許有必要對您稍微再多了解一點。」

免色笑著安靜地搖搖頭。他一搖頭，雪白的頭髮就像被風吹拂的冬季草原般柔和地搖著。

「你好像太抬舉我了，我並不是什麼謎。我不太談自己，是因為跟人家談這些，也只不過無聊而已。」

他一微笑，眼尾的皺紋又加深了。一副清潔而沒有保留的笑臉，但我覺得不只有那樣。在免色這個人物的內在，一定悄悄隱藏著什麼。那祕密放進上鎖的小箱子裡，深深埋在地下。是很久以前埋的，現在上面已經長滿了柔軟茂盛的綠草。知道埋著那小箱子地點的，在這個世界上只有免色一個人而已。我在他微笑的深處不由得感覺到，擁有那種祕密的孤獨。

我和免色從此又面對面談了二十分鐘左右。我們談了有關什麼時候開始來這裡當模特兒，時間上能有多少彈性，商量這些實務性的事情。臨走時，在玄關口他非常自然地再度伸出手來，我也自然地和他握手。最初和最後的堅定握手，可能是免色的習慣。他戴上太陽眼鏡，從口袋掏出車鑰匙，上了銀色Jaguar（看起來好像是調教良好的大型光滑生物），我從窗內看著那輛車優雅地開下斜坡。然後走出露台，眼光投向他可能即將回去的山上的白色房子。

我想，他是個不可思議的人。並不會擺架子，話也不算少。但實際上，他等於什麼也沒提到自己。我所得到的知識，只有他住在隔著山谷對面的那棟豪華住宅，和工作有一部分和ＩＴ有關，常常出國而已。而且也是歌劇迷。但除此之外的事幾乎一無所知。有沒有家人，年齡幾歲，出身地是哪裡，什麼時候開始住到那山上？試想起來，連名字都沒有問。

他到底為什麼這麼熱心地想讓我畫他的肖像畫？是因為我具有無庸置疑的繪畫才華，看的人不說也會自然明白——但願我能這樣想。但只有這點絕對不是他委託我的動機，這很明顯。或許我畫的肖像畫，某種程度吸引了他的興趣。我不認為他完全說謊，但我也不是那麼天真的人，不至於把他所說的理由全部照單全收。

那麼免色這個人物到底對我有什麼索求？他的目的是什麼？他為我準備了什麼樣的劇本？實際上和他見面，促膝相談之後，我還沒看到答案。謎團反而加深。為什麼他會有滿頭白髮？那白有不尋常的地方。就像愛倫坡的短篇小說，遇到大風浪一夜之間頭髮變白的漁夫那樣，他一定也遭遇過某種非常恐怖的經驗。

太陽下山後，山谷對面白色水泥洋房燈亮了。電燈明亮、燈數繁多。看來是不考慮電費的豪邁建築師所設計的房子。或者是極端懼怕黑暗的屋主，要求建築師為他設計出每個角落都可照得燈火通明的房子。無論如何，那棟房子從遠處看來，就像在暗夜的海上靜靜前進的豪華客輪一般。

我躺在黑暗的露台躺椅上，一邊啜著白葡萄酒一邊眺望那燈。期待著免色會不會走出露台，但那天他始終沒有現身。不過就算他走出對面的露台，又怎麼樣呢？從這邊向他大大地揮手招呼就好嗎？

接下來很多事情都會自然明白的。除此之外我無法期待任何事情。

08 換個形式的祝福

星期三在繪畫教室，指導過傍晚一小時左右的成人班之後，我走進小田原車站附近的網咖，連上Google，鍵入「免色」兩字開始搜尋。但姓免色的人，一個都沒找到，只有「駕駛執照」和「輕度色盲」的單字大量出現而已。關於免色氏的資訊似乎沒有流出世間，他說想「重視匿名性」好像是真的。當然是指如果那「免色」的姓是本名的話，我的直覺是這個不致於說謊吧。住的地方都明確地告訴我了，卻不告訴我真名也說不通吧。而且如果要捏造假名的話，除非有特別的理由也應該會選個稍微普通，比較不引人注意的姓。

回到家之後，我打電話給雨田政彥。閒聊了一會兒之後，試著問他知不知道住在山谷對面的姓免色的人，並說明蓋在山上的白色水泥洋房。他模糊地記得那棟房子。

「Mien Ser？」政彥說。「到底是什麼樣的姓？」

「寫成免除顏色的免色。」

「好像水墨畫似的。」

「白和黑也是顏色啊。」我指出。

「理論上是這樣。免色啊……沒聽過這個姓。住在隔著一個山谷對面山上的人，我怎麼會知道，住這邊山上的人我都完全不知道呢。那麼，那個人跟你有什麼關係嗎？」

「開始有一點關聯。」我說。「所以，才想到問你知不知道他。」

「上網查過嗎？」

「我上Google查過，撲個空。」

「Facebook或SNS方面呢？」

「沒有。那方面我不熟。」

「在你和龍宮的鯛魚一起睡午覺的時候，文明已經飛快進步了。算了，我幫你查查看。知道什麼的話，再打電話給你。」

「謝謝。」

然後政彥忽然沉默下來，感覺他在電話那頭正在尋思什麼。

「喂，等一下。你說Mien Ser嗎？」政彥說。

「是啊。免色。免稅店的免，色彩的色。」

「Mien Ser……」他說。「我記得以前在哪裡聽過這姓，不過也許是我的錯覺。」

「很少有的姓。聽過一次應該不會忘。」

「對呀。所以才會卡在頭腦的角落。不過記不得那是什麼時候，怎麼回事。感覺好像魚刺鯁在喉嚨似的。」

想起來再告訴我，我說。政彥說，我會。

我掛斷電話，稍微吃一點輕食。用餐中，正在交往的人妻打電話來。明天下午去你家好嗎？我說好啊。

「妳知道姓免色的人嗎？」我問看看。「住在這附近的人。」

「Mien Ser？」她說。「那是姓嗎？」

我說明那字。

「沒聽過。」她說。

「我家隔著山谷對面，有一棟白色水泥洋房吧。就是住在那裡的人。」

「我記得那棟房子。從露台可以看到非常顯眼的房子吧。」

「那就是他家。」

「免色先生住在那裡。」

「是啊。」

「那麼，他怎麼樣了？」

「沒什麼。我只想知道，妳知不知道他。」

她的聲音一瞬間沉下來。「那跟我有什麼關係嗎？」

「不，跟妳完全沒關係。」

她好像鬆一口氣似的嘆氣。「那麼，明天下午我去你那兒。大約一點半左右。」

我說，我會等妳。掛斷電話，我把東西吃完。

稍後，政彥打電話來。

「姓免色的人香川縣好像有幾個。」政彥說。「或許那位免色先生和香川縣有什麼關係，不過小田原附近姓免色的人，找不到任何資料。那麼，這個人物的名字呢？」

「名字還沒告訴我，職業也不清楚。只知道部分是從事跟ＩＴ有關的工作，從生活模樣看來，事業好像相當成功。年齡也不詳。」

政彥說：「這樣啊，那我可能要投降了。因為資訊也只不過是商品，只要懂得好好動用錢，也可能把自己的足跡抹乾淨。尤其如果本人懂ＩＴ的話，那更是輕而易舉了。」

「換句話說，免色先生運用某種方法，巧妙地消除自己的足跡。是這樣嗎？」

「是啊，有可能。我花時間查了很多網站，但一件也沒查到。這是相當稀奇而醒目的姓，卻完全不浮出檯面。要說不可思議也真不可思議。對世事不聞不問的你可能不知道，不過在這個世界上要攔阻自己的情報流出，對於某種程度稍有活動的人是相當困難的事。關於你的情報，關於我的情報，也都在世間流轉。連我所不知道的我的情報都在流傳著。像我們這種微不足道的小人物都這樣了，要隱藏大人物的身影真是太難了。我們就是生在這樣的世間，不管你喜不喜歡。怎麼樣，你看過有關自己的情報嗎？」

「不，一次也沒有。」

「那麼，最好別看。」

我說，沒打算看。

有效獲得各種資訊，是我工作的一部分。我從事的是這種職業。這是免色親口說的。如果能自由地取得資訊，那麼或許也可能隨意消除。

「這麼說來那位姓免色的人物說，在網路上查到我畫的肖像畫，還看過幾幅。」我說。
「然後呢？」
「然後就來委託我幫他畫肖像。他說喜歡我畫的肖像畫。」
「不過你說已經不畫肖像畫了，所以拒絕他。對嗎？」
我默不作聲。
「難道不是？」他問。
「老實說我沒拒絕。」
「為什麼？你不是下了堅定的決心嗎？」
「因為報酬相當好。所以我想，或許也不妨再畫一次肖像畫。」
「就為了錢？」
「那是很大的原因沒錯。從前一陣子開始收入來源幾乎中斷，差不多也必須為生活考慮了。現在雖然生活費不高，但還是難免有一些開銷。」
「噢，那麼，報酬有多少呢？」
我說出那金額。政彥在電話那頭吹口哨。
「這可是好一大筆啊。」他說。「確實這或許有接的價值。聽到金額你一定也嚇一跳吧？」
「嗯，當然嚇一跳啊。」
「這麼說或許有點失禮，不過願意付那筆錢買你畫的肖像畫的閒人，這個世界上再也沒有了。」

「我知道。」

「被你誤解就傷腦筋了，我不是說你缺乏當畫家的才華喔，以一個肖像畫的專家來說，你一直做得很好，也獲得應有的評價。美術大學同一屆畢業的，現在好歹也還能靠畫油畫吃飯的只有你一個了。雖然不知道是什麼水準的飯，總之是值得讚美的。不過說真的，你又不是林布蘭，不是德拉克洛瓦，連安迪沃荷都不是。」

「這我當然也很清楚。」

「如果知道的話，那麼人家提出的那報酬的金額，以常識來想，是太過分了，你當然可以理解吧？」

「當然可以理解。」

「而且他還碰巧住在你家附近。」

「沒錯。」

「說碰巧，是相當客氣的說法。」

我沉默以對。

「這背後恐怕有什麼內幕。你不覺得嗎？」他說。

「關於這點我也想過。但我想不到那背後會有什麼樣的內幕。」

「不過總之你接了那工作。」

「接了啊。後天開始工作。」

「因為報酬高嗎？」

「報酬也有很大的關係，但不只是這樣。還有其他理由。」我說。「老實說，我想看看到底會發生什麼事，那是更大的理由。對方願意付這麼高價錢的理由，我想看個究竟。如果有什麼內幕的話，我想知道那是什麼。」

「原來如此。」政彥說完嘆一口氣。「如果知道有什麼進展，也通知一聲。我也有一點興趣，好像滿有趣的。」

這時候我忽然想起貓頭鷹的事。

「我忘了說，這棟房子的閣樓上住著一隻貓頭鷹。」我說。「一隻灰色的小貓頭鷹。白天在樑上睡覺，到了晚上就從通風口出去獵食。不知道從什麼時候開始的，好像是以這裡為巢的樣子。」

「閣樓？」

「有時天花板上有聲音，因此我白天上去看看。」

「哦，我還不知道可以爬上閣樓。」

「從客房衣櫥的天花板有入口。不過空間很小，稱不上是閣樓的空間。不過讓貓頭鷹住倒是剛好的樣子。」

「不過那是好事。」政彥說。「如果有貓頭鷹的話，老鼠和蛇就不會靠近來。而且我以前在哪裡聽過，貓頭鷹到家裡來住是吉兆。」

「或許就是那吉兆，為我帶來肖像畫的高報酬。」

「如果是就好了。」他笑著說。「你知道英語有Blessing in disguise的說法嗎？」

「我英語不好。」

「偽裝的祝福。改變形式的祝福。猛一看好像不幸，其實是喜事，這樣的迂迴說法。Blessing in disguise。不過也有相反的事，理論上。」

理論上，我在腦子裡重複。

「你要好好注意喲。」他說。

我說我會小心。

第二天一點半她到家裡來，我們像平常那樣立刻在床上擁抱。而且在那行為之間，兩個人幾乎都沒開口。那天下午下雨。以秋天來說，是難得的激烈驟雨。簡直像是盛夏的雨。乘著風勢大粒的雨滴劈哩啪啦敲著窗玻璃，記得也夾雜著少數雷聲。厚厚的烏雲從山谷間滾滾流過，雨快速停了之後，山色截然變深。不知剛才在哪裡避雨的小鳥們一起現身，一邊吵鬧地啼叫著，一邊拚命四處尋找蟲子。雨後對牠們來說，是最好的午餐時刻。太陽從雲的縫隙露出臉來，把周遭樹木枝葉上的水滴照得晶亮。在下雨之間，我們一直沉迷於做愛，幾乎沒想到下雨的事。而幾乎就在一應行為全部結束的同時，雨停了。簡直就像在等著似的。

我們還赤裸地躺在床上，披著薄被聊天，主要在聊她兩個女兒的學校成績。大女兒書讀得好，成績也相當好，是個沒問題的沉穩孩子。但小女兒非常討厭讀書，一直在逃避書桌。不過個性開朗，長得相當漂亮。不怕生，周圍的人也喜歡她，運動也行。乾脆別讀書去當演員好了，怎麼樣？我還在考慮是不是把她送去培養童星的學校呢。

試想起來也真奇怪。在剛認識三個月左右的女人身邊，聽她談我沒見過的女兒們的事。甚至在商量她們的前途，而且兩人還一絲不掛。不過並不覺得不自在。碰巧窺探一下幾乎可以說不認識的人的生活。部分觸及往後不會有關係的人。這些情景一方面在眼前，同時又很遙遠。她邊說著這些邊玩弄我柔軟的陰莖，終於那又稍微硬了起來。

「最近在畫什麼嗎？」她問。

「沒有。」我老實說。

「不太有創作動力嗎？」

我一時語塞。「……不過不管怎麼樣，人家委託的工作，明天就必須開始動起來了。」

「接受委託畫畫嗎？」

「是啊。偶爾也必須做工賺錢哪。」

「委託，是怎麼樣的委託？」

「畫肖像畫。」

「是不是昨天在電話上提到的，免色先生的肖像畫？」

「是啊。」我說。她有感覺很敏銳的地方，常常讓我吃驚。

「所以你想知道，關於那位免色先生的一些事對嗎？」

「到目前為止他還是個謎樣的人物。雖然見了一次面談過，但還完全不知道他是怎麼樣的人。身為畫畫的人，對自己現在到底要畫的是什麼樣的人物，覺得有一點興趣。」

「去問本人不就好了。」

「就算問了，人家也許不會老實說。」我說。「可能只會說一些自己方便說的事。」

「我可以幫你查。」她說。

「妳有辦法查嗎？」

「也許稍微有一點。」

「網路上完全查不到。」

「網路在叢林裡不太能起作用。」她說。「叢林有叢林的通信網。例如敲大鼓，或在猴子的脖子上綁訊息之類的。」

「我對叢林的事不熟。」

「文明的機器不太能發揮作用的時候，大鼓和猴子或許有試試看的價值。」

在她輕柔而忙碌的手指之下，我的陰莖再度恢復十分的硬度。然後她巧妙而貪婪地運用著唇與舌，我們之間意味深長的沉默時間於是暫時降臨。小鳥們一邊啼唱著，一邊忙著追求生命的營為之間，我們開始第二次做愛。

包括中間休息的長時間性愛結束之後，我們下了床，以倦怠的動作從地上收集撿拾起各自的衣服，穿上。然後走出露台，一邊喝著熱香草茶，一邊眺望建在山谷對面的那棟白色水泥豪宅。在褪色的木製躺椅上並排坐下，深深吸入含著新鮮濕氣的山中空氣。從西南邊的雜木林裡之間，看得見閃著耀眼陽光的一小角海面。巨大太平洋的小小一角。周遭的山容已染上秋色，黃色和紅色的精緻漸層變化，中間嵌入一些常青樹的綠色色塊。那鮮豔的混合，使得免色氏房舍的白色水泥顯得更加鮮明突出。幾乎接近潔癖的白，看來往後無論任何東西——例如風雨、塵埃，甚至時間本身——也無法玷汙、貶低它那樣。白色也是顏色之一，我沒什麼含意地想。那絕不失色。我們在躺椅上長久無言，沉默極自然地存在那裡。

「住在白色豪宅的免色先生。」過一會兒她這樣說出口。「聽起來好像是個快樂故事的開頭似的噢。」

不過在前面等著我的東西，當然並不是什麼「快樂故事」，也不是換個形式的祝福。而且當那明朗化時，已經無法回頭了。

09 互相交換彼此的一部分

星期五下午一點半，免色開著同一輛Jaguar過來。開上陡峭山坡時引擎粗壯的隆隆聲逐漸加大，到屋前終於停止。免色和之前一樣輕輕地關上厚重的車門，摘下太陽眼鏡放進上衣胸前的口袋。一切都和上次一樣地重複，只是他這次穿的是白色POLO衫，套一件藍灰色棉夾克，奶油色棉長褲，茶色皮革運動鞋。穿搭高明的程度就算登上時裝雜誌都不奇怪的。雖然如此卻沒有「無可挑剔」的印象，一切都那麼不經意的自然而清潔。而且那厚厚的頭髮，就像他所住的住宅外牆一樣毫不混濁的純白。我依然從窗簾的縫隙觀察他那樣子。

玄關的門鈴響了，我打開門讓他進來。這次他沒有伸出手來握手，看著我的眼睛微微笑著，輕輕點頭而已。這樣我反倒鬆一口氣，因為我還暗自擔憂會不會每次見面都要用力握手。我和上次一樣領他到客廳，在沙發上落座，並從廚房端出兩杯剛泡好的咖啡。

「我不知道該穿什麼衣服來才好。」他好像在找藉口似的說。「這樣穿可以嗎？」

「現在這個階段穿什麼衣服都可以。最後再考慮要穿什麼就好。要穿西裝，或短褲涼鞋，服裝最後都可以調整。」

我在心中補一句，手上要拿星巴克的紙杯也行。

「要當畫畫的模特兒，好像很難鎮定啊。就算知道可以不用脫衣服，但還是難免覺得好像被脫光了似的。」

我說：「某種意義上或許正如您所說的。說到當畫畫的模特兒，往往要脫光衣服——很多場合是實際上，有時是比喻性的。畫家會想盡量深入地看透眼前模特兒的本質。換句話說，必須剝除模特兒身上所穿的外衣才行。不過當然這必須畫家擁有卓越的眼力，和敏銳的直覺。」

免色將雙手攤開在膝上，像在檢點似的看了一會兒。然後抬起頭說。「我聽說您平常是不用實際的模特兒畫肖像畫的。」

「是的。我會實際見一次對方，促膝相談。但不需要當模特兒。」

「這有什麼理由嗎？」

「稱不上什麼理由。只不過以經驗來說，那樣進行作業比較順手。第一次的面談盡量集中精神，掌握對方的形體、表情的動態、毛病和性向之類的東西，烙印在記憶裡。那樣的話，事後就可以憑記憶再生形象。」

免色說：「那真的非常有趣。換句話簡單說，就是把烙印在腦子裡的記憶，後來以畫像重新安排，再現成為作品。您以這樣的才能，擁有超人的視覺記憶力。」

「稱不上才能。可能比較接近單純的能力、技能吧。」

「無論如何，」他說，「我拜見過您所畫的幾幅肖像畫，強烈感覺到跟別人的所謂肖像畫——也就是當作純粹商品的所謂肖像畫——有什麼不同，可能就是因為這個。該說是再現性的新鮮感吧……。」
他喝一口咖啡，從上衣口袋掏出淺奶油色的麻手帕擦擦嘴角。然後說：
「不過這次卻特別像這樣用模特兒——也就是把我放在眼前——畫肖像畫。」
「沒錯。因為這是您所希望的。」
他點點頭。「老實說，因為我很好奇。自己的形體，在自己眼前逐漸被畫成畫，到底是什麼樣的感覺。我想實際體驗看看，不只是被畫成畫而已，而且當成一種交流的方式。」
「當成交流？」
「當成我和您之間的交流。」
我暫時沉默。我一時無法理解，交流這說法具體上意味著什麼。
「就是互相交換彼此的一部分的意思。」免色說明。「我拿出我的什麼，您拿出你的什麼。當然這不需要是重要的東西，只要簡單的東西，記號似的東西就行了。」
「就像小孩交換漂亮的貝殼那樣？」
「沒錯。」
我想了一下。「相當有趣，只是我這邊可能沒有可以和您交換的夠漂亮的貝殼。」
免色說：「對您來說，這種事會不太舒服嗎？平常不用模特兒畫，就不會意識到交流或交換之類的事嗎？如果是那樣的話我……」
「不，沒這回事。總之沒有那必要，所以沒用模特兒，並不是在遠離人的交流。因為我也是長久之間學過畫畫的人，因此有無數次用模特兒畫畫的經驗。如果您不討厭一小時、兩小時，什麼也不做地安靜坐在硬椅子上的苦差事的話，我對以您為模特兒來畫是完全沒有異議的。」

「很好。」免色雙手的手掌朝上，輕輕往上提說。「如果方便的話，我們就開始做這苦差事吧。」

我們移到畫室。我把餐廳的椅子搬過來，讓免色坐在那裡，讓他隨意擺喜歡的姿勢。我坐在木製的舊圓凳上（那可能是雨田具彥作畫時所用的東西）和他面對面，用軟鉛筆，先畫草圖。他的臉要如何在畫布上造形，有必要先決定基本方針。

「只是不動地坐著也很無聊吧。要不要聽什麼音樂？」我問他。

「如果不妨礙的話，我想聽個什麼。」免色說。

「您喜歡聽什麼，可以從客廳的唱片架上選。」

他花了五分鐘左右瀏覽唱片架，拿著喬治・蕭提（Sir Georg Solti）所指揮的，理查・史特勞斯作曲的《玫瑰騎士》回來。四片一套的ＬＰ盒裝。管弦樂團是維也納愛樂，歌手是 Regine Crespin 和 Yvonne Minton。

「您喜歡《玫瑰騎士》嗎？」他問我。

「我還沒聽過。」

「《玫瑰騎士》是很不可思議的歌劇。因為是歌劇，所以當然劇情擁有重要的意義，不過就算不知道劇情，光聽那音樂的流動，就會覺得完全被包進那個世界似的。這是理查・史特勞斯達到巔峰時期無比幸福的世界。初次公演時曾經被批評有懷古風情，保守退縮等，但實際上是具有革新性奔放的音樂。一方面受到華格納的影響，一方面展開他獨自的不可思議的音樂世界。一旦喜歡這音樂之後，會成為一種習慣。我喜歡聽卡拉揚和克萊巴指揮的，但還沒聽過蕭提指揮的。如果方便的話，很想趁這機會聽聽看。」

「當然沒關係。我們來聽吧。」

他把唱片放在轉盤上，放下唱針，並仔細調節擴大機音量。然後回到椅子上坐下，採取舒適的姿勢讓身體安定下來，專心聽著從喇叭播出的音樂。我從幾個角度快速捕捉他的臉，畫在素描本上。他的臉在端正中具有特徵的地方，要一一掌握那細部的特徵並不太難。我在三十分鐘裡畫了五張不同角度的素描，但重新審視時，卻被一種不可思議的無力感所捕抓。我所畫的畫雖然確實掌握住他臉上的特徵，但那除了「畫得很好」之外就沒有別的東西。一切都不可思議地膚淺、表面、缺乏該有的深度，和街頭畫家所畫的漫畫風肖像畫沒什麼兩樣。我又試畫了幾張素描，但結果幾乎一樣。

這對我來說，是很稀奇的事。我對於把人的臉部在畫面上重新構圖已累積了長久的經驗，多少也以此自豪。只要拿起鉛筆站在人前，腦子裡大概就會輕鬆地自然浮現幾種畫面，幾乎沒有為確定要畫的構圖而傷過腦筋。但這次，面對免色這個男人時，該有的畫面卻一直無法聚焦成形。

我可能看漏了重要的什麼了。我不得不這樣想。免色可能巧妙地把那隱藏起來不讓我看見。或者他身上本來就沒有那東西。

《玫瑰騎士》的四片套裝唱片中第一張的B面結束時，我無奈地闔上素描簿，把鉛筆放在桌上，把唱機的唱臂提起來。唱片從唱盤上拿起來，放回盒子裡。然後看看手錶，嘆一口氣。

「要畫您非常難。」我老實說。

他好像很驚訝地看我的臉。「非常難嗎？」他說。「您是說我的臉上，有什麼繪畫上的問題嗎？」

我輕輕搖頭。「不，不是這樣。您的臉當然沒有任何問題。」

「那麼，是什麼難呢？」

「這我也不清楚。我只是覺得難而已。或許我們之間，稍微缺乏您所說的『交流』吧。換句話說，貝殼的交換還不夠。」

免色有點困惑地微笑。然後說：「關於這點，我能做什麼嗎？」

我從圓凳上站起來走到窗邊，眺望在雜木林上方成群飛著的鳥的模樣。

「免色先生，如果方便的話，能不能給我多一點關於您的資訊？試想起來，我對您這個人，幾乎一無所知。」

「可以呀，當然。我並沒有特別隱藏自己什麼，也沒有什麼大祕密似的東西。我想大多的事情都可以告訴您。例如什麼樣的資訊呢？」

「例如我還沒聽過您的全名。」

免色　涉

Wataru Menshiki

「是噢。」他表情有點吃驚地說。「這麼說來真是這樣。只顧談話，一時迷糊了。」

他從長褲口袋拿出黑色皮製名片夾，從中掏出一張名片。我接過那張名片來讀，純白的厚名片上寫著免色涉。

而且背面印有神奈川縣的住址、電話號碼和E-mail網址。只有這樣。沒有公司名或頭銜。

「涉水的涉。」免色說。「我不知道為什麼會幫我取這樣的名字。因為我向來走過的人生與水不太有關係。」

「免色先生，說起來也是很少見的姓。」

「我聽說四國有宗族，我自己完全跟四國沒有關聯，生在東京，長在東京，也一直在東京上學。喜歡蕎麥麵勝過烏龍麵。」說著免色笑了。

「可以請教年齡嗎？」

「當然。上個月，五十四歲了。在您的眼裡看來大約幾歲呢？」

我搖頭。「老實說，完全猜不到。所以才問。」

「一定是這頭白髮的關係吧。」他邊微笑著說。「有人說因為這白髮所以很難看出年齡。我常聽說，因為極度害怕而一夜之間頭髮變白。我也經常被問到是不是因為這樣，不過我並沒有這種戲劇化的經驗。只是從年輕時候就開始有很多白髮，到了四十多歲時幾乎全白了。真不可思議。因為我祖父、父親和兩個哥哥，全都禿頭。家族裡滿頭白髮的只有我一個。」

「具體說來，您是從事什麼工作的？如果您不介意的話可以告訴我嗎？」

「我一點也不介意。只是該怎麼說呢，有點不好說而已。」

「如果不好說的話……」

「不，與其說不好說，不如說有點不好意思而已。」他說。「老實說，現在什麼工作都沒做。雖然沒領失業保險，但正式說是無業之身。一天花幾小時，在書房上網進出股票和外匯，並不是什麼大量。可以說是玩票，或打發時間的程度。只是讓頭腦動一動的訓練而已，就像鋼琴師每天要做音階練習一樣。」

免色說到這裡輕輕深呼吸，把翹腳換一邊。「以前創辦經營過ＩＴ資訊產業的相關公司，不過稍早以前想法改變，把持股全部賣掉退下來。買主是個大型電信公司，因此靠那積蓄暫時什麼也不做還能有飯吃。趁那機會我把東京的房子賣掉，搬到這裡來。簡單來說，就是隱居起來。積蓄分散到幾個國家的銀行，配合匯率的變動而做轉換，靠這個賺取些微的利潤。」

「原來如此。」我說。「家人呢？」

「沒有家人。也沒結過婚。」

「那棟大房子就您一個人住嗎？」

他點點頭。「一個人住，目前也沒僱傭人。長久以來都一個人生活，習慣自己做家事，也沒什麼不方便。只是房子相當大，一個人打掃實在做不完，因此一星期請專門的清潔服務人員來幫忙一次，除此以外的事情大概都一個人做。您呢？」

我搖搖頭。「我一個人生活還不滿一年，還算是外行的。」

免色只輕輕點頭而已，什麼也沒問，也沒表達意見。「對了，您跟雨田具彥先生很熟嗎？」免色問。

「不，我從來沒見過雨田先生本人。我和雨田先生的兒子是在美術大學的同學，因為這個緣分，他就問我要不要幫忙這空屋看家。我也因為種種事情，正好沒地方住，所以就暫且借住在這裡。」

免色輕輕點了幾次頭。「這裡一般上班族來住是相當不方便的地方，不過對於像你們畫家這樣的人來說應該是很美好的環境吧。」

我苦笑地說：「同樣是畫家，我和雨田具彥先生的水準相差太遠。相提並論太惶恐了。」

免色抬起頭來，以認真的眼光注視我。「不，這種事還不知道噢。您往後可能會越來越有名，成為大畫家也不一定。」

關於這點沒什麼話可說，於是我只保持沉默。

「人有時候會有很大的改變。」免色說。「也許乾脆推翻自己的風格，從那瓦礫堆裡可以堅強地重生也未可知。雨田具彥先生也是這樣，年輕時候的他學的是西畫，這您也知道吧？」

「我知道。戰前的他是年輕有為前途被看好的西畫家。不過到維也納留學歸國之後，卻不知道為什麼變成日本畫家，戰後獲得輝煌的成就。」

免色說：「我想，可能任何人的人生中，都需要有大膽轉變的時期，如果那樣的機會點來臨，就必須迅速抓住那尾巴才行。牢牢地用力抓緊，絕不可以鬆手。世上分為能抓住那一點的人，和不能抓住那一點的人，雨田先生屬於能抓住的。」

大膽的轉變。這麼說來，我腦子裡忽然浮現〈刺殺騎士團長〉的畫面。刺殺騎士團長的年輕男人。

「對了，你對日本畫熟嗎？」免色問我。

我搖頭。「等於門外漢。雖然大學時代在美術史的課程中學過，但要說知識也只不過那樣而已。」

「我想問一個非常初級的問題。所謂日本畫，專門的說法該如何定義呢？」

我說：「要定義日本畫，並不太簡單。一般是以使用膠、顏料和金箔等為主的繪畫來掌握。而且不是用西畫筆，是用毛筆和刷子來描繪。換句話說，所謂日本畫，主要是以使用的畫材來定義的繪畫，可能是這樣。當然也可以說是繼承自古以來的傳統技法，不過也有很多日本畫是使用前衛技法的。色彩也大量引進新的素材來使用。也就是說那定義逐漸變得曖昧不明了。不過以雨田具彥先生所畫的作品來說，就完全是古典的，所謂日本畫。

或許也可以稱為典型的。當然那風格毫無疑問是他獨自的東西，我是指從技法上來說。」

「換句話說，從畫材和技法上來說定義得曖昧的話，剩下的只有精神了。是這樣嗎？」

「或許是這樣。但說到日本畫的精神性，應該誰也無法簡單下定義。因為日本畫這東西的成立本來就是折衷性的。」

「折衷性，怎麼說呢？」

我在記憶深處搜尋，想起美術史的講義的內容。「十九世紀後半有明治維新，當時伴隨著各色各樣的西洋文化，西洋繪畫也一下子湧進日本來，過去事實上並沒有所謂的『日本畫』這個領域存在，連『日本畫』這個稱呼都沒有。就像連『日本』這國家的名字幾乎都沒用過一樣。外來的洋畫出現了，為了要有可以與那對抗的東西，可以與那區別的東西，這才產生了所謂『日本畫』這個概念。過去的各種繪畫風格，就在『日本畫』這個新名稱之下，方便地、刻意地總括起來。當然其中也有被捨棄而衰退的，例如像水墨畫那樣。而且明治政府把那『日本畫』當成可以和歐美文化取得平衡的日本文化身分認同，也就是要確立、培養成所謂『國民藝術』。換句話說相當於『和魂洋才』的和魂。而且過去的屏風畫和紙門畫，或餐具上的陶瓷畫等生活用品的設計、工藝設計，都可以經過裝框在美展中展出。換句話說，生活中自然的畫風，配合西方的系統，也升級為『美術品』了。」

我說到這裡停頓一下，看看免色的臉。他似乎聽得認真。於是我繼續說：

「岡倉天心和恩尼斯特·費諾羅薩（Ernest Francisco Fenollos）成為當時該運動的核心人物。這可以當成是那個時代急速進行的日本文化大規模整編的一個明顯成功例子。在音樂、文學和思想的世界，也大體在進行類似的作業。我認為當時的日本人相當忙碌。因為短期之間必須完成的重要事情堆積如山。不過現在看來，我們似乎相當靈巧而巧妙地達成任務。把西洋的部分和非西洋的部分，融合與區分大致都順利進行。日本人可能本來就擅長這種作業。所謂日本畫，本來就是有定義又像沒有一樣。或許可以說，那終究只是模糊的基於合意的概念而已。不是一開始就明確畫出界線，而是以外壓和內壓的接觸面結果所產生的東西。」

免色似乎認真地考慮了一下，然後說：「雖然模糊，不過也是有必然性的合意，對嗎？」

「沒錯。是在必然性之下所產生的合意、共識。」

「沒有固定的既有框架，是日本畫的強項，同時也是弱點。可以這樣解釋嗎？」

「我想是這樣。」

「不過我們看到那些畫，大多的情況都能自然地認出，啊，這是日本畫。不是嗎？」

「是啊，其中顯然有固有的手法。有傾向、有調子這東西，而且有類似默契和共識般的東西。不過那要用言詞來定義，有時會很困難。」

免色沉默了一下。然後說：「如果那繪畫是非西洋式的話，就是有日本畫的樣式是嗎？」

「那倒不一定。」我回答。「擁有非西洋式樣式的西畫，理論上應該也存在。」

「原來如此。」他說。然後輕輕歪一下頭。「不過如果那是日本畫的話，其中或多或少含有非西方的樣式。可以這樣說嗎？」

我想了一下。「這麼一說，確實或許也可以有這種說法。雖然我不太會這樣想。」

「雖然是自然明白的事，不過那自明性要化為語言卻很困難。」

我點點頭表示同意。

他頓了一下繼續說：「試想起來，那是在面對他人時自己所下的定義，或許行得通。雖然是自然明白的事，但那自明性要化為語言卻很困難。就像您說的那樣，那或許只能以『外壓和內壓的接觸面，結果所產生的東西』，這樣來掌握了。」

免色這樣說著稍微微笑了。「非常有意思。」他像在對自己說似的，很小聲地補一句。

我們到底在談什麼？我忽然想。相當有趣的話題。但這樣的對話對他來說，到底有什麼意思呢？那是單純的知的好奇嗎？還是他在測試我的智力？如果是這樣的話，那又為什麼？

「順便提一下，我是左撇子。」免色在一個時間點，忽然想到似地說。「不知道能不能幫上什麼忙，不過這或許也算是和我這個人有關的情報之一。要我選擇向左或向右走時，我經常會選左邊。那已經變成習慣了。」

終於快三點了，我們決定了下次的日期。三天後的星期一。下午一點他會到家裡來。然後和今天一樣在畫室一起度過兩小時左右。到時候我會試著再重新畫一次他的素描。

「不急。」免色說。「我一開始就說過，請不必在意時間，花多少時間都沒關係。因為我有的是時間。」

然後免色就回去了。我從窗裡看著他開 Jaguar 離去。然後拿起畫好的幾張素描，看了一會兒，搖搖頭放下來。

家裡非常安靜。剩下我一個人之後，沉默似乎忽然加重了似的。走出露台時沒有風，那裡的空氣感覺像果凍般濃密而冰涼。有雨的預感。

我在客廳的沙發坐下來，依照順序回想和免色所交談過的對話。想到當一個肖像畫模特兒，想到史特勞斯的歌劇《玫瑰騎士》。創立ＩＴ產業公司，賣掉持股，收進大筆金額，年紀輕輕就退休。一個人住在那大房子裡，名字叫做涉，涉水過河的「涉」。一直單身，年輕時候頭髮就白了。左撇子，現在年齡是五十四歲。雨田具彥的人生，大膽的轉變，抓住機會的尾巴堅不放手。關於日本畫的定義。還有最後，關於自己與他人關係的考察。

他到底對我有什麼希求？

還有為什麼我無法好好畫他的素描？

理由很簡單。因為我還無法掌握他存在的核心東西。

和他交談之後，我的心亂得不可思議。同時我內心對免色這個人的好奇，變得越來越強。

大約三十分鐘後開始下起大粒雨滴。小鳥們已經消失蹤影。

10 我們應該撥開長得高高的茂密綠草

我十五歲時妹妹去世，過世得突然。她那時候十二歲，上初中一年級。她先天心臟就有問題，但不知道為什麼到小學高年級為止都沒有什麼特別的症狀，因此家人多少比較放心。以為可能就這樣可以平安地繼續過一輩子，我們開始懷著這樣淡淡的期待。但那年五月前後開始，忽然心悸不規則的頻率開始突然增強。尤其躺下來時更常發作，沒辦法好好睡覺的夜晚增加了。到大學附設醫院去看診，但怎麼做精密檢查，都找不出和過去不同的地方。根本問題應該已經用手術除掉了，醫師也都納悶不解。

「請盡量避免激烈運動，生活作息要正常。不久應該就會穩定下來。」醫師說。可能只能這樣說吧。然後他開了幾種藥的處方。

然而心律不整並沒有治好。我看著坐在餐桌對面的妹妹的胸部，經常想像她那不健康的心臟。她的胸部正在逐漸發育，即使心臟有問題，她的肉體依然確實地邁向成熟之路。每天看著妹妹逐漸膨脹起來的胸部，覺得好不可思議。妹妹不久前還那麼小的孩子，突然有一天初潮來了，乳房逐漸形成。不過我的妹妹在她那小小的胸部深處，卻懷著有缺陷的心臟。而且那缺陷連專科醫師都無法確實掌握原因，這件事經常擾亂我的心。覺得我在內心的角落，懷著不知什麼時候可能會失去這個妹妹的情況下，度過了少年時代。

雙親平時就常叮嚀，妹妹身體不好，一定要好好保護。所以我下定決心在一同上小學時，會經常留意妹妹，一旦有什麼狀況就立即挺身而出，保護她和那小小的心臟，但那樣的機會一次也沒有來到。

妹妹從中學回家的路上，在西武新宿線車站正走上階梯時昏倒，被救護車送到附近的醫院急救。我從學校回家，趕到那家醫院時，她的心臟已經停止跳動。就在轉眼之間發生的事。那天早晨，我們一起在餐桌吃早餐，在門口道別，我去上高中妹妹去上初中。然後下一次見面時，她已經停止呼吸，大眼睛永遠閉上。

嘴巴像要說什麼似的微微張開，那才剛開始膨脹的乳房已經不會再繼續膨脹了。

下一次我看到她，是裝進棺材的模樣。穿著她喜歡的黑色絲絨洋裝，淡淡地化了妝。頭髮梳得整整齊齊，穿著漆皮皮鞋，仰臥在小型棺材裡。洋裝附有白色蕾絲圓領，那幾乎白得不自然。

躺著的她，看來只是安詳地睡著似的。如果輕輕搖她的身體好像就會立刻坐起來。不過那是錯覺。無論怎麼叫她搖她，她都不可能再醒過來了。

以我來說，並不希望妹妹纖弱的身體被塞進那狹小的箱子裡。她的身體應該躺在更寬敞的地方，例如草原正中央。而且我們應該撥開長得高高的茂密綠草，無言地去看她。風徐徐吹動著草，許多鳥和蟲會在周圍盡情高聲啼唱。野生的各色花朵會散發濃郁的芳香，和花粉一起飄在空中。太陽下山後，無數銀色星星會將頭上的天空鑲嵌得無比璀璨。到了早晨，初升的太陽會將周圍草葉上沾滿的露珠照得像寶石般耀眼。但實際上她卻被塞在愚蠢的棺材裡，周圍裝飾的，都是用剪刀所剪下插在花瓶裡的不祥白花。狹小的房間裡照著的是失色的日光燈。從嵌在天花板裡的小型喇叭播出管風琴曲的人工聲音。

我無法目送她被燒掉的過程。當棺材蓋閉起上鎖時，我已經無法忍受了，從火葬場的那個房間走出來，而且也沒有為她撿骨。我走出火葬場中庭，一個人無聲地流淚。然後為了在她短暫的人生中，從來沒有幫助過她一次的事，打從內心感到悲哀。

妹妹過世之後，家人也完全變了。父親比以前更沉默，母親比以前更神經質。我大致上過著和以前一樣的生活。因為參加登山社，活動很忙，在那之間還學油畫。初中美術老師建議我，不妨跟老師正式學畫畫。於是在到繪畫教室上課之間，逐漸對繪畫認真地產生興趣。當時我覺得好像為了不要去想起死去的妹妹，而盡量讓自己很忙似的。

不知道幾年，妹妹過世後有相當長的期間，父母親還讓她的房間保持原狀。桌上疊著的教科書和參考書、筆、橡皮擦、迴紋針，床上的床單、棉被、枕頭，洗過以後疊好的睡衣，衣櫥裡學校的制服，都還原樣留著。牆上掛的月曆上，有她用小小的漂亮字體註明預定計畫的筆跡。月曆還停留在妹妹死的月份沒動，看來在那之後時間似乎完全沒有前進的樣子。感覺好像現在門就快打開，她將會走進來似的。家人不在的時候，我常常走進那個房間，在鋪得整整齊齊的床上安靜坐下來，環視周圍。不過那裡面所擺的東西我全都不會去碰。因為以我來說，安靜地留在那裡的妹妹活過的證據，我一點都不想去弄亂掉。

我常常想，如果妹妹沒有在十二歲時死去的話，她往後會過什麼樣的人生。不過這種事我當然不會知道，就連自己將來會過什麼樣的人生都不知道，妹妹未來的人生我不可能知道。不過如果不是心臟瓣膜機能天生有缺陷，她一定會成長為一個能幹又有魅力的成熟女人。被許多男人愛慕，可能也會被溫柔地擁抱。不過不太會具體浮現那種光景，對我來說，她終究只是比我小三歲的，需要我保護的小妹妹。

妹妹死去後過一陣子，我開始熱衷於畫她的畫。為了不忘記她的臉，我把自己記憶中的那張臉，從各種角度重現在素描簿上。當然我不可能忘記妹妹的臉，我可能到死都不會忘記她的臉。不過那個歸那個，我所追求的，是不要忘記那個時間點的我所記憶的她的臉。而且因此，有必要把那化為形象具體描繪下來。我才十五歲，對記憶、對繪畫、對時間的流逝，都知道不多。只知道要把現在的記憶照著原來的模樣保留下來，需要講求某種方法才行。如果放著不管的話終究會消失。無論那記憶有多鮮明，時間的力量比那更強。我想我憑本能知道這件事。

我在她空無一人的房間，在她的床上坐下，在素描簿上繼續畫著她的畫。一次又一次地重畫。把映在心眼中妹妹的姿態，試著設法再現在白紙上。當時我的經驗還不足，而且也還沒有足夠的技術，畫起來當然並不簡單。畫了又撕掉，畫了又撕掉，不停地重複。不過現在試著重新看看當時的畫（我還珍惜地保存著當時的素描簿），我發現畫中無疑充滿了真正的悲哀。雖然技術上不成熟，但可以理解那是我的靈魂想要喚起妹妹的靈魂的真摯作業。看著那些畫時，不知不覺眼淚就湧上來，在那之後我畫了相當多畫。但從此以後，一次也沒有畫過會讓自己流淚的畫。

妹妹的死還帶給我另外一個東西，那就是極度的幽閉恐懼症。自從目睹她被塞進狹小的棺材裡，閉上蓋子，緊緊鎖上，被送進火化室的光景之後，我就無法進入狹小的密閉空間。長久無法搭乘電梯。走到電梯前面時，就會想像那會因為地震或什麼原因而自動停止，自己會被關閉在那狹小的空間裡，動彈不得。光是想到這裡就會陷入恐慌狀態，變得無法正常呼吸。

並不是妹妹死掉後立刻出現這樣的症狀，大約將近三年那才開始表面化。我第一次陷入恐慌狀態，是我在剛進美術大學，在搬家公司打工時，當司機的助手，幫忙卸下廂型卡車上的貨物，有一次因為某個小差錯，被關閉在搬空的貨車行李室裡。一天的工作完畢了，最後正在檢查行李室有沒有忘記的東西時，司機沒有確認裡面有沒有人，就從外面把門鎖上。

等到下次門打開，我才能從裡面出來，在那之間約莫過了兩個半小時。我一個人被關在密閉狹小的黑暗空間。雖說是密閉的，但因為不是冷凍車之類的，因此還有空氣流通的縫隙。如果冷靜想想，便知道不需要擔心窒息。

但當時的我卻被強烈的恐慌所襲擊。那裡應該有足夠的氧氣，但我無論多麼用力吸進空氣，氧氣都無法到達體內。我想是因此呼吸漸漸變急，終於陷入一種過度換氣的狀態。頭腦昏昏沉沉呼吸塞住，被無法說明的激烈恐懼所支配。我想告訴自己，沒問題，要鎮定。只要安靜不動，不久就可以從這裡出去。不可能窒息。但理性卻完全無法發揮作用，我腦子裡浮現的，是被關閉在狹小棺材裡，被送進火化室裡去的妹妹模樣。我被恐怖所迷惑，拚命敲著行李室的牆壁。

卡車停在公司的停車場，工作人員全都做完一天的工作回家去了。可能沒有人發現我不見了。無論我多用力敲著壁板，似乎都沒有人聽見。搞不好要一直被關在這裡直到早晨。想到這裡，我全身的肌肉好像都要散了似的。

聽到我發出的聲音，幫忙從外面打開卡車門的，是來停車場巡視的夜間警衛。看我耗盡了體力非常混亂的樣子，讓我在值夜室的床上暫時躺下，並讓我喝了熱紅茶。我不知道自己在那裡躺了多久，不過呼吸終於恢復正常，天也開始亮了，因此我向警衛道過謝，搭頭班電車回家。然後走進自己房間躺在床上，長久不停地激烈顫抖。

從那以後我就無法再搭電梯了。或許那次的事件，把我內心睡著的恐懼喚醒了，而且那幾乎毫無疑問是因為死去的妹妹的記憶所帶來的結果。不只有電梯，不管是什麼，只要是密閉的場所，我就變得無法踏進去，也無法看有潛水艇和戰車出現的電影。只要想這樣的自己被關閉在那樣狹小的空間，光是想像，就無法好好呼吸。往往電影看到一半會站起來，走出電影院。看到有人被關在密閉場所的一幕出現時，我就無法繼續再看那部電影，因此我幾乎沒有跟人一起看過電影。

有一次到北海道旅行時，在某種不得已的情況下，曾經在類似膠囊旅館的地方過一夜，因為呼吸困難無法入睡，沒辦法只好走出外面，在停車場的車子裡度過一夜。因為是初春的札幌，因此真的是像惡夢般的一夜。

妻子因為我那恐慌的樣子經常取笑我。遇到不得不上大樓的高樓層時，她會自己一個人先去搭電梯。再幸災樂禍似地等著我氣喘吁吁地爬完十六層樓梯。不過我沒有向她說明那恐懼發生的原因，只說不知道為什麼，天生就怕搭電梯。

「不過，這對健康或許有好處。」她說。

此外我也對乳房大於一般人的女人，懷有類似懼怕的感覺。那與十二歲就死去的妹妹，才開始膨脹的乳房是否有關，正確說來我自己也不清楚。但我不知道為什麼從以前開始就容易被乳房小的女人所吸引。每次看到那樣的乳房，每次摸到那樣的乳房，就會想起妹妹胸部小小的隆起。請別誤會，並不是對妹妹懷有性的關心。我想我可能在追求某種情景，已經喪失而無法追回的限定情景般的東西。

星期六下午，我手放在別人的妻子，我的戀人的胸前。她的乳房不特別小，也不特別大。大小適中，剛好巧妙地收進我的手掌。在我的手掌裡，她的乳頭還留著剛才那硬度。她還從來沒有在星期六到過我家，因為周末她要陪家人一起過。但那個周末，她丈夫到孟買出差，兩個女兒到那須的表妹家玩，在那裡過夜。因此她可以來我家，而且像每次的平日午後那樣，我們慢慢花時間性交。事後兩人沉浸在倦怠的沉默中。像平常那樣。

「想聽叢林通訊的事嗎？」她說。

「叢林通訊？」我一時想不起來，那到底是什麼。

「忘記了嗎？山谷對面住在白色豪宅的謎樣人物免色先生的事啊。上次你不是說，希望我調查這個人嗎？」

「啊，是啊。當然記得。」

「只知道，一點點。我的媽媽朋友之一，就住在那一帶。所以收集到一點點情報，想聽嗎？」

「當然想聽。」

「免色先生是在三年左右之前，買下那棟視野良好的房子的。在那之前是別的家庭住在那裡。房子是那家人蓋的，但原屋主在那棟房子只住了兩年左右。在一個晴朗的早晨，那家人突然把行李整理好就離開了，免色先生接著就住進去。他買了那整棟等於新屋的豪宅。到底前因後果是怎麼回事，誰也不知道。」

「總之那棟房子不是他蓋的。」我說。

「對。房子是現成的，他只是後來住進來而已，簡直就像機靈的寄居蟹那樣。」

聽她這麼一說，我覺得很意外，因為我一直以為那棟白房子是他蓋的。那山上的白色豪宅，和免色這個人的印象——可能是和他那可觀的白髮相呼應吧——自然連接在一起。

她繼續說：「誰也不知道免色先生是做什麼工作的人，只知道，他完全沒在上班。幾乎整天在家，可能用電腦在操作資訊，因為書房裡有很多那種機器。最近只要有能力的，大多的事情都可以用電腦解決。我就有朋友，是一直在家裡工作的外科醫師，是個熱衷於衝浪的人，他說不想離開海邊。」

「不用出門，也能當外科醫師啊？」

「請人把患者有關的圖像和資料送過去，他就能進行解析，排定手術的流程表，寄給對方，實際的手術以監看影像一邊遙控，一邊應需要給予指導。或者也有人從這邊操作電腦的魔術手進行手術，聽說是這樣。」

「好厲害的時代。」我說。「不過我個人並不想接受那樣的手術。」

「免色先生一定也在做什麼和這類似的事情。」她說。「而且不管他做的是什麼，想必都能得到滿意的收入。一個人住在那棟大房子裡，還常常出去做長時間的旅行，大概是出國去了。家裡有一間擺了好多種健身器材的房間，一有時間就在那裡勤快地鍛鍊肌肉，完全沒有一點贅肉。喜歡的音樂主要是古典，也有一間設備完善的音響室。你不覺得他生活很優雅嗎？」

「妳怎麼會知道得這麼詳細？」

她笑了。「你好像太小看世間女子的情報收集能力了。」

「也許。」我承認。

「他一共有四輛車。兩部Jaguar、一部Range Rover，再加上一部MINI Cooper。好像是個英國車迷噢。」

「MINI現在是BMW在製造的，Jaguar我記得是被印度的企業收購了。我覺得正確說來都不能算是英國車了。」

「不過他開的是舊型的MINI。而且Jaguar無論被什麼企業收購，終究還是英國車啊。」

「其他還知道什麼？」

「幾乎沒有人出入他家。免色先生好像是很喜歡孤獨的人，喜歡一個人過，聽很多古典音樂，讀很多書。單身又有錢，但好像也幾乎不帶女人回家。看起來生活非常簡樸而清潔，搞不好是同性戀也不一定。不過根據幾個來源推測大概不是。」

「一定在什麼地方有豐富的情報來源噢。」

「現在已經沒有了，前一陣子以前他還有僱用每星期來幾次的女傭。她會去垃圾收集處倒垃圾，或到附近的超市買東西，那裡有附近的太太，自然會聊起來。」

「原來如此。」我說。「叢林通訊就這樣成立了。」

「沒錯。根據她的說法，免色先生家裡有一間類似『不准打開的房間』，主人吩咐不可以進去。非常嚴格。」

「聽起來好像《藍鬍子公爵的城堡》似的。」

「沒錯。人家不是常說，任何房子的壁櫥裡都可能會有一個左右的骸骨嗎？」

這麼一說，我想起了閣樓上悄悄藏著的畫〈刺殺騎士團長〉。那或許也是，像壁櫥裡的骸骨般的東西。

她說：「她到最後依然不知道，那間謎樣的房間裡有什麼。因為她每次去的時候經常都鎖著，不過總之那位女傭已經不再去他家工作了。可能因為口風不緊，被開除的吧。現在他好像自己一個人做各種家事的樣子。」

「他自己也這麼說。除了每星期一次有專人負責清潔服務之外，大部分的家事都是他自己動手。」

「對於個人隱私好像很神經質的人。」

「不過，那個歸那個，我這樣跟妳見面的事，會不會叢林通訊也在附近流傳？」

「我想不會。」她以平靜的聲音說。「首先第一，我都會注意不要變成那樣。第二，你跟免色先生不太一樣。」

「換句話說。」我把那翻譯成比較容易理解的。「他有成為傳聞的要素，我沒有。」

「我們必須感謝這個。」她開朗地說。

妹妹死了以後，好像和那同時似的，各種事情都變不順利了。父親經營的金屬加工公司陷入慢性經營不善，在忙於尋找對策之下，父親變得不太回家。家裡的氣氛漸漸變得緊張起來，沉默加重、拉長。那是妹妹活著的時候所沒有的事。我想盡量離開那樣的家庭，更加著迷的投入畫畫。然後，終於開始想進美術大學專門學畫。父親堅決反對，他說當畫家沒辦法好好生活。我們家已經沒有經濟餘裕去養活藝術家了。因為這件事我和父親吵架，母親夾在中間為我說話，總算能進美術大學，但跟父親的關係始終沒有復原。

我常常會想，如果妹妹沒有死就好了。如果妹妹平安無事地活著，我們家一定能過上幸福得多的生活。由於她的存在突然消失，於是急速喪失過去所保有的平衡，在不知不覺之間我們的家庭已經變成一個互相傷害的場所。每次想到這裡，我就會被自己終究無法填滿妹妹所留下的空洞，這深深的無力感所襲。

不久我也不再畫妹妹。進了美大之後，面對畫布我想畫的東西，主要是沒有具體意義的形象和物體。以一句話說就是抽象畫。在這裡所有事物的意思都記號化，那記號和記號糾纏而產生新的意思。我以那種完結性為目標，主動踏進那個領域。因為在那樣的世界，我第一次可以毫無顧慮地自然呼吸。

不過當然畫那樣的畫，不會有像樣的工作進來。畢業後只要繼續畫抽象畫，收入的來源就沒著落。正如父親說的那樣。因此為了生活（我已經搬出父母的家，有必要賺錢付房租和餐費），不得不接肖像畫的工作。靠著依常規去畫那種實用性的畫，我好歹總算能以畫家身分活下來。

而現在，我正要畫免色涉這個人物的肖像畫。住在對面山上白色豪宅的免色涉，被附近鄰居當作八卦話題的神祕白髮男人。不妨說是一個耐人尋味的人。我被他指名僱用，以高額報酬為他描繪肖像。然而這時候我發現，現在的我連肖像畫都畫不出來的事實。連這種實用性的畫，都無法畫。我好像真的完全抽空了。

我們應該撥開長得高茂的綠草，無言地去見她。我毫無脈絡地這樣想。如果真是這樣，該有多美好。

11 月光把那裡的一切都清晰地照出來

寂靜讓我醒過來，有時會有這種事。突然的聲音打斷了一直持續的寂靜，讓人醒過來，突然的寂靜也會打斷一直持續的聲音，讓人醒過來。

我在半夜忽然醒來，看看枕邊的時鐘。數字鐘顯示著1:45。我想了一下然後想起那是星期六的夜晚，也就是星期天還未天明的凌晨一點四十五分。那天下午，我和人妻女友一起躺在這張床上。傍晚前她回家去了，我一個人吃了簡單的晚餐，然後讀了一會兒書，十點過後就睡了。我本來就屬於深睡的人，一旦睡著之後就會不中斷地繼續睡，直到周遭變亮才自然醒來。像這樣半夜睡眠被打斷的情況很少見。

到底為什麼會在這個時刻醒來呢，我在黑暗中還躺在床上試著想想。那是很平常的安靜夜晚，接近滿月的月亮化為巨大的圓形鏡子浮在空中，地上的風景看來就像被石灰洗過了般發白。但除此之外看不到有特別變化的跡象，我身體半坐起來側耳傾聽一會兒，才終於想到與平常有什麼不同，那就是未免太靜了。寂靜太深，秋天的夜裡卻聽不見蟲聲。因為是建在山中的房子，天一黑之後經常聽得見蟲子盛大的聲音，到耳朵都會痛的地步。那合唱會延續到半夜（到我住進這裡以前我以為蟲子只會在晚上稍早的時間鳴叫。因此知道這個之後非常驚訝）。那聲音之吵令人不禁懷疑世界是否已經被蟲子征服了。但今夜，醒來時，卻連一隻蟲子的聲音都沒聽見。真不可思議。

一旦醒來之後，我就那樣無法再睡著。沒辦法只好起床，在睡衣上披一件薄毛衣。走到廚房去，在杯子裡倒一點蘇格蘭威士忌，放幾個製冰機的冰塊來喝。並走出露台，透過雜木林眺望人家的燈火。人們似乎全都睡了，室內的燈光都熄掉了，只有小夜燈還一點一點地亮著。隔著山谷的免色家一帶的房子，也黑漆漆的。而且依舊聽不見蟲子的聲音。蟲子到底怎麼了？

不久我的耳朵捕捉到不熟悉的聲音。或者感覺好像捕抓到了，非常微小的聲音。如果蟲子像平常那樣鳴叫的話，那聲音應該絕對不會傳進我耳裡。正因為在深沉的寂靜中，才會勉強傳過來。我屏住氣息，側耳傾聽。那不是蟲子的聲音，不是自然發出的聲音，是用某種器具或道具所發出的聲音。那聽起來好像在叮鈴叮鈴響著。是鈴，還是什麼類似的東西在鳴響。

那間隔一段時間的鳴響。沉默一陣子，再響幾次，又沉默一陣子。這樣反覆，就像有人從什麼地方耐心地送出信號化的訊息，並非規則的反覆。沉默依不同時間會拉長或縮短，而且鈴（之類的東西）響的次數也每次不同。那不規則是刻意的，還是隨意的，並不清楚。無論如何，若不集中精神仔細聽的話就會疏忽掉，真的是非常微小的聲音。不過一旦發現那存在之後，在半夜的深沉寂靜，和亮得不自然的月光中，那不明就理的聲音卻無法拔除地刺進我的神經。

到底是什麼東西呢？猶豫一下終於下定決心，乾脆出去看看。我想找出那謎樣聲音的出處，大概有人在什麼地方弄響什麼。我並不是大膽的人。但當時在半夜的黑暗中一個人出去，並不覺得特別害怕。可能好奇心勝過害怕，加上月光異常明亮，也在背後推了我一把。

我拿著大型手電筒打開大門的鎖，踏出外面。門口的上方有一盞燈，往周遭投射出黃色的光，一群昆蟲被那光吸引而飛過來。我站在那裡側耳傾聽，想確定聲音傳來的方向。那聽起來確實像鈴聲，但和普通的鈴聲好像有點不同。比那更有重量感，更不整齊的鈍重聲響。像特殊的打擊樂器。但不管是什麼，在這大半夜的，到底是誰為什麼要鳴響那東西？而且說到附近的房子，也只有我所住的這一家而已。如果有誰在附近弄響那鈴般的東西的話，就表示那個人是擅自侵入別人的土地了。

有什麼可以當成武器的東西嗎？我環視周圍一圈。但到處都看不到像樣的東西，我手上拿的只有長筒型手電筒。不過那總比什麼都沒有要好吧。我右手握緊手電筒，走向那聲音傳來的方向。

走出玄關往左前進時有一段小石階，往上走七段後，再往前就是雜木林了。一邊穿過雜木林往上坡路走一會兒後，來到一個稍微開闊的地方，那裡有一座小古祠。根據雨田政彥的說法，好像是從以前就一直在那裡的。雖然不清楚由來，不過據說他父親雨田具彥於一九五〇年代中期，經朋友介紹買下這山上的土地和房屋時，那小祠已經在這林子裡了。平坦的石塊上附有一個簡單的三角形屋頂的神殿——不如說是看來像神殿般的樸素木箱。大小約高六十公分、寬四十公分。原來不知漆成什麼顏色，但那顏色現在大多已經剝落，原來的顏色只能靠想像了。正面附有兩扇對開的小門，不知裡面收放著什麼。沒有確認過，或許什麼也沒有。門扉前放著白色陶缽似的東西，但裡面什麼也沒有。只有因會積存雨水，再蒸發掉，這樣反覆之下所形成在內側的幾道汙濁條痕。雨田具彥讓那小祠繼續保持原狀沒動。每次經過時並不會雙手合十，也沒去打掃過，只任憑它風吹雨打。那對他來說或許並不是什麼神殿，而只是樸素的木箱而已。

「因為他是個對信仰和參拜之類事情毫無興趣的人。」政彥說。「他一點也不怕被神處罰或遭鬼作祟，說那是無聊的迷信，打從心底就看不起這些。雖然不至於不遜，不過他從以前就一貫是個想法極端唯物的人。」

他第一次帶我來看這房子時，就領我到這個小祠來。「現在很少房子附有小祠吧。」他說著笑了，我也同意。

「不過這種莫名其妙的東西在我家土地上，我小時候覺得有點可怕。所以來這裡住的時候，都盡量不走到這附近來。」他說。「老實說，現在也不太想走過來。」

我並不是有唯物式想法的人，不過我也和他父親雨田具彥一樣，幾乎沒在意過那小祠的存在。以前的人會在很多地方設置小祠，就和鄉下路邊的地藏菩薩和道祖神一樣。小祠極為自然地融入那樹林間的風景中，我在屋子周邊散步時，經常通過那前面，並沒有特別在意。既沒有向小祠合掌，也沒有供奉過什麼。而且對自己所住房子的土地上有那種東西存在的事情，也沒感覺到特別的意思。覺得那只不過是到處都有的風景的一部分而已。

像鈴般的聲音，似乎就是從那小祠附近傳來的。一踏進雜木林時，由於頭上厚厚的茂密樹枝的關係，月光被遮住了，周圍突然變暗。我用手電筒一邊照著腳下，一邊小心地移動腳步。風偶爾想到似地吹過時，腳下堆積的薄薄落葉便發出沙沙的聲音。深夜的林間，和白天在裡面散步時模樣完全不同。那地方現在一味地依循夜晚的原理動著，而那原理中並不包含我在內。不過雖然如此我也沒感覺特別害怕，好奇心推動著我向前走，我無論如何都要弄清楚那不可思議聲音的來源。右手用力握緊沉重的手電筒，那重量讓我感覺鎮定。

這夜晚的林間，也許那隻貓頭鷹正在某個地方。也許正躲在樹枝上的黑暗中，等待著獵物。我想，如果在這附近的話就好了，那隻貓頭鷹在某種意義上是我的朋友。但聽不見像貓頭鷹的聲音。連夜鳥們，也和蟲子們一樣，現在似乎屏住氣息。

隨著移步前進，鈴般的聲音逐漸加大變清晰。那依然斷斷續續，不規則地持續響著。而且聲音似乎發自小祠後方。聲音比剛才更近了，但聽起來依然悶悶鈍鈍的。感覺就像從狹小的洞窟深處飄過來似的，而且感覺沉默的時間比之前拉長，鈴聲響的次數變少了。就像鳴響那東西的人疲倦了，衰弱了似的。

由於小祠周圍是開闊的，月光把那裡的一切都清晰地照出來。我悄悄躡著腳步繞到小祠後方，小祠後方有高高的茂密芒草，我彷彿被那聲音吸引似地撥開那茂密的草叢時，發現裡面有一個用方形石塊隨意堆疊成的小塚。或許要稱為塚稍微矮了些。我以前從來沒注意到有這東西。因為沒繞到小祠後面去過，就算繞過去，那也隱藏在芒草中。除非有特別目的撥開草叢走進去，否則也看不見。

我用手電筒湊近去試著照亮那塚的一塊塊石頭。看來石頭是相當舊的東西，但那無疑是靠人手敲打成方形的。不是自然的石頭，形狀和大小都算整齊。那樣的石頭特地搬到這山上來，堆積在小祠後方。石頭有大小的區別，多半長了青苔，看來並沒有雕刻文字或花紋，總共大約有十二、三塊。或許原來有堆得比較高而整齊的塚，但因為地震或什麼而崩塌變矮了。那鈴般的聲音，似乎就是從這石塊和石塊的縫隙間流洩出來的。

我輕輕踩在石塊上，試著用眼睛尋找那聲音的出處。但儘管月光多明亮，在黑夜裡要看出個究竟實在太難了。而且如果能確切找出那個地方來，到底又該怎麼辦？這麼大的石頭不可能用手搬得動。

總之好像有誰在那石塚下，搖響鈴般的東西。這件事應該不會錯，那麼到底是誰？這時我心中終於開始感覺到一種莫名的恐懼。或許不要再更靠近那聲音來源比較好，我憑本能這樣感覺。

我離開那地方，一邊聽著背後的鈴聲，一邊快步走回雜木林的小徑。穿過樹木枝葉的月光，在我身上描繪出若有含意的斑紋。穿出樹林走下七段石階，回到家，走進屋裡把玄關門鎖上。然後到廚房去在玻璃杯裡注入威士忌，沒加冰也沒加水直接一口喝下。終於鬆了一口氣，然後拿著威士忌杯子走出露台。

從露台只能微微聽見鈴聲，若不是側耳傾聽便聽不見。但總之那聲音還在繼續。鈴聲和鈴聲之間所間隔的沉默，無疑比剛開始時要長得多了。我暫時仔細聽著那不規則的反覆。

那石塚底下到底有什麼？那裡想必有其他空間，不知是誰被關在那裡，持續在搖動著鈴般的東西吧？或許那是求救信號也不一定。不過無論怎麼想，都想不到一個適當的說法。

可能有很長的時間，或許只是很短的時間，我在那裡落入沉思。我自己也不清楚。由於太不可思議了，因此時間的感覺幾乎消失。我一手拿著威士忌杯，身體沉進躺椅上，我在意識的迷宮中徘徊。當再一留神時，鈴聲已經停止，深沉的沉默覆蓋了周遭。

我站起來，回到臥室看看數字鐘。時刻是上午二時三十一分。那鈴聲是什麼時候開始響的，開始的正確時刻並不清楚。但我醒來時是一時四十五分，所以就我所知的範圍，至少響了超過四十五分鐘以上，一直持續響著。而且那如同謎般的響聲停止一陣子之後，彷彿在試探這新生的沉默一般，蟲子們的鳴聲陸續開始響起。好像整座山上的蟲子都在耐心等候那鈴聲停止似的。想必是屏著氣息，小心翼翼地觀望著。

我到廚房去把喝威士忌的杯子洗了，然後再躺回床上。那時秋天的蟲子，已經一如往常那樣展開盛大的合唱。可能因為喝了純威士忌的關係，雖然情緒仍然高亢，但一躺下來不久睡意就來臨。深深的長眠，連夢都沒做。醒來時，臥室的窗戶已經完全亮了。

那天，十點前，我再走到雜木林裡的小祠去一次。雖然沒再聽到那謎般的聲音，但我想在明亮的白天光線下，再仔細看一次那小祠和石塚。我在傘架裡發現雨田具彥的堅硬橡木手杖，把那拿在手上走進雜木林裡。在舒適的晴朗早晨，清澄的秋天陽光把樹葉影子灑在地面。尖喙的鳥尋找著果實，邊鳴叫邊忙著在樹枝間跳躍穿梭。漆黑的烏鴉們從那上空不知朝什麼方向筆直飛過。

小祠比昨夜看見時，顯得更老舊而不起眼。在接近滿月的皎潔光線照射下，小祠自然顯得意味深長，甚至有幾分不祥的感覺，現在看來則只不過是褪色的簡陋木箱而已。

繞到後方看看。撥開高高的芒草叢，走到石塚前。石塚看來也和昨夜所見時印象有幾分改變。現在在我眼前的，是長久被放在山中長了青苔的四方形石塊而已。在深夜的月光下，卻像頗有來歷的古代遺跡的一部分似的，看來帶有神話性的意味。我站在那上面，仔細側耳傾聽，卻什麼也沒聽見。除了蟲子的鳴聲，和偶爾聽得見鳥的啼囀聲之外，周遭只是一片寂靜。

遠方傳來，射擊獵槍般砰一聲乾脆的聲音。山中也許有人在射擊野鳥，或者是農家為了嚇跑鳥雀猴子野豬而設的空砲自動鳴響裝置。無論如何那聲音都是頗有秋意的聲響。天高氣爽，空氣中含有適度的濕氣，遠方的聲音清晰可聞。我在石塚上坐下，想著下面可能有的空間。被關在那空間裡的誰，搖響手上的鈴（般的東西）是在求救嗎？就像以前我被關在搬家公司貨車裡時，拚命敲打壁板求救一樣。有人被關在狹小漆黑的空間裡的形象，讓我心情無法平靜。

用過簡單的午餐之後，我換上工作服（只不過是可以弄髒的服裝而已），走進畫室想再一次畫免色涉的肖像。不管那是怎麼樣的工作，總之我的心情開始想讓手不休息地動起來。我想盡量擺脫有人被關在狹小空間裡正在求救的想像，和那所帶來的慢性窒息感，因此我只能畫畫。但我決定不再用鉛筆和素描簿，那種東西大概沒有幫助。我準備了顏料和畫筆直接面對畫布，一邊注視著那空白的深處，一邊集中意識在免色涉這個人物上。背脊挺得筆直，注意力集中，盡可能將多餘的思緒從意識中排除。

住在山上白色豪宅，眼睛炯炯有神的白髮男人。他幾乎每天所有的時間都窩在家裡度過，擁有（類似）「不准打開的房間」，擁有四輛英國車。那個男人到家裡來，在我眼前身體如何動，臉上露出什麼樣的表情，以什麼樣的口氣說了什麼，以什麼樣的眼光看什麼樣的東西，他的雙手如何活動，我把這些記憶一一喚醒過來。雖然花了一些時間，但和他有關的各種細微片段，在我心中一點一滴串連起來了。在這樣做著之間，我感覺到免色這個人在我的意識中逐漸重新立體化、有機化構築起來了。

這樣站起來的免色形象，我沒打草稿，就那樣直接用稍小的畫筆移到畫布上。此時我腦子裡浮現的免色，臉朝左斜前方，眼睛稍微朝向這邊。除此之外的臉的角度，不知怎麼都想不起來。對我來說，這才真的是名叫免色涉的這個人。他的臉不得不朝向左斜前方，而且他的兩眼不得不稍微朝向我，他把我的姿態收進他的視野。除此之外，不會有別的描繪他的正確構圖。

我從稍微離開畫布一點的地方，眺望了一會兒自己幾乎是在畫布上一筆之下勾畫出來的簡單構圖。那雖然還只是暫時的線畫，但我可以從那輪廓中感受到一股生命萌芽般的東西。那裡面應該存在著以此為根源自然膨脹下去的東西。彷彿有什麼正伸出手來——那到底是什麼？——似乎把藏在我內在的開關打開了。在我內部深奧的地方，好像長久睡著的動物，終於感覺到正確季節的來臨，正在覺醒似的，有這種模糊的感覺。

我到清洗處把畫筆上的顏料洗掉，用油和肥皂洗手。不急，今天這樣就夠了。不要再急著畫下去比較好，等免色下次來這裡時，實際面對他本人，再把這輪廓上色就行了。我這樣想。這幅畫可能會和我過去所畫的肖像畫，組成方式相當不同。我有這種預感。而且・・・・・・・・這幅畫需要他親自在眼前。

真不可思議。我想。

免色涉為什麼知道這個？

那天半夜，我又像前一夜那樣忽然醒來。枕邊的鐘顯示一時四十六分。和昨天夜晚醒來幾乎同樣時刻。我在床上坐起來，在黑暗中側耳傾聽。聽不到蟲子的聲音，周遭一片寂靜。簡直像在深海底下似的。一切都是昨夜的重複。只是窗外一片漆黑。只有這點和昨夜不同。厚雲覆蓋天空，把接近滿月的秋月整個隱藏起來。

周遭充滿完全的寂靜。不，不對。當然不是這樣，那寂靜並不完全。只要屏住氣息側耳傾聽時，就可以聽到彷彿潛逃過那厚重的沉默般，傳來的微弱鈴聲。是誰在深夜的黑暗中，鳴響鈴般的東西。和昨夜一樣，斷斷續續。而且我已經知道，那聲音是從哪裡傳來的了。雜木林裡，那石塚下，不需要確認。我不知道的是，是誰為什麼發出那鈴聲？我下了床走出露台。

沒有風，但開始下起毛毛雨。眼睛看不見的，無聲地濡濕地面的雨。免色豪宅的燈還亮著。隔著山谷從這邊，雖然看不見他家裡的樣子，但他今夜似乎還醒著。在這樣晚的時刻燈還亮著，很稀奇。我一邊讓飄著的霧雨濡濕身體，一邊注視那燈，傾聽那微弱的鈴聲。

雨終於稍微大起來，因此我回到屋裡，但仍無法入睡便在客廳沙發坐下，翻起讀到一半的書。雖然絕不是難讀的書，但無論怎麼集中精神，那內容還是沒讀進腦子裡。只有一行一行地瀏覽過去而已。不過就算那樣，也總比什麼都不做只聽著那鈴聲要好。當然也可以大聲聽音樂，蓋過那聲音，但我不想那樣。我不能不聽那個。為什麼？因為那是對著我發送的聲音。我知道。而且那聲音，在我沒有採取任何手段之前，可能會繼續鳴響下去。而且每天晚上讓我呼吸困難，繼續剝奪我的安眠。

我必須做什麼才行。我必須採取某種手段，讓那聲音停止才行。而且為了這個首先必須了解那聲音——也就是送來的信號——的意思和目的。是誰為什麼，每天晚上，要從莫名其妙的地方送信號給我？可是我實在是太煩悶，沒有辦法有系統地思考，頭腦一片混亂。自己一個人處理不了，有必要找誰商量。而現在，我該商量的對象，只能想到一個人。

我再度走出露台望向免色的豪宅，屋裡燈光已經熄滅。只有房子周圍，點著幾盞小庭園燈。

鈴聲在上午二時二十九分停止，和昨夜幾乎相同時刻。鈴聲停止一會兒之後，蟲子們的聲音陸續回來。然後彷彿什麼也沒發生過般，秋夜再度被那熱鬧而自然的合唱所充滿。一切都依同樣的順序進行。

我回到床上，邊聽著蟲聲入睡。心雖然亂，但和昨夜一樣立刻睡著。依然是無夢的深眠。

12 就像那位無名的郵差

清晨很早就開始下雨，十點前雨停了。然後藍天逐漸開始露出臉來，從海上吹來的潮濕的風把雲慢慢往北邊推移。到了下午一點整，免色就到我家來了。當收音機傳出整點報時聲時，玄關的門鈴幾乎也同時響起。雖然有不少人嚴守時間，但很少人達到這麼精確的地步。而且他並不是在門口安靜等待時刻來臨，配合手錶的秒針按門鈴的。而是開車上斜坡，把車停在相同的位置，以和每次同樣的步調和步幅走到玄關，按門鈴的同時收音機就報時了。不得不令人驚嘆。

我領他到畫室，讓他在和上次同樣的餐廳椅坐下。然後把理查·史特勞斯的《玫瑰騎士》唱片放在轉盤，放下唱針。從上次結束的地方開始繼續播出，所有的程序都和上次一樣的重複。只有一件事不同，就是這次沒有拿出飲料，並請他擺出模特兒的姿勢。也就是坐在椅子上朝向左斜前方，然後只有眼睛稍微朝向我的方向。那是這次我對他提出的要求。

他依照我的指示去做，但花了相當長的時間才把位置和姿勢完全調整好。因為微妙的角度、視線的氣氛很難和我的要求完全一致，光線的投射情況也和我想像的印象不符合。雖然平常我不用模特兒，不過一旦開始用時，就會傾向於要求很多。免色很有耐心地配合我所提出的麻煩要求，臉上沒有不耐，也沒有一句怨言。看來他似乎是一位精通於接受各種各樣苦行，並能一一耐心承受的人物。

好不容易決定好位置和姿勢後，我說：「不好意思，麻煩就那樣別動。」

免色沒說話只以眼睛表示同意。

「我會盡量在短時間內結束。可能有點難過，請忍耐一下。」

免色再一次只以眼睛表示同意。然後視線就保持不動，身體也不動，名副其實一根肌肉都沒動。偶爾難免眨一下眼睛，但連呼吸的跡象都沒有顯示出來。簡直像真的雕像一樣，他在那裡一直安靜不動，令我不得不佩服。連職業模特兒都很難做到這個程度。

免色很有耐心地維持那姿勢繼續坐在椅子上時，我這邊則盡量在畫布上快速俐落地進行作業。集中精神目測他的姿勢，以直覺掌握那形象直接驅動畫筆。在純白的畫布上，用黑色顏料，只以一根細畫筆的線條，在已經完成的臉部輪廓上添加必要的肌肉。沒有換筆的餘裕，必須在有限的時間內將他臉形的各種要素，原原本本地捕抓成畫像。然後從某個時間點開始，那作業幾乎變成自動駕駛。跳過意識，靈活地抄捷徑將眼睛的動作直接轉換成手的動作，這點非常重要。視線捕抓到的東西沒時間在意識中一一去做處理。

那我要求自己，以和過去所畫的——只憑記憶和照片以自己的步調悠閒自在地當成「營業項目」作畫——所產出的多數肖像畫相當不同的作業方式。我花了十五分鐘左右，在畫布上畫完他胸部以上的姿勢。雖然還是未完成的初稿，但至少那已經成為具有生命感的形象。而且那形象已經攫取了免色這個人物的存在感，掌握住他的內在動感。不過以人體圖來說，還是只有骨骼和肌肉的狀態。只大膽地暴露出內部而已，還必須蓋上具體的肌肉和皮膚才行。

「謝謝。辛苦了。」我說。「已經可以了，今天的作業結束。接下來請放輕鬆。」

免色面露微笑地放鬆姿勢。雙手高高舉起，做深呼吸。然後為了舒緩緊張的臉部肌肉，又用雙手的手指慢慢按摩。我則就那樣聳聳肩膀做深呼吸，調整呼吸花了些時間。我相當疲憊，就像剛跑完短跑時的跑者那樣。沒有妥協餘地的專注和速度——我很久沒有這樣要求自己了。我必須把沉睡了很久的肌肉敲醒，讓它們完全動起來。雖然疲憊，但其中也有某種物理上的舒坦。

「正如您說的，當畫畫的模特兒，確實是比想像中更重的勞動。」免色說。「一想到正在被畫著時，覺得好像自己的身體也一點一點被削掉了似的啊。」

「不是削掉，而是那部分被移植到別的地方去，這種想法在藝術世界是公認的見解。」我說。

「是被移植到更永續存在的場所去的意思嗎？」

「當然，那是指如果擁有能被稱為藝術作品資格的話。」

「例如繼續活在梵谷畫中的，就像那位籍籍無名的郵差那樣嗎？」

「沒錯。」

「他一定想不到吧。在一百多年後，全世界無數的人會特地到美術館去，或翻開美術畫冊，專注的欣賞畫中的自己。」

「不會錯，一定沒想到。」

「只不過是一個在貧苦鄉下廚房的角落，怎麼看都不起眼的男人手中所畫出來的，有點奇怪的畫而已。」

我點頭。

「實在不可思議。」免色說。「一個本身原來並不擁有永續存在資格的人，由於偶然的相遇，結果變成擁有那種資格了。」

「那是非常稀有的情況。」

然後我忽然想起〈刺殺騎士團長〉的畫。在那畫中被刺殺的「騎士團長」，也在雨田具彥的手中獲得永續存在的生命了嗎？還有騎士團長到底是什麼樣的人？

我問免色要不要喝咖啡，他說想喝。我到廚房去用咖啡機煮了新的咖啡。免色坐在畫室的椅子上，繼續聽著歌劇。唱片的B面結束時咖啡煮好了，我們移到客廳去喝咖啡。

「怎麼樣？我的肖像畫能順利畫好嗎？」免色優雅地啜著咖啡一邊問。

「還不知道。」我老實說。「還很難說，自己都不知道會不會順利。因為和我向來的作畫程序相當不一樣。」

「和平常不同，指的是這次實際採用模特兒，是嗎？」免色問。

「我想這也有關係，但不只是這樣。不知道為什麼，我好像變得沒辦法再用過去工作時所用的傳統形式的，去畫所謂『肖像畫』了。因此需要替代的方法和程序，但我還沒有適當拿捏到那竅門。現在還像處於在黑暗中摸索前進的狀態。」

「換句話說你現在正想要改變，而我，正好扮演著那改變的觸媒般的角色——是這樣嗎？」

「或許是這樣。」

免色考慮了一下。然後說：「就像我以前說過的那樣，無論結果會變成什麼風格的畫，那完全是您的自由。我是一個經常在求變，在移動的人，而且我也不希望您畫出到處可見的肖像畫。無論任何風格，任何概念都沒關係。我只要求您把眼睛所捕抓的我的姿態，照樣畫出來就行了。手法和程序完全交給您，我並沒希望要像那阿爾的郵差般名留歷史，我沒有那樣的野心。只有健全的好奇心。想知道您在畫我的時候，到底會畫出什麼樣的作品來。」

「聽您這麼說，我很高興。但我現在還有一件事想拜託您。」我說。「如果不能畫出讓您滿意的作品，很抱歉，就當成沒這回事。」

「也就是說那幅畫不交給我嗎？」

我點頭。「當然，那種情況訂金我會全數奉還。」

免色說：「好吧，這判斷就交給您。我有很強的預感，絕對不會變成那樣。」

「但願那預感很準。」

免色筆直看著我的眼睛說：「不過就算那作品沒有完成，而我能以某種形式對您的變化有所幫助的話，我也很高興。真的。」

「不過，免色先生，其實我剛好有事想跟您商量。」我稍後乾脆切入。「這完全和畫沒關係，是我個人的事情。」

「說來聽聽。如果我能幫上忙的話，樂意效勞。」

我嘆一口氣。「這是一件相當奇怪的事。我可能沒辦法好好照順序說明，我的陳述能力可能實在不夠好。」

「就依您容易說的順序慢慢說，然後兩個人一起來思考。可能比一個人更能想出什麼好辦法也不一定。」

我從頭開始照順序說。半夜兩點前忽然醒過來，側耳傾聽，半夜的黑暗中傳來不可思議的聲音。遙遠的微弱聲音，因為蟲子全部停止鳴叫所以隱約傳進耳朵。好像有人在搖鈴的聲音。我順著那聲音找過去，發現那聲音好像是從屋子後方的雜木林裡，一個石塚的縫隙之間傳出來的。那謎樣的聲音在斷斷續續之間還夾著不規則的沉默，一共持續了四十五分左右，終於截然停止。同樣的事情前天和昨天，繼續兩個晚上都出現相同的情況。也許有人在那石頭下面搖鈴般的東西，也許在送出求救信號。但這種事情可能發生嗎？我自己頭腦是不是清醒，我現在也不太有自信。自己耳朵所聽到的，難道只是幻聽嗎？

免色一句也沒插嘴，只是專心聽著我說。我說完之後他還保持沉默。從他的神情可以知道，他是認真聽我說的，對那內容正在沉思默想。

「很有意思。」稍後他開口，並輕輕乾咳。「正如您所說的那樣，這似乎很不尋常。不過可能的話，我想親耳聽聽那鈴聲，今晚可以來打擾嗎？」

我吃了一驚。「半夜特地到這裡來嗎？」

「當然。如果我也能聽到那鈴聲的話，就能證明那不是您的幻聽。那是第一步。然後如果那是真實存在的聲音的話，兩個人再一起去尋找確認。接著該怎麼辦，到時候再考慮就行了。」

「話是沒錯，可是——」

「如果方便的話，今晚十二點半我會來拜訪。這樣好嗎？」

「我當然沒問題，只是那太麻煩免色先生了……」

免色嘴角露出感覺親切的微笑。「不用在意。能幫上你的忙，我再高興不過了，何況我本來就是個好奇心很強的人。那半夜的鈴聲到底意味著什麼，如果有人發出那鈴聲的話，到底是誰？我無論如何都想知道真相。你呢？」

「當然想——」我說。

「那就這樣決定吧。今天晚上我會來這裡。而且我也想到一件事。」

「想到一件事？」

「關於這個，等下次再說。因為還需要確認一下。」

免色從沙發站起來。背脊挺得筆直，右手伸到我前面來。我握住他的手，一樣是強而有力的握法。然後他比平常看來顯得幸福幾分。

免色回去之後，那天下午我一直站在廚房做菜。我每星期一次，會把幾天份的備餐一次準備起來。做好的東西或冷藏或冷凍，接下來的一星期之間，就吃那個過日子。那天是做菜的日子。晚餐是香腸和燙高麗菜，佐通心粉，再配番茄、酪梨和洋蔥的沙拉。夜晚來臨時，我和平常一樣躺在沙發，邊聽音樂邊看書。然後停止看書，想免色的事。

他為什麼臉上表情顯得那麼開心呢？他真的是為了能幫上我的忙而感到開心嗎？為什麼？我實在搞不清楚，我只是個無名的窮畫家而已。六年間一起生活的妻子離我而去，跟雙親也感情不好，正無家可歸，又沒有財產，暫且幫朋友父親看守房子。跟我比起來（雖然沒有要刻意去比）他年紀輕輕時就事業有成，賺進一輩子生活無憂的龐大財產，至少他本人是這樣說的。相貌端正，擁有四輛英國車，並沒有在做什麼工作，整天窩在山上的大房子裡過著優雅的日子。那樣的人為什麼會對我這種人私下感興趣呢？為什麼要為我特地在半夜撥時間過來呢？

我搖搖頭再繼續讀書，想也沒用。怎麼想都不會有結論。就像要靠本來就不完整的拼圖碎片解開謎題一樣。但不由得不想。我嘆一口氣，又把書放回桌上，閉上眼睛傾聽唱片的音樂。維也納樂友協會廳弦樂四重奏團所演奏的舒伯特的弦樂四重奏曲十五號。

我從住進來之後，每天都聽古典音樂。而且試想起來，我所聽的音樂大半是德國（及奧地利）的古典音樂。雨田具彥的唱片收藏大多是被德國系的古典音樂佔滿了。柴可夫斯基、拉赫曼尼諾夫和西貝流士、韋瓦第、德布西、拉威爾等，也像順理成章般地擺出來。因為是歌劇迷，因此威爾第、普契尼的作品自然也都一應俱全。不過和德國歌劇的充實陣容比起來，就似乎顯得沒有那麼熱情地蒐集。

可能對雨田具彥來說，維也納留學時代的生活回憶未免太強烈了。因此一頭栽進德國音樂裡無法自拔，或者也許相反。他本來就深深喜愛德國系統的音樂，因此才會選擇到德國留學，而不是到法國。哪邊才對，我當然無從知道。

但無論如何，我在這房子裡，對於主人偏愛德國音樂這回事，沒有立場抱怨。我只不過是在這裡幫忙看家而已，人家只是好意讓我聽那些唱片收藏。而我也很樂於享受聽巴哈、舒伯特、布拉姆斯、舒曼，和貝多芬的音樂。還有當然也不能忘記莫札特。他們的音樂是有深度的優雅、美麗的音樂，而且能慢慢坐下來聽這種音樂的機會，是我過去的人生中從未遇到過的。因為每天都被工作所逼，而且也沒有那個經濟餘裕。因此我已經下了決心，在自己碰巧能夠掌握這種機會的期間內，要把這裡所齊備的音樂盡量痛快地聽起來。

十一點過後我躺在沙發上睡了一下，在聽著音樂之間睡著了。睡著大約二十分鐘左右，醒來時唱片已經播完。唱臂已經轉回原來的位置，轉盤已經停止轉動。客廳有唱針會自動抬起的自動式唱機，和手動的正式唱機兩台。我為了安全起見——也就是睡著也沒關係——多半會使用自動式的。我把舒伯特的唱片收進唱片套，把那放回唱片架的固定位置。從敞開的窗戶外傳來蟲子盛大的鳴聲。蟲子還在鳴著，所以應該還聽不見那鈴聲。

我在廚房溫咖啡，吃了一點餅乾。並注意傾聽覆蓋著周遭山林的夜蟲們熱鬧的合唱。將近十二點半時，傳來Jagur車緩緩開上斜坡的聲音。調轉方向時，一對黃色的車前燈就會大大地橫切過窗玻璃。引擎終於熄火，車門關上時發出和每次相同的乾脆聲音。我坐在沙發，邊喝著咖啡邊調整呼吸，等玄關的門鈴響起。

13 那現在只不過是個假設而已

我們在客廳的椅子上坐下來喝咖啡，一邊等候那個時刻的來臨一邊閒聊打發時間。剛開始只是漫無邊際地談著，但在沉默一度降臨兩人之間之後，免色以略帶幾分客氣，卻又極明確的聲音問我。

「您有孩子嗎？」

我聽了稍微吃了一驚。因為他看起來不是一個會對人——還不是那麼熟的對象——提出那種問題的人。怎麼看都是「我不會深入打探你的私生活，所以你也別來干涉我的私生活」的類型，至少我是這樣理解的。但當我抬起頭看免色認真的眼神時，就知道那不是當場忽然想起來的隨便發問。他似乎從很早以前，就想問我這件事了。

我回答：「結婚六年了，但沒有小孩。」

「不想生嗎？」

「我都可以。但我太太不想要。」我說。沒說明她不想生的理由。因為我到現在都不太清楚，那是不是真的誠實的理由。

免色似乎猶豫了一下，終於下定決心說出來。「問您這種事情或許很失禮，不過，會不會有您夫人之外的女人，在外面悄悄生下來並養著您的孩子，您想過這個可能性嗎？」

我重新認真地看一次免色的臉，好奇怪的問題。但我試著拉開幾個記憶的抽屜，形式上察看一番，完全想不出有發生這種事情的可能性。我並沒有跟那麼多女性發生性關係，而且如果假定發生了這種事的話，一定也會透過各種管道傳到我耳裡來。

「當然理論上或許有可能，但實際上，或以常識上來思考，我想應該沒有這種可能性。」

「我明白。」免色說。而且一邊深思著什麼，一邊安靜地啜著咖啡。

「但您為什麼會問我這種問題呢？」我也乾脆問他。

他一時無言地眺望窗外，窗外月亮出來了。雖然沒有前天的月亮般異樣的亮，但也算是足夠明亮的月亮。一朵朵分開的雲，從海面往山邊的天空慢慢流過。

免色終於開口了。

「就像之前說過的那樣，我從來沒有結過婚。到了這把年紀了，始終都是單身。工作經常很忙，但除此之外，我的個性和生活方式並不適合跟誰一起生活也有關係。我這樣說，或許聽起來會覺得很做作，但無論好壞，我就是一個只能一個人生活的人，也幾乎不在乎血緣這種東西。從來沒想過要有自己的孩子，這點我也有個人的理由。大體上這是我自己小時候的家庭環境所造成的。」

說到這裡他停下來，喘一口氣。然後繼續：

「但從幾年前，我開始想到自己可能有小孩。或者應該說，我陷入不得不這樣想的狀況。」

我默默等他繼續說。

「這麼複雜的個人私事，要對剛剛才認識不久的您坦白，我也覺得相當奇怪。」免色嘴角一面浮現非常淡的微笑一面說。

「我沒關係。只要免色先生不介意的話。」

試想起來，不知道為什麼，從小就有不太熟的人會對我坦白說出意想不到事情的傾向。或許我天生就有一種引出他人祕密的特殊資質之類的東西，或者看來像個通情達理的聽者。無論如何，我不記得這種事情對我有過任何好處。因為對我坦白之後，他們一定會後悔。

「這件事我還是第一次跟人提起。」免色說。

我點頭等他繼續。大家多半都會這樣說。

免色開始說：「這大約是十五年前的事，我跟一個女人親密地交往。當時我是三十幾歲的後半，對方是二十幾歲的後半，是個非常有魅力的美女，也很聰明。我是很認真的跟她交往，而且事先也告訴她，我不可能跟她結婚，我說我跟誰都不打算結婚。我不希望讓對方期待落空，所以如果她遇到其他想結婚的對象的話，我會二話不說自動退出。她也很了解我的這種心情。不過在繼續交往之間（大約兩年半），我們交往得非常順利，感情非常好，從來沒有吵過架。一起到各地去旅行，也常常到我家來過夜。因此我家也放著一套她的衣服。」

他落入沉思。又再度開口。

「如果我是個普通的人，或者稍微接近普通的人，應該毫不猶豫地跟她結婚，我也不是沒有考慮過。但是——」他在這裡停頓一下，輕輕嘆一口氣。「但結果，我選擇了像現在這樣一個人的安靜生活，她選擇了比較健全的生涯規劃。也就是說，跟一個比我普通的‧‧‧‧‧男人結婚了。」

到最後的最後，她都沒有告訴免色說自己要結婚了。免色最後見到她，是她二十九歲生日的一星期後（生日那天兩人在銀座的餐廳一起用餐，事後才想起來，那時的她很稀奇地沉默無語）。他當時在赤坂的辦公室工作，她打電話來，說想見個面談一下，問現在可以過去你那邊嗎？當然可以，他說。當時雖然她從來沒有去過他工作的地方，但他並沒有特別覺得奇怪。那是只有他和中年女祕書兩人工作的小辦公室，不必顧慮任何人。過去他雖然經歷過主持大公司，擁有許多員工的時期，但那碰巧是他一個人正在企畫成立新網路的時期。企畫時期他會一個人默默工作，等到拓展時期他才會積極廣招人才，這是他通常的做法。

他的戀人在傍晚五點前到，兩個人在他辦公室的沙發並排坐下來談話。到了五點，他讓隔壁的祕書先下班。祕書離開後，他會一個人留在辦公室繼續工作，對他來說這是和平常一樣的事，埋頭工作時也經常留在那裡迎接早晨。本來他打算和她一起到附近的餐廳去共進晚餐的，但她拒絕了。她說今天沒什麼時間，因為她還必須到銀座去跟人見面。

「妳在電話上說有事要跟我說。」他問。

「沒有，沒什麼事。」她說。「只是想見你一面而已。」

「能見到面真好。」他微笑地說。她難得這麼坦白地說話，她平常是個喜歡委婉表現的女人。不過他並不清楚，那帶有什麼含意。

然後她什麼也沒說地從沙發上挪動身體，跨坐到免色的膝上來。然後雙臂抱住他的身體，吻起他來，舌頭交纏的真正深情的吻。繼續長長的親吻之後，她伸手解開免色的長褲皮帶，尋找他的陰莖。然後掏出那變硬的東西，暫時握在手上。然後彎下身子，把陰莖含在口中。長長的舌尖慢慢在那周圍爬行，舌頭又滑又熱。

那一連串的行為讓他吃驚。因為她在性方面，向來算是被動的，尤其是在口交方面——無論是動作的一方或被動的一方——看來似乎經常都是懷著抗拒感的。然而今天卻不知怎麼，似乎是她主動積極採取那行為的。到底發生了什麼事？他感到納悶。

然後她忽然站起來，把腳上的高雅黑色高跟鞋踢掉，伸手到洋裝底下快速地脫下褲襪，脫下內褲。然後重新跨到他的腿上。用一隻手把他的陰莖導入自己體內。那已經充分帶有濕氣，簡直像生物般滑溜地自然活動著了。一切都以驚人的快速進行（那說來也不像她。因為平常動作緩慢是她的特徵）。一留神時，他已經進入她裡面，那柔軟的內襞將他的陰莖緊緊包住，安靜、但不遲疑地縮緊。

那和他向來與她之間先前所經驗過的任何性愛，都完全不同，似乎同時存在著溫暖和冰冷、堅硬和柔軟、包容和拒絕，擁有那樣不可思議的矛盾感觸。但他不太能理解，那具體上到底意味著什麼？她騎在他身上，就像乘著小船的人正被大浪搖擺著那樣，激烈地上下擺動著。披肩的黑髮，像被強風吹動的柳枝般在空中搖擺。失去控制，喘氣聲逐漸加大。辦公室的門是否上鎖，免色沒有把握。好像鎖了，又覺得忘了鎖。但現在也不可能去檢查。

「不避孕沒關係嗎？」他問。她平常對避孕是非常神經質的。

「今天沒問題。」她在他耳根喃喃地說。「你什麼都不用擔心。」

今日她的一切都跟平常不同。簡直就像在她體內沉睡的另一個人格的她忽然醒過來，完全霸佔了她的精神和身體那樣。或許對她來說，今天是什麼特別的日子吧，他如此想像。關於女性的身體，有許多男人所無法理解的事情。

她的動作隨著時間的經過變得更加大膽地擺動起來。除了不要妨礙她所追求的事情之外，他什麼也不能做。然後來到最後關頭，他忍不住地射精時，她配合著這個發出了像異國的鳥般短促的聲音，她的子宮就像等待著那一刻般，將精液吸進深處，貪婪地吸取。自己彷彿在黑暗中被不明生物貪婪地吞食著般，他模模糊糊擁有這種感覺。

過了一會兒，她幾乎像推開免色的身體般站起來，默默拉平自己的洋裝裙襬，把掉在地上的絲襪和內褲塞進皮包，拿著那快速走向洗手間，然後久久沒有出來。正當他開始擔心有什麼不對時，她終於從洗手間走出來。現在無論衣著和髮型都毫不凌亂，化妝也恢復原來的模樣。嘴角還浮現平常那安穩的微笑。

她輕輕吻一下免色的嘴唇，說道，好了，我要趕快走了，已經遲到了。於是就那樣快步走出房間，連頭也沒回。他的耳裡還鮮明地留下她的高跟鞋逐漸走遠的聲音。

那是最後一次見到她。往後就音信杳然。他打的電話、寄的信，都沒有回音。然後兩個月後，她舉行婚禮。不如說，是他後來從他們共同的朋友得知，她已經結婚了。他沒有被邀參加婚禮，甚至連她結婚這件事都不知道，似乎讓那個朋友非常驚訝。因為他以為免色和她是感情很好的朋友(兩個人非常小心地交往,因此誰都不知道他們有戀愛關係)。她的結婚對象是免色不認識的男人,也沒聽過他的名字。她既沒有告訴免色自己打算結婚,也沒有暗示他。只是默默地從他眼前消失而去。

那時候在他辦公室沙發上的激情擁抱,或許是決定最後告別的愛的行為,免色醒悟過來。當時的事情,免色事後反覆回想無數次。記憶在經過漫長歲月之後,依然鮮明、清楚得驚人。沙發的咿呀作響、她頭髮搖擺的模樣、吹到耳邊她的熱氣,一一還會照樣重現。

那麼,免色後悔失去她嗎?當然不。他不是會事後才後悔的那種人。免色很清楚知道,自己是不適合家庭生活的人。無論多麼愛對方,都無法共度日常生活。他需要每天孤獨地集中精神,無法忍受這專注力因為誰的存在而受到擾亂。要是跟誰共同生活的話,或許有一天會開始憎恨對方。無論是父母、妻子,或子女。他最怕的是變成那樣,他不是怕愛上誰,而是怕憎恨誰。

雖然如此他深愛她的事實並沒有改變。過去沒有比她更愛的女人,以後可能也不會出現這樣的人。「在我心中,現在還有只為她保留的特別位置。非常具體的地方。或許可以稱為神殿。」免色說。

神殿?那用語的選擇讓我感覺好像有點奇怪。不過那對免色可能是正確的用語。

免色說到這裡停了下來。雖然他把自己所發生的事,連細節都說得非常詳細而具體,但幾乎聽不出有情感的意味。給我的印象,簡直像在眼前朗讀醫學上的報告。或者說,實際上可能就是那樣。

「結婚典禮的七個月後，她在東京的醫院平安地生下一個女嬰。」免色繼續說。「那是十三年前的事。老實說生產的事，我也是在很久以後聽人家說才知道的。」

免色低頭看著空空的咖啡杯的內側一會兒，簡直像在懷念那裡面曾經有過滿滿的溫暖內容的時代那樣。

「而且那孩子，說不定是我的孩子。」免色像把話擠出來似地說。然後看著我的臉像要徵求我的意見似的。

他想說什麼，我花了一些時間才明白過來。

「時間上符合對嗎？」我問。

「沒錯。時間上完全符合。從在我的辦公室和她見面那天算起，九個月後那個孩子就誕生了。她臨結婚之前，可能選好最容易受孕的日子到我這裡來，刻意——該怎麼說好呢——收集我的精子，這是我的假設。雖然從一開始就不抱期待跟我結婚，但她卻決心要生我的孩子。難道不是這樣嗎？」

「可是沒有確實的證據。」我說。

「是啊，當然沒有確實的證據。那現在只不過是個假設而已，不過卻有合理懷疑的根據。」

「不過那對她來說，是相當危險的嘗試噢。」我指出。「如果血型不同，事後可能會知道父親不對。她寧可冒那樣的危險嗎？」

「我的血型是A型。日本人很多是A型，她好像也是A型。只要沒有特別的理由去做真正的DNA檢查，祕密被揭穿的可能性相當低。這她應該可以算出來。」

「可是另一方面，那女孩子的生父是不是您，也要經過正式的DNA檢查才能確定，對嗎？或這要直接問母親嗎？」

免色搖搖頭。「已經不可能問母親了。她在七年前過世了。」

「真遺憾。還那麼年輕。」我說。

「在山上散步時，被幾隻虎頭蜂螫到而死的。本來她就有過敏體質，無法抗拒蜂毒，被送到醫院時已經斷氣了。誰都不知道她有這種體質，可能連她自己都不知道。留下她丈夫，和一個女兒。女兒十三歲了。」

和我妹妹去世時幾乎相同年齡。我想。

我說：「那個女孩可能是您的孩子，這推測您說有可以合理懷疑的根據。是嗎？」

「她死後不久，我突然收到死者的來信。」免色以安靜的聲音說。

有一天，辦公室收到一家沒聽過的法律事務所寄來的大信封，附有內容證明。裡面是兩封打字的信函（附有律師事務所的名稱），和一個淡淡的粉紅色信封。法律事務所的來信附有律師的簽名。「同封附有××××女士（過去戀人的名字）生前託付的書信。××××女士留下指示，「如果發生自己死亡的事時，請把這封信郵寄給閣下。此外，並附加注意事項，除了閣下以外，絕對不能讓別人過目。」

是這樣宗旨的信函，並簡單而事務性地記載她去世的經過。免色一時說不出話，終於打起精神，用剪刀剪開粉紅色信封。信是用藍墨水親筆寫的，一共四張信紙。她以非常美的筆跡寫。

免色涉樣

不知道現在是幾年幾月，但當您手上拿著這封信時，我應該已經不在這個世間了。不知道為什麼，但我從很早以前，就覺得自己會在比較年輕的時候就離開人世。因此才會採取這樣迂迴的方式，安排自己死後的事情。這種事最後如果都白費心思，那當然最好不過了——不過再怎麼說，您能讀著手上的這封信，就表示我已經不在人世了。這樣想起來也覺得非常寂寞。

我想事先聲明（或許不需要也不一定），我的人生，本來就沒什麼不得了的。這點我很清楚。因此就不小題大作，閒話少說，悄悄從這個世界退場，可能最適合像我這樣的人。但免色先生，只有對您我可能需要留下一句話。不然，我會覺得對您永遠失去公平的機會。因此，將這封信託付給可以信賴的律師朋友，寄給您。

我那樣唐突地離您而去，成為別人的妻子，而且事先也沒有對您說一聲，心裡實在覺得非常過意不去。我推測您一定非常驚訝。或許感到不愉快。或者冷靜的您，並沒有多驚訝，也沒怎麼動心。不過無論如何，我當時除了這樣做沒有別的路可走。在這裡我不打算詳細說明，這點還請諒解。當時我幾乎沒有選擇的餘地。

不過我也有一個選擇的餘地。把他歸類為單純的一件事，或僅此一次的行為。我最後一次見您時的事情，還記得嗎？在初秋的黃昏我突然造訪您的辦公室。也許看不出來，但當時，我真的是被逼得走投無路，無可選擇了。覺得自己已經變得不是自己了。不過雖然在那樣混亂之中，當時我所採取的行為，從頭到尾都是有確實計畫的。而且我對自己當時所採取的行為，到現在為止都絲毫不感到後悔。那對我的人生來說，是意義非常重大的事情。可能比我自己的存在更重大得多。

我相信您一定可以理解我那樣做的意圖，也期待您最終能夠原諒我。而且希望這件事無論如何不會麻煩到您。因為我知道，您是最厭惡這樣的狀況的。

免色先生，我祝您有個幸福長壽的人生。而且希望您這樣美好的存在，能在什麼地方更綿長而豐饒地繼續下去。

×××

免色把那封信讀了無數次又無數次，直到內容能完全背下來為止（而且他實際上把那文字，對著我從頭到尾毫不含糊地背誦出來）。那封信上含有各種感情和暗示，有光有影，有陰有陽，形成一幅複雜的隱藏畫。就像研究已經沒人會說的古代語言的語言學家那樣，他花了幾年功夫去檢驗求證那潛藏在文字底下的各種可能性。把每個單字、片語和迂迴的說法拿出來，做各種組合、交錯、順序顛倒。於是達到一個結論。她結婚七個月後所生的女孩子，就是她在那辦公室的皮沙發上和免色之間所懷下的孩子，絕不會錯。

「我委託一家有交情的律師事務所，代為調查她所留下的女兒。」免色說。「她結婚的對象是比她大十五歲，經營房地產業的人。雖說是房地產業，但她先生是當地地主的兒子，以自己因繼承而擁有的土地和建物的管理為主要業務。當然也處理幾個其他的物件，但並不那麼積極而大規模地經營。靠原有的財產，就可以不工作也不愁沒飯吃。女孩子名叫麻里惠。平假名的『まりえ』。七年前妻子出事去世後，先生沒再婚。先生有一個單身的妹妹，現在住在一起，家事好像也由她負責。麻里惠在當地的公立中學上一年級。」

「您見過這位麻里惠小姐嗎？」

免色沉默了一會兒，斟酌用語。「從遠處看過幾次臉。但沒有交談過。」

「看過有什麼感覺？」

「你是說臉長得像不像我嗎？這種事情自己無法判斷。要說像的話會覺得一切都像，要說不像的話也會覺得好像完全不像。」

「您有她的相片嗎？」

免色安靜地搖搖頭。「沒有，我沒有。相片應該可以拿到，但我並不想要這樣。把一張相片，放在皮夾裡隨身帶著，有什麼用呢？我要的是——」

但接下來的話沒說出口。他閉上嘴之後，沉默由熱鬧的蟲鳴所填滿。

「不過免色先生，您剛才好像說過，自己對血緣這種東西完全沒興趣。」

「沒錯，我過去對血緣這種東西沒有興趣。不如說一直盡量避開那種東西活到現在，這種心情現在也沒改變。但另一方面，我對這個名叫麻里惠的女孩卻無法轉頭不去看她。很單純地無法停止去想她，沒什麼道理……」

我無話可說。

免色繼續說。「這種事情對我來說完全是第一次的經驗。我通常都能控制自己，也一直以這個自豪。不過現在我一個人獨處，有時甚至會覺得難過。」

我乾脆把自己所感覺到的事說出口。「免色先生，這完全是我的直覺，不過對於麻里惠小姐，您看來好像希望我能為您做一點什麼。是我想太多了嗎？」

免色稍微停頓一下然後點頭。「其實，該怎麼說才好呢──」

這時候我突然發現，剛才那麼熱鬧的蟲鳴聲，現在卻完全消失了。我抬起頭來，看看牆上的時鐘。一點四十分過了，我把食指抵在嘴唇上，免色立刻沉默下來。於是我們在深夜的寂靜中側耳傾聽。

14 這麼奇怪的事倒是第一次遇到

我和免色的談話中斷，停止身體的動作，側耳傾聽空中的聲音，已經聽不見蟲鳴了。和前天，和昨天完全一樣。還有在那深深的沉默中，我又能再度聽到那微弱的鈴聲了。那鈴鳴響了幾次，夾雜著不規則的中斷後又再度鳴響。我看看坐在對面沙發的免色的臉，並從表情得知，他也聽到同樣的聲音了。他的眉頭深鎖。而原來放在膝上的手則稍微抬起在空中，手指配合著那鈴聲微微動著。可見那並不是我的幻聽。

兩分或三分，滿臉認真地傾聽那聲音之後，免色慢慢從沙發站起來。

「我們到發出聲音的地方去看看吧。」他以乾澀的聲音說。

我拿起手電筒。他從大門走出去，從Jaguar車上拿出預備好的大型手電筒。然後我們走上七段階梯，踏進雜木林裡。雖然沒有前天晚上那麼亮，不過秋天的月光仍然相當明亮地照出我們的腳下。我們繞到小祠後方，撥開芒草來到石塚前面，然後再度側耳傾聽。那謎樣的聲音毫無疑問，就是從那石縫裡傳出來的。

免色在那石塊的周圍慢慢繞著走，以手電筒的燈光仔細檢查石塊的縫隙，但並沒有發現特別奇怪的地方。只有長了青苔的古老石頭雜亂地堆積在那裡而已。他看看我的臉，在月光照射下，免色的臉看來有點像古代的面具似的。或許我的臉看起來也一樣？

「上次聽到的聲音，也是這裡嗎？」他壓低聲音問我。

「同樣的地方。」我說。「完全一樣的地方。」

「我聽起來好像是，在這石頭的下方，有誰在用鈴般的東西發出聲音。」免色說。

我點點頭。知道自己沒有發狂而感到安心的同時，在那裡以可能性所暗示的非現實性，也由於免色的話而成為現實，我不得不接受，世界的接合處產生了些微的錯位。

「到底該怎麼辦才好？」我問免色。

免色再把手電筒的光，照著傳出聲音的那一帶好一會兒，並且緊抿著嘴思考著。在深夜的寂靜中，彷彿聽得見他的頭腦正快速發出轉動的聲音。

「可能有人正在求救。」免色好像在對自己說似的。

「但到底是誰，能進入這麼沉重的石塊下呢？」

免色搖搖頭。當然他也有不知道的事情。

「現在暫且回家吧。」他說，並輕輕地拍拍我的肩後。「至少，我們清楚知道發出聲音的地方了，其他的事等回去再慢慢談。」

我們穿過雜木林，回到屋前的空地。免色打開Jaguar車門把手電筒放回去，再拿起座椅上放著的小紙袋。然後我們回到屋裡。

「如果您有威士忌的話，可以讓我喝一點嗎？」免色說。

「普通的蘇格蘭威士忌可以嗎？」

「當然，純的就好，另外給我不加冰的水。」

我到廚房從櫃子裡拿出White Label酒瓶，注入兩個酒杯，和礦泉水一起端到客廳。我們面對面坐著什麼也沒說，各自喝著純威士忌。我回廚房拿出White Label酒瓶來，為他的空杯注入續杯。他拿起那玻璃杯，但沒喝。在深夜的沉默中，那鈴聲依然斷續地響著。雖然聲音很小，其中卻含有不可能聽漏的致密沉重。

「我見識過各種不可思議的事情，但這麼不可思議的事還是第一次遇到。」免色說。

「我在聽您說的時候，很失禮的還半信半疑。沒想到，這種事竟然真的實際發生了。」

這種說法有某種引起我注意的地方。「您說實際發生，是指什麼意思？」

免色抬起頭來暫時看著我的眼睛。

「因為我以前在書上讀過，和這同樣的事情。」他說。

「您說和這同樣的事情，也就是說半夜裡聽到從什麼地方傳來鈴聲嗎？」

「正確地說，在那裡聽到的是鉦的聲音，不是鈴聲。所謂敲鉦打鼓找迷路孩童時的鉦。故事裡是小佛具，以稱為撞木的木槌敲出聲音。一邊唸佛，一邊敲。傳說半夜裡會聽到從地底下傳來那聲音。

「那是怪談嗎？」

「應該說是怪異譚比較接近吧。您讀過上田秋成的《春雨物語》這本書嗎？」免色問。

我搖搖頭。「很久以前讀過秋成的《雨月物語》。不過這本我還沒讀。」

「《春雨物語》是秋成最晚年所寫的小說集。從《雨月物語》完成後經過四十年才寫的。比起《雨月物語》的重視故事性，這本則更重視秋成身為文人的思想性。其中有稱為〈二世之緣〉的不可思議的一篇。那故事中的主角有和您相同的經驗。主角是富農的兒子。喜歡學問，半夜裡一個人正在讀書時，聽見院子角落的石堆下，不時會傳來像是鉦的聲音，覺得很不可思議。第二天叫人把那裡挖開來看看，裡面有大石頭，把那石頭移開後，有一具像是石棺般的東西。打開一看，面有個不見肌肉，只像魚乾般枯瘦的人。頭髮長及膝蓋，只有手在動著，用撞木叩叩地敲著鉦。看來像是從前為了永遠開悟而自己選擇死亡，還活著就躺進棺內，讓人埋葬的僧人，這是稱為禪定的行為。挖出變成枯骸的屍體，移到寺內供奉。禪定稱為『入定』。可能原來是地位崇高的僧人，靈魂如願地到達涅槃的境地，只留下失去靈魂的肉體繼續活著一般。主角的家族歷經十代都住在那裡，不過這好像是更久以前發生的事，也就是幾百年前。」

免色說到這裡停了下來。

「換言之，這房子的周圍也發生和那相同的事情嗎？」我問。

免色搖搖頭。「仔細想的話，是不可能的事。那只是江戶時代所寫的怪異譚。秋成知道民間有這樣的傳說，於是把那脫胎換骨改寫成自己的〈二世之緣〉的小說世界。但上面所寫的故事，和我們現在所經驗的事情竟然不可思議地一致。」

他把手上拿著的威士忌玻璃杯只是輕輕地搖著，琥珀色液體在他手中靜靜地晃動。

「那麼那位還活著的枯骸般的高僧被挖出來之後，接下來故事怎麼發展呢？」我問。

「故事後來的發展相當不可思議。」免色說，似乎覺得這有些難以說明。「上田秋成晚年個人色彩濃厚的世界觀，反映在那作品中。或許可以說是相當嘲諷的世界觀。秋成的出身複雜，是個歷經不少憂患生涯的人。不過那故事的發展，我想與其從我口中簡單說明，不如由您自己去讀會比較好。」

免色從車上拿出來的紙袋中取出一本舊書，遞給我。那是日本古典文學全集中的一冊。裡面收錄有上田秋成的《雨月物語》和《春雨物語》的全部故事。

「我在聽您說的時候，立刻想起這個故事，我家書架上正好有這本書，為了慎重起見重讀看看。這本書送給您，如果有興趣不妨讀讀看，故事很短我想應該很快就能讀完。」

我道過謝收下那本書。然後說：「真奇怪，以常識來判斷實在難以想像。這本書我當然會讀。不過回過頭來，我接下來到底該怎麼辦才好？總不能什麼都不做地放任不管。如果石頭下面真的有人，而且每天晚上在搖鈴或敲鉦送出訊息求救的話，無論如何總要把人從那裡救出來吧。」

免色面有難色。「不過要把那裡堆積的石頭全部移開，根本不是光靠我們兩個人的手就能辦到的。」

「該報警嗎？」

免色輕輕搖幾次頭。「我想警察絕對幫不上忙。就算通報一到半夜，就會從雜木林的石頭底下傳出鈴聲，他們也不會受理。只會想成你是不是頭腦有問題，反而自找麻煩。還是不報比較好。」

「不過那聲音如果以後一直每天晚上繼續的話，我的神經實在受不了，也沒辦法好好睡，可能只好搬出這棟房子。那聲音一定是在訴說什麼。」

免色一時落入沉思。然後說：「要把那些石頭全部移開，需要找專家幫忙，我認識本地的造園業者。一個很熟的業者，因為是造園業者，所以習慣處理沉重的石頭。如果必要，還可以調度小型挖土機，能移開沉重的石頭，也能輕易挖掘出簡單的洞穴。」

「確實如您所說的那樣，但這有兩個問題。」我指出。「第一點是，這土地的所有者雨田具彥先生的兒子，是否同意進行這個作業，要先取得他的許可才行。不能憑我一個人的判斷就擅自進行。其次是，我沒有僱用那種業者的經濟能力。」

免色微笑。「錢的問題不用擔心，這種程度我還能負擔。其實，這個業者還欠我一點人情，所以我想他可能願意只算成本價就幫我們做。不用擔心。雨田先生那邊就由您來聯絡看看。只要說明情況，他應該會同意吧。如果那石頭底下真的有誰被關閉著，而他見死不救的話，可能會因為是土地所有權者而被追究責任也說不定。」

「不過以我來說，讓沒有關係的免色先生幫忙到這個地步，實在——」

免色把雙手張開放在膝上，掌心朝上，像要承接雨水般。然後以安靜的聲音說：

「我想之前也說過了，我是個好奇心很強的人。很想知道，這不可思議的事情往後會怎麼發展。這種事情是可遇不可求的。總之錢的事情不用放在心上。您可能有您的立場，不過這次就不必操心了，讓我來安排吧。」

我看看免色的眼睛，那眼睛裡含有我過去所沒見過的銳利的光。無論如何我都必須確認這事情的發展，那眼睛這樣說。如果有什麼無法理解的事情，必定要追究到理解為止

——那可能是免色這個人生活方式的基本。

「明白了。」我說。「我明天就來聯絡政彥看看。」

「我明天也來聯絡造園業者。」免色說，然後停一下。「不過，有一件事想請教。」

「什麼事？」

「您經常會遇到像這種——怎麼說才好呢——不可思議的，超出常理的事情嗎？」

「不。」我說。「這麼奇怪的經驗我有生以來還是第一次遇到。我一直過著普通的人生，是個極普通的人，所以覺得非常混亂。免色先生呢？」

他嘴角浮起曖昧的微笑。「我自己倒遇到過幾次奇妙的體驗。曾經見聞過以常識難以想像的事情。不過像這麼奇怪的事倒是第一次遇到。」

然後我們在沉默中，一直側耳傾聽著那鈴聲。

和平常一樣那聲音在兩點半過一些時就忽然停止。然後山中再度充滿蟲子的鳴聲。

「今夜差不多該告辭了。」免色說。「謝謝您的威士忌，近日我會再跟您聯絡。」

免色在月光下，開著那輛閃亮的銀色Jaguar離開。從敞開的車窗向我輕輕揮手，我也揮手。引擎聲消失在山坡下之後，我才想起他喝了一杯威士忌的事（第二杯始終沒喝），但臉色也絲毫沒變，說話方式和態度也和喝水沒有兩樣。可能酒量很好，而且不是開長途。本來這路就只有本地居民在使用，這個時刻應該不會有對面來車和行人。

我回到屋裡，把酒杯收進流理台，整理好後，就上床。想像有人來用重機具移開小祠後方的石頭，在那裡挖洞。不像是現實的光景。而在那之前，我必須先讀上田秋成的〈二世之緣〉的故事，但一切都要等明天。在白天的光線下也許事物看起來又會不同。我關掉枕邊的燈，一邊聽著蟲鳴聲入睡。

早晨十點我打電話到雨田政彥的工作場所，說明事情的原由。沒提到上田秋成的事，只說為了慎重起見，請了認識的人來，確認過那半夜的鈴聲不是只有我聽到的幻聽。

「非常不可思議的事。」政彥說。「不過你真的認為，真的有誰在那石頭下鳴鈴嗎？」

「不知道。不過不能放著不管。因為聲音真的每天晚上都繼續鳴響。」

「如果把那裡挖起來，真的出現什麼奇怪的東西的話，你打算怎麼辦？」

「奇怪的東西，例如什麼？」

「不知道啊。」他說。「雖然不太知道，不過總之還是別去動比較好，那是來歷不明的東西呀。」

「你不妨半夜來這裡一次，聽聽看那聲音。實際親耳聽到的話，一定會明白不能放著不管。」

政彥在電話裡深深嘆一口氣，然後說：「不，我不想去。我從小就很膽小，最怕怪談之類的東西。那樣恐怖的東西我不想去碰，一切都交給你辦。樹林裡的老石頭要移位，要挖洞，誰也不會介意，隨你愛怎麼樣就怎麼樣吧。不過，可千萬別挖出什麼怪東西來喔。」

「我不知道會怎麼樣，不過結果出來後會再跟你聯絡。」

「我只想把耳朵塞起來。」政彥說。

掛斷電話之後，我在客廳的椅子上坐下來，讀上田秋成的〈二世之緣〉。讀原文，再讀現代語譯。有幾處細部不同，但正如免色說的那樣，上面所寫的事情，酷似我在這裡所經驗的事情。故事中，聽到鉦的聲音是丑時（上午二時左右），時刻大體相同。但我聽到的不是鉦，而是鈴聲。故事中蟲鳴聲沒有停止，主角深夜在混合著蟲聲中聽到那聲音。但除了那細微的差別之外，我所體驗到的事情和那故事幾乎一模一樣。因為太像了，甚至讓我嚇了一跳。

挖出來的枯骸已經乾乾扁扁的，但只有手簡直還像執念般動著敲打著鉦。可怕的生命力讓那身體，幾乎自動地動著。那僧可能在一面唸佛，敲鉦時入定的。主角為那枯骸穿上衣服，嘴唇沾上水。不久後可以吃起粥，又逐漸長出肉來。最後，恢復成外表看來和普通人沒有兩樣的模樣。但卻完全看不出是一個「已經開悟的僧人」的模樣。既沒有知性也沒有知識，絲毫見不到高潔的氣質，而且完全喪失生前的記憶，也想不起為什麼自己會在地下歷經那樣漫長的歲月。現在是肉食者，也有不少性慾。娶了妻子，做些卑下的勞動以維持生計。並被命名為「入定的定助」。村民看到他那卑微的模樣，也失去了對佛法的敬意。這就是歷經嚴格修行，付出生命追求佛法所得到的果報姿態嗎？因此結果，人們開始輕視信仰本身，也漸漸不到寺院去了，是這樣的故事。正如免色所說的那樣，故事濃重地反映出作者嘲諷的世界觀，並不只是單純的怪異譚而已。

於是佛之教誨，浮華不實，如此入土之下敲鉦鳴響，凡百餘年。無留任何印記，唯留骨頭，狀甚空也。

（雖然如此，佛之教法，豈不空虛乎。此男，於土之下敲打鳴鉦，忽焉百餘年。然而並無靈驗，徒留殘骨，實乃令人心驚。）

〈二世之緣〉這短篇故事我重讀了幾遍，完全弄不懂是怎麼回事。如果用重機具把石頭移開，把土挖開，真的會有那種「只留下骨頭的」、「卑微」的枯骸從土中出現的話，我到底該如何處理才好呢？我能負起讓那甦醒過來的責任嗎？正如雨田政彥所說的那樣，不要多管閒事，只要把耳朵塞起來，一切別去動他比較聰明吧？

但就算想這樣做，也不能只把耳朵塞起來。或許搬到別的地方去，那聲音也會繼續追蹤我來也不一定。而且和免色一樣，我也擁有很強的好奇心。逐漸變得無論如何都想知道那石頭下面到底潛藏著什麼了。

中午過後免色打電話來。「您得到雨田先生的許可了嗎？」

我把打電話給雨田政彥大致說明了事情的原由。並得到他隨我高興怎麼處理都行的話，轉達給他。

「那太好了。」免色說。「造園業者那邊我已經安排好了。我並沒有告訴業者謎之音的事。只指示說樹林裡的幾塊老石頭要移開，然後在那裡挖洞而已。雖然臨時提起，不過對方正好有空，所以如果方便的話，想今天下午先去看看，從明天早晨開始作業。業者自己進去土地上勘查方便嗎？」

「沒關係可以自由進去」我說。

「勘查過後，他們會安排需要使用到的機具。作業本身估計只要幾小時就可以結束，我會到現場去看。」免色說。

「我也會到現場。知道開始作業的時間後請告訴我。」我說。然後我忽然想到再補充一句。「對了，昨天晚上在聽到聲音之前，我們正在談的事情。」

免色似乎不太了解我說的話。「我們正在談的事，是指什麼？」

「一個叫做麻里惠的十三歲女孩的事，說不定是您真正的孩子。正在談的時候，聽到那聲音，於是話就中斷了。」

「啊，是那件事。」免色說。「這麼說來是在談那件事。我完全忘了。是啊，那件事必須找一天再談談。不過那沒那麼急，等這件事順利解決後，到時候再談。」

我後來，無論做什麼都無法集中精神。不管讀書、聽音樂、弄吃的，在那之間經常會想到那樹林裡，古老的石塚下的東西。無論如何都沒辦法把像魚乾般乾乾扁扁的黑色枯骸的模樣，從我腦子裡趕走。

15 這可能只是個開始

免色晚上打電話來，告訴我作業是從明天星期三早上十點開始。

星期三，從早上開始細細的雨就下下停停，但並不至於妨礙作業的進行。只要戴上帽子或披個頭巾穿上防水外套的話，就不必撐傘程度的牛毛細雨。免色戴著橄欖綠色雨帽，像英國人獵野鴨時會戴的那種帽子。開始披上秋色的樹葉，被眼睛幾乎看不見的雨沾濕後，逐漸染成鈍重的色調。

他們用搬運專用的卡車，把小型挖土機般的機具運到山上來。非常小而扎實的機具，迴轉半徑小，可以在狹小空間作業。人數總共四人，一個是專門操作機器的，一個是現場監工，加上兩個作業員。操作員和監工開著卡車來，他們統一穿著藍色防水外套、防水長褲，穿著沾滿泥巴的厚底作業靴，頭上戴著強化塑膠頭盔。免色好像和監工很熟，兩人在小祠旁邊笑著談什麼。不過就算很熟，也可以看出監工對免色始終都帶有敬意。

能在短時間內，調動這麼多機具和人員，可能免色的人面確實很廣。我對這樣的發展一半感到佩服，一半感到迷惑地觀察著。彷彿有一切都遠離我的手而去的輕微失落感。就像小時候，一群幼小孩子在玩著某種遊戲時，有較大的孩子後來居上把遊戲搶走當成自己的東西。我想起當時的心情。

他們用鏟子和適當的石材和木板，先鋪設出挖土機運作時所需的平台，然後開始實際搬開石塊的工作。圍繞著石塚的茂密芒草，轉眼之間就被履帶輾平了。我們從稍隔一點距離的地方，觀望著他們把堆積的舊石塊一塊塊挖起來，移到離開一點的地方。看不出作業本身有什麼特別的地方。可能在全世界，日常到處都在進行著類似這種極平凡的作業。看來工作人員也只當成極平常的行為，依照每次都一樣的程序淡淡地進行著。操作重機械的男人有時會中斷工作，大聲和監工說話，但也並不像是發生什麼問題。對話簡短，機器也沒停頓。

但我卻無法以鎮定的心情旁觀那作業。當那些方形石塊一塊又一塊地被移走時，我的不安隨著加深。感覺彷彿長久之間自己不被人看見的隱藏祕密，正被那機具強有力的執拗挖斗一層層掀開了似的。而且問題是，那陰暗的祕密內容是什麼，連自己都不知道。我中途想過幾次，現在必須想辦法阻止這個作業才行。至少把挖土機般的大機具帶進來，應該不是解決這問題的正確方法。就像雨田政彥在電話中告訴我的那樣，「不明就裡的東西」全部都該繼續埋著。我湧起一股衝動很想抓住免色的手腕，大叫：「立刻中止這個作業，請把石塊搬回原位。」

不過當然不能那樣做。已經做了決定，開始作業了。已經牽連到很多人，也動用了不少資金（雖然金額不明，不過免色想必正在負擔）。事到如今已經無法中止了。那工程已經和我的意志無關，正一步步往前進展。

就像看穿我的心情似的，在某個時間點，免色走到我身旁來，輕輕拍一拍我的肩膀。

「您不用擔心什麼。」免色以鎮定的聲音說。「一切都會順利進行。馬上各種事情都會解決。」

我默默點頭。

上午石塊大致已經搬運完畢。原來倒塌如同塚般雜亂堆積的石塊，在稍遠一些的地方整齊而有點實務性地堆成一個小型的金字塔般。在那上面細細的雨無聲地落下，然而堆積的石塊完全搬開之後，並沒有出現泥土地面。石塊底下還有石塊，石塊比較平整地鋪著，形成正方形的石床模樣，大約有兩公尺見方吧。

「怎麼回事？」監工走到免色身邊說。「我還以為只是地面上堆的石塊，卻不是。看來那鋪石下面好像有空間。我用細的金屬棒從空隙的地方插進去看看，結果可以通到相當下面。還不知道有多深。」

我和免色戰戰兢兢地站到新出現的石床上看看。石塊黑黑濕濕的，有些地方會滑。雖然是人工切割整齊的石塊，但老舊了略帶圓味，石塊與石塊之間留有縫隙。每天晚上的鈴聲，可能就是從那縫隙洩漏出來的，空氣應該可以從那裡進出。彎下身子從縫隙試著窺視裡面，太暗了什麼也看不見。

「可能是用鋪石把老井封起來。不過以井來說口徑好像有點大。」監工說。

「可以把鋪石也搬走嗎？」免色問。

監工聳聳肩。「沒想到會這樣，作業因此變得比較麻煩了，不過應該可以做看看，如果有起重機的話最好，不過沒辦法運到這裡。每塊石塊本身並不太重，石塊與石塊之間也有縫隙，只要花一些工夫，靠這輛挖土機應該也可以。現在開始要午休，在這之間我想想辦法，下午開始作業。」

我和免色回家，簡單用個午餐。我到廚房用火腿、萵苣和醃小黃瓜做了簡單的三明治，兩人走出露台，一邊望著雨一邊吃。

「我們在忙這些事情，可能會耽誤重要的肖像畫完成時間。」我說。

免色搖搖頭。「肖像畫並不趕時間。先把這奇怪的案件解決，然後再開始畫就行了。」

我忽然不得不懷疑，這個男人真的想要我為他畫肖像畫嗎？這並不是現在才想到的，從一開始我心裡一個角落就一直盤旋著這個疑問。他真的想要我為他畫肖像畫嗎？是否有其他目的而必須接近我，委託我畫肖像畫只不過是表面上的藉口而已。

只是別的目的，例如到底是什麼樣的事呢？怎麼想都想不到。要挖起那石塊是他所求的嗎？怎麼可能，他不可能一開始就先知道。這是在開始畫肖像畫之後才發生的突發事件。不過他也未免太熱心地投入這作業了。還投下不少資金。這本來和他完全沒關係的。

我在想著這些事情時，免色問我：「您讀了〈二世之緣〉嗎？」

讀了。我回答。

「您覺得怎麼樣？相當不可思議吧？」他說。

「非常不可思議，真的。」我說。

免色看了我的臉一會兒，然後說：「老實說，我不知道怎麼從很久以前就一直被那故事所吸引。也因為這樣，這次的事情我個人很感興趣。」

我喝了一口咖啡，用紙巾擦擦嘴角。兩隻大烏鴉一邊互相呼喚著，一邊飛過山谷。牠們幾乎不在意雨，被雨濡濕後，只有羽毛顏色稍微加深而已。

我問免色：「我因為沒有什麼佛教相關知識，因此有些細節不太了解，所謂僧侶的入定，也就是自己選擇入棺死去嗎？」

「沒錯。所謂入定本來就是『開悟』的意思，因此為了和那區別，也有人稱為生入定。在地下築一間石室，以竹筒伸出地面設通風口。入定的僧侶在進入地下之前有一定期間繼續木食，把身體調整成死後不會腐爛，乾淨的木乃伊化般的狀況。」

「木食？」

「只吃植物的種子為生。從穀物開始，凡是調理過的東西一概不入口，也就是在活著之間，先讓脂肪和水分極力排出體外。改變身體的組成，以便成為乾淨的木乃伊。這樣完全淨身之後，才進入土中。然後僧人在那黑暗中一邊斷食，一邊讀經，並配合著繼續敲鉦，或繼續搖鈴。通過竹筒的氣孔，人們可以聽見那鉦或鈴的聲音。但不久之後聽不見聲音了，表示呼吸停止了。然後經過漫長歲月，那身體漸漸化為木乃伊。經過三年三個月挖起來好像是規定。」

「為什麼要這樣做呢？」

「為了成為即身佛。如此人就能開悟，自己到達超越生死的境地。那也和救濟眾生有關，就是所謂涅槃。挖起的即身佛，也就是木乃伊安置到寺內，人們因膜拜而得救。」

「現實上等於是一種自殺似的噢。」

免色點頭。「所以到了明治時代，法律禁止入定。而且協助入定的人也會被問以協助自殺罪。但現實上似乎仍不斷有悄悄入定的僧侶。因此可能有不少情況是在祕密中入定，沒有被人挖出來，還一直埋在地下也不一定。」

「免色先生是不是在想，那石塚可能是那樣祕密入定的遺跡？」

免色搖搖頭。「不，這一點不實際把石塊移開還不知道。不過不是沒有這可能。是沒有竹筒之類的東西，不過那樣的建造方式的話，石塊縫隙之間就能通風，也能傳聲。」

「而且石塊底下還有人仍然活著，每天晚上繼續在敲鉦或搖鈴？」

免色再搖一次頭。「不用說。那是常識上無法想像的事。」

「到達涅槃——那是，和只是死不一樣的事情嗎？」

「不一樣。雖然我也不是很了解佛教的教義，不過就我所知，涅槃是在超越生死的地方的東西。即使肉體死滅了，靈魂卻移到超越生死的場所。或許可以這樣想，因為這個世上的肉體只不過是暫時的宿處而已。」

「如果僧人因為生入定而幸運地達到涅槃的境地了，還可能再度回歸肉體嗎？」

「您是說？」

免色什麼也沒說，暫時看著我的臉。然後咬一口火腿三明治，喝一口咖啡。

「那聲音至少在四、五天以前還沒聽到。」我說。「這個我可以肯定地說。如果有那聲音的話，我應該立刻會發現。就算很小聲，都不是會聽漏的那種聲音。開始聽見那聲音，是這幾天的事。換句話說那石塊下面如果有人，那人並不是從以前就持續在搖鈴的。」

免色把咖啡杯放回碟子上，一邊看著那圖形的組合一邊暫時思考什麼。然後說：

「你看過實際的即身佛嗎？」

我搖搖頭。

免色說：「我看過幾次。那是年輕時候的事，我在山形縣旅行時，幾個寺院讓我看了保存的東西。不知道為什麼，即身佛在東北地方，尤其是山形縣比較多，老實說看起來並不美。可能因為這邊信仰心不夠吧，實際出現在眼前，也不太有感動的心情。茶色小小的、乾乾的。這麼說或許失禮，不過無論顏色或質感都讓我想起肉乾。事實上肉體只是短暫而空虛的宿所而已，至少即身佛教給我們這件事。我們就算極盡所能的努力，最後頂多也只能變成肉乾。」

他手上拿著吃到一半的三明治，好像覺得稀奇地注視了一會兒。簡直像有生以來第一次看到火腿三明治似的。

他說：「總之就等午休結束，他們把那鋪石也移開。那麼各種事情應該都會明朗。」

我們下午一點十五分後再回到林間的作業現場。他們用過午餐，已經開始重新展開工作。兩個作業員把金屬楔子般的東西插進石塊縫隙間，挖土機用繩子拉那個把石塊翻動。那樣挖起來的石塊，工人套上繩子，再用挖土機吊起。雖然花時間，但石塊一塊塊確實地挖出來，再搬到旁邊去。

免色和監工兩人熱心地談了一陣子，終於回到我站的地方來。

「鋪石正如預料的那樣，沒有多厚。應該可以順利移開。」他向我說明。「石塊下面好像有格子狀的蓋子。材質還不清楚，不過那蓋子好像支撐著鋪石。等上面的鋪石完全移開之後，必須把那格子移開才行。還不知道能不能順利移開。至於那格子狀的蓋子下面是什麼樣子則完全無法預測。移石塊還得花一點時間，等作業進行得差不多之後我再通知你們，如果方便的話，請在家裡等候，一直站在這裡也不是辦法。」

我們走回家。雖然也可以利用那空檔時間，去繼續畫肖像畫，但我似乎無法專心作畫。因為雜木林裡有人在工作，讓我神經感到亢奮。崩塌的舊石塚下面出現約兩公尺見方的石床，那下面有堅固的格子蓋，更下面好像還有空間。我無法讓這些形象從腦子裡消失，確實如免色所說的那樣。如果不先把這個案件解決，無論什麼事都無法進行。

免色問，在等著之間可以聽音樂嗎？當然，我說。請隨意放您喜歡的唱片。在那之間我就在廚房準備料理。

他選了莫札特的唱片播放《鋼琴與小提琴奏鳴曲》。TANNOY的Autograph沒有華麗的地方，卻能發出有深度的安定聲音。對於古典音樂，尤其是室內樂曲以唱片來聽是最好的揚聲器。正因是舊的揚聲器，尤其和真空管擴大器很搭配。演奏鋼琴的是喬治·塞爾（George Szell），小提琴是拉斐爾·德魯伊（Rafael Druian）。免色坐在沙發，閉著眼睛讓身體沉醉在音樂的流動中。我在離那音樂稍有一段距離的地方邊聽著，邊作番茄醬。整批買的番茄還有剩下，想趁還沒壞掉先做成醬料。

在大鍋裡把水燒開，把番茄燙過後剝皮，用刀切開去籽搗碎，在大的平底鍋裡，放入大蒜，與一同炒過的橄欖油花時間熬煮。頻頻挑去沫渣。結婚時，我也常這樣作醬料。雖然花時間費工夫，但原理上是單純的作業。妻子去上班之間，我一個人站在廚房，邊聽CD的音樂邊做。我自己喜歡一邊聽古老爵士音樂一邊作料理。經常聽瑟隆尼斯・孟克（Thelonious Monk）的音樂。《孟克的音樂（Monk's Music）》是我最喜歡的孟克的專輯，柯曼霍金斯和約翰柯川也參與，可以聽到非常棒的鋼琴獨奏。不過一邊聽莫札特的室內樂一邊作醬料也相當不錯。

一面聽著孟克那獨特的不可思議的旋律與和音，在午後做番茄醬，還是不久前的事情（和妻子分開生活之後，才經過半年），感覺卻像是很久以前的事情。就像一個世代前所發生的，只有一小撮人記得的微不足道的歷史插曲一般。妻現在到底正在做什麼？我忽然想。是和別的男人一起生活嗎？還是仍然住在那廣尾的公寓裡一個人生活呢？無論怎麼樣，這個時刻應該正在建築事務所裡工作。對她來說，有我存在的過去的人生，和沒有我存在的現在的人生之間有多少差別？還有她對那差別有什麼感覺嗎？我並不刻意地，想著這些事。她是否也把和我所共度的日子當成「好像是很久以前所發生的事」？

唱片播完了，發出噗吱噗吱的聲音，於是我走到客廳看看，免色在沙發上交抱雙臂，身體微傾地睡著了。我把唱針從繼續旋轉的唱片抬起，將轉盤停下，規律的唱針聲音也停止。免色還熟睡著，看來相當疲倦的樣子，還發出輕微的鼾聲。我讓他繼續睡，回到廚房，把平底鍋的瓦斯火熄掉，用大玻璃杯接冷水喝了一杯。然後還有時間，於是準備炒洋蔥。

電話打進來時，免色已經醒來。他到洗手間去用肥皂洗過臉，正在漱口。因為是現場監工打來的電話，因此我把話筒交給免色。他簡短地應答，就說馬上過去。然後把電話還給我。

「說是作業大致結束了。」他說。

我們走出門時雨已經停了。雖然天空還被雲覆蓋著，但周遭已稍微明亮起來。天氣似乎漸漸好轉。我們快步走上階梯，穿過雜木林，小祠後方四個男人正圍著洞穴站著，看著下方。挖土機的引擎關掉，也沒有正在動的東西，林間靜悄悄的出奇安靜。

鋪石完全移開，原來的地方出現了一個洞口。四方形格子的蓋子也移開，放在旁邊。一個有厚度的木製蓋子。雖然舊了，但沒有腐爛。然後看見一個圓形的石室般的東西，直徑不到兩公尺，深度大約兩公尺半。周圍圍著石壁。底下似乎只有泥土而已，一根草都沒有長。石室是空的，既沒有求救的人，也沒看到肉乾般的木乃伊的模樣。只有一個鈴般的東西，孤零零地放在底下。那看來與其說是鈴，不如說是幾個小鐃鈸重疊起來的古代樂器。附有一枝長十五公分左右的木柄。監工用小型探照燈從上面往下照。

「裡面只有這東西嗎？」免色問監工。

「是啊，只有這個。」監工說。「依照您的吩咐，只把石塊和蓋子搬開，維持原狀，沒有動任何東西。」

「真不可思議。」免色自言自語似地說。「可是，真的是除了這個之外沒有任何東西嗎？」

「打開蓋子，我立刻打電話到您那裡，我也沒下去裡面。這完全是打開時的狀態。」監工說。

「當然。」免色以乾乾的聲音說。

「或許原來是一口井。」監工說。「把那填起來，看起來變成像這樣的洞。不過以井來說口徑又有點過大，周圍的石壁也砌得十分精緻細密。要施工應該相當費工夫。嗯，大概有什麼重要目的，才會這麼費工夫去打造吧。」

「可以下去看看嗎？」免色問監工。

監工稍微猶豫。然後面有難色地說：「這個嘛，先讓我下去看看。因為要是有什麼就不妙了。如果什麼都沒有的話，再請免色先生下去看。這樣好嗎？」

「當然。」免色先生說。「就這樣做。」

作業員從卡車上搬來金屬製摺疊梯，把那拉開放下去。監工戴上安全帽，沿著梯子下到兩公尺半下方的泥土地上，然後環視四周一會兒。首先抬頭看上面，然後用手電筒仔細檢查周圍的石壁和腳下。仔細地注意觀察放在地上的鈴般的東西，但沒有用手碰，只觀察而已。然後用作業靴底在地面摩擦幾次，用鞋跟咚咚地踩踏。深呼吸幾次，嗅嗅氣味。他在洞中總共待了五分鐘或六分鐘，大概就這樣。然後慢慢登上梯子回到地上。

「好像沒有危險。空氣正常，也沒有奇怪的蟲子之類的。腳底也堅固踏實。可以下去看看。」他說。

免色把防水外套脫掉以便行動，身上穿著法藍絨襯衫和藍布長褲。手電筒以吊帶掛在脖子上，沿著金屬梯下去。我們無言地從上面看著他的模樣。監工以探照燈照亮免色的腳下。免色站在洞底，在那裡暫時安靜不動地四下張望一下，然後以手觸摸周圍的石壁，彎身確認地面的觸感。然後拿起放在地上的鈴般的東西，用手中的手電筒的光仔細看著那個。然後輕輕搖了幾下。他一搖動，就發出那確實一樣的「鈴聲」。沒錯。是有誰在半夜在這裡搖響那個的，可是那個誰卻已經不在這裡。只留下鈴而已。免色一邊看著那鈴，一邊搖搖頭。好像在說，真不可思議。然後他再一次，仔細檢查周圍的牆壁。什麼地方有祕密出入口嗎？但沒有發現任何這樣的跡象，然後抬起頭來看地上的我們，看來他似乎沒轍的樣子。

他腳踏上梯子，伸出手把那鈴般的東西遞向我。我彎下身把那東西接過來。木製的柄冷冷地滲入濕氣。我也像免色那樣，輕輕搖動看看。發出比想像更大更響亮的聲音。雖然不知道是什麼作的，但那金屬部分完全沒有受損。雖然髒了，但沒生鏽。歷經漫長歲月放在這潮濕的土裡，為什麼不會生鏽呢？原因不明。

「那到底是什麼呢？」監工問我。他是四十五歲左右，體格結實的矮小男人。曬得黑黑的，臉上留著薄薄的鬍碴。

「我也不清楚。看來好像是以前的佛具。」我說。「無論如何，好像是相當古老時代的東西。」

「這就是您在找的東西嗎？」他問。

我搖搖頭。「不，我們所預期的是有點不同的東西。」

「不過這裡真是個不可思議的地方。」監工說。「口頭上很難說，不過這個洞穴好像有一種謎一般的氛圍。到底是誰為了什麼目的，造了這樣的東西呢。好像是以前的東西，要搬運這麼多的石塊上山堆積起來，應該需要相當多的勞力。」

我什麼也沒說。

免色先生終於從洞裡上來。然後把監工叫到旁邊，兩個人講了很長的話。在那之間我拿著鈴站在洞的旁邊。我也想下去那石室，但又改變心意作罷。雖然我不是雨田政彥，但或許別管閒事比較好。隱藏的東西，或許還是別去動比較聰明。我暫時把手中拿著的鈴放在小祠前面。然後手掌在長褲上擦拭了幾次。

免色走過來，對我說。

「我請他幫我們查一下石室的整體。雖然猛一看只是個洞穴而已，但為了慎重起見，還是請他為我們每個角落都仔細檢查一下，或許會發現什麼。雖然我想大概什麼都沒有了。」免色說完，看看我放在小祠前面的鈴。「不過只有這個鈴留下來就奇怪了。應該有誰在那裡面，半夜搖鈴的。」

「說不定鈴可以自己響起來喲。」我試著說。

免色微笑。「相當有意思的假設，不過我不這樣想。應該是誰從那洞的底下，懷著某種意志發出訊息的。對您，或對我們，或對不特定的多數人。不過那個誰簡直像煙似的消失了，或者從那裡溜出去了。」

「溜出去？」

「一溜煙，避開我們的眼光，就不見了。」

他說的話我不太懂。

「因為靈魂這東西，是眼睛看不見的。」免色說。

「您相信那種靈魂的存在嗎？」

「您相信嗎？」

我答不出來。

免色說：「我相信不必刻意去相信靈魂實際存在的說法。但反過來說，也相信不必刻意去不信靈魂實際存在的說法。雖然說法有點迂迴，不過您可以明白我想說的意思嗎？」

「模糊地。」我說。

免色把我放在小祠前面的鈴拿起來。並在空中搖響幾次。「可能有一個僧人在那個地下搖響這個，唸誦著佛經，獨自斷氣吧。在被埋的井底，沉重的蓋子下黑漆漆的空間裡非常孤獨地，而且是在祕密之中。到底是什麼樣的僧人，或只是狂熱信徒。無論如何有人在那上面築起石塚，後來不知道經過什麼樣的變化，他在這裡完成入定的事不知道怎麼居然被人完全遺忘了。而且因為一個大地震，石塚崩塌了，變成只是一堆石山。雖然不是相同地點，但小田原附近在一九二三年的關東大地震受損相當嚴重，因此可能就在那個時候，而且一切都被吞沒在遺忘中了。」

「如果是那樣的話，那即身佛——也就是木乃伊——到底消失到哪裡去了？」

免色搖搖頭。「不知道。或許在某個階段，有誰去挖開那洞，把那搬出去了。」

「要那樣做必須把這些石塊全部先搬開，然後再堆回去吧。」我說。「還有到底是誰，昨天半夜搖這鈴呢？」

免色再度搖頭，然後輕輕微笑。「哎呀，特地動用這些機具，把堆積如山的沉重石塊搬開，打開石室，結果弄明白的是，我們終究什麼也沒搞清楚的事實。辛苦得到的只有這一個古鈴而已。」

無論怎麼仔細勘查，得到的結論是那石室並沒有任何機關。那只是由古老的石壁所圍繞的，深二公尺八十公分、直徑一公尺八十公分的圓形洞穴（他們把尺寸正確測量出來）。挖土機裝上卡車的貨斗，作業員把各種設備和工具收拾整理好。只留下挖開的洞穴，和金屬梯子。現場監工善意地留下那梯子給我們。怕有人不小心掉落洞裡，還用幾片厚木板跨在洞上。為免被強風吹走，板子上又放了幾塊重石。原來的木製格子蓋太重了不好抬，便放在就近的地面，上面還用塑膠布蓋著。

最後免色囑咐監工，不要對任何外人提起這作業。他說因為有考古學上的用意，在該發表的時期來臨前必須暫時對外保密。

「知道了，這件事只限於這裡為止。我會告訴大家不要多嘴，要緊緊封口。」監工以認真的臉色說。

人員和重機具都離去之後，平日山的沉默重新籠罩周遭，被挖過的場所簡直像接受過外科手術後的皮膚般，看來悽慘可憐。以茂盛自豪的芒草原也被踐踏得體無完膚，涇涇暗暗的地面留下履帶轍痕。雨雖然完全停了，但天空依然被毫無空隙的單調烏雲所覆蓋。

看著另一邊的地上新堆積的石山，我不得不想到要是沒做這種事就好了。應該維持原來的樣子的。但另一方面，不得不這樣做，也是沒錯的事實。因為我總不能永遠繼續聽那半夜莫名其妙的聲音吧。雖然如此，如果我沒遇到免色這個人物的話，應該沒辦法去挖掘那個洞穴。由於他去安排業者，而且由他負擔費用——也不知道是多少金額，才有可能完成這作業。

然而我這樣認識免色這個人物，結果居然去進行這樣大規模的「發掘」，真的是碰巧的事嗎？只是偶然的自然發展的結果嗎？事情會不會太順利了？其中會不會有類似事先計畫的事？我心中一邊懷著幾個這種沒著落的疑問，一邊和免色一起回到家。免色手上拿著那個挖出來的鈴。他在走路時手一直沒離開那個鈴，好像想從那感觸讀取某種訊息似的。

回到家之後免色首先問我：「這個鈴您打算放在哪裡？」

我不知道鈴該放在家裡的什麼地方才好，因此決定暫時放在畫室。這種來歷不明的東西要放在閣樓我有點不放心，但總不能放在屋外。這可能是附有靈魂的重要佛具，不能大意處理。因此我決定放在一種可以稱為中間地帶的房間，那個房間具有獨立分開的意味。——也就是畫室。在排放著畫材的細長櫃子上有個空間，就放在那裡。一擺在插著畫筆的大馬克杯旁時，那看起來也像是為了畫作而準備的特殊道具。

「不可思議的一天啊。」免色感嘆道。

「一整天都耗掉了，真抱歉。」我說。

「不，沒這回事。對我來說是相當意味深長的一天。」免色說。「而且，這並不是一切都結束了吧。」

免色臉上露出好像看著遠方似的不可思議的表情。

「那麼，您是說還會發生什麼嗎？」我問。

免色慎重地選擇用語。「雖然無法好好說明，但我覺得這可能只是個開始。」

「只是個開始？」

免色手掌朝上。「當然不是有十足的信心，也可能就這樣什麼也沒發生。真是不可思議的一天啊。事情可能就這樣結束，能這樣最好不過了。但仔細想想，事情一點也沒有解決。還留下幾個疑問，而且是幾個大疑問。因此我心裡有個預感，往後可能還會發生什麼。」

「是關於那個石室嗎？」

免色眼光暫時望著窗外，然後說：「我也不知道會發生什麼事。怎麼說，都只是預感而已。」

不過當然正如免色所預感——或預言的——那樣。正如他所說的，那一天只是個開始而已。

16 比較好的一天

那一夜，我心裡不安到輾轉難眠。因為不知道放在畫室的鈴會不會半夜忽然響起來。如果鈴開始響的話，到底該怎麼辦才好？我要把棉被蓋到頭上，一直到早上假裝什麼也沒聽見嗎？或者該拿著手電筒，到畫室去看看？我到底會在那裡看到什麼？

該怎麼辦才好，無法下定決心之下，我在床上看起書來。但時刻過了兩點鈴聲還是沒響起來。傳進耳裡的只有夜晚的蟲聲。一邊看著書我每隔五分鐘就看看枕邊的時鐘。鐘的數字顯示2:30，這時候我終於放心地鬆一口氣。今夜鈴應該不會響了。我闔上書，把枕邊的燈熄掉睡覺。

隔天早晨七點前醒來時，我採取的第一個動作就是到畫室去看鈴。鈴還在我昨天放的地方，櫃子上。陽光把山照得通明，烏鴉們正展開平常熱鬧的晨間活動。在清晨的光線中看來，那個鈴絕不是會帶來禍害的東西。只是從過去的時代傳來的，經常使用的樸素佛具而已。

我回到廚房，用咖啡機泡了咖啡喝。把快變硬的司康放進烤麵包機裡烤溫了吃。然後走出露台呼吸早晨的空氣，靠在扶手上，眺望山谷對面的免色家。上了色的大玻璃窗承受朝日正反射著耀眼的光。一星期一次的清潔服務大概也包含玻璃的清潔吧。那玻璃經常都保持得那麼美，那麼耀眼。眺望了一會兒，但免色並沒有出現在露台。我們還沒有發生「隔著山谷揮手」的情況。

十點半我開車到超級市場去買食品。回來後整理食品，做了簡單的午餐吃。豆腐和番茄的沙拉和一個握壽司。餐後喝了濃泡綠茶。然後躺在沙發聽舒伯特的弦樂四重奏曲，優美的曲子。讀了唱片套上所寫的說明，這曲子初次演出時，因為「太新」，聽眾之間有不少負面反應。雖然我不太知道什麼地方「太新」，可能是某個地方惹了當時守舊的人不高興吧。

唱片單面結束後忽然很睏，拉起毛毯蓋在身上，就在沙發上睡了一下。雖然短暫卻也深沉的睡眠，大約睡了二十分鐘。感覺好像做了幾個夢。但醒來時，卻忘了是什麼樣的夢。有這樣的夢，像沒有聯繫的幾個片段交錯出現的夢。雖然每個片段都各具質量，但因為彼此糾纏而互相打消了。

我到廚房去，從冰箱拿出冷藏的礦泉水，就著瓶子直接喝，把體內殘留在角落如雲的片段般的睡意殘渣趕走。然後重新確認自己現在正一個人獨自在山中的事實，我現在正一個人在這裡生活。某種命運，把我送到這樣一個特別的場所來。然後我又再想起鈴的事。在雜木林深處那個不可思議的石室中，到底是誰在搖那個鈴？還有那個誰，現在到底在哪裡？

為了畫畫我換了衣服，走進畫室，站在免色的肖像畫前時，時刻是下午兩點過後。我平常都在上午工作，上午八點到十二點，是我作畫最能集中精神的時間。結婚時那意味著把妻子送出門去上班後，自己一個人留下來的時間。我喜歡那種「家庭裡的安靜」似的感覺。自從搬到山上來之後，自己開始喜歡上豐富自然毫不吝惜提供的新鮮晨光中毫無雜質的空氣。像這樣每天在相同的時間待在相同的場所工作，對我來說，從以前開始就擁有重要意義。可以反覆產生節奏。但那一天，因為前夜無法安心睡眠。上午糊里糊塗地過去，因此午後決定進畫室。

我在工作用的圓凳上坐下來交抱雙臂，從兩公尺左右的距離外，眺望那幅畫到一半的畫。我先用細的畫筆勾出免色臉部的輪廓，然後以他為模特兒在我眼前，同樣以黑色顏料加上肌肉，這花費大約十五分鐘左右。雖然還只是粗略的「骨骼」而已，但其中已經產生一種巧妙的流動，以免色涉這個存在為源頭所形成的流勢。那是我最需要的東西。

在專注凝視著那只有黑白的「骨骼」之間，腦子裡浮現該加上去的顏色的影像。創意唐突而自然地來臨，那是類似樹葉被雨水染得黯沉的顏色。我把幾種顏色組合起來，在調色板上調出來。在一連幾次試行錯誤之後，顏色如預期般出現之後，便毫不考慮地把那顏色加在畫到一半的線稿上。雖然自己也無法預料那會發展成什麼樣的畫，但知道那顏色對作品來說應該能成為重要的底色。而且那幅畫似乎已經逐漸遠離所謂肖像畫的形式了。不過我告訴自己，不成肖像畫也沒辦法。如果這裡有一種流勢的話，只能順著那流勢前進。現在總之就按照自己想畫的方式，去嘗試自己想畫的東西吧（免色也希望這樣）。以後的事以後再想就行了。

我既沒有計畫也沒有目標，只追逐著自己心中自然湧現的想法照樣去做而已。就像不顧腳下只一心追逐飛舞在原野中的珍奇蝴蝶的孩子那樣。大致塗完那顏色之後，我放下調色盤和筆，再度坐回兩公尺外的圓凳上，從正面眺望那畫布。這是正確的顏色，我想。被雨濡濕的雜木林所帶有的綠色。我甚至對自己，輕輕點了幾次頭。那是我對畫，相當久違但能感覺到的確信（般的東西）。對，這樣就好。這是我要的顏色，或那是「骨骼」自己所追求的顏色。然後我以那顏色為基調，調出幾種周邊的變化色，適度加上去，讓整體產生變化，營造出厚度。

在眺望著那樣過程後所完成的畫布之時，頭腦自然浮現下一個顏色。橘色。不是單純的橘色，是像要燃燒起來的橘色，能讓人感受到強烈生命力的顏色，但其中同時也含有衰頹的預感。那可能是果實緩慢至死的衰頹。顏色的調法比調綠色時更難，因為那不只是顏色而已，必須在根本上與一種激情相聯才行。被命運牽連，但依舊不動搖的激情。要調出那種顏色並不簡單，當然。不過，我最後調出來了。我拿起新的畫筆，在畫布上揮舞，部分也用畫刀。不經思考比什麼都重要。我盡量遮斷思考的迴路，極乾脆地將那色彩加入在構圖中。在畫著那幅畫之時，現實的種種事情從我的腦子裡幾乎完全消失。鈴聲的事、挖開的石室的事、分手妻子的事、她和別的男人睡覺的事、新的人妻女友的事、繪畫教室的事、將來的事，什麼都不想，連免色的事也不想。我現在正在畫的不用說，本來是為免色的肖像畫而開始的，但我腦子裡已經連免色的臉都沒浮現了。免色只是出發點。我在這裡所進行的，只是為自己的畫而畫而已。

我不太記得經過了多少時間。一留神時，室內已經相當昏暗了。秋天的太陽已經消失在西邊的山頭，雖然如此我連開燈都忘了還持續埋頭工作。看看畫布，上面已經加上五種顏色，色上加色，上面更重疊新色。有些部分色彩和色彩微妙地混合。有些部分色彩壓倒、凌駕其他色彩。

我打開室內的頂燈，再度坐回圓凳，從正面重新眺望畫。我知道那畫尚未完成。裡頭有類似粗獷的奔放，那某種暴力性最刺激我的心。那是我長久之間已經喪失的粗獷。但只有那個還不夠。這裡需要某種能夠統御、鎮壓、領導那粗獷東西的群體，需要有某種中心要素。例如能夠統合激情的理型這樣的東西。不過要找到那個，還必須擱置一段時間，必須先讓奔放色彩睡一覺。那將成為明天以後，在新的明亮日光下的工作。經過的時間應該會告訴我那是什麼，我必須等候才行，就像耐心等候電話鈴響那樣。而且為了耐心等候，我必須相信時間這東西，必須相信時間是站在我這邊的。

我坐在圓凳上閉上眼睛，胸中深深吸入空氣。在秋天的黃昏，自己心中有什麼正在改變的確實跡象。彷彿身體組織暫時分解，又再重新組合起來時的感觸。但為什麼這種事情現在會在這裡發生在我身上呢？碰巧和免色這個謎樣的人物相遇，被委託畫他的肖像畫，結果卻在我心中產生這樣的變化嗎？或者像被半夜的鈴聲所引導似的，移開石塚挖開那不可思議的石室，對我的精神造成某種刺激？或和那些無關，我只是在迎接改變的時期嗎？無論採取任何說法，都沒有能稱得上立論根據似的東西。

「我覺得這可能只是個開始。」免色臨走時這麼說。那麼，我已經一腳踏進他所說的某種開始了嗎？但無論是什麼，那已經讓我對畫畫這行為出現久違的激情，名副其實地忘記時間的流逝專心埋頭在作畫中。我一邊整理著用過的畫具，皮膚一邊繼續感覺到舒服的發熱狀態。

在整理畫具時，我看見櫃子上放著的鈴。我拿起那鈴，試著搖響兩、三次。那同樣的聲音在畫室裡鮮明地響著，那就是半夜裡讓我心情不穩的聲音。但現在不知怎麼並不讓我害怕，只讓我覺得意外，為什麼這麼老舊的鈴，可以發出這麼鮮明的聲音呢？我把鈴放回原位。熄掉畫室的燈，把門關上。然後走到廚房去倒一杯白葡萄酒，一邊喝著一邊準備晚餐。

晚上九點前免色打電話來。

「昨晚怎麼樣？」他問。「有聽見鈴聲嗎？」

一直到兩點半還沒睡，但完全沒聽見鈴聲，是非常安靜的夜晚。我回答。

「那太好了。從那以後，您的身邊沒發生任何不可思議的事情吧？」

「好像沒發生任何特別不可思議的事。」我說。

「那最好，一直就這樣什麼都沒發生就好了。」免色說。然後停一口氣再補充。「對了，明天上午可以到那邊拜訪嗎？如果方便，我想再仔細看一次那石室，是個非常有趣的地方。」

可以呀，我說。明天上午沒有任何預定。

「那麼我十一點左右過來。」

「我等您。」我說。

「對了，今天對您來說是好的一天嗎？」免色這樣問。

今天對我來說是好的一天嗎？聽起來簡直像外文寫的文章用電腦軟體機械性地翻譯出來的句法。

「我想是比較好的一天。」我稍微迷惑地回答。「至少沒有發生任何壞事。天氣也很好，是相當舒服的美好一天。免色先生怎麼樣呢？今天對您來說是好的一天嗎？」

「好事，跟不太好的事各發生一件的一天。」免色說。「那好事和壞事，哪一邊比較重，還難以衡量，正處於左右搖擺的狀態。」

我不知道該怎麼說才好，因此只好保持沉默。

免色繼續說：「很遺憾我不像您是個藝術家。我是個活在商業世界的人，尤其是商業情報的世界。在這裡幾乎所有的場合，只有可以數值化的各種事物，擁有可以當情報進行交易的價值。因此無論是好是壞的事，我都有把它數值化的毛病。因此只要好的一方面稍微重一點，就算另一方面發生壞事，結果還是算好的一天。或者說，數值上應該是這樣。」

他想說什麼，我還不清楚。因此繼續閉嘴。

「昨天的事，」免色繼續，「像那樣在地下挖石室，我們應該失去了什麼，得到了什麼。到底失去什麼，得到什麼？這點我一直還放不下。」

他好像在等我回答。

「我想並沒有得到任何可以數值化的東西。」我稍微考慮一下後說。「當然，我是指現在。不過有一點，我們得到那個古鈴般的佛具。只是那種東西實質上，可能沒有任何價值，既不是有淵源的物品，也不是珍貴的骨董品。另一方面失去的東西則應該很清楚地可以數值化。因為不久造園業者就會把請款單送到您的地方了。」

免色輕輕笑了。「沒多少錢，請不要介意。我所在意的是，我們從那裡該得到的東西，還沒得到不是嗎？」

「該得到的東西？到底是什麼樣的東西？」

免色乾咳一聲。「剛才我不是說過，我不是藝術家。雖然擁有一些直覺，但很遺憾沒辦法把那具象化。無論那直覺有多尖銳，都無法轉移成所謂藝術這普遍的形態。我缺乏那樣的能力。」

我默默等他繼續說。

「因此我向來為了代替藝術性、普遍性的具象化，一貫追求數值化的程序。因為無論什麼，人為了好好活下去，必須要有可以依據的中心軸。不是嗎？我的情況是將直覺，或類似直覺的東西，根據自己獨自的系統加以數值化，因而獲得世俗性的成功。而且根據我的直覺——」他說，暫時沉默。擁有確實密度的沉默。「——而且根據我的直覺，覺得我們應該可以從那挖起來的地下石室，得到什麼東西。」

「例如什麼樣的東西？」

他搖搖頭。不如說，從電話中稍微可以感覺到他在搖頭似的。「那還不清楚。但我的意見是，我們必須知道。把彼此的直覺拉近，透過各自的具象化或數值化程序。」

我還無法好好理解他所說的。他到底在說什麼？

「所以明天十一點我去見您。」免色說。然後靜靜地掛斷電話。

免色掛電話後，人妻女友接著立刻打來。我有點吃驚。因為夜晚這個時候她還連絡我是很稀奇的事。

「明天中午左右可以見面嗎？」她說。

「很抱歉，明天已經有約了。剛剛才約定的。」

「不是別的女人吧？」

「不是，就是上次說的免色先生嘛。我正在畫他的肖像畫。」

「你正在畫他的肖像畫。」她重複說。「那，後天呢？」

「後天完全沒約，有空。」

「太好了。下午早一點沒關係嗎？」

「當然沒關係，不過是星期六噢。」

「我應該可以想辦法。」

「有什麼事嗎？」我問。

她說：「為什麼問這個？」

「因為妳很少在這個時間打電話來。」

她從喉嚨深處發出小小的聲音，好像在微微調整呼吸。「我現在一個人在車上，用手機打的。」

「在車上一個人在做什麼？」

「因為想要一個人在車上，只是想一個人在車上而已。主婦啊，偶爾會有這種時期。不行嗎？」

「沒有不行，完全沒有。」

她嘆一口氣。好像收集了各種各樣的嘆氣，壓縮成一個那樣的嘆氣。然後說：「你現在如果在這裡就好了。那麼就可以從後面進來那該多好，不需要什麼前戲之類的。因為已經很濕了，所以完全沒問題。而且希望能盡情大膽地抽動。」

「好像很樂嘛。不過要是那樣盡情大膽地抽動，迷你的車內可能太窄。」

「不能太奢侈。」她說。

「下點功夫看看。」

「還有希望一邊用左手搓揉乳房，一邊用右手撫摸陰核。」

「右腳該做什麼才好呢？調整車子音響倒還可以，音樂播Tony Bennett可以嗎？」

「別開玩笑了，我是認真的。」

「好吧。抱歉，認真來做吧。」我說。「可是，現在妳穿什麼衣服呢？」

「你想知道，我現在，穿什麼樣的衣服嗎？」她好像在挑逗我似地說。

「想知道啊，因為這邊的順序看情況也會改變。」

她在電話裡非常詳細地為我說明她穿的衣服。成熟女人們身上會穿多麼富於變化的衣服，這件事經常令我驚訝。她在口頭上把那一件又一件，順序脫掉。

「怎麼樣，變得十分硬了吧？」她問。

「像鐵鎚一樣。」我說。

「可以釘釘子了？」

「當然。」

世上有該釘釘子的鐵鎚，有該被鐵鎚釘的釘子。是誰說的？是尼采嗎？是叔本華嗎？或者誰也沒說過。

我們透過電話線路，真正認真地擁抱身體。我以她為對象——或許和其他人也可以——第一次做這種事。不過她透過語言的描述相當細密而刺激，憑著想像世界所進行的性行為，某部分比實際用肉體所做的行為更富官能性。語言有時可以變得極直接，有時可以變得極富情慾的暗示性。這種語言繼續來回拉鋸的結果，我出乎意料地完成射精，她似乎也迎接了高潮。

我們暫時就那樣，什麼也沒說地在電話兩邊調整呼吸。

「那麼就星期六下午。」她終於喘過氣來似地說。「有關那位免色先生，我也有一點事想說。」

「有什麼新的消息進來嗎？」

「照例透過那叢林通訊，進來幾個新消息。不過等見面直接告訴你，可能一面做討厭的事。」

「現在要回家了嗎？」

「當然。」她說。「差不多該回家了。」

「開車小心。」

「是啊，不能不小心。因為那裡還在抽動呢。」

我到浴室淋浴，把剛射精過的陰莖用肥皂洗過。然後換上睡衣，上面披一件毛衣，手上拿著一杯便宜的白葡萄酒走出露台，眺望免色家的方向。隔著山谷的對面，他那棟純白大房子的燈還亮著。好像全家的燈都亮著。他在那裡（可能）一個人正在做什麼，我當然不會知道。也許正對著電腦畫面，繼續追求直覺的數值化。

「比較好的一天。」我對自己說。

而且那也是奇妙的一天。明天會是怎麼樣的一天，我無法預測。然後忽然想起閣樓裡的貓頭鷹，對貓頭鷹來說今天也是好的一天嗎？然後我忽然發現，貓頭鷹的一天正好從現在才要開始。牠們白天在昏暗的地方睡覺，天黑之後才到森林裡去捕抓獵物。要找貓頭鷹，可能要在清晨早一點的時刻去，問道「今天是美好的一天嗎？」

我在床上躺下讀了一會兒書，十點半把燈熄掉睡覺。清晨六點前一次也沒醒來，由此可見半夜鈴大概也沒有鳴響。

17 為什麼會遺漏這麼重要的事

我離開家的時候，妻子說的最後一句話，讓我無法忘記。她說：「就算這樣就分手，我們可以繼續做朋友嗎？」我當時（還有後來很久之後），都無法了解，她到底想說什麼，想要什麼，就像吃到沒有任何味道的食物時那樣，只有不知如何是好而已。所以聽她這麼說完時，我只能回答：「噢，不知道。」而且這就是我當著她的面所說的最後一句話，以告別的話來說是相當無情的一句。

分手後，我和她還有一根活的管子聯繫著——我這樣覺得。那管子雖然眼睛看不見，但現在脈搏依然跳著，溫暖如血液般的東西在兩人的靈魂間少量地來往著。這種身體的感覺，至少在我這邊還留著。不過這管子恐怕遲早在不久的將來會斷掉，而且如果終究會被切斷的話，以我來說兩人之間所連接的那微弱的生命線，有必要盡早變成無生命的東西。如果那管子失去生命，變成木乃伊般乾乾的話，用銳利的刀子切斷的痛楚也會比較容易忍受。而且為了這個，也有必要越快忘掉柚子。因此我努力不聯絡她。從旅行回來，去拿行李的時候只打過一次電話，因為我需要留在那裡的一套畫具。那通電話變成分手後，我和柚子所交談的唯一對話，那對話非常短。

我們的夫婦關係正式解除，然後還能維持朋友關係，那對我是非常難以想像的事。我們結婚經過六年的歲月，共同經歷過相當多的事物。許多時間、許多感情、許多話語和許多沉默、許多迷惑和許多判斷、許多約定和許多放棄、許多愉悅和許多無聊。當然應該也有一些彼此沒說出口，而藏在自己內心的祕密。但連有那樣的隱藏事情的感覺，我們都花心思想辦法共有過來了。其間存在著只有時間才能培養出來的「場的重力」。我們身體巧妙地去適應那重力，一邊取得微妙的平衡，一邊生活過來。其中還有一些我們獨自的「本家規則」般的東西。那些全部歸零，其中所有的重力平衡、本家規則都沒了，只有單純的「還是好朋友」行得通嗎？

這件事我也很了解。或者說，在漫長的旅行中一個人一直在想的結果，我得出那樣的結論。無論怎麼想，出來的結論每次都一樣。最好和柚子盡量保持距離，切斷聯繫。這是合理的正常想法。而我也這樣實行了。

另一方面，柚子也完全沒有跟我聯絡。沒打過一通電話，也沒寄過一封信來。儘管口頭上說「希望還是朋友」的是她。而且那件事遠比預料中，傷害我的程度超出想像更深。不，正確說，傷害我的實際上是我自己。我的感情在那一直繼續沉默之中，像刀刃做成的鐘擺般，從一個極端大大地畫個弧形擺到另一個極端。那感情的弧，在我的肌膚上畫出幾道又幾道活生生的傷痕。而我為了忘記那痛的方法，實質上只有一個。當然就是畫畫。

陽光從窗戶靜靜地照進來，和緩的風不時搖晃著白色窗簾，屋子裡充滿秋天早晨的氣味。我自從住到山上之後，對季節的氣味變化也變敏銳了。雖然住在都會正中央時，幾乎沒注意到有那樣的氣味。

我坐在圓凳上，把擺在畫架上畫到一半的免色的肖像畫，從正面盯著看了很久，那是我平常工作開始的方式。自己昨天所做的工作，今天以新的眼光重新評價。動手在那之後就行了。

不錯，過一會兒後我想。不錯。我所創造出來的幾種色彩緊緊包著免色的骨骼。黑色顏料所建立的他的骨骼，現在隱藏在那色彩內側。但我的眼睛可以清楚看見那骨骼深處所潛藏的東西。現在開始我必須再一次讓那骨骼浮上表面才行。必須讓暗示變成陳述才行。

當然那幅畫並沒有保證能完成。那還停留在一種可能性的領域，其中還有某種不足的地方。應該存在那裡的某種什麼，正在訴說著不在的非正當性。不在那裡的東西，在分隔存在與不在的玻璃窗的外側敲著。我可以聽到那無言的吶喊聲。

集中精神看著畫之間，開始口渴起來，於是到廚房去，用大玻璃杯喝了橘子汁。然後放鬆肩膀的力量，兩臂盡量伸向空中。大大地吸進一口氣，再吐出。然後回到畫室，再度坐回圓凳眺望畫。換過新的心情，再度集中精神在畫架上自己的畫上。但我立刻發現，有什麼和之前不同。看畫的角度和剛才明顯不一樣。

我從圓凳上下來，重新檢查那位置看看。於是發現位置和剛才我離開這畫室時稍微不同，圓凳顯然被移動了。為什麼呢？我下圓凳時，應該完全沒有動到那椅子才對，這件事不會錯。我為了不要移動凳子而安靜地從那裡下來，回來後也沒動過椅子，安靜地坐回去。要問為什麼能一一記得這細節的話，因為我對看畫的位置和角度非常神經質。我每次看畫的位置和角度經常是固定的，就像棒球打者在打擊區站立的位置，會仔細在意細節一樣，那只要稍微移動一點都會非常在意。

但圓凳的位置卻比剛才我坐的時候移動了五十公分左右，角度也隨著改變了。只能想成我到廚房去喝橘子汁，做深呼吸之間，有誰移動了圓凳。就在我不在之時，誰悄悄進入畫室來，坐在圓凳上看我的畫，然後在我回來之前從圓凳上下來，躡著腳步走出房間。那時移動了圓凳——是故意的或結果變這樣。但我離開畫室頂多才五、六分鐘。到底是什麼地方的誰為了什麼，非要特地做這麼麻煩的事不可？或是圓凳在自己的意志下擅自移動了嗎？

可能是我的記憶混亂了吧？自己移動了圓凳，卻忘記了。只能這樣想沒有別的辦法。也許一個人過日子的時間太長，因此記憶的順序也開始亂了。

我把圓凳留在那個位置——也就是離開最初的位置五十公分，角度有點改變的位置，並試著坐下來，從那個位置眺望免色的肖像。於是那裡是一張和剛才有點不同的畫。當然是同一幅畫，但看法卻微妙地不同。光的受光方式不同，看起來顏料的質感也不同。那幅畫看來依然擁有生動的感覺，但同時也有某種不足的地方。不過看起來那不足的方向性，則和剛才有一點不同。

到底是什麼不同？我集中精神看畫。那不同應該一定會對我訴說什麼。我必須巧妙地看出那不同中所暗示的東西才行。我這樣感覺。我拿了白色粉筆過來，在地上畫出圓凳三隻腳位置的記號（位置Ａ）。然後回到圓凳最初的位置（約五十公分旁邊），在那裡（位置Ｂ）也用粉筆做記號。然後在兩點之間走來走去。從這兩個不同的角度輪流看那一幅畫。

雖然兩幅畫中依然不變的有免色在，但我發現從兩個角度對他的看法卻不可思議地不同。簡直像兩個不同人格共存在他身上似的。但兩個免色，也都共通地欠缺了什麼。那欠缺的共通性，將 A 和 B 兩個免色在不在裡統合著。我在其中不得不發現「不在的共通性」，就像在位置 A 和位置 B 和我自己之間進行三角測量似的。那「不在的共通性」到底是什麼樣的東西？那本身是擁有形象的東西，還是沒有形象的東西？如果是後者的話，我該如何將那形象化才好呢？

・・・・・・這是很簡單的事啦，有人說。

我耳朵清楚地聽見那聲音。雖然聲音不大，但是很清楚的聲音。沒有曖昧的地方，不高也不低，而且那聽起來似乎就在耳邊。

我不禁倒吸一口氣，還坐在圓凳上慢慢環視一周。不過當然看不見任何人影。清晨鮮明的日光，滿溢在地上像水窪般。窗戶敞開著，遠方垃圾車播放的音樂聲隨風微微傳來。「安妮羅麗」（不知道小田原市的垃圾收集車為什麼非要播放蘇格蘭的民謠不可，對我是個謎）。除此之外聽不見任何聲音。

我想可能是聽錯了，也許是聽見自己的聲音。那可能是我心裡的潛意識所發出的聲音。但我耳朵裡聽到是卻是有點奇怪的說法。・・・・・・這是很簡單的事啦，就算在潛意識裡，我也不會用這種奇怪的說法。

我大大地深呼吸一下，從圓凳上再度注視畫，並集中精神在畫上。那一定是幻聽。・・・・・・不是很清楚的事嗎，又有人在說話了。那聲音聽來還是就在我的耳邊。

很清楚的事？我對我自己發問。到底什麼是很清楚的事？找到免色先生有，這裡沒有的東西，就行了嗎？有人說。依然是很清晰的聲音。就像在隔音室錄音出來的聲音那樣沒有雜音，一聲一聲都聽得清清楚楚。而且像具象化的觀念般，缺乏自然的抑揚。

我再度環視周圍一圈。這次從圓凳上下來，到客廳去查看。所有的房間也都檢查過，但家裡沒有任何人。如果有的話，也只有閣樓上的貓頭鷹而已。但當然貓頭鷹不會說話。而且玄關的門也上鎖了。

在畫室的圓凳擅自移位之後，又出現這莫名其妙的聲音。是天的聲音，是我自己的聲音，還是匿名第三者的聲音？無論是哪一種，我都不得不想到，也許我的頭腦開始變調了。自從那半夜的鈴聲以來，我對自己意識的正當性已經沒那麼有自信了。但關於鈴聲，免色也在場，和我同樣清楚地聽到那聲音。因此客觀地證明了那不是我的幻聽。我的聽覺還好好的擁有正常機能。那麼這不可思議的聲音到底是什麼呢？

我重新坐回圓凳，試著再眺望畫一次。

找到免色先生有，這裡沒有的東西，就行了嘛。簡直像讓人猜的謎語似的。像在深深的森林裡，聰明的鳥告訴迷路的孩子，路該怎麼走那樣。免色有而這裡沒有的東西，到底是什麼？

花了很長時間。鐘靜靜地規則地刻著時間，從朝東的小窗射進地上的陽光無聲地移動。顏色鮮明的輕巧小鳥成群飛來停在柳枝上，搖擺著尋找什麼，然後邊啼著飛走了。形狀像圓盤的白雲，朵朵成列地流過天空。一架銀色的飛機，朝向發光的海面飛去，是自衛隊四具螺旋槳的反潛機。側耳傾聽、注意凝視，讓潛在化為顯在，是他們被賦予的日常職務。我聽著那引擎聲由遠而近，然後又再離去。

然後我終於想到一個事實，那是名副其實明白的事實。我怎麼會忘記這件事呢？免色有，而我的這幅免色的肖像畫上竟然沒有的東西。那非常清楚。是他的白髮。像剛下的雪那樣純白的、漂亮的白髮，少了那個就無法談免色了。我為什麼會遺漏這麼重要的事呢？

我從圓凳上站起來，趕緊從顏料箱裡蒐集白色的顏料，拿起適當的畫筆，什麼也不想，便厚厚地，快速使勁，大膽而自由地塗進那畫面。用畫刀，也用手指。十五分鐘左右繼續那作業，然後離開畫布前，坐回圓凳上，檢查完成的畫。

那裡有免色這個人，免色確實沒錯就在那畫裡。他的人格——無論那內容如何——在我的畫中被統合為一，被顯在化了。我當然未能正確理解免色涉這個人的真實為人。不如說，等於一無所知。但以畫家的我，可以把他以一個總合的形象，一個無法解剖的包裝，再現於我的畫布上。他正在我的畫中呼吸著。連他所懷著的謎，都原樣在那裡。

但同時，那幅畫無論從任何觀點來看，都不是所謂的「肖像畫」。那把免色涉這個存在以繪畫性、成功地浮現在畫面上（我這樣感覺）。但描繪免色這個人的外貌並不是目的（完全不是）。這有很大的差別。這基本上，是我為自己而畫的畫。

我無法預測，委託人免色涉，是否會認可這樣的畫是自己的「肖像畫」。這幅畫和他當初所期待的，或許變成距離幾光年之遠的東西了。免色一開始就說，只要依我所喜歡的自由去畫就行了，沒有指定要什麼風格。不過其中，說不定有什麼免色自己不想認可的負面要素，碰巧被我畫進去了。不過不管他喜不喜歡這畫，我已經沒辦法改了。因為這幅畫怎麼想都已經從我手中，和我的意志遠離而去了。

之後將近半小時，我還坐在圓凳上，一直注視著那幅肖像畫。那雖然是我自己畫的，但同時已經成為超越我的理論和理解範圍的東西。我已經想不起來，自己是如何畫出那東西來的。那在一直注視之間，一會兒變得離自己非常近，一會兒變得離自己非常遠。不過那裡所畫的毫無疑問，是擁有正確色彩和正確的形象的東西。

或許正在持續找到出口，我想。或許我終於漸漸在脫離擋在我眼前的厚牆了。話雖如此，事情才剛剛開始，才剛剛找到像是線索的東西而已。我現在必須非常小心才行。我一邊對自己這樣說，一邊把用過的幾支畫筆和畫刀上的顏料，花時間洗乾淨，用油和肥皂仔細洗手。然後到廚房去喝了幾玻璃杯的水，喉嚨好渴。

不過雖然如此，到底是誰，移動了畫室的圓凳（那明顯是被移動過了）。是誰在我耳根以奇怪的聲音說話（我明明聽到那聲音了）。是誰暗示我那幅畫上少了什麼（那暗示顯然是有效的）。

很可能是我自己。我在無意識中移動了凳子，給我自己暗示。繞圈子以不可思議的方式，讓表層意識和深層意識自在地交錯……。除此之外我想不到適當的說明。當然那不是事實。

上午十一時，坐在餐廳的椅子上，喝著熱紅茶一邊漫無邊際地想事情時，免色駕駛的銀色Jaguar開來了。在那之前，我完全忘了前一天晚上和免色有約。因為一心投入畫畫的關係，還有被那幻聽困擾也有關係。

免色？怎麼免色現在會來這裡？

「如果方便，我想再仔細看一次那石室。」免色在電話上曾經這樣說過。我耳朵聽到家門前V8引擎和那熟悉的聲浪停止時，才好不容易想起這件事。

18 好奇心殺死的不只是貓而已

我從屋裡走到外面迎接免色。這是第一次這樣做，但並沒有什麼特別的理由，只有那天這樣做。我只想走出門外伸展身體，呼吸新鮮空氣而已。

天空依然浮著圓形石盤般的雲。從遙遠的海面形成那樣的雲，從西南方隨著風，一朵又一朵慢慢飄到山這邊來。到底是如何形成形狀如此完美的美麗圓形的。應該是沒有什麼實際意圖就一一自然形成的，真是個謎。或許對氣象學者來說，既不是謎也不是什麼。但至少對我來說是謎。自從在這座山上一個人住之後，我的心就開始被大自然各種形形色色的驚奇所吸引。

免色穿著有領的深胭脂色毛衣。高品質的薄毛衣。和藍色褪得快消失的淺色調牛仔褲。牛仔褲是直筒的，布料柔軟。在我看來（也許是我想太多了），他經常都刻意穿色調可以凸顯美麗白髮的衣服，那胭脂色毛衣也和白髮非常搭配。那白髮，就像平常那樣保持適當的長度。不知道是怎麼處理的，他的頭髮似乎不會比這長，也不會比這短。

「我們先到那洞的地方，我想去查看裡面，方便嗎？」免色問我。「不知道有沒有改變，有點擔心。」

當然沒關係。我說。我也從那以後，就沒有靠近那林間的洞穴。不知道怎麼樣了，也想看看。

「不好意思，可以把那鈴帶去嗎？」免色說。

我走進屋裡，從畫室的櫃子上拿了古鈴再回來。

免色從Jaguar的行李箱裡拿出大型手電筒，把那用吊繩掛在脖子上。然後朝雜木林走去，我也跟在他後面。雜木林比上次看見的，顏色似乎更深了。這個季節的山上，每天顏色都在變，有些樹紅色加深，有些樹染成黃色，也有經常保持綠色的樹。那樣的組合非常美。但免色對這些似乎完全不關心。

「我稍微調查了一下這塊土地。」免色邊走邊說。「以前這塊地是誰所有的，做什麼用途，這些事。」

「知道了什麼？」

免色搖搖頭。「不，幾乎什麼也不知道。我猜測以前可能是和某種宗教團體有關的場所，但就我調查的結果，似乎沒有。那麼為什麼會在這裡建小祠和石塚呢？那經過也不清楚，這裡似乎本來就是什麼都沒有的山地。後來被開發，蓋了房子。雨田具彥把這塊地連房子一起購入，是一九五五年的事，在那之前是某個政治家所擁有的山莊。名字您可能不知道，不過戰前還是當過大臣的人，戰後過著形同退休的生活。在他之前是誰擁有這裡的，就無法追查了。」

「在這麼偏僻的山裡，政治家特地到這裡來置有別墅，我覺得有點不可思議。」

「以前這一帶有很多政治家的山莊。其實近衛文麿的別墅，應該就在隔幾座山的地方。在往箱根、熱海的路上，一定是幾個人聚在一起進行密談最理想的場所。要人們在東京都內碰面，總是引人注目啊。」

我們把當作蓋子遮住洞穴的幾塊厚木板搬開。

「我下去底下看一下。」免色說。「在這裡等我好嗎？」

我會等著，我說。

免色沿著業者留下來的金屬梯下去，腳每在踩下一段梯子時就發出輕微的伊呀聲。我從上面俯視著他的模樣。他下到洞底時，把手電筒從脖子上拿下來撥開開關，花時間仔細檢查一圈。摸摸石壁，用拳頭敲敲。

「這石壁砌得很結實，緊密。」免色抬起頭對我說。「我想好像不是只把砌到一半的井中途埋掉。如果是井，石頭應該砌得簡單一點就行了。不會這麼花功夫去砌。」

「那麼難道是為了其他目的而造的嗎？」

免色什麼也沒說地搖搖頭，表示不知道。「無論怎麼說，這石壁砌得無法輕易爬上去，因為完全沒有可以踏腳的空隙。洞穴雖然深不到三公尺，但是要攀爬上去看來卻很難。」

「您是說砌得無法輕易爬上來嗎？」

免色又再搖搖頭。不知道，看不出來。

「想拜託您一件事。」免色說。

「什麼事？」

「不好意思，可以麻煩你請把這梯子拉上去，然後把蓋子蓋好，盡量讓光進不來好嗎？」

我一時說不出話來。

「沒問題，不用擔任何心。」免色說。「我只是想在這裡，這漆黑的洞底下，感受一個人被關著是什麼感覺，想自己體驗一下而已。還不想變成木乃伊。」

「您打算待多久呢？」

「想出去的時候，我會搖鈴。聽到鈴聲時，請把蓋子打開梯子放下來。如果過了一小時還沒聽到鈴響時，就直接幫我打開蓋子。因為我不想在這裡超過一小時，請千萬不要忘記我在這裡。因為如果您因為什麼而忘了，我會就這樣變成木乃伊。」

「想挖木乃伊的人變成木乃伊。」

免色笑了。

「正如您說的。」

「不可能忘記的，不過這樣做真的沒問題嗎？」

「只是出於好奇而已。我想在一片漆黑的洞底坐一下看看。手電筒交給您。跟您交換請把那個鈴給我。」

他爬到梯子的一半把手電筒交給我。我把手電筒接過來，把鈴遞給他。他接過鈴後，輕輕搖一搖。聽得見清楚的鈴聲。

我朝向洞底下的免色說：「可是萬一我在途中被兇猛的虎頭蜂群攻擊失去意識，或死掉的話，您可能會就這樣出不來，這個世界上，誰也不知道會發生什麼事情。」

「好奇心經常伴隨著危險。完全不接受危險是無法滿足好奇心的。好奇心殺死的不只是貓而已。」

「一小時之後我會回來這裡。」我說。

「一定要小心虎頭蜂噢。」免色說。

「免色先生也請小心黑暗。」

免色沒有回答這個，只抬頭一直盯著我的臉。好像要從我朝下俯視的表情中讀取什麼意味似的，但那視線中卻似乎有點茫然的地方。彷彿要把焦點放在我臉上，卻無法順利對焦似的。那太不像免色了，有點不確定的視線。然後他彷彿改變想法似地坐在地上，把背靠在有弧度的石壁上。然後朝我稍微舉手。表示準備好了。我把梯子拉上來，把厚木板盡量密合地蓋在洞口上，上面再壓幾塊重石。從木板和木板之間的細縫應該能透過少許光線吧，但這樣洞裡應該變得足夠黑暗了。我想從蓋子上對裡面的免色開口說點什麼，但又打消主意作罷。因為他在自求孤獨和沉默。

我回到家燒開水，泡紅茶喝。然後在沙發坐下讀起看到一半的書。但因為一直側耳傾聽有沒有鈴聲，不太能集中精神在書上，幾乎每五分鐘就看一次手錶。然後想像在黑漆漆的洞底一個人坐著的免色的模樣。不可思議的人物，我想。自己出錢僱用造園業者，用重機具把石山移開，挖出莫名其妙的洞口。然後現在自己一個人關在那裡面，或者說，自願・・・被關閉在那裡面。

算了沒關係，我想。就算其中有什麼樣的必然性，或意圖（假定有什麼必然性或意圖），那也是免色的問題，一切都依他的判斷就好了。我只是在別人所畫的圖裡，什麼都不想地動著而已。我放棄讀書躺在沙發上，閉上眼睛。但當然沒有睡。現在不可能在這裡睡覺。

結果經過一小時了，鈴並沒有響。或許我因為分心，而漏聽了那聲音也不一定。無論如何是打開蓋子的時刻了。我從沙發站起來，穿上鞋子走出外面，走進雜木林裡。想到虎頭蜂或野豬會不會出現，忽然不安起來，幸而虎頭蜂和野豬都沒出現。只有綠繡眼般的小鳥從眼前快速飛過。我往林間前進，繞到小祠後方。然後把重石搬開，只打開一塊木板。

「免色先生。」我從那縫隙呼喊，但沒有回答。從縫隙間看洞穴裡一片漆黑，無法認出免色的身影。

「免色先生。」我再試著喊一次，但還是沒有回答。我漸漸擔心起來，說不定免色已經消失了，就像應該在那裡的木乃伊卻消失無蹤了一樣。雖然是常識中不可能發生的事，但當時的我卻認真地這樣想。

我迅速地再搬開一片木板，然後再一片。這樣地上的光終於到達洞底，於是我可以看見坐在那裡的免色的輪廓。

「免色先生，還好嗎？」我稍微放心地出聲叫他。

免色因為那聲音而終於恢復意識似地抬起頭，輕輕搖搖頭。而且像是覺得刺眼似地用雙手遮住臉。

「沒問題。」他小聲回答。「只是，可以讓我在這裡稍微多待一下嗎？必須花一點時間，眼睛才能適應光。」

「正好經過一小時。如果想在那裡留長一點的話，我可以把蓋子再蓋上。」

免色搖搖頭。「不，已經夠了。現在已經好了，沒辦法再多留在這裡了，那樣可能太危險。」

「太危險？」

「以後再說明。」免色說。然後像把什麼從皮膚搓掉似的，用雙手上下摩擦著臉。

大約五分鐘後，他慢慢站起來，從我放下去的金屬梯子攀登上來。於是重新站在地上，用手拂掉長褲上沾的灰塵，然後瞇細眼睛仰望天空。從樹木的枝葉間可以看到秋天的藍色天空，他長久依戀地眺望著天空。然後我們再度把木板放回去排好，把洞再原樣封起來，讓人別誤踩了掉進去。然後在上面排列重石，我把那石頭的配置記在腦子裡，如果有人動過就會知道。梯子就那樣留在洞裡。

「沒聽見鈴聲。」我邊走著說。

免色搖搖頭。「嗯，我沒搖鈴。」

他除此之外什麼也沒說，因此我也什麼都沒問。

我們走著穿過雜木林，回到家。免色走在前面，我跟在後面。免色依然無言，把手電筒收回Jaguar的行李箱。然後我們在客廳坐下來，喝熱咖啡。免色還是沒開口，似乎在認真思考什麼。雖然表情並不特別嚴肅，但他的意識顯然已經移到離這裡很遠的別的領域去了，而且那裡可能是只容許他一個人存在的領域。我不去打擾他，讓他沉浸在思考世界。就像華生醫師對夏洛克．福爾摩斯那樣。

我在那之間暫且思考自己的預定行程。今天傍晚必須開車下山，到小田原車站附近的那個繪畫教室去。在那裡一一看學生們畫的畫，以講師身分給他們建議。是兒童教室和成人教室連續上課的日子。那幾乎是我在日常生活中與活生生的人們見面，談話的唯一機會。如果沒有那教室的話，我可能會在這山上度過如同隱士的生活，如果持續過那種一個人獨居的生活的話，正如政彥所說的，可能會失去精神的平衡（或許已經開始這樣了）。

因此我必須感謝能夠有那樣接觸現實的，或可以說世俗空氣的機會。但實際上，很難有那樣的心情。在教室碰面的那些人對我來說，與其說是活生生的存在，不如說只像是通過眼前而去的影子而已。我以微笑面對每一個人，叫出對方的名字，批評他們的作品。不，不能稱為批評。我只是讚美而已，找出每一件作品的某個良好部分——如果沒有則隨便捏造一個——加以讚美。

因此身為講師的我，在教室裡的評語似乎不錯。根據經營者的說法，似乎有不少學生對我懷有好感。這對我來說是出乎意料之外的事，因為我從來沒想過自己適合教人什麼，不過那對我來說是無所謂的事。人家喜不喜歡我，都無所謂。以我來說盡可能順利、圓滿地做好教室的工作就行了。那樣我對雨田政彥也算盡了道義。

不，當然不是所有的人都是影子。因為我還從其中選了兩個女性，私下交往。自從和我有性關係之後，她們已經不再到繪畫教室了。可能有點不方便吧，這點我也難免感到似乎有責任。

第二個女朋友（年紀比我大的人妻）明天下午要來這裡，然後我們可能會在片刻的時間在床上擁抱、交歡。因此她不是單純通過而去的影子，而是具有立體肉體的現實存在，或具有立體肉體通過而去的影子。是哪一種，我也無法決定。

免色叫我的名字，我因此忽然回過神來。我在不知不覺之間，似乎也一個人落入沉思了。

「肖像畫的事。」免色說。

我看看他的臉，他已經恢復平常淡定的表情。英俊，而且經常保持冷靜，思慮深沉，讓對方鎮定、安心的表情。

「如果需要模特兒擺出姿勢來的話，現在也可以。」他說。「繼續先前的，或者說我這邊都準備好了，隨時都可以。」

我看了他的臉一會兒。姿勢？對了，他是在談肖像畫的事。我低下頭喝了一口涼掉的咖啡，整理了一下頭腦，然後把杯子放回碟子。咖噹一聲，小而脆的聲音傳進我耳裡。然後我抬起頭，朝免色說。

「很抱歉，今天我等一下就必須去繪畫教室上課。」

「哦，這樣啊。」免色說。然後看看手錶。「我完全忘了這件事，您在小田原車站前的繪畫教室教畫。差不多該出門了嗎？」

「沒問題，還有時間。」我說。「還有一件事，我必須跟您說才行。」

「什麼事？」

「老實說，作品已經完成。在某種意義上。」

免色稍微皺眉，然後筆直看著我的眼睛。好像要看清楚我眼睛深處的什麼。

「那是指我的肖像畫嗎？」

「是的。」我說。

「那太棒了。」免色說。臉上露出微笑。「真是太棒了，不過那所謂某種意義上是什麼意思呢？」

「那不容易說明。我本來就不擅長用語言說明什麼。」

免色說：「請慢慢花時間，隨您喜歡地說。我在這裡聽著。」

我雙手手指交抱放在膝上。然後斟酌著用語。

在我選擇用語之間，周圍沉默降臨。彷彿可以聽到時間之流的聲音似的沉默。山上時間流得非常緩慢。

我說：「我接受委託，以您為模特兒畫一張畫。但老實說，那怎麼看都無法稱為〈肖像畫〉。只能說是〈以您為模特兒所畫的作品〉。而且那以作品，或以商品來說，也很難判斷是多少價值的東西。只是，那是我非畫不可的畫，這點是可以確定的。但除此之外一切都不清楚，老實說我也非常迷惑。在各種情況明朗化以前，那幅畫還不能交給您，我覺得可能放在這裡會比較好。因此，收到的訂金，我想原封退還給您。還有浪費了您寶貴的時間，我衷心向您道歉。」

「您說不是肖像畫。」免色像是慎重選擇用語地問。「那是指什麼意思呢？」

我說：「過去我一直以專業的肖像畫家生活過來。所謂肖像畫基本上，是以對方希望被畫的姿勢畫對方。對方是委託人，對完成的作品如果不滿意，也可以說『這種東西我不想付錢』。因此盡量不要把對方的負面東西畫出來，只選擇好的方面來強調，盡量畫得看來光彩榮耀的樣子。在這樣的意義下，當然像林布蘭那樣的人另當別論，很多情況很難把肖像畫稱為藝術作品。但這次的情況，畫這幅免色先生的畫的情況，我沒有考慮到您，只想著自己的事，畫出這幅畫。換句話說，與其模特兒您的自我，不如說是身為作者我的自我，更直率地優先畫出來。」

「這件事對我根本不成問題。」免色臉上帶著微笑說。「我反而很高興。您就依自己高興的方式畫，我什麼都不指定，一開始我就這樣說過了。」

「沒錯，您是說過。我還記得。我擔心的，與其說是作品畫得好壞，不如說我在那上面畫出了什麼。我可能太以自己為優先，而畫出什麼自己不該畫的東西了，我擔心的是這個。」

免色觀察了我的臉一會兒。然後開口說。「也許我內在的，不該畫的東西被您畫出來了。您在擔心這個，是這樣嗎？」

「是的。」我說。「因為只想到自己，所以我可能把那裡該有的箍般的東西解開了。」

我正想說，而且可能把不適當的東西從您的裡面拉出來了，但改變主意沒說。把那話收進自己心裡。

對我說的話，免色長久落入沉思。

「有意思。」免色說。真的很有意思的樣子。「相當有趣的意見。」

我保持沉默。

免色說：「我自己也覺得，自己是個箍相當緊的人。換句話說，是個自我控制力很強的人。」

「我知道。」我說。

免色用手指輕輕壓著太陽穴，微笑著。「那麼，那幅作品已經完成了嗎？我的那幅『肖像畫』？」

我點頭。「我感覺完成了。」

「太好了。」免色說。「總之可以讓我看看那幅畫嗎？實際上拜見那幅畫之後，兩個人再來考慮該怎麼辦才好。這樣可以嗎？」

「當然。」我說。

我帶免色到畫室去。他站在畫架正面離兩公尺左右，交抱雙臂凝神注視著畫。那就是以免色為模特兒所畫的肖像。不，與其說是肖像，不如說只能稱為一塊塊顏料直接抛在畫面上的一種「形象」而已。豐厚的白髮、像被吹起的雪般化為純白的激流。那猛一看不像臉，但應該是臉的地方完全隱藏在色塊後面。但無疑有免色這個人實際存在那裡——（至少）我以為。

長久之間，他保持那個姿勢，動也不動地一直凝視著那幅畫。名副其實一條肌肉都沒動，連有沒有呼吸都不確定。我站在稍微有點距離的窗邊，從側面觀察他的樣子。不知道經過多少時間，對我來說感覺好像永遠似的。凝視著畫的他的臉上，表情這東西完全消失。而且兩眼陰沉沉的，看來泛白混濁沒有深度，簡直就像靜止的水窪反映出陰雲的天空那樣；那是堅決拒絕他人接近的眼睛。我無法推測，他心底正在想什麼。

然後免色，像被催眠者啪・一下拍手解開催眠狀態的人一般，把背脊挺得筆直，身體稍微顫抖一下。然後表情立刻恢復，眼睛也回到平常的明亮。然後朝我這邊慢慢走來，伸出右手放在我的肩膀上。

「太棒了。」他說。「實在精彩。不知道該怎麼說才好，這真的就是我所想要的畫。」

我看著他的臉，看他的眼睛，知道他直接說出真正的心情。他打心裡佩服我的畫，真心被感動了。

「這幅畫把我原樣表現出來了。」免色說。「這才是本來該有的所謂肖像畫。您沒有錯，真是做了正確的事。」

他的手還放在我的肩上。只是放在那裡而已，但從那手掌似乎有特別的力量傳過來似的。

「不過，您是怎麼發現這幅畫的？」免色問我。

「發現？」

「當然這畫是您畫的。不用說，是您以自己的力量創作的。但同時，在某種意義上，您是發・現・了這幅畫。也就是說，把深埋在您自己內部的這個形象，找出來，拉扯出來了，或許可以說是發掘出來。您不覺得嗎？」

這麼說來也許是這樣，我想。當然是我動用自己的手，跟隨自己的意志畫出這幅畫的。選擇顏料的是我，用畫筆、畫刀和手指把那色彩塗到畫布上的也是我。但換個角度來看，或許我是以免色這個模特兒為觸媒，找到並挖掘出本來深埋在自己心中的東西而已。正如在小祠後方的石塚，用重型機具移開，把格子重蓋掀起，打開那奇妙石室的洞口一樣。而且我的周邊這兩樣相似的作業同時進行，讓我不得不看成是一種因緣。在這裡事情的發展，似乎全都是從免色這個人的出現，和那半夜的鈴聲一起開始的。

免色說：「那就像是在深海底下所發生的地震一樣。在眼睛所看不見的世界，在日光無法到達的世界，也就是在潛意識的領域裡產生巨大的變動。那傳到地上來引起連鎖反應，最後成了我們所見到的表象。我不是藝術家，但大致可以理解這種過程的原理。因為商業上卓越的創意大體上也是經由類似的階段所產生的。卓越的創意，往往是從黑暗中毫無根據地出現的念頭。」

免色再度站在畫的前面，走近畫前仔細觀看那畫面。而且就像要讀取詳細地圖的人那樣，非常仔細地檢查每個角落的細節。然後這次又從三公尺外，把眼睛瞇細注視，他臉上露出類似陶醉的神情，那令人想起手中抓有獵物的能幹猛禽的姿態。但那獵物是什麼呢？是我所畫的畫，是我自己，還是別的什麼？

不知道。但那類似陶醉的不可思議的神情，就像黎明的河面上所飄浮的霧靄般，不久就變淡而消失了。於是之後又被平常那態度良好、思慮周到的表情所代替。

他說：「平常我刻意盡量不要做類似誇獎自己的事，雖然如此我知道自己的眼光不會錯，老實說覺得有點自豪。我自己沒有藝術才能，是個和創作之類的事情無緣的人，不過倒有認出優越作品的眼光。至少自己這樣自負。」

雖然如此，我還無法就這樣因為免色先生的話而感到高興。可能是在意他凝視那畫時，猛禽般敏銳的眼神吧。

「那麼，免色先生中意這幅畫嗎？」我為了確認事實而再度問。

「那不用說，這是一幅真正有價值的作品。以我為模特兒、為主題，為我畫出這麼優越有力的作品，我真是喜出望外。而且不用說我要以委託者的身分收下這幅畫，這當然可以吧？」

「是的，只是以我來說——」

免色趕快舉起手阻止我說下去。「那麼，如果您同意的話，為了慶祝這美好畫作的完成，最近我想招待您到寒舍去，如何？以從前的說法，是想設宴款待。如果這樣不會麻煩您的話。」

「當然不會，只是您不用這麼客氣，已經夠了——」

「不，我想這樣做。我想兩個人來慶祝這幅畫的完成。到我家來吃一頓晚餐好嗎？太正式的我沒有辦法，但可以開個小宴會。只有您和我兩個人，沒有別人。當然廚師和調酒師例外。」

「廚師和調酒師？」

「早川漁港附近，有一家我從以前就熟的法國餐廳。利用那家餐廳的固定休假日，請廚師和調酒師來我家。他們是手藝實在的餐飲人，採用新鮮的魚做出相當有趣的餐。老實說，和這幅畫無關，我本來就想找一天招待您到我家，已經在進行準備了。不過正好時間趕得巧。」

要讓驚訝不形於色，需要一點努力。不知道他這樣的安排到底要花多少費用？不過對免色來說，只是通常的範圍吧。或者至少，那並不是超出常軌太多的行為。

免色說：「比方四天後怎麼樣？星期二晚上。如果您有空的話，我就來安排。」

「星期二晚上我沒有什麼預定。」我說。

「那麼，就決定星期二。」他說。「還有，現在可以把這幅畫帶回去嗎？如果可能的話，我想在您到我家之前好好裱框起來，掛在牆上。」

「免色先生，您真的在這幅畫中看到自己的臉嗎？」我重新問過。

「當然。」免色以不可思議的眼光看我說。「當然在這幅畫裡看得見我的臉。非常清楚。除此之外您說這上面畫了什麼呢？」

「明白了。」我說。除此之外我無話可說。「本來就是受免色先生託付而畫的。如果您中意的話，作品已經是您的了，請隨意帶走。只是顏料還沒乾，所以要非常注意搬運。還有裱框，我想也是稍微等一段時間比較好，大約放兩星期後應該可以乾。」

「明白了。我會注意處理，裱框也以後再說。」

臨走時在玄關他伸出手來，我們久違地握了手。他臉上露出滿足的笑容。

「那麼我們星期二見。傍晚六點左右我會派車來接。」

「不過晚餐不邀請木乃伊嗎？」我試著問免色。為什麼會開口問這種問題，我自己也不清楚原因。但突然腦子裡浮現木乃伊的事，於是不禁脫口而出。

免色探問似地看我臉。「木乃伊？到底是怎麼回事？」

「應該在那石室中的木乃伊。每天晚上應該都鳴響鈴聲，但卻只留下鈴，自己消失了，應該稱為即身佛吧。說不定他也希望能受您招待，就像《唐・喬凡尼》騎士團長雕像那樣。」

稍微考慮一下，免色恍然大悟似地開朗地笑起來。「原來如此，就像唐・喬凡尼的招待騎士團長的雕像那樣，晚餐席我也招待木乃伊怎麼樣是嗎？」

「沒錯，這可能也是某種緣分。」

「好啊，我一點都沒關係，反正是慶祝的宴席。如果木乃伊也想一起晚餐的話，我非常歡迎，應該會是很有趣的夜晚。不過甜點不知道該準備什麼？」他說著開心地笑了。「問題是，本人的影子都沒見到。如果他本人不在，就沒辦法招待了。」

「當然。」我說。「不過不一定只有眼睛看得見的才是現實，不是嗎？」

免色把那幅畫寶貝地用雙手抱著搬，先從行李箱拿出舊毯子鋪在副駕駛座。然後在那上面把畫躺下來放置，避免沾到顏料。再用細繩子和兩個紙箱，小心牢牢地固定讓那畫不至於移動。非常有要領，總之他車上的行李箱似乎經常儲備著各種道具。

「沒錯，或許正如您說的那樣。」臨走時免色忽然自言自語般地說。他雙手放在皮的方向盤上，筆直仰望我的臉。

「正如我說的？」

「也就是說，在我們的人生中，現實和非現實的界線，往往無法適當掌握。那界線看來似乎經常在來來回回地移動，就像會隨當天的心情擅自移動的國界那樣，必須相當注意那移動才行，不然會弄不清楚自己現在到底在哪邊。我剛才說，如果繼續留在那洞裡可能會有危險，就是這個意思。」

我無法適當回答這個。而免色也沒有繼續多說。他從敞開的車窗向我揮手，讓V8引擎發出悅耳的聲浪，和顏料尚未全乾的肖像畫一起從我的視線消失了。

19 我的背後有看見什麼嗎

星期六下午一點，女朋友開著紅色MINI上來了。我走到外面迎接她。她戴著綠色太陽眼鏡，穿著米色式樣簡單的洋裝，上面披一件灰色輕薄夾克。

「在車上好？還是床上好？」我問。

「傻瓜。」她笑著說。

「在車上也蠻不錯的。在狹小的空間裡必須花許多功夫的地方。」

「下次再來吧。」

我們在客廳坐下來喝紅茶，我告訴她稍早以前在忙的免色的肖像畫已經順利完成。而且那幅畫，我畫成和以前以商業性質所畫的所謂「肖像畫」相當不同。聽了之後，她對那幅畫似乎很感興趣。

「我可以看那畫嗎？」

我搖頭。「慢了一天。我也想聽聽妳的意見，不過免色先生已經帶回家去了。顏料還沒乾，可是他好像想早一刻擁有自己的東西，簡直像擔心被別人拿走似的。」

「那麼，他一定喜歡囉？」

「他本人說喜歡，而且也找不到懷疑的理由。」

「畫順利完成，委託人也喜歡，換句話說就是一切順利囉？」

「大概吧。」我說。「而且我自己也感覺到畫的成果不錯。因為這是我過去所沒畫過的那種畫，我覺得那裡面含有新的可能性般的東西。」

「可以稱為新風格的肖像畫嗎？」

「不曉得。這次是透過以免色先生為模特兒而畫的，偶然探索到這樣的方法。也就是說也許暫且以肖像畫這個框架當成入口，碰巧可行也不一定。再試一次同樣的方法是否通用，我也還不知道。這次可能是特別的，也許免色先生這位模特兒碰巧發揮了特殊的力量。不過最重要的，我想是我心中產生了還想認真畫畫的心情。」

「總之，畫完成了，恭喜。」

「謝謝。」我說。「也可以得到一筆可觀的收入。」

「真是非常慷慨的免色先生。」她說。

「而且免色先生為了慶祝畫的完成，還要在自己家招待我。星期二晚上，一起用晚餐。」

我告訴她關於晚宴的事。當然沒提招待木乃伊。只說請專業廚師和調酒師，開個只有兩個人的晚宴。

「你終於要踏進那棟白色豪宅了噢。」她很佩服地說。「謎樣的人所住的謎樣豪宅。非常有趣，你要好好看看是什麼樣的地方喔。」

「眼睛所及盡量。」
「也別忘了吃了什麼樣的餐點。」
「我會盡量記得。」我說。「不過上次，妳說得到有關免色先生的新情報了是嗎？」
「對了，也就是從所謂『叢林通訊』得到的。」
「是什麼樣的情報？」
她露出稍微猶豫的表情，然後拿起杯子，喝了一口紅茶。
「那個話題等一下再說好嗎？」她說。「在那之前我想做一點別的事。」
「想做別的事？」
「口頭上不方便說的事。」
於是我們從客廳移到臥室的床上。就像平常那樣。
我六年之間，和柚子共度了最初的結婚生活（可以稱為前期結婚生活吧），在那之間，我從來沒有和別的女人有過性關係。雖然那種機會不是完全沒有，但我那個時期，與其到別的地方去追求別的可能性，不如和妻子一起過著安穩生活的興趣更高。而且從性的觀點來看，日常和柚子的性事已經十分滿足我的性慾了。
但有一次妻子毫無預警地（我感覺）表明：「非常抱歉，我已經無法再跟你一起生活了。」那是不可動搖的結論，看不出有任何交涉和妥協的餘地。我感到一陣混亂，不知道該如何反應才好，說不出話來。總之只知道這裡已經無法再待下去了。
因此我把身邊的衣物整理成簡單的行李放上舊的Peugeot 205，開始放浪之旅。初春的一個半月左右，我在寒氣未消的東北和北海道繼續移動，直到車子壞了動不了為止。而且在旅途中，一到夜晚我還一直想起柚子的身體。連她肉體的每個細部，伸手觸摸時她會有什麼樣的反應，發出什麼樣的聲音。雖然我不想去回憶，但卻無法不想。而且有時候，我會一邊回溯那樣的記憶一邊一個人手淫。雖然我也不想要那樣。

但在長途旅行之間，只有一次實際和女人性交。在莫名其妙且不可思議的情況下，我和一個不認識的年輕女子同床共度一夜。不過這件事並不是我要求的。

那是在宮城縣的海邊一個小城鎮發生的。我記得是在靠近岩手縣的縣界附近，那個時期我每天繼續移動一點距離，走過好幾個類似的地方，也沒有心思去一一記得那些地方的名字。我記得有一個大漁港，不過那一帶的城鎮大多擁有大漁港，而且到處都飄著柴油味和魚腥味。

一個城鎮外的國道路邊有間家庭餐廳，我在那裡一個人用晚餐。晚上八點左右，炸蝦咖哩飯和家常沙拉。店裡的客人少得數得出來的地步。我在靠窗的桌子，一個人讀著文庫本一邊用餐時，對面的座位突然有一個年輕女子坐下來。她毫不猶豫，也沒對我打聲招呼，就一聲不響地在那塑膠椅上快速坐下。彷彿全世界沒有比這更理所當然的事似的。

我驚訝地抬起頭。當然那個女人的臉我沒見過，完全是初次見面。因為事出突然，我無法理解。其他還有很多空桌子，沒有理由特地和我共桌。難道這個城鎮經常發生這種事？我放下叉子，用餐巾紙擦擦嘴角，茫然地望著她的臉。

「麻煩你裝成認識的人。」她簡短地說。「好像我們是約在這裡的似的。」聲音可以說是沙啞的，或者只因為緊張而讓她一時聲音變啞，聲音中聽得出微妙的東北腔。

我把書籤夾進讀著的書裡闔上。女人大概二十五歲上下，圓領白襯衫上加了一件深藍色毛線外套。都稱不上高級的東西。也不時髦。好像人們到附近的超級市場買個東西時穿的似的，非常普通的衣服。頭髮又黑又短，瀏海披在額頭，不太有化妝。黑布製的肩背包放在膝上。

沒有什麼特徵的容貌。雖然容貌本身長得不錯，但給人的印象是稀薄的。就算在路上擦肩而過也幾乎不會留下印象的臉，見過即忘。她把薄薄的大嘴唇閉成筆直，以鼻子呼吸著。呼吸似乎變得有點急，鼻孔小小地張著。鼻子小，和嘴巴的大比起來欠缺平衡。就像塑像的人，中途黏土不夠了，鼻子的地方稍微削掉那樣。

「明白嗎？裝成認識的樣子。」她重複說。「別一副驚訝的表情。」

「好吧。」我在莫名其妙之下回答了。

「就那樣照常繼續吃。」她說。「然後可以裝成跟我好像很親密地談話的樣子嗎？」

「談什麼？」

「東京人嗎？」

我點點頭。拿起叉子，吃了一個小番茄，然後喝了一口玻璃杯的水。

「說話方式就知道。」她說。「不過怎麼會到這種地方呢？」

「碰巧經過。」我說。

穿著生薑色制服的女服務生，抱著厚厚的菜單走過來。胸部大得驚人的女服務生，制服釦子看來都快被繃開了似的。坐在我對面的女人沒有接菜單，連女服務生的臉都沒抬頭看。只一邊直視我的臉說：「咖啡和起司蛋糕。」而已。簡直像在對我點菜似的。女服務生默默點頭，把帶來的菜單就那樣抱著走掉。

「遇到什麼麻煩事嗎？」我問。

她沒回答。簡直像在估計我的臉價值多少似的，一直注視著我而已。「你在我的背後有看見什麼嗎？有人嗎？」她問。

我看看她的背後，只有平常人在平常地吃著東西而已，沒有新客人進來。

「什麼都沒有，沒有人。」我說。

「就這樣再等一下看看。」她說。「如果有什麼就告訴我。若無其事地繼續談話。」

從我們坐的桌子可以看到餐廳的停車場，看得見我那滿是灰塵的陳舊小 Peugeot 停著。另外停著兩輛車。一輛銀色小轎車，和一輛高大的黑色休旅車。休旅車看來是新車，都是從剛才就停著的，沒看見有新駛進來的車。這女人大概是走來這店裡的，或是有誰開車送她來的。

「碰巧經過這裡？」女人說。

「是啊。」

「在旅行嗎？」

「可以這麼說。」我說。

「在讀什麼書？」

我把讀著的書給她看。那是森鷗外的《阿部一族》。

「《阿部一族》」她說。然後把書還給我。「為什麼看這麼古老的書？」

「這是前一陣子我在青森青年旅館的休閒室翻到的書。翻著讀覺得有意思，就帶著走。我把幾本讀過的書留在那裡當交換。」

「我沒讀過《阿部一族》。有趣嗎？」

我讀完那本書，再重讀了一遍。一方面因為故事相當有趣，一方面因為不太能了解森鷗外為什麼，從什麼觀點來寫這本小說的，是非寫不可嗎？不過這說來話長。這裡不是讀書俱樂部。而且這是為了要和這個女人兩人自然交談（至少讓周圍人的眼光中顯得是這樣），把眼前看到的東西適度拿來當成話題而已。

「我想有讀的價值。」我說。

「是做什麼的人？」她問。

「森鷗外嗎？」

她皺起眉頭。「怎麼會，森鷗外怎麼樣都好。我是指你啦，是做什麼的？」

「畫畫的。」我說。

「畫家？」她說。

「可以這麼說。」

「畫什麼樣的畫？」

「肖像畫。」我說。

「肖像畫，是，經常掛在公司董事長室牆上的那種畫嗎？大人物一副很偉大的樣子那種。」

「是啊。」

「專門畫那個嗎？」

我點點頭。

她沒有再談畫畫的事，可能失去興趣了吧。世上大多的人，除了被畫的人之外，對肖像畫絲毫不感興趣。

這時入口的自動門開了，走進一個高個子的中年男人。穿著黑色皮夾克，戴著高爾夫品牌商標的黑帽子。他站在門口往店裡環視一周之後，選了離我們這桌隔兩桌的座位，朝這邊坐下。脫下帽子，用手掌摸了幾次頭髮，很仔細地看胸部豐滿的女服務生拿來的菜單。花白的頭髮，剪得很短。瘦瘦的，全身曬得很黑。額頭的皺紋像波浪般深。

「進來一個男人。」我對她說。

「什麼樣的男人？」

我簡單地說明那男人外貌的特徵。

「你會畫嗎？」她問。

「像畫像那樣？」

「是啊。你不是畫家嗎？」

我從口袋拿出記事本，用自動鉛筆快速地畫出那個男人的臉。連陰影都加了。一邊畫著那畫，並不需要再頻頻看那個男的。我具有可以一眼迅速捕抓人臉特徵，烙印在腦子裡的能力。然後把那張畫像越過桌子遞給她。她拿過去，瞇細眼睛，像銀行員在鑑定可疑支票的筆跡時那樣，花很長時間凝神注視。然後把那張記事本用紙放在桌上。

「你畫得相當好嘛。」她看著我的臉說。看來相當佩服似的。

「因為那是我的工作啊。」我說。「那麼，那個男人是妳認識的人嗎？」

她什麼也沒說，只搖搖頭。抿緊嘴唇，表情沒變。然後把我所畫的畫摺成四分之一，收進肩背包裡。她為什麼要把那東西留下，我無法理解，可以揉成一團丟掉的。

「不是熟人。」她說。

「可是妳被這個男人跟蹤，是這樣嗎？」

她沒回答這個。

和剛才同一位女服務生端著起司蛋糕和咖啡過來。女人在女服務生離開之前一直閉嘴。然後拿起叉子切下一口起司蛋糕，在碟子上左右動了好幾次。好像冰棍球的選手在冰上做賽前練習那樣。終於把那塊放進嘴裡，慢慢無表情地咀嚼。那一口吃完後，在咖啡裡只加了少許鮮奶油喝了。然後把起司蛋糕的碟子推到旁邊。好像已經不再需要它的存在了似的。

停車場裡新進來了一輛白色SUV運動型休旅車。圓圓胖胖的高背車，看來輪胎很堅固的樣子。好像是剛才進來的男人開的車，車頭向前地停放，安裝在尾門上的備胎罩上附有「SUBARU FORESTER」的商標。我的炸蝦咖哩吃完了。女服務生過來把盤子收走，我點了咖啡。
「在做長期旅行嗎？」女人問。
「相當長。」我說。
「旅行有趣嗎？」
不是因為有趣而做的旅行，這樣說對我來說是正確答案。不過這樣說來話長。會變得很麻煩。
「還好。」我說。
她以看珍奇動物般的眼神從正面看我。「你是個說話只說非常短的人喔。」
依談話對象而定，這樣說對我是正確答案。但這樣說的話又會變得說來話長，一定很麻煩。
咖啡送來，我把它喝了。雖然有咖啡的味道，但不是很好喝，不過至少那是杯足夠熱的咖啡。在那剛才進來的男人之後沒有任何客人進來。穿皮夾克的頭髮夾雜白髮的男人，以很宏亮的聲音點了漢堡牛排和白飯。
擴音機播出弦樂器演奏的〈The Fool On The Hill〉。我想不起這首曲子實際作曲的是約翰藍儂，還是保羅麥卡尼。大概是藍儂吧。我在想著這怎麼樣都無所謂的事。因為不知道該想什麼才好。
「開車來的嗎？」
「嗯。」

「什麼車？」

「紅色Peugeot。」

「什麼地方的車牌？」

「品川。」我說。

她聽了皺起眉頭。簡直就像對品川（車牌）的紅色Peugeot，有著非常厭惡的回憶似的。然後把毛衣袖口拉直，確定白色襯衫的鈕子好好扣到上面為止。然後用餐巾紙輕輕擦嘴唇。

「走吧。」她唐突地說。然後把水杯的水喝掉一半，從座位站起來。她的咖啡只喝了一口，起司蛋糕也才咬一口，就留在桌上。簡直像什麼大慘案的現場。

雖然不知道她要去哪裡，但我也在她之後起身。然後拿起桌上的帳單，到櫃檯付帳。連女人點的也一起付了，她對這個既沒特別說聲謝謝，也完全看不出她要付自己那份的意思。

我們走出餐廳時，新進來頭髮花白的中年男人，正沒什麼趣味地吃著漢堡牛排。抬起頭往我們的方向看了一眼，就這樣而已。眼睛立刻回到盤子上，用刀子和叉子，面無表情地繼續吃。女人完全沒看那個男人。

通過白色Subaru Forester前面時，我眼光停在後保險桿上貼著畫有魚的貼紙。大概是旗魚。為什麼非要把旗魚貼紙貼在車上不可，我當然不知道理由。是和漁業有關的人，還是專門釣魚的人？

她不說要去什麼地方。坐在副駕駛座，只簡潔地指出前進的路線而已。她好像對這一帶路很熟，是本地出生的，或長久住在這裡，二者之一。我依照她的指示，開著Peugeot。車子離開街上在國道上前進了一會兒，出現一家霓虹燈華麗的汽車旅館。我依她說的開進停車場，熄掉引擎。

「今天就決定住在這裡。」她宣布似地說。「因為我不能回家，你也一起來吧。」

「可是我今晚已經預訂住在別的地方。」我說。「而且已經Check in了。行李也放在房間裡。」

「什麼地方？」

我說出鐵路邊一家小商務旅館的名字。

「與其住那樣便宜的飯店，不如這裡好多了喔。」她說。「反正那裡是只有壁櫥那麼小的沉悶房間而已吧？」

的確如她所說的。就是個只有壁櫥大小的沉悶房間。

「而且這種地方啊，女人一個人來也不太會被接受，會以為是來做生意的而存有戒心。沒關係，總之一起來吧。」

至少她不是賣春的，我想。

我在服務台預付了一夜的住宿費（她對這同樣也沒表示感謝），拿了鑰匙。進入房間她先到浴室放洗澡水，打開電視開關，仔細地調整照明。很寬大的浴缸，確實比住商務旅館要舒服多了。看來這女人以前也來過幾次這裡——或類似這裡的地方，然後坐在床上把毛衣脫下。白襯衫脫下、裙子脫下，褲襪也脫掉。她身上穿著非常簡素的白色內衣，並不太新。就像一般主婦到附近超級市場去買東西時身上會穿的那種內衣。然後手很巧地繞到背後把胸罩脫掉，摺起來放在枕邊。乳房不太大，也不太小。

「過來呀。」她對我說。「既然來到這種地方了，就來做愛吧。」

那是我在這次的長旅行（或放浪）之間，所擁有的唯一性體驗；是出乎意料之外激烈的性行為。她總共迎接了四次高潮，或許您不相信，但每次都是真的沒錯，我也射精了兩次。不過真不可思議，我並沒有多少快感。在和她做愛時，我腦子裡似乎在想什麼別的事情。

「嘿，你會不會是，最近很久沒做這件事了？」她問我。

「幾個月了。」我老實說。

「可想而知。」她說。「不過，為什麼呢？你看起來，並不是那麼不受女人歡迎的人。」

「有很多原因。」

「好可憐。」女人說，溫柔地撫摸我的頭。「好可憐。」

我腦子裡反覆著她的話，好可憐，被她這麼一說，感覺自己好像真的是個可憐人。在陌生的地方，莫名其妙的場所，也沒搞清楚事情的狀況，就和連名字都不知道的女人發生肌膚接觸。

在做愛和做愛之間，兩個人把冰箱的啤酒喝乾了幾瓶，大概凌晨一點左右才睡。隔天早晨醒來時，她已經消失蹤影，也沒留下紙條。我一個人躺在十分寬大的床上，時鐘的針指著七點半，窗外已經完全亮了，拉開窗簾時看得見和海岸線平行的國道。輸送鮮魚的大型冷凍卡車，發出巨大的聲音在路上來回跑著。世上雖然有許多空虛的事情，但像在賓館房間早晨一個人醒來時，那樣空虛的事應該不太多吧。

我忽然想到檢查一下長褲口袋裡的皮夾，裡面還是原本的樣子。現金、信用卡、金融卡和駕照都還在，我鬆了一口氣。如果錢包被偷的話，就沒戲唱了。而且並不是沒有可能發生這種事，必須小心才行。

她可能在黎明時分，趁我熟睡時，一個人離開房間的吧。但她要怎麼回到街上（或她住的地方）呢？走回去嗎？或叫計程車？不過那對我來說已經無所謂。想也沒有用。

我把房間鑰匙還給服務台，付了喝掉啤酒的錢，開著車回到街上。取回放在商務旅館房間的旅行袋，不得不付清一夜的住宿費。在開往街上的方向時，路過昨夜進去的家庭餐廳前。我決定在那裡吃早餐，肚子非常餓，也想喝杯熱的黑咖啡。正要把車子停進停車空間，看見稍前方有一部白色Subaru Forester。朝前方停車，後保險桿上還是貼著旗魚的貼紙。沒錯，就是昨天晚上看見的同一部Subaru Forester，只是車停的位置和昨夜不同。這是當然的，人不可能在這種地方過一夜。

我走進店裡。店裡依然冷清，正如預料的那樣，和昨夜同一位男人正在餐桌的座位上吃著早餐。可能是和昨夜同一桌，穿著和昨夜同樣的黑皮夾克，和昨夜同樣的YONEX商標的黑色高爾夫帽放在桌上。和昨夜不同的是，桌上疊放著早報而已。他的面前放著土司和炒蛋的套餐，好像是不久前才送來的，咖啡還冒著熱氣。我經過他旁邊時，男人抬起頭來看我的臉。那眼光比昨夜見到時更銳利、冰冷，眼裡甚至帶有責難的神色。至少我這樣感覺到。

我知道你在什麼地方做了什麼事情噢。他好像在這樣宣告似地。

這是我在宮城縣海邊的一個小地方所經驗到一件事情的始末。我到現在依然不明白，那小鼻子、齒列非常漂亮的女人，那一夜對我所求的是什麼。還有也不清楚，那個開白色Subaru Forester的中年男人，到底是不是在跟蹤她，她是不是想逃避那個男人？但總之我碰巧在那個場所，在不可思議的情況下，和那初次見面的女人進去華麗的賓館，擁有一夜情的性關係。而且那可能是我過去的人生經驗中，最激烈的性行為。雖然如此我連那地方的名字都不記得了。

「嘿，可以給我一杯水嗎？」人妻女友這樣說著。她從做愛後的短暫午睡剛剛醒來。

我們在午後的床上。在她睡著時，我一邊望著天花板，一邊回想在那漁港的小城鎮所發生的不可思議的事。才經過半年而已，但在我的感覺上卻像是相當遙遠的從前所發生的事似的。

我走到廚房去在大玻璃杯裡倒入礦泉水，回到床上。她一口氣喝掉半杯。

「那麼，免色先生的事。」她把玻璃杯放在桌上說。

「免色先生的事？」

「關於免色先生的新情報。」她說。「我剛才不是說過，等一下再談的嗎？」
「叢林通訊。」
「沒錯。」她說。然後又喝一口水。「你的朋友免色先生，據說在東京看守所待了很長時間喏。」
我坐起身看她的臉。「東京看守所？」
「沒錯，在小菅的那個。」
「但，到底是什麼罪呢？」
「嗯，詳細情形我也不清楚，不過我想可能是跟錢有關的。逃稅、洗錢、內線交易之類的，或者全部。他被拘留大概是六、七年前的事。免色先生自己有沒有說過，是做什麼工作的？」
「說是跟資訊有關的工作。」我說。「自己創立公司，幾年前把那家公司的股票高價出清。現在據說是靠那資本利息在過活。」
「和資訊相關的工作，這種說法非常籠統吧。試想起來，現在的社會跟資訊無關的工作，幾乎等於不存在呀。」
「是誰告訴妳那看守所的事的？」
「是從先生做和金融有關工作的朋友那裡。不過我不知道，那情報到底有多少是真的。可能是誰從誰聽來，再傳給誰。或許是這種程度的事。不過從消息的內容來看，我覺得並不完全是空穴來風。」

「說到在東京看守所待過。也就是被東京地檢逮進去的。」

「不過結果好像是無罪。」她說。「雖然如此還是拘留了相當長的時間，據說受到相當嚴厲的審訊喔。拘留期間延長了幾次，也不容許保釋。」

「不過審判是贏了。」

「對，雖然被起訴，但幸虧沒被關進監獄。審訊時他好像完全保持沉默。」

「就我所知，東京地檢都是菁英檢察官。自尊也很強。一旦有誰被盯上，他們會猛蒐集證據之後，斷然逮人，付諸起訴。進入審判的獲罪率也極高。因此在看守所的調查也絕不鬆懈。大多的人在審訊期間，精神已經崩潰，就依照對方的意思填寫筆錄，簽了名。能逃過那責任的追究，始終保持沉默，一般人是辦不到的。」

「不過總之，免色先生辦到了。他意志堅強，頭腦靈光。」

免色確實不是普通人。他意志堅強，頭腦靈光。

「不過還有一件事情我無法理解。無論是逃稅、是洗錢，東京地檢一旦會採取逮捕行動，新聞應該會報導出來。而且像免色這樣稀奇的姓氏，應該會留在我腦子裡。我前一陣子為止，還滿熱中地讀報紙的。」

「這個，我也不知道。還有另一件事，這我想上次也提過了，就是他山上的房子是三年前買的。以前那房子是別人住著的，而且人家剛蓋好的房子並不打算賣，免色先生卻準備了重金，以非常強硬的手法——或用其他不同方法——把人家趕走，然後自己搬進去住。就像是惡劣的寄居蟹那樣。」

「寄居蟹並不會把貝殼裡的主人趕出去。而是安穩地利用死去的貝類所留下的貝殼而已。」

「不過，其中也不一定沒有惡劣的寄居蟹吧？」

「可是我真不明白。」我避開寄居蟹生態的爭議說。「如果是這樣的話，那麼免色先生為什麼要那麼執著地要那棟房子呢？非要勉強以前住的人搬走，變成自己的房子？這樣費用相當高，應該也很費事。而且依我看來，那棟住宅對他來說太豪華，也太醒目了。雖然那棟房子確實很氣派，但我覺得那應該不是符合他喜好的房子。」

「而且房子也太大了。既不請傭人，一個人生活，幾乎也沒客人上門，應該沒必要住那麼寬敞的房子啊。」

她把玻璃杯裡剩下的水喝完，然後說。

「免色先生或許有什麼非要那棟房子不可的理由。雖然不知道是什麼理由。」

「無論如何，我星期二會接受招待去他家。只要能實際到那棟房子去看看的話，或許可以多知道很多事情。」

「好像藍鬍子公爵的城堡那樣，你也別忘了去檢查一下鎖上的祕密房間喔。」

「我會記得。」我說。

「不過，總之很慶幸噢。」她說。

「什麼事？」

「畫也順利完成了，免色先生也喜歡那畫，會有一大筆錢進來了。」

「是啊。」我說。「我覺得那件事滿幸運，我鬆了一口氣。」

「恭喜你，畫伯。」她說。

說鬆一口氣並沒有說謊。畫確實完成了，免色也確實喜歡那畫。我也確實對那畫有特殊的感覺，會有一筆不少金額的報酬進來也是事實。雖然如此，但我不知道為什麼，卻沒有心思去開心慶祝事情的順利進展。因為實在有太多事情把我捲進去，還沒妥善解決，就毫無頭緒地擺在一邊。我越想讓人生單純化，卻越感覺很多事情似乎失去該有的脈絡了。

我好像要尋求線索般，幾乎潛意識地伸手擁抱女朋友的身體。她的身體柔軟、溫暖，而且汗濕了。

我知道你在什麼地方做了什麼事情噢。白色Subaru Forester的男人說。

……………

20 存在與非存在混合的瞬間

第二天清晨五點半我自然醒來。星期天早晨，周遭還一片漆黑。我在廚房吃了簡單的早餐後，換上工作服走進畫室。東方的天空泛白之後我關掉燈，把窗戶大大地打開，讓早晨清涼的新鮮空氣進入房間。然後拿出新的畫布，放在畫架上。聽得見清晨鳥從窗外傳來的啼叫聲，夜晚下的雨把周圍的樹木淋得透濕了。雨在稍早停了，雲開始四處出現光的裂縫。我在圓凳坐下來，一邊喝著馬克杯裡的熱黑咖啡，一邊暫時望著眼前什麼都還沒畫的畫布。

清晨尚早的時刻，只是盯著看什麼都還沒畫的雪白畫布，我從以前就喜歡這樣。我把這私下稱為「畫布禪」。雖然什麼都還沒畫，但那上面有的絕不是空白。那雪白的畫面中，已經悄悄隱藏著該來的東西的模樣。眼睛注意凝視的話，會有好多可能性在那裡，那些最終將朝一個有效的線索集中整合。我喜歡這樣的瞬間；存在與非存在混合的瞬間。

不過今天，我從最初就知道，自己現在開始要畫什麼。在這畫布上我現在要畫的，是那個開白色Subaru Forester的中年男人的肖像。那個男人在我的裡面，過去一直很有耐心地等待著被我畫出來。我這樣感覺，而且我不為了誰（沒有人委託我，也不是為了生活），是為了自己不畫他的肖像不行。就像畫免色的肖像時一樣，我為了浮現那個男人存在的意味——至少是對我的意味——不得不以我的方式畫出他的模樣。不知道為什麼。但那就是我現在被要求的事情。

我閉上眼睛，在頭腦裡喚起白色Subaru Forester男人的姿態。我還鮮明地記得他的容貌，到細部為止。第二天清晨，在家庭餐廳的座位上他抬頭筆直地看我。桌上的早報摺疊著，咖啡冒著白色熱氣。從大玻璃窗射進的朝陽炫眼，店內響著便宜餐具互相碰觸的咖達咖達聲。那樣的光景在我眼前活生生地再現，而在那光景中男人臉上的表情開始動起來。

我知道你在什麼地方做了什麼事情，他的眼睛說。

這次，我決定從草稿開始畫。我站起來拿起木炭，站在畫布前，並在畫布的空白上定下男人臉的位置。完全沒有計畫，什麼都不考慮，先畫出一條直線。一切應該就會從那裡開始下去，成為中心的一條線。那裡現在正在畫上，一個瘦瘦曬黑的男人的臉。額頭上刻有幾道深深的皺紋。眼睛細細的，銳利。習慣凝視遠方水平線的眼睛，天空和海的顏色染進那裡面。頭髮剪得短短，混著些白髮。可能是個沉默寡言而耐力強的男人。

我在那基本線周圍，用木炭加幾道輔助線。讓男人臉的輪廓浮現上來。退後幾步看看自己所畫的線，加以修改，再添加新的線。重要的是相信自己，相信線的力量，相信由線區別開的空間的力量。不是由我說，讓線和空間說話。如果線和空間開始對話，顏色也終於開始說話了。然後平面姿態漸漸變成立體。我不能不做的是伸出援手，鼓勵它們。還有最重要的是，不要妨礙它們。

作業繼續到十點半。太陽慢慢爬到上空，灰色的雲拉扯成細細的長條，一一被趕往山的方向去。樹枝尖端已經停止滴水。到這時候完成的畫稿，我從稍微有點距離的地方，試著由各個角度眺望看看。那裡已經有我記憶中男人的臉。或者該說，那張臉該寄宿的骨骼完成了。但感覺線條稍微多了一點。有必要適度刪掉，這時顯然需要減法，不過那是明天的事。今天的工作最好到此為止。

我把畫得變短的木炭放下，到流理台把黑黑的手洗乾淨。正用毛巾擦著手時，眼睛注視到櫃子上放的古鈴，因此拿起來看看。試著搖響時，那聲音怪怪地輕而澀，聽起來舊舊的。並不像是漫長歲月放在土中的謎樣的佛具，聽起來和半夜響起的聲音也相當不同。可能漆黑的黑暗和深沉的寂靜，讓那聲音變得更溫潤更響亮，傳得更深遠吧？

到底是誰每天半夜從地底下鳴響那鈴的？依舊還是個謎。應該是有誰在那洞底下，每天晚上搖響那鈴（而且應該是某種通訊方式），但那個誰卻消失了蹤影。洞穴打開的時候，裡面只有這個鈴而已。真是莫名其妙，我把那鈴再放回櫃子上。

午餐之後，我走出外面，走進後方的雜木林。穿上厚厚的連帽夾克，到處沾到顏料的工作用長運動褲。經過濡濕的小徑走到有古老小祠的地方，繞到後方。蓋著洞穴的厚木板上掉落了各種顏色、各種形狀的落葉，層層堆積著：被昨夜的雨淋得濕濕的落葉。免色和我兩天前來了之後，似乎沒有任何人來過。我想先確認這件事。在濕濕的石頭上坐下來，一邊聽著頭上鳥群的聲音，我眺望著那有洞穴的風景一會兒。

在樹林的寂靜中，彷彿時間在流動，人生在移動的聲音都聽得見似的。一個人去了，另一個人來了。一個思緒去了，另一個思緒來了。一個形象去了，另一個形象來了。連這個我自己，也在日常的重疊之中，一點一點地崩潰又再生。沒有任何東西停留在同一個場所，而時間不斷流逝。時間從我的背後，一一化為死去的沙崩潰、消失而去。我坐在那洞穴前，只側耳傾聽著時間死去的聲音。

在那洞穴底下一個人坐著，到底是什麼樣的感覺？我忽然這樣想。在黑漆漆的狹小空間裡，獨自一個人長時間被關閉著，何況免色還主動放棄手電筒和梯子。如果沒有梯子，要是不借助誰的——具體說的話是**我的**——援手的話，是幾乎不可能一個人從那裡逃出來的。為什麼非要把自己逼到那樣的苦境不可？他是把被送進東京看守所裡孤獨的監禁生活，和那黑暗的洞穴裡重疊為一嗎？當然這種事我不得而知。免色以免色的做法，活在免色的世界。

對這個我能說的，只有一個。那就是**我實在無法做到那種事**。我最害怕黑暗又狹小的空間。如果我被放進那樣的地方的話，我可能會害怕得無法呼吸。雖然如此，在某種意義上我的心**被**那洞穴吸引了。非常吸引我。我甚至感覺到那洞穴好像正在向我招手似的。

我坐在那洞穴旁邊大概有半小時左右。然後站起來，穿過林間踩著葉隙的光點走回家。

下午兩點過後雨田政彥打電話來。「我有事情來到小田原附近，可以繞到你那裡去一下嗎？」我說當然可以。好久沒見雨田了，他三點以前開著車過來。手上帶著單一麥芽威士忌當作伴手禮，我道過謝接了下來，正好威士忌快沒了。他像平常一樣穿著帥氣的模樣，鬍子刮得乾乾淨淨，戴著看慣了的玳瑁框眼鏡。外表看起來和以前幾乎沒變，只有髮際線稍微後退了而已。

我們坐在客廳交談著彼此的近況，我提到造園業者用重機具把雜木林裡的石塚挖起來的事。然後出現直徑將近兩公尺的圓形洞穴，深度二公尺八十公分，周圍有一圈石壁。蓋著沉重的格子蓋，打開一看，裡面只留下一個形狀像古鈴般的佛具而已。他很有興趣地聽著，但卻沒說要實際去看看那洞穴，也沒說要看鈴。

「那麼，從那之後半夜就聽不到鈴聲了吧？」他問。

「已經聽不到了。」我回答。

「那太好了。」他稍微安心了似地說。「我最怕這樣有點奇怪的事情。盡量不去靠近那種莫名其妙的東西。」

「不碰觸神就不會被神罰。」

「沒錯。」雨田說。「總之，那洞穴的事就交給你辦。隨你高興怎麼樣都行。」

然後，我告訴他自己好久沒有像這樣「想畫畫」了。兩天前，完成了免色所委託的肖像畫之後，心情上好像破除了什麼障礙似的。自己以肖像畫為主題，可能逐漸掌握到新的獨特的創作風格了。那雖然是以肖像畫開始畫的，但結果卻成為和肖像畫截然不同的東西。雖然如此，那本質上還是肖像。

雨田很想看免色的畫，但我說那已經交給對方了，他覺得好遺憾。

「可是顏料都還沒乾吧？」

「他說要自己放乾。」我說。「看樣子他想要早一刻自己擁有。我可能也怕自己改變心意，會說出不想交畫給他的話吧。」

「哦？」他佩服似地說。「那麼有什麼新的東西？」

「有今天早上開始畫的東西。」我說。「不過還只是木炭的草稿階段，大概也還看不出什麼吧。」

「沒關係，那樣就行，讓我看看好嗎？」

我帶他到畫室，讓他看才開始畫的「白色Subaru Forester的男人」的草稿。以黑色木炭線條畫出的，只有粗略的骨骼。雨田站在畫架前交抱雙臂，長久之間臉色凝重地注視著那畫。

「有意思。」稍後，他從牙縫間擠出這句話似的。

我保持沉默。

「往後會變怎麼樣，雖然還無法預測，但這確實看起來是某人的肖像。或者說，看起來像是肖像的根似的。埋在土裡很深的根。」他這樣說完之後又再沉默下來。

「非常深而暗的地方。」他繼續說。「而且這個男人——是男的吧——好像在生什麼氣吧？或在責備什麼嗎？」

「這個嘛，我也沒那麼了解。」

「你不知道。」雨田以平板的聲音說。「可是這裡面有很深的憤怒和悲傷。可是他卻無法吐露，憤怒在他體內團團轉著漩渦。」

雨田大學時代，雖然學籍在油畫學系，但老實說以油畫畫家的技巧實在不太能誇獎他。雖然靈巧，但有些方面缺乏深度。而且他自己某種程度也承認。但他卻擁有能瞬間分辨出別人畫的好壞的才能。所以我從以前對自己的畫感覺有什麼迷惑時，經常會向他討教意見。他的建議總是正確而公正，而且實際上有用。此外值得感謝的是，他完全沒有嫉妒心或反抗心。這可能是他天生的個性。因此我經常可以完全信任他的意見。雖然他說話很直有不加掩飾的地方，但因為不會藏話，所以就算被他批評得很慘，很奇怪。我也不會生氣。

「這幅畫完成後，在交給別人之前，可以讓我看一下嗎？」他眼睛沒離開畫地說。

「可以。」我說。「這次不是誰委託而畫的，是為自己只是隨興畫的，也沒預定要交給誰。」

「你開始想畫自己的畫了嗎？」

「好像是這樣。」

「這是人像，但不是肖像畫。」

我點點頭。「我想可能可以這麼說。」

「而且你……可能在繼續發現什麼新的方向。」

「我也這樣想。」我說。

「上次我見到柚子噢。」雨田臨走時說。「偶然遇見，於是談了三十分鐘左右。」

我只點點頭什麼也沒說。因為不知道該說什麼，怎麼說才好。

「她看起來很好。幾乎沒談到你的事，彼此好像有點在避開那話題似的。那種感覺，你明白吧。不過最後稍微問起你，在做什麼之類的。我說你好像在畫畫，雖然不知道是什麼樣的畫，不過一個人窩在山上畫著什麼。」

「總之，還活著啊。」我說。

雨田好像要說柚子什麼的樣子，但結果閉嘴，什麼也沒說。柚子以前就對雨田有好感，很多事情好像找他商量過。可能是跟我之間的事，就像我會跟雨田商量畫的事一樣。但雨田什麼也沒告訴我，他是這種男人，人家會找他商量各種事，不過內容他只會放在心裡。就像屋頂的雨水經過排水管存到用水桶那樣。不會流出別的地方，也不會從桶邊溢出。可能會應需要做適度的水量調節吧。

雨田自己可能不會找誰商量煩惱。對於自己一方面是著名日本畫家的兒子，而且也進了美術大學，卻未能獲得多少畫家的才能，應該有各種感受，也有很多話想說。但在我們長久的交往中，在我的記憶裡從來沒聽他抱怨過一次。他是這種男人。

「我想柚子大概有男朋友。」我鼓起勇氣這樣說。「到了婚姻生活的最後，我們已經沒有性關係。我應該更早注意到的。」

這種事情我是第一次對別人坦白說出，那是我一直一個人放在心裡的事。

「是嗎？」雨田只這樣說。

「不過這件事你可能也知道吧？」

雨田沒有回答這個。

「不是嗎？」我重新問。

「有些事情人最好不要知道，我只能這樣說。」

「不過，無論知不知道，最後結果都一樣。只有遲早、突然或不突然、敲門聲大小，這樣的差別而已。」

雨田嘆一口氣。「是啊，或許正如你說的那樣。知不知道，出來的結果可能都一樣。不過雖然如此，有些事情還是不能從我口中說出。」

我沉默無語。

他說：「不管出來什麼樣的結果，事情總有好的一面和壞的一面。跟柚子分開，我想對你來說一定是很難過的體驗。我是真的覺得很遺憾。不過結果，你終於開始畫自己的畫。找到自己的風格般的東西。這樣想的話豈不是事情的好的一面？」

我想或許確實是這樣。如果沒有跟柚子分開——或者說柚子如果沒有離開我——或許我現在還為了生活，而繼續畫一些到處可見的，依照約定的肖像畫。但那並不是我自己所做的選擇，這是重點。

「你就看好的一面吧。」臨走時雨田說。「或許是無聊的忠告。反正要走同一條路的話，不如走日照好的一邊不是比較好嗎？」

「而且杯子裡還有剩下十六分之一的水。」

雨田高聲笑出來。「我很喜歡你這種幽默感。」

雖然我不是為了幽默說的，但對這個我什麼都沒說。

雨田沉默了一會兒。然後說：「你還喜歡柚子吧？」

「雖然我想不能不忘記她，但心裡還是牽掛著。不知道為什麼變成這樣。」

「沒有和別的女人睡覺嗎？」

「和別的女人睡覺，那女人和我之間還是經常有柚子在。」

「那可傷腦筋啊。」他說。然後用指尖來回撫摸額頭，看來真的正在傷腦筋的樣子。

然後他開車回去了。

「謝謝你的威士忌。」我向他道謝。雖然才五點以前，但天色已經相當暗了。這是夜變得一天比一天長的季節。

「其實好想一起喝一杯的，可是要開車。」他說。「下次兩個人再坐下來慢慢喝吧，好久沒喝了。」

下次，我說。

有些事情最好不要知道，雨田說。或許是這樣。有些事情最好不要問。但人不可能永遠聽不見。時候到了，就算把兩個耳朵緊緊塞住，聲音還是會震動空氣鑽進人的心裡。無法防止。如果不喜歡只能到真空的世界去。

醒過來時是半夜。我伸手把枕邊的燈打開，看看時鐘。數字鐘的數字顯示1:35。我聽見鈴聲在響，沒錯是那個鈴。我坐起來，側耳傾聽那聲音發出的方向。

鈴聲再度開始響起。有人在夜晚的黑暗中搖響它——而且是比以前更大聲、更清晰的聲音。

21 雖然小，但切下去可是會流血的

我在床上立刻坐起來，在半夜的黑暗中，屏息傾聽那鈴聲。到底是從哪裡傳來的？鈴聲比以前更大聲、更清晰。沒錯。而且傳來的方向也和以前不同。

鈴是在這個房子裡響的，我這樣判斷。只能這樣想。然後在前後混淆的記憶中，我想起幾天前我把那鈴放在畫室的櫃子上。在挖開那洞穴發現那鈴之後，我親手把它放在那櫃子上。

鈴聲是從畫室傳來的。

毫無疑問。

但該怎麼辦才好？我的頭腦一片混亂，當然覺得害怕。這棟房子裡，在這同一個屋頂下，正在發生莫名其妙的事。時刻是半夜，地點是孤立的山中，而且我完全是單獨一個人，不可能不害怕。但事後想起來，在那個時間點，我想混亂比恐懼多了一些。所謂人的頭腦大概是那樣作成的。為了消除或減輕激烈的恐懼和痛苦，我從根本動員了手頭所有的感情和感覺，就像在火災現場，搬出所有能裝水的容器一樣。

我盡可能整理頭腦，尋思自己眼前該採取的幾個方法。也有就這樣把棉被蒙到頭上睡覺的選擇。就像雨田說的那樣，莫名其妙的東西最好不要去碰。把思考的開關關掉，什麼都不看、什麼都不聽。不過問題是，實在睡不著。就算蒙上棉被塞住耳朵，關掉思考的開關，依然不可能忽視聽得這麼清楚的鈴聲。因為那就在這屋子裡響。

鈴聲像平常那樣斷續地搖響。搖動幾次，暫且沉默一下，然後又再搖動幾次。停頓的沉默並不平均，每次都會稍微變短或變長。那不平均，可以感覺到是人在搖，而不是鈴自己響起來，也不是設定什麼機關搖響的，是誰手拿著那個搖響的。其中可能含有什麼訊息。

如果無法逃避的話，只好乾脆弄清楚事情的真相。如果每天晚上持續這樣的話我的睡眠將被整個打斷，也無法過正常生活。那麼不如自己出去，看清楚畫室裡到底發生了什麼事。當時很生氣（為什麼我非要遇到這種事不可？），當然也有幾分好奇。這裡到底發生了什麼？我要自己親眼瞧瞧。

從床上起來，在睡衣上披一件毛衣，然後拿著手電筒走到玄關。我在玄關右手拿起雨田具彥留在傘架的深色橡樹手杖，相當沉重的手杖。雖然不認為這種東西實際上能發揮什麼作用，但手中握有什麼總比空手來得安心。因為誰也不知道會發生什麼。

不用說我很膽怯。雖然是赤腳走著，但腳底幾乎沒有知覺。身體非常僵硬，好像身體一動全身的骨骼就會咯咯作響似的。恐怕有誰潛入這棟房子裡，而那個誰正搖響鈴聲。那可能是和在洞穴底下搖鈴的同一個人。那是誰，或是什麼東西，我無法預測。是木乃伊嗎？如果我一腳踏進畫室，眼睛看見木乃伊——皮膚色調像肉乾那樣乾癟的男人——正在那裡搖鈴的模樣的話，我到底應該如何應對才好？揮起雨田具彥的手杖，猛打那木乃伊就行了嗎？

怎麼可能？我想。這種事情我辦不到，木乃伊可能是即身佛，和殭屍不同。

那麼，到底該怎麼辦才好？我的混亂依然持續。不如說，那混亂變得越來越嚴重。如果我不採取什麼有效辦法，我往後是不是要一直和那個木乃伊一起住在這棟房子裡？每天晚上同樣時刻就會讓我聽到這鈴聲嗎？

我忽然想起免色。都是因為那個男人多事，才會發生這種麻煩事吧？把重機具弄來，把石塚移開，挖開謎樣的洞穴，結果那鈴和不明就裡的莫名其妙東西才會一起進入這棟房子。我想打電話給免色，即使是這個時刻，他應該也會開著Jaguar立刻趕來吧。但結果還是改變想法作罷，沒有時間等待免色做好準備趕過來。我必須此時此刻就在這裡，做點什麼非做不可的事。那是我，必須負起責任非做不可的事。

我鼓起勇氣踏進客廳，打開屋裡的電燈。燈亮之後鈴聲依然繼續響著。而且那聲音確實沒錯，是穿過畫室的門從另一邊傳來的。我右手重新緊緊握住手杖，躡著腳穿過客廳，把手放在通往畫室門的把手上。然後大大地深呼吸，下定決心轉開門把。就在我推開門的同時，鈴聲便像等待著似地戛然停止。深深的沉默降臨。

畫室裡一片漆黑，什麼也看不見。我的手伸向左側的牆壁，摸索著打開燈的開關。天花板的吊燈亮起，室內立刻亮起來。我雙腳齊肩站定，右手依舊握著手杖，迅速看看室內，如果有什麼動靜可以立刻應對。由於過度緊張喉嚨又乾又渴，甚至無法順利吞嚥口水。

畫室裡沒有任何人，既沒有搖鈴的乾癟木乃伊的身影，也沒有其他任何身影。屋子正中央孤零零地立著畫架，上面擺著畫布，畫架前方有一張三根腳的木製圓凳。只有這樣而已，畫室裡沒有人。聽不見一隻蟲子的聲音，也沒有風。窗戶上掛著白色窗簾，一切都異樣地靜悄悄。握著手杖的右手，可以感覺到因為緊張而微微顫抖。跟著顫抖的手杖尖端碰觸地板，發出喀搭喀搭乾乾的不規則的聲音。

鈴依舊放在櫃子上。我走到櫃子前，仔細觀察那鈴。雖然沒拿起來，但看不出鈴有任何改變的地方。和那天上午我拿起來再放回櫃子上時一樣，位置也沒有移動過的跡象。

我在畫架前的圓凳上坐下，再一次把室內三百六十度全部環視一圈。每個角落都仔細查看過，依然沒有人，就是每天看慣的畫室風景。畫布上的畫也是我畫到一半未完成的樣子，〈白色Subaru Forester的男人〉的草稿。

我看了櫃子上的鬧鐘一眼。時刻是上午二點整。被鈴聲吵醒時應該是一點三十五分，因此大約經過二十五分鐘。但在我的感覺上並沒有經過這麼久，感覺好像只有經過五、六分鐘而已。時間的感覺變奇怪了，或者是時間的流法變奇怪了，這兩者之一。

我無奈地從圓凳上下來，關掉畫室的燈，走出畫室關上門。站在關起的門前靜靜聽了一會兒，但已經聽不見鈴聲，也聽不見任何聲音，只聽得見沉默而已。沉默聽得見——這不是語言的遊戲。在孤立的山上，沉默也是有聲音的。我在通往畫室的門前，暫時側耳傾聽那聲音。

那時候，我忽然發現客廳的沙發上有什麼我沒看慣的東西。是椅墊，還是人偶，那樣程度大小的東西。但在我的記憶中並沒有放置那樣的東西在那裡，睜大眼睛仔細看，那既不是椅墊也不是人偶。是活生生的小人，身高大約六十公分吧。那小人的身上、穿著奇妙的白色衣服，而且正在扭來扭去地動著身體。好像衣服不合身，穿得很不舒服的樣子。我記得看過那衣服，是式樣古老的傳統衣裳，日本古時候地位高的人們穿的那種衣服。不只是衣服，連那人物的臉我也看過。

是騎士團長，我想。

我的身體從背開始冷了起來。就像拳頭那麼大的冰塊，沿著背脊往上爬似的。雨田具彥在〈刺殺騎士團長〉這幅畫中所描繪的「騎士團長」，正坐在我家——不，正確說是雨田具彥家——客廳的沙發上，筆直看著我的臉。那矮小的男人穿著和畫中完全一樣的衣服，同樣的容貌，就像從畫中直接逃出到這裡來似的。

那幅畫現在在那裡呢？我努力回想。畫當然是在客用的寢室裡。因為如果讓家裡來訪的客人看見可能會有麻煩，因此就用茶色和紙包起來藏在那裡。如果這個男人是從那畫中逃出來的話，現在那幅畫到底變成什麼樣子？畫面上只有騎士團長的身影消失了嗎？

但畫中所畫的人物從裡面跑出來，有可能發生這種事嗎？當然不可能。這是不該有的事。這種事當然誰都知道，任何人怎麼想都……。

這時我驚駭得呆住了，理論上說不通，我一邊漫無邊際地尋思，一邊注視坐在沙發上的騎士團長。時間似乎暫時停止進行。時間一邊在那裡來來回回，一邊似乎在安靜等待我的混亂收斂下來。總之，我眼睛無法從那樣的——只能想成是從異界來的——人物離開。騎士團長也從沙發上一直抬頭注視著我，我無話可說只沉默不語。可能因為實在太驚訝了吧，我的眼睛沒有從那個男人移開，嘴巴微張，除了繼續靜靜呼吸之外，我什麼也不能做。

騎士團長眼睛既沒離開我，也不發一語。嘴唇緊閉成一直線，短腿併在沙發上筆直伸出。背雖靠在椅背上，但頭並沒有到達椅背上端。腳上穿著形狀奇怪的小靴，靴子是用黑色皮革般的東西製的，前端尖尖的，往上翹。腰上配帶劍柄附有裝飾的長劍，雖說是長劍，但因為是配合身體尺寸的東西，因此從實際長度來說更接近短刀。但那當然應該能成為凶器，如果那是真正的劍的話。

「噢，是真正的劍哪。」騎士團長彷彿讀出我的心似地說。身體雖小但聲音倒宏亮。「雖然小，但切下去可是會流血的。」

雖然如此我還是保持沉默。說不出話來。我最先想到的，是這個男人會說話。其次想到的是，這個男人說話方式相當不可思議，是「普通人不會這樣說」的說話方式。不過試想起來，從畫裡直接跑出來身高六十公分的騎士團長本來就不是「普通人」。因此他要以什麼方式說話，應該都不必驚奇。

在「雨田具彥的〈刺殺騎士團長〉中，我被劍刺穿胸部，可憐地瀕臨死亡。」騎士團長說。「正如諸君所周知那樣。但現今的我，卻沒有傷。諸君瞧，沒有傷吧？要我血流如注地一面走動，也嫌麻煩，對諸君想必也太打擾，弄得地毯家具全部被血沾汙想必也很傷腦筋。因此現實暫且保留，就當成沒被刺傷吧。把〈刺殺騎士團長〉的「刺殺」二字除掉，就成了這個在下我啦。如果需要一個稱呼好叫，就叫騎士團長也行。」

騎士團長雖然說話方式奇怪，但似乎不是不擅長說話。反倒可以算是饒舌的。但我這邊依舊一言不發。現實和非現實在我心中，似乎還互不妥協的樣子。

「那手杖差不多可以放下了吧？」騎士團長說。「我和諸君現在也不像要決鬥的樣子。」

我看看自己的右手。那隻手還緊緊握著雨田具彥的手杖。我把那根手杖放開。橡木材質的手杖掉落在地毯上發出鈍重的聲音。

「我並不是從畫中跑出來的喔。」騎士團長又在讀我的心說。「那幅畫——是意味相當深長的畫——現在那幅畫依然還是那個樣子。騎士團長在畫中真的正在被殺喔，從心臟流出大量的血。我只是暫且借用那個人物的形體而已。為了能這樣跟諸君見面，需要有某種形體而已，所以為了方便起見我就借用了那位騎士團長的形體了。這樣沒關係吧？」

我依然沉默。

「沒什麼有關係沒關係吧。雨田先生已經轉移到朦朧而和平的世界去了，騎士團長也沒有登記商標。如果裝成米老鼠或風中奇緣的公主寶嘉康蒂的話，華特迪士尼公司一定會訴訟並要求高額費用。騎士團長就沒有這種問題。」

說著騎士團長聳起肩開心地笑。

「以我來說，雖然木乃伊的形體也沒關係，只是我想如果半夜裡突然以木乃伊的模樣現身時，諸君一定會覺得害怕吧。如果看到乾巴巴的肉乾塊似的東西，在一片黑漆漆中釘鈴釘鈴搖著鈴，人家看到很可能會發生心臟病發作。」

我幾乎反射性地點點頭。確實比起木乃伊，騎士團長要好多了。如果對方是木乃伊的話，我說不定早已心臟麻痺了。或者，在黑暗中搖鈴的是米老鼠或寶嘉康蒂，一定也相當可怕。穿著飛鳥時代衣裳的騎士團長，或許還算是正常的選擇。

「你是像靈般的東西嗎？」我鼓起勇氣試著問。我的聲音像大病初癒的人所發出的那樣，粗硬而沙啞。

「問得好。」騎士團長說，然後立起一根小而白的食指。「非常好的問題，諸君。我是什麼？不過現在我暫且是騎士團長，騎士團長以外什麼都不是。不過當然這是假的形體，下次會變成什麼也不知道。那麼，我本來是什麼呢？或者不如說，諸君到底是什麼？諸君這樣借用諸君的形體，但本來到底是什麼？忽然被問到這種事情的話，諸君一定相當困惑吧。我的情況也一樣。」

「你能借用任何形體嗎？」我問。

「不，沒那麼簡單。我可以使用的形體相當有限，並不是能夠變成任何東西。簡單說，就是衣櫥裡是有限制的，無法使用沒有必然性的形體。而這次我能選擇的形體，就是這個矮冬瓜騎士團長這類的東西。從畫的尺寸來說，身高無論如何只能變成這樣，但這衣裳實在很難穿。」

他這樣說著，身體又在白色衣裳裡扭來扭去。

「那麼，回到諸君剛才的問題，我是靈嗎？不不，不是喔，諸君。我不是靈。我只是Idea而已。所謂靈基本上是神通自在的東西，我不是這樣，我是受到各種限制而存在著的。」

我有很多問題，或者說，原本應該有的，但不知怎麼卻一個也想不起來。為什麼我應該是單數，卻被稱為「諸君」呢？但那畢竟只是細微的疑問，不值得特地提出。或許在

「Idea」的世界裡第二人稱單數本來就不存在。

「有很多細微的限制。」騎士團長說。「例如我一天之中只能在有限的時間形體化。我喜歡疑雲重重的深夜，因此大多從凌晨的一點半開始到兩點半之間形體化。如果在明亮的時間形體化，疲勞會升高。其他沒有形體化的時間，就以無形的 Idea 隨處休息。就像閣樓上的貓頭鷹那樣。然後，沒有邀請我的地方以我的體質是不能進去的。然而因為諸君挖開那個洞穴，把這鈴帶進這裡，我才能進入這棟房子。」

「你一直被關閉在那洞穴底下嗎？」我試著問。我的聲音雖然變得好多了，但還有幾分沙啞。

「不知。我本來，在實質意義上就沒有記憶這東西。不過我被關在那個洞穴裡，多少也是事實。我在那洞穴裡，因為某種原因無法從那裡出來，但是被關在那裡也沒有什麼不自由。我本來就算被關在又狹小又黑暗的洞底下，幾萬年也不會感覺不自由或痛苦。不過對於從那裡放我出來，我有感謝喲。當然，因為自由總比不自由有趣多了。不用說。而且我也感謝那位姓免色的男人，如果沒有他的盡力，那洞穴應該無法打開。」

我點點頭。「你說的沒錯。」

「我非常清楚地感覺到那跡象般的東西吧，感覺到那洞穴可能會被打開的可能性。於是這樣想，好吧，現在是時候了。」

「所以你從不久前就在半夜開始搖鈴。」

「沒錯。然後洞穴大開。而且免色還親切地邀請我去參加晚宴。」

我再點一次頭。免色確實邀請騎士團長——免色當時是用木乃伊來稱呼——招待星期二的晚餐。彷彿模仿唐·喬凡尼招待騎士團長的雕像一起晚餐那樣。他也許只是開個輕鬆的玩笑而已，但那現在已經變成不是玩笑了。

「我對食物一概不入口。」騎士團長說。「酒也不沾。大概也沒有消化器官，要說無聊確實無聊，好不容易有豪華大餐可吃。不過我會誠懇地接受邀請，因為Idea被誰招待晚餐，是很難得的事。」

那是那一夜，騎士團長最後說的話。這樣說完他忽然沉默下來，雙眼悄悄閉上，好像逐漸進入冥想世界般。閉上眼睛後，騎士團長容貌變成相當內省。身體也完全不動，終於騎士團長的形體急速變淡，輪廓也漸漸變不清楚。而且幾秒後就完全消失。我反射性地看看時鐘，凌晨二點十五分。可能是「形體化」的限制時間到此結束了。

我走到沙發的地方去，用手觸摸騎士團長坐過的地方。我的手沒有任何感覺：既沒有溫度，也沒有凹痕。完全沒有留下有人在那裡坐過的痕跡，可能Idea是沒有體溫也沒有重量的。那形體只不過是暫時的形象而已。我在那旁邊坐下，深深吸入一口氣，然後用雙手上下搓搓臉。

一切感覺就像是在夢中發生的事似的，我只是做了一個很長的活生生的夢。或者不如說，這個世界現在依然還是夢的延長。我被關閉在夢中。有這種感覺。但那不是夢，自己也很清楚。這或許不是現實，但也不是夢。我和免色兩個人，從那奇妙的洞穴底下把騎士團長——或採取騎士團長形體的Idea——釋放出來，於是騎士團長現在就住進這棟房子

結果。了。就像閣樓上的那隻貓頭鷹一樣。我不知道那意味著什麼。也不知道那會帶來什麼樣的

我站起來，撿起掉落地上的雨田具彥的橡木手杖，把客廳的燈關掉，回到臥室。周遭一片寂靜，聽不見任何聲音。我脫掉毛衣，就穿著睡衣上床，想著今後該怎麼辦才好。騎士團長準備星期二到免色家去，因為免色邀請他去共進晚餐。在那裡到底會發生什麼？越想到這個，我的頭就像桌腳長短不一的餐桌那樣，失去穩定。

但不久之後，我就感到非常睏了。我的頭似乎運用了所有的機能，想辦法讓我入睡的樣子。為了把我從不合道理的混亂現實中，勉強拉開。於是我無法抗拒。不久就睡著了。睡著前忽然想起貓頭鷹，貓頭鷹怎麼樣了？

睡•••吧，諸君，我感覺騎士團長好像在我耳邊細語似的。

但那可能是夢的一部分。

22 邀請還有效

第二天是星期一。我醒來時，數字鐘顯示6:35。我在床上坐起來，讓幾小時前，半夜在畫室所發生的事在腦子裡重現。在那裡鳴響的鈴，迷你的騎士團長，和他之間所交談的奇妙對話。我想把那一切想成是夢，我做了一個非常長而真實的夢。只不過是這樣而已。而且在明亮的早晨陽光下，只能想成實際上那是夢中所發生的事。雖然我還清清楚楚記得發生事情的所有部分。關於那些細部，越是一一去檢驗，越感覺那一切的一切看來都像是在距離現實幾光年的世界所發生的事。

但，無論我多麼努力想把那想成只是夢，我還是知道那不是夢。那或許不是現實，但也不是夢。雖然不知道是什麼，但總之不是夢。是和夢的成立不同的什麼。

我從床上起來，去把包著雨田具彥的〈刺殺騎士團長〉的和紙打開，把那幅畫搬到畫室去。並把它掛在牆上，坐在圓凳從正面注視著那幅畫。正如騎士團長昨夜說的那樣，畫上什麼都沒變。騎士團長並沒有從那裡跑出來，出現在這個世界。畫中的騎士團長依然胸中插著劍，從心臟流出血，正瀕臨著死亡。他仰頭看著天空，張開的口歪著，或許正發出苦痛的呻吟。他的髮型、穿的衣服、手上拿的長劍、黑色奇怪的靴子，都和昨夜出現在這裡的騎士團長相同的模樣。不，從事情的順序來說——以時間次序來說——當然是那騎士

團長精密地模仿畫中的騎士團長的風格體態。

雨田具彥以日本畫的筆和顏料所描繪出來的虛構人物，就那樣採取了實體出現在現實（或類似現實）中，能擁有意志立體的走動，真是值得驚訝的事。但在一直注視著那幅畫時，我開始感覺，那絕對不是不可能的事。或許雨田具彥的筆力就是如此生動鮮活。在現實與非現實，平面與立體，實體與表象的夾縫中，變得越看越分不清了。就像梵谷所畫的郵差的樣貌，雖然絕不真實，卻越看越感覺像新鮮得在呼吸似的。他所畫的烏鴉，雖然只是粗黑的線條而已，但看來卻好像真的飛在空中那樣。在一邊看〈刺殺騎士團長〉的畫時，我不得不敬佩雨田具彥身為畫家的才能和力量。可能那位騎士團長（或那Idea），也承認這畫的美好和有力，才會「借用」畫中騎士團長的形體吧。就像寄居蟹也會盡量選擇美麗而堅固的貝殼居住那樣。

我凝視了雨田具彥的〈刺殺騎士團長〉十分鐘左右之後，到廚房去泡了咖啡，邊聽收音機的準點新聞，邊吃簡單的早餐。沒有一件有意義的新聞，或者說，現在每天的一切新聞，對我來說幾乎都變成無意義的事了。不過總之，我把每天早晨聽收音機七點的新聞，當成生活的一部分。如果地球現在正在瀕臨毀滅的深淵時，只有自己還渾然不知的話，可能還是會稍微感到困惑吧。

吃過早餐，暫且確認過地球雖然還存在一些問題，但還算規律地繼續在運行後，便拿著裝咖啡的馬克杯回到畫室。打開窗戶的窗簾，讓新鮮空氣進入室內。然後站在畫布前，開始自己的畫作。無論「騎士團長」的出現是不是現實，他會不會出席免色的晚餐，總之我只能進行自己該做的工作。

我集中意識，讓駕駛白色Subaru Forester的中年男人的模樣浮現眼前。在家庭餐廳的他，餐桌上放著附有SUBARU商標的車鑰匙，盤子上裝著土司、西式炒蛋和洋香腸，番茄醬（紅色）和芥末醬（黃色）容器放在旁邊。刀子和叉子排列在餐桌上，食物還沒開動。早晨的陽光投射在一切事物上。當我通過時，男人抬起日曬過的臉，一直注視著我。你在哪裡做了什麼我全都知道噢。他這樣告知。眼裡藏著的沉重冷澈的光，我記得曾經看過。那可能是我在某個其他地方看過的光，但我想不起來，是在什麼地方，什麼時候。

他的姿態形體，和那無言的話語，我以畫的形式描繪出來。首先是昨天用木炭畫出骨架，再用土司邊代替橡皮擦，把多餘的線條一一去除。然後在能消掉盡量消滅掉之後，在剩下的黑線上，添加必要的黑線。這個作業大約需要一個半小時。結果畫布上所出現的，正是開白色Subaru Forester車的中年男人（說出來的話是）木乃伊化的模樣。削掉肉，皮膚像肉乾般乾燥，縮小一圈的模樣。只有木炭粗黑的線，這樣表現出來，當然只是草稿。但在我的頭腦裡，該有的畫中形態已經確實結合成像了。

「相當不錯嘛。」騎士團長說。

回頭一看，騎士團長就在那裡。他坐在窗邊的櫃子上，看著這邊。從背後射進來的朝陽，將他身體的輪廓清晰地勾勒出來。他還是穿著同樣的白色古代衣裳，配著合乎短身材的長劍。不是夢啊，當然，我想。

「我不是什麼夢喔，當然。」騎士團長還是在讀我的心似地說。「不如說，反而我是接近覺醒的存在。」

我沉默不語，只從圓凳上眺望騎士團長身體的輪廓。

「我想昨天也說過了，在這麼亮的時刻形體化，是相當容易累的。」騎士團長說。

「不過我想好好拜見一次諸君正在畫畫的模樣。於是，不好意思沒徵求同意，剛才我就很認真地參觀過作畫過程了。您不會不高興吧？」

對這個已經沒有回答的說法。不管會不會不高興，一個活生生的人要如何以Idea為對象說理呢？

騎士團長不等我回答。（或者把我腦子裡所想的事情當成回答），逕自說著話。「畫得相當好嘛，那個男人的本質好像栩栩如生地浮上來似的。」

「你知道這個男人的什麼事嗎？」我驚訝地問。

「當然。」騎士團長說。「當然知道啊。」

「那麼，你能告訴我這個人的訊息嗎？他是個什麼樣的人，在做什麼，現在怎麼樣？」

「這個嘛。」騎士團長頭輕輕歪向一邊，臉上露出為難的表情。表情為難時，他看起來就有點像小鬼似的。或像出現在黑色電影裡的愛德華．羅賓遜（Edward G. inson）那樣。或許騎士團長那副表情，實際上是從愛德華．羅賓遜那兒「借用」來的。也不是不可能。

「世上有諸君不知道比較好的事。」騎士團長臉上露出愛德華．羅賓遜般的表情說。

和雨田政彥上次說的話一樣。我想。**人也有可能的話不知道比較好的事**。

「換句話說，我不知道比較好的事，你不告訴我，是嗎？」我說。

「因為，不用我特地告訴諸君，其實諸君已經知道了。」

我沉默不語。

「或許諸君藉著畫那幅畫，把已經清楚知道的事，當成主體將它形體化了。請看瑟隆尼斯．孟克。那不可思議的和音，不是瑟隆尼斯．孟克用道理或理論去想出來。他只是確實地睜開眼睛，用雙手在意識的黑暗中把那撈起來而已。重要的不是從無中創造出什麼。諸君該做的應該是，現在從那裡所有的東西中，找出正確的東西來。」

這個男人知道瑟隆尼斯．孟克。

「是啊，還有當然也知道愛德華什麼的噢。」騎士團長接著我的思考。

「沒關係。」騎士團長說。「啊，還有一個禮貌上的問題。為了慎重起見，現在不得不在這裡告訴諸君，關於諸君的美麗女朋友……，嗯，也就是開著紅色MINI上來的，那個有夫之婦。諸君在這裡所做的事情，很抱歉，我都看得一清二楚。脫掉衣服在床上盛大展開的事情。」

我什麼也沒說地注視著騎士團長的臉。我們在床上盛大展開的事情……借她的說法是「不好說出口的事」。

「不過如果可能，請不要介意。我雖然覺得抱歉，所謂Idea這東西是總之不管什麼都要看一看。無法以偏好選擇看的東西。不過，真的不用介意喲。對我來說，做愛啦、收音機體操啦、掃煙囪啦，看起來都一樣。看著也不會覺得特別有趣，只是看著而已。」

「而且在Idea的世界裡並沒有所謂隱私權的概念吧？」

「當然。」騎士團長自豪地說。「當然沒有那種東西，一點都沒有。所以如果諸君不介意的話，就完全沒事。怎麼樣？可以不介意嗎？」

我又輕輕搖頭。怎麼樣呢？知道有人從頭到尾在看著，還可能集中精神在性愛上嗎？還可能喚起完整的性慾嗎？

「我有一個問題。」我說。

「如果我答得出來的話。」騎士團長說。

「我明天星期二，要讓免色先生招待晚餐，而且你也有被邀請。當時免色先生是提到要邀請木乃伊，不過實質上是指你。因為當時你還沒有使用騎士團長的形體。」

「那沒關係，如果想要變成木乃伊也可以立刻變。」

「不，請保持這個樣子。」我急忙說。「如果可能的話這樣最好。」

「我和諸君一起到免色家去。我的模樣諸君看得見，但免色君的眼睛卻看不見。所以木乃伊也好，騎士團長也好，哪一種都沒關係，雖然如此還是要請諸君幫我做一件事。」

「什麼樣的事？」

「諸君現在必須再打電話給免色君，確認星期二晚上的邀請是否還有效。還有必須事先聲明說：『當天與我同行的不是木乃伊，而是騎士團長，這樣方便嗎？』就像之前說過的那樣，我無法涉足沒有被邀請的地方，對方必須以某種形式招呼『請進』才行。相對地被邀請過一次之後，往後隨時可以在喜歡的時候進去那裡。在這棟房子的形式，就是放在那裡的鈴代替邀請函的作用。」

「我明白了。」我說。無論如何，總之只有變成木乃伊的模樣就傷腦筋了。

「我來打電話給免色先生，確認邀請是否還有效，並說客人名單從木乃伊變更為騎士團長。」

「能這樣的話非常感謝，因為沒想到能被邀請參加晚宴。」

「我還有一個問題。」我說。「你原來是即身佛對嗎？也就是說是自己進入地下，斷絕飲食，一邊唸佛一邊入定的僧侶，不是嗎？在那個洞穴裡喪失生命，一邊變成木乃伊還繼續搖鈴是嗎？」

「嗯。」騎士團長說，並輕輕歪著頭。「這個我也不清楚。在某個時間點我變成純粹的Idea，在那之前我是什麼，在什麼地方做什麼，完全沒有這種線型的記憶。」

騎士團長默默地暫時凝視天空。

「無論如何，我差不多必須消失了。」騎士團長以平靜的，有點沙啞的聲音說。「形體化的時間現在即將結束。上午不是屬於我的時刻，黑暗才是我的朋友，真空是我的休息。因此差不多要告辭了。那麼，免色君的電話就拜託了。」

然後騎士團長就像耽於冥想般閉上眼睛，嘴唇緊閉成一直線。雙手手指交叉，徐徐變淡最終消失。和昨夜完全一樣，他的身體像虛幻的煙般無聲地消失在空中。然後在早晨明亮的陽光中，只有我畫到中途的畫布留在那裡。白色Subaru Forester的男人黑黑的骨骼，從畫布中一直瞪視著我。

你在哪裡做了什麼我全都知道。他這樣告訴我。

中午過後我試著打了電話給免色。試想起來，我還是第一次打電話到免色的家，經常都是免色打電話來。響了第六聲後他拿起話筒。「太好了。」他說。「我正想打電話過去。但因為怕打擾你工作，所以等到下午。因為聽您說過上午主要是工作的時間。」

「工作提早結束了。」我說。

「工作順利嗎？」免色說。

「嗯，正在開始畫新的畫。不過才剛開始。」

「那真是太棒了，這樣最好不過了。對了，您幫我畫的肖像畫，還沒裱框，掛在我家書房的牆上。在那裡讓顏料晾乾，這樣也相當美好呢。」

「那麼明天的事？」我說。

「明天傍晚六點，我會派車到府上的玄關迎接。」他說。「回程也請那輛車接送。因為只有我跟您兩個人而已，所以完全不必在意服裝和伴手禮的事。請空手輕鬆地過來。」

「關於這一點，我想確認一件事。」

「什麼事？」

我說：「免色先生，上次您說過晚餐席上木乃伊也可以同席，對嗎？」

「是啊，我確實說過。我還記得。」

「那邀請還有效吧？」

免色想了一下後，愉快地輕聲笑著：「當然，說話算話。邀請還有效。」

「因為某種原因，木乃伊去不成，不過代替的是騎士團長說想去。邀請可以改成騎士團長嗎？」

「當然可以。」免色毫不猶豫地說。「就像唐．喬凡尼招待騎士團長的雕像晚餐那樣，我也樂意邀請騎士團長到寒舍來讓我招待晚餐。只是我和歌劇的唐．喬凡尼不同，沒有做過任何會下地獄的壞事。或者說，小心不去做。晚餐以後，總不會被拉到地獄去吧？」

「我想不會。」我這樣回答，但老實說並沒有那麼確信。接下來會發生什麼事，我已經無法預測了。

「那就好，因為我現在還沒做好被打落地獄的準備。」免色很快樂地說。他——理所當然的——把一切都當成是聰明的笑話來接受。「不過我想請教一個問題，歌劇裡《唐．喬凡尼》的騎士團長以死者來說，無法吃這個世間的食物，那麼那個騎士團長怎麼樣？應該準備食物吧？或者是不食用現世的食物。」

「不必為他準備食物，食物和酒全都不入口。只要準備一個席位給他就可以。」

「只是精神上Spiritual的存在嗎？」

「我想是這樣。」Idea和Spirit感覺上組成好像有點不同，不過不想把對話繼續延續，因此我沒有特別提出異議。

免色說：「知道了，我會特地保留一個騎士團長的席位。能夠招待那樣有名的騎士團長到寒舍來用晚餐，對我來說是預料之外的喜悅。只是不能吃很遺憾。何況還準備了美味的葡萄酒。」

我向免色道謝。

「那麼明天見。」免色說完，掛斷電話。

那一夜，鈴聲沒有響。可能因為在白天明亮的時刻形體化的關係（而且回答了兩個問題的關係），騎士團長疲勞了吧。或者他感覺已經沒有必要把我叫到畫室了。無論如何，我沒做任何夢一覺到天亮。

第二天早晨，我在進入畫室畫畫之時，騎士團長的身影也沒出現。因此我在大約兩小時之間可以什麼也沒想，幾乎忘記一切，集中精神在畫布上。那一天我所做的第一件事，是先把顏料塗上去，把下面的草稿蓋掉。就像在土司上塗厚厚的奶油那樣。

我首先用深紅、銳利的鮮綠和含鉛的黑色。那些是那個男人所要求的顏色，要調出正確顏色相當花時間。我在進行那作業時，就放著莫札特《唐．喬凡尼》的唱片。聽著音樂時，感覺背後騎士團長好像會出現似的，但他並沒有出現。

那天（星期二）從早晨開始，騎士團長就像閣樓上的貓頭鷹那樣，繼續保持深深的沉默。但我並沒有特別為這個掛心，活著的人要擔心Idea就沒完沒了了。Idea有Idea的做法，而我有我的生活。我大體上，意識集中在完成「白色Subaru Forester的男人」的肖像上。無論有沒有進畫室，有沒有站在畫布前，那幅畫的形象都沒有片刻離開我的頭腦。

根據收音機的氣象預報，今天深夜，關東東海地區可能會有豪雨。天氣會從西方逐漸確實地變壞。九州南部由於豪雨河川淹水，住在低窪地帶的人不得不移出避難。住在高處的人則被通知有山崩的危險。

大雨夜的晚宴嗎？我想。

然後我想到雜木林裡黑暗的洞穴。免色和我將沉重的石塚移開，終於暴露在日光下的那奇妙的石室。我想像自己在那黑漆漆的洞底下一個人獨坐著，聽雨打在木板蓋上的聲音的情況。我被關閉在那洞穴裡，無法逃出。梯子被搬走，頭上重蓋緊緊地關閉著，而全世界的人似乎完全忘記我被留在那裡的事了。或者人們以為我早就死了，不過我還活著。雖然孤獨，但還能呼吸。我耳朵聽得見的只有雨聲而已。完全看不見光，一線光都照不進來。背上靠著的石壁又冷又濕。時刻是半夜。或許無數的蟲即將爬出來。

當我腦子裡浮現這樣的光景時，我變得逐漸無法好好呼吸。我走出露台靠在扶手上，從鼻子慢慢吸進新鮮空氣，從口中慢慢吐出。就像平常那樣一邊數著次數，一邊規律地重複著。繼續了一會兒之後，總算可以正常呼吸了。黃昏的天空被沉重的鉛色烏雲所覆蓋。雨正漸漸接近。

山谷對面看得見免色的白色宅邸淡淡地浮著。今夜要在那裡用晚餐，我想。免色和我，和那著名的騎士團長三個人圍著餐桌。

……是真的血喲，騎士團長在我耳邊喃喃低語。

23 真的都在這個世界喲

在我十三歲而妹妹十歲的那年暑假，我們兩個人到山梨縣去旅行。舅舅在山梨大學的研究所服務，我們去他家玩。那是第一次只有小孩的旅行。那時候，妹妹的身體情況算是比較平穩，因此雙親就准許我們只有兩個人去旅行。

舅舅還是個年輕的單身漢（現在也還單身），我想當時他才剛滿三十歲。他在研究遺傳因子（現在也還在研究），沉默寡言，有一點遺世獨立的感覺，不過卻是位個性真誠直爽的人。熱心博學，森羅萬象的事他真的知道很多。最喜歡登山，因此找到山梨大學的職位。我們兩人都很喜歡這個舅舅。

我和妹妹揹著行囊從新宿車站搭乘往松本的快車，在甲府下車。舅舅到甲府車站接我們。舅舅個子非常高，因此在擁擠的車站裡也能立刻認出他來。舅舅和一個朋友一起在甲府市區租了一間小獨棟房子，一起住的朋友那時候出國去了，因此他給我們他自己的房間。我們在那間房子住了一星期，每天都和舅舅一起去附近的山上到處走，舅舅教我們認識各種花和昆蟲的名字。那對我們來說，留下一個夏天的美好記憶。

有一天，我們稍微走遠一點去造訪富士的風穴。富士山周圍無數風穴中的一個，相當有規模。舅舅教我們那風穴是如何形成的。因為洞窟是由玄武岩構成的，因此洞窟裡也幾

乎聽不見回音。夏天裡面的氣溫也不會升高，因此以前的人把冬天切下的冰塊放在洞窟中保存。一般把人可以進得去的大的洞穴稱為「風穴」，進不去的小洞稱為「風洞」。總之他是個什麼都知道的人。

那風穴可以付入場費進入裡面。舅舅說他不進去，以前去過幾次了，而且是並不危險的地方，所以你們兩個去就行了，我在入口的地方一邊讀書一邊等你們。我們在入口分別從管理員領了手電筒，戴上黃色的塑膠安全帽。洞頂裝有電燈，但燈很暗。隨著越往深處走，洞頂也隨著變低了，也難怪高個子的舅舅不進來。

我和妹妹用那手電筒一邊照著腳下，一邊往深處前進。雖然在盛夏但洞穴裡卻冷冷的。外面氣溫有攝氏三十二度，裡面的溫度卻才不到十度。遵照舅舅的建議，我們穿上帶來的厚風衣。妹妹緊緊抓住我的手，是在求我保護呢？還是反過來要保護我？不知道是哪一種（也可能只是不想變成各自分開而已），在洞窟裡之間，那小而溫暖的手一直在我的手中。那時候除了我們之外，觀光客只有一組中年夫婦而已。不過他們很快就出去了，只留下我們兩人。

妹妹名字叫小徑，但家人都叫她「Komi」。朋友則叫她「Michi」或「Michang」，就我所知沒有一個人正式叫她「小徑」。她是一個苗條的小個子少女，頭髮是烏溜溜的直髮，齊脖子上漂亮地剪短。以臉的比例來說，眼睛大大的（而且眼珠很大），因此看起來像小妖精似的。那一天她穿著白色的T恤、淺色調的藍牛仔褲、粉紅色布鞋。

往洞窟深處前進一會兒，妹妹發現離正路稍微出去的地方，有一個小橫穴，隱藏在岩石的暗處悄悄張開口。她好像對那洞穴的模樣深感興趣。「你看，那個不是很像愛麗絲的洞穴嗎？」妹妹對我說。

她是路易斯·卡羅的《愛麗絲夢遊仙境》狂熱的粉絲。我不知道為她唸過多少次那本書，至少應該讀過一百次左右。雖然她從很小就會讀字，但還是喜歡我唸出聲音讀那本書給她聽。雖然故事的情節她已經完全記住了，但每次讀那故事時總會讓她興致高昂。尤其她最喜歡的是「龍蝦舞」的部分。我到現在還能把那一頁全部背出來。

「看來沒有兔子。」我說。

「我去看一下。」她說。

「小心喔。」我說。

那真的是個又窄又小的洞（依舅舅的定義接近「風洞」），但瘦小的妹妹卻毫不困難就鑽進去了。上半身先進去洞裡，只有膝蓋以下還露出來。她似乎在用手上的手電筒探照洞的深處。然後慢慢地後退，從洞裡出來。

「裡面還很深。」妹妹報告。「下面還要下去很深，就像愛麗絲的兔子洞那樣。我好想去看一下那深的地方。」

「不行不行。那種地方，太危險。」我說。

「沒問題啦。我個子很小，所以可以順利穿過去。」

說著她就脫下風衣，只剩下白色T恤。連安全帽一起交給我，在我說出抗議的話之前，她就拿著手電筒滑溜溜巧妙地鑽進橫洞裡去了。然後一會兒就已經看不見她的身影了。

經過很長時間，妹妹依然沒有從洞裡出來。也聽不見任何聲音。

「Komi」我朝洞口叫她。「Komi，沒問題嗎？」

但沒有回答。我的呼喚也沒有回聲，被黑暗筆直吞進去了。我漸漸不安起來。妹妹會不會被卡在狹小的洞裡，進退不得？或在洞的深處症狀發作了，昏倒了嗎？如果真的發生那樣的事情，我可能也無法去救她。各種不幸的可能性在我的腦子裡盤旋。周圍的黑暗更逐漸把我緊緊困住。

如果妹妹就這樣消失在洞裡的話，再也不回到這個世界的話，我對雙親該如何解釋才好呢？我該去叫在入口等我們的舅舅嗎？或者只能繼續留在這裡，一直安靜等候妹妹出來呢？我彎下身子，探看那小洞。但手電筒的光照不到深處，那洞非常小，而裡面更是無比的黑暗。

「Komi。」我再叫一次。沒有回應。「Komi。」我試著更大聲呼叫，依然沒有回應。我感覺到一陣凍到身體的內心般的寒氣。我可能會在這裡永遠失去妹妹。妹妹可能被吸進愛麗絲的洞裡去，就那樣消失。到假海龜、柴郡貓、撲克牌女王的世界去了。到現實世界的理論完全行不通的地方。不管怎麼樣我們都不該來這種地方的。

但妹妹終於回來了。她不是像剛才那樣往後退出來，而是從頭朝前爬著出來的。首先是黑髮從洞裡出現，然後肩膀和手臂出來。然後腰拉提上來，最後粉紅色的布鞋才出來。她站在我前面什麼也沒說，把身體挺得筆直，慢慢地喘過一口大氣，然後用手把淺藍色牛仔褲上的土拂掉。

我的心臟還大聲地跳著。我伸出手，把妹妹凌亂的頭髮撫平。在洞窟微弱的照明下看不清楚，但她的白色T恤上似乎沾著泥土、塵灰和各種東西。我在那上面幫她把風衣穿上。然後把她托我的黃色安全帽還給她。

「我以為妳不回來了。」我一邊搓著她的身體說。

「你擔心嗎？」

「非常。」

她再一次緊緊握住我的手，然後以興奮的聲音說：

「我努力穿過那條細洞之後，到那深處忽然變低矮，下去以後變成像一個小房間似的。然後，那個房間就像一個圓球似的，形狀圓滾滾的喔。洞頂是圓的，牆壁是圓的，地上也是圓的。然後那裡是個非常非常安靜的地方，這麼安靜的地方我想找遍全世界一定都沒有。簡直就像在深深的海底的，更深的低窪似的地方。把手電筒關掉的話就一片漆黑，可是不會可怕，也不會寂寞。而且那個房間，是只有我一個人才可以進去的特別的地方。那是屬於我的房間。誰都不能進來，哥哥也不能進去。」

「因為我太大了。」

妹妹點點頭。「對。要進入這個洞，哥哥太大了，沒辦法進入。而且，那個地方最棒的就是，沒有比那裡更暗的地方，真的一片黑漆漆的。燈一關掉，黑暗就像手可以直接抓住似的真正完全的黑暗的。而且在那黑暗中，一個人在時，感覺自己的身體好像在漸漸分解、漸漸消失掉似的。但因為是黑漆漆的，所以自己看不見。也不知道，到底還有身體嗎？已經沒有了嗎？不過，就算身體完全消失掉，我還好好的留在那裡。就像柴郡貓消失了，笑容還留下來。那樣非常奇怪對嗎？可是在那裡的話，那樣完全不覺得奇怪。我真想一直留在那裡，但想到哥哥會擔心所以我才出來。」

「我們出去吧。」我說。妹妹太興奮了可能會一直繼續說下去，必須讓她在哪裡停下來才行。「在這裡，我好像沒辦法好好呼吸。」

「沒問題嗎？」妹妹擔心地問。

「沒問題。只是想出去外面而已。」

我們牽著手，朝出口走。

「嘿，哥。」妹妹一邊走，小聲——怕被別人聽見（其實根本沒有別人）——對我說：「你知道嗎？真的有愛麗絲喔。沒騙你，真的。三月兔、海象、柴郡貓、撲克牌軍隊，真的都在這個世界喲。」

「也許是吧。」我說。

於是我們從風穴出來，回到現實中的明亮世界。雖然是個薄雲輕罩的下午，但我記得太陽光依然非常耀眼。蟬聲像激烈的驟雨般壓制著周遭。舅舅坐在入口附近的長椅上，一個人專心地讀著書。看到我們出現，他面帶微笑地站起來。

在那之後的兩年妹妹死掉了。然後裝進小棺材裡，火化了。那時我十五歲，妹妹十二歲。在她被火化的時候，我離開其他的人，一個人坐在火葬場中庭的長椅上，想起在那風穴所發生的事。在那橫穴前一直等待妹妹出來的沉重時間，和當時包圍著我的濃重黑暗，身體的裡面所感覺到的寒氣。從那洞口她的黑髮先出現，然後慢慢肩膀才出來。她的T恤上所沾到的各種莫名其妙的東西。

妹妹在兩年後從醫院的醫師開出正式的死亡宣告之前，或許在那風穴的深處生命就已經被奪走了——當時我這樣想。不如說，幾乎這樣確信。在那洞穴裡已經喪失，早已離開這個世間的她，我以為仍然活著，還一起搭電車，帶回東京。緊緊牽著手，而且在那兩年之間以兄妹共同度過。但結果，那終究只是短暫虛幻的緩衝期而已。那兩年後，死亡可能從那橫穴爬出來，把妹妹的靈魂帶走。就像暫借的東西，在一定的歸還期限來臨時，主人來取回去那樣。

無論如何，在那風穴中，妹妹像是吐露祕密似地，小聲地坦白告訴我的話是真的。我——已經三十六歲的我……現在重新這樣想。這個世界真的有愛麗絲的世界存在，三月兔、海象、柴郡貓都真的存在。還有當然騎士團長也是。

氣象預報不準，結果並沒有下大雨。五點過後開始下起像看得見又看不見似的細雨，就那樣繼續下到第二天早晨而已。下午六點整，漆黑的大型房車安靜地開上坡道來了。那讓我想起靈柩車，但當然不是靈柩車，而是免色特地請來接送的豪華轎車，車種是日產Infiniti。穿著黑色制服戴帽子的司機從車上下來，一隻手撐著傘走過來，按響玄關的門鈴。我開門時對方脫下帽子，然後確認我的名字。我走出門，上了車。我沒用傘。雨不大沒必要撐傘。司機為我打開後座的車門，為我關門。門發出厚實的聲音關上（和免色的

Jaguar的門所發出的聲音有點不同）。我在黑色圓領薄毛衣上，加上一件灰色人字斜紋呢外套、深灰色的羊毛長褲、黑色麂皮鞋。那是我所擁有的最接近正式的服裝。至少沒沾上顏料。

車子來迎接了，卻還沒見到騎士團長的身影，也沒聽到聲音。因此，我也無法確認，他是否記得這天是免色邀請的日子。不過他應該記得，因為他那麼期待，應該不會忘記吧。

不過完全不需要擔心。車子出發後不久我忽然一回神時，騎士團長已經若無其事地坐在我旁邊的座位了。他穿著每次穿的那件白色服裝（好像才從洗衣店送回來似的毫無汙點），配帶著鑲有寶石的長劍。身高也和平常那樣六十公分左右，坐在Infiniti的黑色皮座位上時，他的服裝的白和清潔特別更加明顯。他交抱著雙臂筆直瞪著前方。

「絕對不要跟我說話。」騎士團長斬釘截鐵地告誡我。「我的身影只有諸君看得見，其他任何人都看不見。我的聲音諸君聽得見，其他任何人也聽不見。如果對看不見的東西說話的話，人家一定會覺得諸君很奇怪。知道嗎？知道的話輕輕點一次頭就好。」

我只輕輕點一次頭。騎士團長輕輕點頭也表示回應，然後就繼續交抱雙臂一聲不響。

周遭已經完全黑下來了。烏鴉們也早就回到山上的巢裡。Infiniti慢慢開下坡道進入山谷間的路，然後開上陡坡，雖然距離不遠（只是到狹窄的山谷對面而已），但道路相當狹窄，而且彎曲，並不是會讓大型轎車司機感到心情愉快的那種路。倒是更適合四輪驅動軍用車的道路。不過司機卻面不改色地冷靜握著方向盤，車子順利到達免色的宅邸前。

宅邸被白色的高牆圍繞著，正面設有堅固的門扉。漆成深茶色的對門大木門，看來簡直像黑澤明電影中出現的中世紀城門似的。上面如果插上幾支箭會更搭配。從外面完全看不見內部，門旁只附有地址，但沒掛名牌。可能沒必要吧。如果特地到這山上來的人，應該都事先知道這是免色的宅邸。門的周邊有水銀燈照得通明。司機下了車按門鈴，以對講機和屋裡的人簡短對話。然後回到駕駛座，等遙控器把門扉打開。門的兩側各有兩台可動式監視攝影機。

雙扇式的門扉慢慢從內側打開後，司機把車開進裡面，然後在彎曲的邸內道路前進了一會兒，轉為緩緩下坡的路。聽得見背後門扉關閉的聲音，好像說已經無法回到原來的世界似的沉重聲音。道路兩側種有成排的松樹。照顧得很周到的松樹，樹形像盆景般整理得很美，細心照護保持不受病蟲侵害。道路兩旁杜鵑綠籬端正地延伸，杜鵑的後方看得見棣棠花，也有部分種著茶花。房子很新，但樹木看來似乎都很古老的樣子。這些都藉由庭園燈美麗地照出來。

道路在柏油鋪成的圓形迴車道上結束。司機把車停在那裡，快速地從駕駛座下車，為我打開後座的車門。一看旁邊騎士團長的身影已經消失。但我並不特別驚訝，也沒在意。他有他的行動模式。

Infiniti的車尾燈有禮地，靜靜消失在夕暮中，只留下我一個人。現在這樣從正面所看到的宅邸，比我所預期的要小巧多了。從山谷對面眺望時，感覺好像相當威嚴氣派的建築物。可能是看的角度不同，印象也不同的關係。門的部分是山最高的地方，然後下坡，巧妙利用土地的傾斜角度所建築的房子。

玄關前有像神社的狛犬的舊石像，左右成對地蹲踞在那裡，並附有台座。也許是從某處運來的真狛犬。玄關前也有杜鵑植栽，一到五月色彩鮮明的杜鵑花開，這一帶應該會變得花團錦簇。

我慢慢走近玄關時，門從內側開了，免色本人探出頭來。免色穿著白色扣領襯衫，外加深綠色毛衣，奶油色棉長褲。雪白而豐厚的白髮就像平常那樣梳整得漂亮又自然。看到免色在他自己家迎接我，感覺有點不可思議。因為過去我每次看到免色，都是在Jaguar的引擎聲中迎接他的來訪。

他招呼我進入他的家中，把玄關門關上。玄關寬敞幾乎接近正方形，天井很高，好像可以當成壁球場。牆上裝的間接照明將室內照得適度明亮，擺置在中央的拼花細木作大八角型桌子上，放著一個像是明朝的巨大花瓶，插滿豐盛的鮮花。由三種色調的大朵鮮花（我對植物不熟悉，因此不知道花名）組合搭配而成，可能是為了今夜特地準備的。我想像光是這次他付給花店的費用，或許就足以讓一個節儉的大學生過一個月的生活吧。至少學生時代的我這樣的費用應該就夠我生活了。玄關沒有窗戶，只有天井有採光的天窗。地板是磨得光滑的大理石。

從玄關走下三階寬幅階梯的地方就是客廳，是當足球場還沒辦法，但網球場似乎可以的寬度。朝東南面都是貼有隔熱紙的玻璃窗，外面還有寬敞的露台。因為天黑了，不知道能否看見海，大概看得見吧。反向的牆面有開放式壁爐，因為季節還不太冷，所以還沒點火，不過旁邊已經整齊地堆好薪柴，隨時都可以點火。不知道是誰堆的，但幾乎可以說是具藝術性的高尚堆積法。壁爐上有壁爐的裝飾檯面，排列著幾個東德麥森出產的Meissen瓷器，古老的瓷偶。

客廳的地板也是大理石，鋪了幾塊地毯的組合。都是古老的波斯地毯，那精緻美妙的花紋和色澤，看起來與其說是實用品，不如說更像美術工藝品。真叫人不忍心踏上去。有幾個矮桌上，到處擺了花瓶，所有的花瓶也都插了新鮮的花。每個花瓶都像是貴重的古董品。品味非常好，而且非常花錢。但願沒有大地震來，我想。

頂棚很高，照明較節制。只有牆上的間接照明，和幾盞落地燈、桌上的讀書燈，這樣而已。房間後方擺著一架黑黑的大平台鋼琴。史坦威的演奏用平台式大鋼琴在看來不太大的房子裡看見，對我來說還是第一次。鋼琴上放著節拍器和幾本樂譜，可能是免色在彈，或者有時會邀請義大利鋼琴家波里尼來晚餐也不一定。

但從整體看來，客廳的裝潢算是相當低調，那讓我放鬆下來。幾乎看不到多餘的東西，但也不至於太空曠。寬敞之餘竟也意外舒適的房間。或許可以說，那裡有某種溫暖。牆上收斂地掛著半打品味良好的小畫，其中有一幅好像是Fernand Leger法國初期立體派畫家的真跡，或許是我弄錯了。

免色讓我坐在一張茶色皮製大沙發上。他也在對面的椅子坐下，和沙發成套的安樂椅，坐起來非常舒服的沙發。不硬、不軟。坐的人的身體——無論是什麼樣的人——都能就那樣自然接受的沙發。但當然試想起來（或許也不必一一去想），免色也不可能在自己家客廳擺坐起來不舒服的沙發。

我們在那裡坐下來之後，好像在等著似的一個男人不知從哪裡出現，英俊得驚人的年輕男人。個子不太高，但身材苗條，舉止優雅。皮膚曬成均勻的淺棕色。有光澤的頭髮在後方紮成馬尾。穿著較長的衝浪褲（surf pants），好像適合在海邊抱著衝浪板（short board）似的。但他今天穿著白色整潔的襯衫打了黑色蝴蝶領結。而且嘴角露出開心的笑容。

「想喝什麼雞尾酒嗎？」他問我。

「喜歡什麼儘管說。」免色說。

「Balalaika。」我考慮了幾秒鐘後說。並不是特別想喝 Balalaika，只是想試試他是不是什麼都能做。

年輕男人依然面帶舒服的笑容，不發出聲音地退下。

我看看沙發身邊，騎士團長的身影沒在那裡。但騎士團長一定會在這家裡的什麼地方才對。畢竟我們同車來到這家門前，一起來到這裡了。

「有什麼嗎？」免色問我。他可能追蹤我眼光的動向。

「不，沒什麼。」我說。「因為是相當氣派的宅邸，我只是看呆了而已。」

「但，不覺得這房子有點過分氣派嗎？」免色說，面帶笑容。

「不，比我預料的安穩得多的住宅。」我老實陳述意見。「從遠處看，老實說顯得相當豪華氣派。好像豪華客船浮在海上似的。但實際進到屋裡卻感覺到不可思議的安穩。印象完全不同。」

免色聽了點點頭。「您能這麼說真是太好了，為了要這樣我不得不花了很多功夫。因為有其他因素，這棟房子是買現成蓋好的，買進來時真是豪華的房子。可以說很俗氣。以前量販店的老闆蓋的，可以說是暴發戶興趣傾向的極致，總之跟我的品味完全不合。因此我買進以後裝潢大幅改變，而且也花了不少時間、精力和費用。」

免色好像想起當時的事情般，垂下眼睛深深嘆一口氣。想必品味相當不合吧。

「那麼，何不從一開始就自己蓋房子，可以便宜多了，不是嗎？」我試著問。

免色笑了，從唇間看得見一點白色的牙齒。「其實真的如您說的，那樣聰明多了。不過我這邊也有些情況，有非擁有這棟房子不可的情況。」

我等他繼續說。但他卻沒有繼續。

「今夜，騎士團長不是說要一起來嗎？」免色問我。

我說：「我想他等一會兒就會來。到門前還在一起的，忽然消失到什麼地方去了，我想可能在府上到處看看吧。有沒有關係？」

免色雙手一攤。「噢，當然。當然我一點都不介意。任何地方都請隨便盡量看。」

剛才那個年輕男人用銀色托盤裝著兩杯雞尾酒走來。雞尾酒杯是切割得非常精巧的水晶玻璃，可能是Baccarat。那承受著落地立燈，閃閃發光。此外旁邊還放著裝有切了幾種乳酪和腰果的古伊萬里碟子，也準備了附有首字母的小亞麻餐巾，和成組銀的刀叉。相當用心。

免色和我拿起雞尾酒杯，乾杯。他慶祝肖像畫的完成，我道謝。然後輕輕吻一下玻璃杯的邊緣。人們用伏特加和君度橙酒（Cointreau）與檸檬汁各三分之一，調成Balalaika。

做法簡單，但如果沒有冰得像北極般的話就不夠美味的雞尾酒。如果由手藝不巧的人調製的話，會變溫溫水水的。但那 Balalaika 卻調得驚人的高明。那銳利幾乎極近完美。

「好美味的雞尾酒。」我佩服地說。

「他的手法高明。」免色乾脆地說。

當然。我想。不用想也知道，免色不可能僱用手藝不高明的調酒師。也不可能不準備君度橙酒，不可能不準備骨董雞尾酒水晶玻璃杯，和古伊萬里的碟子。

我們喝著雞尾酒，嚼著腰果，一邊談著各種事情。主要是關於我的畫。他問起我現在正在進行的作品的事，我做了說明。我說我正在畫一個，過去在遙遠的地方遇到的，名字和個性都不知道的男人肖像。

「肖像？」免色似乎很意外地說。

「雖說是肖像，但不是所謂營業用的那種。而是我自己自由想像的，所謂抽象的肖像畫。不過總之肖像成為這畫的動機，或許可以說是基礎。」

「就像畫我的肖像畫時那樣？」

「沒錯。只是這次沒有接受任何人的委託。而是我自發性在畫的作品。」

免色思考了一下這個。然後說：「也就是說，因為畫我的肖像畫，而帶給您的創作活動某種 inspiration 靈感是嗎？」

「可能是這樣，雖然總算才在開始點火的階段而已。」

免色無聲地再啜了一口雞尾酒，他的眼睛深處浮起類似滿足的光輝。

「能對您有什麼幫助的話，那對我來說是比甚麼都歡喜的事。如果方便的話，那新的畫完成之後能讓我看看嗎？」

「如果能畫得還可以的話，當然樂意。」

我看一眼擺在房間角落的平面鋼琴。「免色先生彈鋼琴嗎？好像很氣派的鋼琴噢。」

免色輕輕點頭。「彈得不好，不過稍微有彈。小時候，跟老師學過鋼琴。進了小學之後，到畢業為止學了五、六年。然後功課忙起來，就停了。如果不停的話就好了，不過我對練習也有點累了。所以手指已經沒辦法隨心所欲地動了，但還可以自由地讀樂譜。有時候為了轉換心情，會為自己彈彈簡單的曲子。不是能讓人聽的東西，所以家裡如果有人的時候我絕對不會去碰鍵盤。」

我從以前就一直有的疑問終於開口提出。「免色先生，這麼大的房子您一個人住，不覺得太大嗎？」

「不會，沒這種事。」免色立即說。「完全不會。我本來就喜歡一個人。例如請想想看大腦皮質的事，人類被賦予非常美好而精緻的高性能大腦皮質。但我們日常所實際用到的領域，應該還不到那整體的百分之十。我們被上天賦予那樣美好的高性能器官，然而卻很遺憾，到現在為止都尚未獲得能十足運用那個的能力。就好比，住在豪華寬敞的住宅裡，四個家人卻只使用一間四疊半榻榻米的房間，過著侷促的生活一樣。其他房間全都空著沒有使用。跟那比起來，我一個人住在這棟房子，也沒什麼不自然吧。」

「這麼說來確實是這樣。」我承認。相當耐人尋味的比較。

免色手中轉動著腰果一會兒。然後說：「但如果沒有那猛一看很浪費的高性能大腦皮質的話，我們可能不會去作抽象性的思考，也不會涉足於形而上的領域。即使只使用一部分，但大腦皮質卻辦到這些事。如果那剩下的領域能完全用到的話，不知道我們到底能做多少事情。您對這有興趣嗎？」

「但為了獲得那高性能的大腦皮質，也就是說為了得到這豪宅，代價是，人類必須放棄各種基礎能力。是嗎？」

「沒錯。」免色說。「即使不會抽象性的思考、形而上的思辨，人類光靠能兩隻腳站立會有效使用棍棒，在這地球上的生存競爭中應該已經能夠獲得勝利了。因為那是日常生活中沒有也不妨礙的能力。而且要獲得那超品質的大腦皮質，代價是我們必須被迫放棄其他各種身體能力。例如：狗擁有比人數千倍敏銳的嗅覺和敏銳數十倍的聽覺。但我們則能累積層層複雜的假設。會比較對照宇宙與微觀宇宙，能鑑賞梵谷與莫札特。會讀普魯斯特（Marcel Proust）——當然是指如果想讀的話。也能收集古伊萬里磁器或波斯地毯。這是狗所不會做的事情。」

「馬塞爾．普魯斯特有效利用他那遜於狗的嗅覺，寫出那一部不朽的長篇小說。」免色笑了。「您說的沒錯。但我想說的，只是一般論而已。」

「也就是說Idea是否被當成自律性的東西來看待是嗎？」

「沒錯。」

沒錯。騎士團長在我的耳邊悄悄地低語。不過順從騎士團長的忠告，我沒有東張西望。

然後他領我到他的書房去。走出客廳有一段寬的階梯，從那裡往下走一樓。那一層樓好像是居室部分。沿著走廊有幾間臥室（我沒數有幾間，或許其中的一間是我女朋友所說上鎖的「藍鬍子公爵的祕密房間」），盡頭是書房。雖然不是特別寬敞的房間，但當然並不狹窄，可以算是「適度的空間」。書房窗子很少，只有一面牆接近天花板的地方有一扇橫向細長的採光窗而已。從窗戶可以看見松樹的枝幹，而松枝間只能看見天空（這個房間似乎並不特別需要陽光和風景）。於是空間大部分被牆壁佔有。整面牆從地板到接近天花板全部做成書架，其中一部分當作排列CD的架子。書架上毫無空隙地排滿各種大小書，為了拿高處的書籍，放有木製的踏腳台。每本書都看得出實際拿起讀過的痕跡；那在誰的眼裡都可以明顯看出是熱中讀書者有用的藏書，並不是以裝飾為目的的書架。

一張工作用大書桌背牆擺著，上面排著兩台電腦。一台桌上型，一台筆記型。有幾個插著筆和鉛筆的馬克杯，文件整齊地堆積著。一邊牆邊排著高價的美麗音響設備，反方向牆上，正好和書桌相對，排著一對縱向細長的揚聲器。高度和我大體相同（一百七十三公分），音箱是高級桃花心木製的。書房正中央一帶，為了讀書和聽音樂，擺著一張設計摩登的讀書的椅子。旁邊擺著不鏽鋼製的讀書用落地立燈。免色一天的大部分時間可能是在這個房間，一個人度過的，我推測。

我所畫的免色的肖像畫掛在揚聲器之間的牆上。正好在兩個揚聲器的正中央。大約在眼睛高度的位置。雖然是還沒裱框的畫布，但那就像從很久以前就掛在那裡了似的，極自然地安置在那個空間。本來是在相當猛烈的氣勢下，幾乎一氣呵成地畫出來的畫，但那奔放在這書齋裡卻似乎不可思議適度微妙地被抑制住了。這個空間獨特的氣息，將畫所擁有往前衝的氣勢舒服地鎮定住了。而那畫像中確實潛藏著毫無疑問的免色的臉，或者該說在我的眼裡看來，簡直就像免色本人就在那裡似的。

那當然是我所畫的畫。不過一旦脫離我的手便成為免色所有的東西，裝飾在他書房的牆上時，似乎已經變成我的手所無法觸及的東西似的。那現在已經是免色的畫，不是我的畫了。即使想確認那裡的什麼，那畫已經像滑溜敏捷的魚那樣，滑溜溜地從我的雙手溜走了。簡直就像以前是我的，現在卻變成別人的女人那樣……。

「怎麼樣，您不覺得和這個房間真是完全吻合嗎？」

當然免色是指那肖像畫而說的。我默默點頭。

免色說：「各個房間的各面牆壁，我都一一試過了。結果，掛在這個房間的這個位置是最好的。空間的大小情況，光線的照射方式，整體的姿態恰到好處。尤其我最喜歡，坐在那張讀書椅上眺望這幅畫。」

「我可以試試看嗎？」我指著那張讀書用的椅子說。

「當然當然，請自由地坐著看看。」

我在那張皮椅上坐下，倚靠在設計出曲線和緩的椅背上，兩腳跨在Ottoman小腿靠墊上，雙手交叉在胸前。然後重新仔細眺望那幅畫。確實如免色所說的那樣，那裡是鑑賞那幅畫最理想的地點。從那張椅子（坐起來舒服得無可挑剔的椅子）看時，掛在正面牆上的我的畫，安靜、而具有沉著的說服力，令我自己都感到意外的地步。那看起來幾乎和在我的畫室時是不同的作品。那——該怎麼說才好呢——看起來好像來到這個地方，獲得了新的，原來的生命似的。而且同時，那畫看起來也像在堅決拒絕創作者的我再更接近似的。

免色用遙控器開始適度小聲播放音樂。記得曾經聽過的舒伯特的弦樂四重奏曲，作品D．八〇四。那揚聲器發出粒子清晰，音質高尚的洗鍊聲音。和從雨田具彥家裡的揚聲器播出的樸素而無裝飾的聲音比起來，感覺甚至像不同的音樂似的。

一回神時，騎士團長已經在房間裡。他坐在書架前的踏腳台上，交抱雙臂注視著我的畫。我眼睛看他時，騎士團長輕輕搖頭，送出不要看他那裡的信號。我的視線重新回到畫上。

「謝謝。」我從椅子上站起來對免色說。「掛的地方也沒話可說。」

免色微笑地搖頭。「不，必須道謝的是我。自從安置在這個空間之後，我越來越中意這幅畫。看著這幅畫時，該怎麼說才好呢，感覺簡直像站在特殊的鏡子前似的。那裡面有我，但那不是我自己，是和我稍微不同的我自己。一直凝視著時，會漸漸有不可思議的心情。」

免色一邊聽著舒伯特的音樂，又再無言地一直注視著那幅畫。騎士團長也一樣坐在那踏腳台上，和免色一樣瞇細眼睛看著那幅畫。簡直像在模仿來揶揄似的（不過我想大概沒有這個意思）。

然後免色看看牆上的時鐘。「我們到餐廳去吧，晚餐應該差不多準備好了。騎士團長如果來了就好了。」

我看一眼書架前的踏腳台，騎士團長的身影已經不在那裡了。

「我想騎士團長可能已經來了。」我說。

「那太好了。」免色好像安心了似地說，然後用遙控器把舒伯特的音樂停掉。「當然也特地準備了他的座位，他無法享用晚餐真是非常遺憾。」

那下面的一樓（如果玄關是一樓的話，就相當於地下二樓）是儲藏室、洗衣房和運動用的健身房，免色為我說明。健身房裡各種健身器械俱全，可以邊運動邊聽音樂。每周一次，有專門的指導員來，指導他做肌肉的訓練。然後也有女傭的工作室和住的房間。那裡有簡易的廚房和小浴室，現在沒有人使用。此外，以前也有小游泳池，但因為不實用維護也麻煩，於是填起來改為溫室。不過以後可以新作一個兩條水道二十五公尺的小游泳池。如果那樣的話，歡迎來游泳。太棒了，我說。

然後我們移到餐廳。

24 只是在收集純粹的第一手情報

餐廳和書房在同一層樓。廚房在那後方。橫向長形的房間，正中央擺著同樣橫向長形的大餐桌。厚度有十公分的橡木材質，一次可供十個人左右用餐。似乎適合羅賓漢一夥人宴會用的，非常堅固的餐桌。但現在，坐在那裡的並不是豪爽的綠林豪傑，只有我和免色兩人而已。雖然為騎士團長設了席位，但並不見他的蹤影。那裡放著餐墊、銀器，和空玻璃杯，但只不過是記號而已。那只顯示替他準備了席位的禮儀。

牆壁長的一面和客廳一樣，整面是玻璃落地窗，從那裡山谷對面的山容可以一覽無遺。就像從我家可以看見免色家一樣，從免色家當然也可以看見我家。只是我住的房子沒有免色的宅邸那麼大，而且是不顯眼的木造房子，因此在黑暗中無法判別是在哪裡。山上雖然建的房子不多，不過在零星分散的那些房子裡，一間間都確實點著燈。現在正是晚餐時刻，人們可能和家人圍著餐桌，正要把溫暖的食物送進口中。從那些燈光裡也可以感覺到，那樣的微小溫暖。

一方面，山谷這邊，免色、我和騎士團長則圍著那大餐桌，正要開始那不太能稱為家庭式的有點奇怪的晚餐會。外面還繼續靜靜地下著細雨，但幾乎沒有風，一副靜悄悄的秋雨。望著窗外，我又想起那洞穴的事。小祠後方孤獨的石室。在這樣的現在，那洞穴一定依然又黑又冷地在那裡。那風景的記憶往我胸部深處送來特殊的寒意。

「這張桌子是我在義大利旅行時發現了，買下的。」免色在我誇獎過那張餐桌後說。話中並沒有自豪的意味，只是淡淡地陳述事實而已。「我在地名叫路卡的地方家具店發現，買了後請他們用海運寄回來。因為實在太重了，所以運到這裡非常費事。」

「您常去國外嗎？」

他嘴角牽動一下，立即又恢復原狀。「從前經常去，一半為了工作一半為了玩。最近不太有機會去，因為工作內容稍微改變了。此外我自己也變得不太喜歡出去也有關係，幾乎都在這裡。」

他所指的這裡是指哪裡？為了更明白，他用手指出家裡。然後我想他可能會提到工作改變的內容，但話就到此為止。對自己的工作他似乎依然不太想多談的樣子。當然我也就不再多問。

「開頭我想喝冰得透透的香檳，怎麼樣？這樣可以嗎？」

我說當然可以，一切都交給您。

免色輕輕示意之後，馬尾青年便走過來，在細長的玻璃杯裡為我們注入冰得透透的香檳。玻璃杯中細細地升起細緻怡人的氣泡，玻璃杯像上等材質的紙做的般又輕又薄，我們隔著桌子舉杯慶祝。免色隨後，轉向無人的騎士團長的席位，恭敬地舉杯。

「騎士團長，歡迎光臨。」他說。

當然騎士團長沒有回應。

免色邊喝著香檳，邊談歌劇。他到西西里的時候，在卡塔尼亞的歌劇院所觀賞的威爾第的《波里尼》非常精彩。身旁的客人都邊吃東西，邊和著歌手的歌合唱。他在那裡喝到非常美味的香檳。

騎士團長終於出現在餐廳。只是他沒有坐在為他準備的席位，可能因為個子矮，如果坐在椅子上可能鼻子以下都會被桌面擋住。他在免色斜後方的裝飾架般的地方輕巧地坐下。高度離地有一公尺半左右，穿著形狀奇怪的黑色靴子雙腳輕輕搖著。我在沒讓免色知道之下，輕輕向他舉杯。騎士團長對這當然假裝不知道。

然後餐點送來了。廚房和餐廳之間有配膳用的出菜口，繫著蝴蝶領結的馬尾青年，從那裡把出的菜一道一道端到我們的桌上來。前菜是有機青菜和新鮮伊佐木生魚所調拌的美味料理，那道料理開了白葡萄酒來搭配。馬尾青年，像處理特殊地雷的專家那樣以謹慎的手法打開葡萄酒的瓶塞。雖然沒說明是什麼地方產的什麼葡萄酒，但當然是味道完美的白葡萄酒。不用說，免色不可能準備不完美的白葡萄酒。

然後端出蓮藕、烏賊和白腰豆所調理的沙拉，端出海龜湯，魚料理是鮟鱇。

「季節有點早，不過聽說漁港難得有不錯的鮟鱇。」免色說。確實是美味新鮮的鮟鱇。扎實的口感，上品的甘味，而且餘味清爽。略蒸過後，加上蒿醬 Tarragon（我想）。

然後端出的是厚切的鹿肉排。剛才提過特殊的調醬，但專門用語太多記不得了。無論如何總之是又香又美的醬。

馬尾青年在我們的玻璃杯注入紅葡萄酒。一小時前開瓶，先移到 Decanter 醒酒，免色說。

「讓空氣適度進去，現在應該是正好喝的時候。」

空氣的事我不太清楚，不過是味道層次分明的葡萄酒。最初碰觸到舌頭時，和完全含入口中時，到喝下時的味道都分別不同。簡直就像因角度和光線的不同，美感的風格傾向也微妙改變的神祕女郎那樣。而且留下舒服的餘韻。

「這是波爾多葡萄酒。」免色說。「說明就免了。就是波爾多。」

「不過一旦要加以說明的話，是會變得相當長的葡萄酒噢。」

免色露出笑容，眼尾聚起舒服的皺紋。「正如您說的。要開始說明的話，會變相當長。不過我不太喜歡說明。不管是什麼，說明性的東西我都受了不。只要美味的葡萄酒——就夠了吧。」

當然我也沒有異議。

我們吃吃喝喝的樣子，騎士團長一直在裝飾架上望著。他身體始終沒有動，雖然仔細地在觀察那裡的光景，但對自己眼睛所見的東西似乎沒有特別的感想。就像他本人什麼時候說過的那樣，一切的事物他只是觀望著而已。既不做任何判斷，也不抱任何好惡的感情。只是在收集純粹的第一手情報而已。

我和女朋友在下午的床上交歡之際，他可能也像這樣一直望著我們。想像到那光景時，心情有點不安起來。他對我說，他在看著人家做愛的時候，和看收音機體操和掃煙囪完全沒有兩樣。或許真的如他所說的那樣，不過被看的一方心情會不安也是事實。

花了一小時半左右，免色和我終於來到甜點 Soufflé 舒芙蕾和飲料 espresso 濃縮咖啡。既長又充實的路程。這時廚師才從廚房出來，到餐桌露面。身上穿著廚師的白衣服，個子高高的男人。大約三十五歲左右，從臉頰到下顎留著薄薄的黑色鬍碴。他向我有禮地打招呼。

「非常美好的餐點。」我說。「我是第一次吃到這麼美味的餐點。」

這是我的真實感想。這麼用心做餐飲的廚師，在小田原的漁港附近經營著不為人知的小法國餐廳，真令我難以相信。

「謝謝。」他笑著說。「我經常受到免色先生的照顧。」

於是一鞠躬之後回到廚房去。

「騎士團長也滿足了嗎？」廚師退下之後，免色一臉擔心地問我。那表情中看不出演技的成分。至少在我眼中，他看來是真的擔心這件事。

「他一定很滿足。」我也認真地說。「這麼美好的餐點不能嚐到真是遺憾，不過我想光是現場的氣氛應該也很愉快。」

「如果是這樣就好了。」

……當然非常愉快喲，騎士團長在我耳邊輕聲說。

免色邀我喝餐後酒，我婉拒。已經沒辦法再吃下任何東西了，他喝了白蘭地。

「我想請教您一件事。」免色一邊慢慢搖轉著大玻璃杯說。「問題有點奇怪，或許您會不高興。」

「請不用客氣，什麼問題儘管問。」

他輕輕把白蘭地含在口中，品嚐著。然後把玻璃杯安靜地放在桌上。

「有關雜木林裡那個洞穴的事。」免色說。「前幾天我進入那石室裡一小時左右。沒有帶手電筒，在那洞底一個人坐著。而且那洞被蓋起來，再壓上沉重的石頭。而且我拜託您說『一小時後請回來，讓我從這裡出去』。是這樣吧？」

「沒錯。」

「您想我為什麼要那樣做？」

我老實說不知道。

「因為那對我來說是必要的。」免色說。「雖然我無法適當說明，但我有時候需要那樣。一個人被遺棄在狹小的漆黑的場所，在完全沉默之中。」

我默默等待下文。

免色繼續說：「然後我想請教您的問題是這樣。您在那一小時之間，有沒有動過絲毫遺棄在那裡的念頭？沒有被把我留在那黑暗的洞底，就那樣放著不管，的這種誘惑所吸引嗎？」

我無法理解他想說什麼。「遺棄？」

免色把手指壓在右邊的太陽穴，輕輕地揉擦。就像在確認某種傷痕那樣。然後說：「也就是這麼回事。我在那深度將近三公尺，直徑約二公尺的洞底。梯子也被拉上去了。周圍的石壁砌得非常密，實在無法爬上去。蓋子也蓋得很緊。在那樣的山中，既使大聲喊叫，或繼續搖鈴，恐怕也傳不到誰的耳裡——當然可能傳進您的耳裡，也就是說我靠自己一個人的力量是無法回到地上的。如果您不回來的話，我就不得不永遠留在那洞穴底下了。對嗎？」

「事情也許會變成那樣。」

他的右手手指依然放在太陽穴上，停止揉動。「而我想知道的是，在那一小時之間，『對了，不要把這個男人從洞裡放出來。讓他一直留在裡面』這樣的想法，難道沒有一絲閃過你的頭腦嗎？我絕對不會生氣，請老實告訴我。」

他的手指離開太陽穴，再一次拿起白蘭地酒杯，又慢慢旋轉著。但這次嘴唇沒碰杯子，只瞇細眼睛嗅嗅氣味，就放回桌上。

「我腦子裡完全沒浮現這種想法。」我老實回答。「絲毫沒有。一小時到了之後，必須打開蓋子，把您放出外面來才行，我頭腦裡只想到這件事。」

「真的嗎？」

「百分之百真的。」

「假如我是站在您的立場的話⋯⋯」免色好像在坦白說出似地說，那聲音非常平穩。「我應該一定會那樣想，一定會被想讓您永遠留在那洞中的衝動所誘惑。心想這可是千載難逢的絕佳機會。」

我實在說不出話來，因此沉默不語。

免色說：「我在洞裡一直在想這件事。如果我站在您的立場的話，一定會那樣想沒錯。真不可思議啊。實際上您在地上，我在洞裡，我卻一直在想像自己在地上，您在洞底。」

「不過，如果我被您遺棄在洞底，我未必會餓死。可能會一邊搖鈴一邊變成木乃伊。

那樣也沒關係嗎？」
「只是想像而已，或許可以說是妄想。當然不可能實際去做這種事，只是在腦子裡驅使想像而已。把所謂死這東西，在頭腦裡以假設來玩弄而已。因此請不要擔心。反倒是，您完全沒有感覺到那樣的誘惑，我才覺得不可理解呢。」
我說：「免色先生那時候一個人在那黑暗的洞底，不害怕嗎？或許我會被那種誘惑所驅使，把您留在那洞穴底下自己走掉，您頭腦裡一邊想著這種可能性，難道不害怕嗎？」
免色搖搖頭。「不，不害怕。不如說，心底可能期待著您實際會那樣做。」
「期待？」我驚訝地說。「換句話說，期待我把您留在洞底自己離去嗎？」
「沒錯。」
「也就是您想在那洞底被殺死也沒關係嗎？」
「不，倒沒有想到死掉的地步，我對此生也還有些留戀。而且餓死、渴死也不是我喜歡的死法。我只是想稍微再試試看，只是想試著更接近死一點看看而已。知道那界線是非常微妙的。」
我試著想想這個，免色所說的意思我還不太能理解。我若無其事地看一眼騎士團長那邊，騎士團長還坐在那擺飾架上，他臉上沒有露出任何表情。
免色繼續：「一個人被關在黑暗狹窄的地方，最可怕的，並不是死。最可怕的，是開始思考會不會不得不永遠活在這裡。一開始這樣想時，就會恐懼得快要窒息。周圍的牆壁逼近來，被快要被壓碎的錯覺所襲。要在那裡活下去，人無論如何必須想辦法克服那恐懼才行，要超越自己。而且因此有必要無限接近死。」

「但那樣會伴隨著危險。」

「像接近太陽的伊卡洛斯那樣。接近的極限到哪裡，要看清非常近的界線並不容易。那是生命攸關的危險作業。」

「但如果避開那接近，就無法克服恐怖，無法克服自己。」

「沒錯。如果不能辦到那個的話，人就無法提升一個階段。」免色說。而且好像暫時想了一下什麼，然後唐突地——以我看來覺得那是突然的動作——從座位上站起來，走到窗邊，眼看外面。

「雨好像還在下，不過只是一點小雨。要不要走出露台一下？我想讓您看個東西。」

我們從餐廳移到樓上的客廳，從那裡走出露台。貼著南歐風格磁磚的寬敞平台。我們倚靠在木製的欄杆上，眺望山谷間的風景。簡直像觀光地的觀景台那樣，整個山谷從那裡可以一覽無遺。細細的雨還在下著，但現在幾乎接近霧的狀態。隔著山谷對面山上的房子，每家的燈都還亮著。雖然隔著同樣一個山谷，但從相反的一側眺望的風景景象卻相當不同。

露台從一部分屋頂延伸出來，下面擺著做日光浴用，或讀書用的躺椅。旁邊擺有放飲料或書的玻璃面矮桌，有種綠色觀葉植物的大陶缽，有用塑膠布覆蓋的高大器具似的東西。牆上也裝有聚光燈，但那開關並沒有開啟。客廳的照明也調得略微暗一點。

「我家在哪一帶呢？」我問免色。

免色指著右手的方向。「在那一帶。」

我凝神注視那個方向，但因為家裡的燈完全沒開，而且正下著霧般的雨，因此無法確定。看不清楚，我說。

「請等一下。」免色說完，往躺椅的方向走去。然後把蓋在什麼器具上的塑膠布掀開，把那個抱著搬到這邊來。好像是附在三角架上的雙筒望遠鏡，樣式奇怪，和普通望遠鏡不同。顏色是深沉的橄欖綠，由於形狀並不清楚，因此看來也有可能是測量用的光學器具。他把那放在欄杆前，調整方向慎重地對焦。

「請看吧，這就是您所住的地方。」他說。

我試著看看那望遠鏡，擁有清晰視野的高倍率望遠鏡，並不是量販店所賣的到處可見的東西。透過一層霧雨的薄紗，遠方的光景彷彿觸手可及。而且那確實是我所住的房子，看得見露台，有我每次坐著的躺椅。那後方有客廳，旁邊是我畫畫的畫室，因為沒開燈，因此看不見屋裡。但白天或許可以看見一些，這個樣子眺望（或窺視）自己所住的房子，感覺很不可思議。

「請放心。」免色好像會讀我的心似的從背後對我說。「不用擔心，我沒有做會侵害您隱私的事。不如說，實際上這個望遠鏡幾乎沒有朝向您的府上過。請相信我，因為我想看的東西在別的地方。」

「想看的東西？」我說。然後眼睛離開望遠鏡，回過頭看著免色的臉。免色的臉始終若無其事，依然什麼也沒說。只是在夜晚的露台上，他的白髮比平常顯得更白。

「讓您看看吧。」免色說。然後以非常熟練的手法稍微把望遠鏡的方向轉往北方，迅速地對好焦。然後退後一步對我說：「請看。」

我透過望遠鏡看看。在那圓形的視野中，看得見山腰上的一棟優雅的木造住宅。同樣沿著山坡興建的兩層樓房，朝向這邊，設有露台。在地圖上可能是我家的隔壁，但由於地形的關係，沒有彼此連通的道路，因此進出只能各自從不同的道路上下山。房子的窗戶亮著燈，但窗戶拉上窗簾，看不見裡面的樣子。如果窗簾拉開，而且燈也開著的話，裡面人的身影應該可以看得很清楚。像這樣高性能的望遠鏡的話是非常可能辦到的。

「這是NATO北大西洋公約組織所採用的軍用望遠鏡。因為市面上沒有賣，所以費了一些功夫才買到手。明度非常高，在黑暗中也能相當清楚地看清目標。」

我眼睛離開望遠鏡看著免色。「這棟房子裡有免色先生想看的人嗎？」

「是的。不過請不要誤會，我不是在偷窺。」

他最後再探一眼望遠鏡，然後連三腳架一起搬回原來的地方，蓋起塑膠布。

「進裡面去吧，別著涼了。」免色說。於是我們回到客廳，在沙發和安樂椅上坐下來。馬尾青年現身了，問我們要不要喝點什麼，但我們婉拒了。免色對青年說，今晚謝謝你們，辛苦了，你們兩位可以回去了。青年行個禮後便退下。

騎士團長這時坐在鋼琴上：漆黑的史坦威平台式鋼琴上。比起前一個地方，他看起來好像更喜歡這裡。長劍的劍柄上所鑲的寶石被燈光一照，自豪地閃閃發光。

「剛才您所看到的房子。」免色切入主題。「就是有可能是我女兒的那位少女所住的地方。我只是想從遠遠的地方，小小的也好，想看看她的身影而已。」

我頓時之間失去語言。

「您記得嗎？我過去的戀人和別的男人結婚生了女兒，也許是有我的血緣的孩子，那件事？」

「當然記得。那位女士被虎頭蜂螫到而過世了，女兒現在十三歲。對吧？」

免色簡短地點頭。「她跟父親一起住在那棟房子裡，建在山谷對面的那棟房子。」

我必須腦子裡浮現的幾個疑問，需要一點時間才能整理。免色在那之間一直保持沉默，耐心地等我開口陳述感想之類的。

我說：「也就是說，您為了可以每天透過望遠鏡看可能是自己女兒的那位少女的身影，而在山谷的正對面買了這棟房子。只是為了這個就不惜花費鉅資買下這棟房子，再花鉅資大改裝潢。是這樣嗎？」

免色點頭。「是的。就是這樣，這裡是觀察她家的理想場所。我無論如何都要得到這棟房子，因為這附近沒有其他任何可以拿到建築執照的土地。而且此後，我每天都透過這望遠鏡，尋找山谷對面她的身影。話雖如此，能夠看到她的身影的日子，遠不如看不到她的身影的日子多。」

「所以為了不被打擾，盡量不讓人進來，一個人在這裡生活。」

免色再點一次頭。「是的。我不想讓任何人打攪，不想讓這場所被擾亂。這是我所追求的事。我在這裡需要無拘無束的孤獨，而且除了我之外知道這個祕密的，在這個世界上只有您一個人。因為這樣微妙的事情，不能粗心大意地隨便對人表白。」

沒錯，我想。而且當然也這樣想。那麼為什麼現在，他會對我表白呢？

「那麼，為什麼現在會對我表白呢？」我試著問免色。「是不是有什麼原因？」

免色雙腳換個方向，筆直看著我的臉。然後以非常安靜的聲音說：「是的，當然這樣做是有原因的。因為信賴您，所以想誠懇地拜託您一件事。」

25 真實有時會帶給人多深的孤獨

「因為信賴您，所以想誠懇地拜託您一件事。」免色說。

從那聲音，我推測這件事他可能從很早以前就一直在斟酌提出的適當時間了。而且可能因此而招待我（還有騎士團長）這次的晚宴，為了把個人的祕密坦白告訴我，並提出這件拜託的事。

「如果我能辦到的話。」我說。

免色注視著我的眼睛一會兒。然後說：「這與其說是您辦得到的事，不如說是只有您能辦到的事。」

我突然好想抽菸。我以結婚為契機戒掉抽菸的習慣，從此以後已經將近七年，香菸一根也沒抽過。因為過去抽得很兇，所以戒菸相當辛苦，但現在已經不會想抽了。然而這個瞬間，卻想到如果嘴上能銜上一根菸，在那尖端點上火的話該有多美妙，好久沒這麼想了。連擦火柴的聲音都好像聽得見似的。

「到底是什麼事？」我問。並不特別想知道是什麼事，如果可能的話不知道更好，但以對話的方向來說，還是不得不這樣問。

「簡單說，想請您幫她畫肖像畫。」免色說。

我把他口中說出的文脈，在頭腦裡先全部拆散一次，再重新排列組合起來。雖然是非常簡單的文脈。

「換句話說，您要我畫那位可能是您女兒的女孩的肖像畫，是嗎？」

免色點點頭。「沒錯，這就是我想拜託您的事。而且不是從照片畫，而是實際讓她站在眼前，以她為模特兒去畫的。就像畫我的時候那樣，讓她到您的畫室去，這是唯一的條件。至於要以什麼畫法去畫，當然都交給您決定。您隨心所欲高興怎麼畫都行，其他的事我一切不過問。」

我一時說不出話來。雖然有好幾個疑問，但最先浮上腦海的現實問題。「但，要怎麼說服那個女孩呢？雖然說住在附近，但對完全沒見過的陌生女孩子，總不能說『我想畫肖像畫，妳當我的模特兒好嗎？』吧。」

「當然。這樣做很奇怪，人家會有所警戒。」

「那麼，您有什麼好主意嗎？」

免色停了一會兒什麼也沒說，只看著我的臉。然後像輕輕地打開門，踏進裡面的小房間似地，平靜地開口說：「其實，您已經知道這個女孩子。而且她也知道您。」

「我認識她嗎？」

「是的。這個女孩子名叫秋川麻里惠。秋天的河川，麻里惠是平假名的まりえ。您知道吧？」

秋川麻里惠，這名字的聲音確實是聽過。只是這名字和名字的主人，卻不知怎麼連不起來。簡直像被什麼隔開了似的，不過稍過一會兒記憶就忽然回來了。

我說：「秋川麻里惠是我小田原的繪畫教室裡的女生對嗎？」

免色點點頭。「對了。沒錯。您在那個教室當老師，指導她畫畫。」

秋川麻里惠是一位個子小而沉默寡言的十三歲少女，她是我所帶的兒童班繪畫教室的學生。那班是以小學生為對象的教室，因此中學生的她是最年長的，但因為很乖，跟小學生混在一起也完全不顯眼。簡直像刻意隱藏動靜似的，經常躲在角落裡。我會記得她，是因為她的感覺有點像我死去的妹妹，而且年齡上也和妹妹死去的時候年齡大約相同。

在教室裡秋川麻里惠幾乎不開口。我對她說什麼她也只會點一下頭而已，不太開口說話。不得不說話的時候，則以非常小的聲音說，因此我有時不得不再問一次。她好像很容易緊張，也好像無法從正面看我的臉的樣子。不過似乎喜歡畫畫，拿起畫筆面對畫布時眼神會改變。兩眼焦點緊緊交會，眼神銳利。然後畫出意味深長相當有意思的畫。雖然不是說畫得很高明，卻是會吸引人目光的畫。尤其用色和別人不同，是位帶有某種不可思議特質的少女。

黑髮像流水般柔順有光澤，眉清目秀五官像娃娃般。只是太過於端正了，臉的整體看來，令人感覺有點超現實似的氛圍。客觀上看來臉形本來應該是屬於美的，只是老實斷言說「美」的話，人家又會有點困惑。好像有某種——可能是某種少女成長期所散發的獨特生硬感——妨礙了該有的美的流動。但總有一天，由於某種原因，那阻礙因為某種機緣被清除之後脫落時，她或許會變成真正的美少女。但到那時候為止，現在還需要花一點時間。想起來，我死去妹妹的容貌中也有幾分那樣的傾向，應該更美的。我常常這樣想。

「秋川麻里惠可能是您的親生女兒，而且就住在這山谷對面的房子裡。」我把更新的文脈重新化為語言。「請她當模特兒，讓我畫她的肖像畫。這就是您所要求的事情嗎？」

「是的。只是以個人的心情來說，不是我委託您畫那幅畫。而是我拜託您畫畫，畫好之後，當然只要您同意的話，我將買下那幅畫，並且掛在這家裡的牆上，隨時都可以看到。那是我所要求的事。不如說，我所拜託的事。」

雖然如此，但有些事情我還是沒有弄清楚。事情好像不是這樣就會結束。我還有一點擔心。

「您所要求的只有這一件嗎？」我試著問。

免色慢慢吸入空氣，再吐出來。「老實說，還有一件事要拜託您。」

「什麼樣的事？」

「非常微小的事。」他以安靜，而略帶緊張的聲音說。「您以她為模特兒在畫肖像畫時，請讓我去拜訪您。只是碰巧經過的感覺，一次就可以。只有很短的時間也沒關係，讓我和她在同一個房間裡，呼吸同樣的空氣。除此之外，別無所求。而且絕不會做出帶給您麻煩的事情。」

這件事我試著想了一下，越想越覺得不對。我生來就不擅長於扮演人家的中間人，我不喜歡介入人家強烈感情之流中——不管那是什麼樣的感情——我都不喜歡被捲進去。我的個性不適合那種角色，但我心中又確實有想幫助免色的心情。該怎麼回答才好，必須慎重考慮才行。

「這件事以後再說吧。」我說。「首要的是，秋川麻里惠是否會答應當模特兒，這必須先解決才行。她是非常乖的孩子，像貓一樣怕生。可能會說不想當什麼模特兒。或者說家長不同意。因為對方也不知道我是什麼樣的人，當然會警戒吧。」

「我和繪畫教室的主管松嶋先生很熟。」免色以冷靜的聲音說。「而且，我也碰巧是那教室的出資者或後援者之一。如果有松嶋先生加進來幫忙說幾句的話，事情應該會比較順利吧。您是不錯的人，又是經驗豐富的畫家，他如果能說自己可以保證的話，家長應該也會放心。」

這個男人是一切都先計算好了才採取行動的，我想。他會事先預測可能發生的事情，像圍棋的布局那樣，一一事前已做好適當準備。不可能是偶然碰巧的。

免色繼續說：「平日照顧秋川麻里惠的人，是她單身的姑姑。她父親的妹妹。我想之前也說過了，她母親去世以後那位女士就到那家裡一起住。代替麻里惠的母親打理家事。父親有工作在身，太忙了無法照顧日常瑣事。因此我只要說服這位姑姑，事情應該就好辦了。若是秋川麻里惠答應當模特兒，她應該會以監護人的身分陪著到府上來。一個男人生活的家裡，應該不會讓女孩子單獨去吧。」

「不過秋川麻里惠會這麼容易答應當模特兒嗎？」

「這件事就交給我來辦。只要您同意畫她的肖像畫，其他的幾個實問題由我來想辦法解決。」

我再度落入沉思。這個男人可能會把那裡的「幾個實際問題」「由我想辦法」負責解決吧，他本來就是擅長這種事情的人。不過自己也要涉入那問題——恐怕是麻煩而複雜的人際關係——這麼深好嗎？其中恐怕還含有免色沒有對我透露的計畫或意圖吧？

「我可以坦白表達我的意見嗎？或許是多餘的，不過只是常識性的見解，希望您也聽聽看。」我說。

「當然。任何意見都請說。」

「我認為，這肖像畫的計畫在實際付諸行動之前，是否該先設法一下調查秋川麻里惠是否真的是您的親生女兒的方法？如果結果得知她不是您的親生女兒的話，就不必特地去做那樣麻煩的事了。調查或許不那麼簡單，不過應該有什麼好方法。免色先生一定可以找到那方法。就算我畫好她的肖像畫，而且那畫就掛在您的肖像畫旁邊，也不能解決什麼問題。」

免色稍微停頓一下後回答：「秋川麻里惠是不是有我血統的孩子，我想醫學上只要想查就可以查出來。可能需要花一點手續，但不是不可能。只是我不想這樣做。」

「為什麼？」

「因為秋川麻里惠是不是我的孩子，並不是重要的因素。」

我閉起嘴，看免色的臉。他搖搖頭，豐厚的白髮便像被風吹拂般搖曳著。然後他以安穩的聲音說。就像教頭腦好的大型犬簡單的動作活用那樣。

「並不是怎麼樣都好，當然。只是我並不想勉強去追究真實。秋川麻里惠可能是有我的血統的孩子，也可能不是。不過假定辨明了她是我的親生女兒時，我到底該怎麼辦才好？對她說我是妳的親爸爸。就好嗎？去爭取麻里惠的養育權就好嗎？不，我不能這樣做。」

免色再輕輕搖一次頭，雙手在膝上搓了一會兒。就像寒夜裡在暖爐前暖身體時那樣。然後繼續說：

「秋川麻里惠去，和父親與姑姑一起住在那個家裡安穩地生活著。母親雖然去世了，但家庭——父親雖然有幾個問題——似乎還算健全地營運著。至少她很黏姑姑，她有她的生活。這時候突然冒出來說我是妳的親父親，就算科學上證明了那是事實，事情難道會因此就順利收場嗎？真實反而只會帶來混亂。結果可能誰也無法得到幸福，當然也包括我在內。」

「換句話說，與其查明真相，不如維持現況，是嗎？」

免色攤開膝上的雙手。「簡單說就是這麼回事，要達到那結論很花時間。但現在我的心情已經定了，我想在心裡抱著『秋川麻里惠也許是自己的親生女兒』這樣的可能性，今後的人生要這樣活下去。我會隔著一定的距離，守護著她，看著她成長，這樣就足夠了。即使知道她是親生女兒，我也一定不會幸福。只有喪失感會更痛切而已。而如果知道她不是自己的親生女兒的話，那樣就那樣吧，在別的意義上我的失望會更深。或許心會深感挫折。無論如何，都不可能會有好的結果。我想說的意思您可以了解嗎？」

「您所說的我大致可以理解，理論上來說。不過如果我站在您的立場的話，應該還是會想知道真相。理論暫且擺一邊，想知道真相是人類的自然情感吧。」

免色微笑。「那是因為您還年輕的關係。如果到了我這個年紀的話，您一定也會了解這種心情：真實有時會帶給人多深的孤獨。」

「而您所追求的，並不是唯一無二的真實，而是把她的肖像畫掛在牆上，天天眺望著，尋思其中所含有的可能性──真的只要這樣就好嗎？」

免色點點頭。「是的。與其追求不可動搖的真實，不如選擇有動搖餘地的可能性。我選擇委身在那動搖之間，您認為那是不自然的事嗎？」

我覺得那還是不自然的事，至少不覺得那是自然的事。就算不能說是不健康，不過那終究是免色的問題，不是我的問題。

我眼睛望向史坦威鋼琴上的騎士團長。騎士團長和我目光相接，他雙手食指指向天空，向左右張開。意思似乎表示「讓那回答往後延吧」。然後他用右手食指指向左手腕的手錶，當然騎士團長並沒有戴手錶，只是指了該戴手錶的地方。所以當然意思是指「差不多該走了」。那既是騎士團長的建議，也是警告。我決定順從。

「您所提的事情，給我一點時間好嗎？問題有點微妙，我也需要時間冷靜思考。」

免色把放在膝上的雙手往上舉起。「當然，當然。請盡量慢慢考慮，我完全不急。我可能一下子拜託您太多事情了。」

我站起來謝謝他的晚餐。

「對了，我想告訴您一件事，忘記了。」免色想起什麼似地說。「雨田具彥先生的事。以前，他到奧地利留學時的事情，還有歐洲第二次世界大戰爆發前夕，他從維也納緊急撤退的事情。」

「是，我記得。我們談過那個。」

「後來試著查了一點資料，因為我也對那前後的經過有點興趣。不過那是相當久的事了，事情的真相並不清楚。但好像從當時就有一些耳語傳聞，以一種醜聞的形式。」

「醜聞？」

「嗯，是啊。雨田先生在維也納被捲入某暗殺未遂事件，據說那還發展成政治問題，柏林的日本大使館動員起來把他祕密送回國，這種說法似乎流傳在一部分人裡。那是發生在緊接著Anschluss之後不久的事，您知道Anschluss的事吧。」

「一九三八年所進行的德國合併奧地利。」

「是的。奧地利被希特勒併入德國。政治上紛亂之後，納粹幾乎以強權掌握了奧地利全境，把奧地利這個國家消滅了。這是一九三八年三月的事。當然當時產生了許多混亂，在混亂狀態下不少人被殺害。或暗殺、或裝成自殺的殺害，或被送進集中營。雨田具彥在維也納留學就是在那樣動盪的時代。根據傳聞，維也納時代的雨田具彥有一位深交的奧地利戀人，由於那關係他似乎也被捲入事件。好像是以大學生為主的地下反抗組織，策劃暗殺納粹高官計畫。那對德國政府、對日本政府都不是一件好事。在那大約一年半前日德才剛簽訂日德防共協定，日本和納粹德國的結盟日益堅強，因此兩國極力試圖避免妨害那友好關係的事態發生。而且雨田具彥雖然年輕，但在國內已經某種程度是個知名畫家，加上他父親是大地主，是擁有政治發言權的地方有力人士，這種人物總不能在暗中被殺害。」

「於是雨田具彥從維也納被遣返日本？」

「是的。與其說被遣返，不如說被救出比較接近。由於上方的『政治考量』，他才得以從九死一生中回來。如果以那樣重大的嫌疑被蓋世太保逮捕的話，就算沒有明確證據，也會沒命的。」

「但那暗殺計畫沒有實現吧？」

「終究以未遂結束。擬定那計畫的組織內部有洩密者，情報全部洩漏給蓋世太保，因此組織的成員被一網打盡全部逮捕。」

「發生這樣的事件，一定引起相當大的騷動吧？」

「但不可思議的是，這件事完全沒有流傳到坊間。」免色說。「只以醜聞祕密地口耳相傳而已，好像沒有留在公開的紀錄上。可能有什麼理由，讓事件埋葬到黑暗中。」

那麼，他在〈刺殺騎士團長〉的畫中所描繪的「騎士團長」有可能是指納粹的高官。那幅畫可能是描寫一九三八年應該在維也納發生（但實際上並沒有發生的）暗殺事件的假想。雨田具彥和他的戀人與事件有關。那計畫被當局發覺，結果兩個人被拆散了，她可能被殺了。他回到日本以後，把在維也納的慘痛經驗，轉移到日本畫比較象徵性的畫面上。也就是把那「改編」到千年前飛鳥時代的情景中。〈刺殺騎士團長〉應該是雨田具彥為自己所畫的作品。他為了保存青年時代嚴酷而血腥的記憶，不得不為自己畫出那幅畫。因此他畫好後的〈刺殺騎士團長〉並沒有公開展示，反而嚴密地包裝起來藏在家裡的閣樓上不讓人看見。

或許回到日本的雨田具彥，毅然捨棄西洋畫家的生涯，轉向日本畫的原因之一，是在那維也納事件。或許他想和過去的自己做決定性的告別。

「您是怎麼調查出這麼多事情的？」我問。

「我並沒有實際到處去調查，只是拜託認識的一個團體幫忙。不過因為是相當久以前的事了，那些話有多少是真實的事實就無法確認了。不過因為是從多個來源查的，因此基本上情報應該是可以信賴的。」

「雨田具彥先生有奧地利的戀人。她是地下反抗組織的成員，而且她也參加了暗殺計畫。」

免色頭稍微歪一下，然後說：「如果是這樣的話，那麼事情的發展就相當富有戲劇性了，不過知道事件的關係人幾乎都死了。真實正確是怎麼樣，我們已經無從得知了。事實歸事實，這種傳聞大體上多少都會加油添醋。不過不管怎麼樣都像是通俗劇般的劇本。」

「他自己和那計畫的關係有多深的程度不知道嗎？」

「嗯，那倒不知道。我只是把通俗劇的劇本自己擅自寫出來而已。總之由於那樣的情形雨田具彥從維也納被驅逐，與戀人告別——或許連告別都沒機會——就從不來梅港搭客輪回日本。戰爭期間他躲在阿蘇的鄉下，保持深沉的沉默。戰後不久就以日本畫家重新出道，一鳴驚人。這又是相當戲劇化的展開。」

到這裡雨田具彥的話題就結束了。

和來的時候同一輛黑色Infiniti正安靜地在房子前等我們。雨還斷斷續續地持續細細下著，空氣又濕又冷。需要真正大衣的季節腳步已經接近了。

「非常感謝您特地光臨。」免色說。「也請代向騎士團長致謝。」

我才想說感謝呢。騎士團長在我的耳邊輕輕說，不過當然那聲音只會傳到我的耳朵。我再度感謝免色的晚餐，真的是非常美好的料理，好享受。騎士團長好像也很感謝。

「餐後提到無聊的話題，但願沒有把晚上的氣氛破壞了。」免色說。

「沒有那種事。只不過您所提的事情，請給我一點時間考慮。」

「那當然。」

「我考慮事情很花時間。」

「我也一樣。」免色說。「考慮兩次，不如考慮三次，這是我的座右銘。而且如果時間許可，與其考慮三次，不如考慮四次。請慢慢考慮。」

司機打開後座車門等著，我上了車。騎士團長那時候應該也一起上車了，但我眼裡卻沒看見他的蹤影。車子開上柏油坡道，穿過敞開的門，然後慢慢下山。當那白色豪宅從視線中消失之後，今夜在那裡所發生的一切，感覺就像是在夢中發生的似的。什麼是正常的，什麼是不正常的，什麼是現實的，什麼不是現實的，漸漸分不清楚了。

眼睛看得見的東西是現實，騎士團長在我耳邊嘀咕。只要睜大眼睛好好看就可以，事後再來判斷就行了。

睜大眼睛好好看還是會看漏很多東西，我想。也許心裡一直這樣想著，竟小聲發出聲音來了，因為司機從後視鏡瞄一下我的臉。我閉上眼睛，背深深靠在椅背上。然後想，如果能把各種判斷永遠往後推該有多棒。

回到家將近十點。我到洗臉台刷牙，換上睡衣鑽進床上，就那樣睡了。當然做了很多夢，全都是不舒服的奇怪的夢。維也納街頭到處飄揚的無數納粹旗幟、從不來梅出港的大型客船、碼頭的銅管樂隊、藍鬍子公爵上鎖的祕密房間、彈史坦威的免色。

26　不可能有比這更好的構圖

兩天之後，東京的經紀人打電話來。說免色匯入畫款了，扣掉經紀手續費的金額，已經匯入我的銀行帳號。我聽到那金額嚇了一跳。因為比最初告訴我的金額更多了。經紀人說免色先生還附了這樣的簡訊：「因為完成的畫，比我所期待的更美好，所以追加金額當獎金。表達我感謝的心意，請不用客氣務必收下。」

我輕呼一聲，但沒說出什麼。

「我沒看到實物，不過免色在mail中傳了圖片給我，我觀賞了。雖然只是看圖片，不過我也感覺到是很精彩的作品。是超越肖像畫領域的作品，但以肖像畫來說又具有說服力。」

我道謝，然後掛斷電話。

過一會兒，女朋友打電話來。說明天中午以前來方便嗎？我說，可以。星期五是繪畫教室上課的日子，不過時間應該來得及。

「前天你到免色家吃晚餐嗎？」她問。

「是啊，非常正式的一餐喲。」

「好吃嗎？」

「非常。葡萄酒很棒，料理也沒話說。」

「家裡是什麼樣子？」

「非常可觀。」我說。「光是要一一描述，就要花半天時間了。」

「見面的時候可以詳細說給我聽嗎？」

「之前，還是之後？」

「之後好。」她簡潔地說。

掛斷電話後我走進畫室，眺望掛在牆上雨田具彥的〈刺殺騎士團長〉。雖然是已經看過好幾次又好幾次的畫了。但在聽過免色的話之後重新看時，可以感覺到裡面有不可思議的活生生的真實感。那並不止於只是懷古地在畫面上重現過去所發生的事件，經常可見的歷史畫而已。在那裡出場的四個人物（長臉的除外），從每一個人的表情和動作，都可以讀出個別對當下狀況的想法。將長劍刺向騎士團長的年輕男人的臉上一副面無表情的樣子。可能心是封閉的，感情藏在深處吧。胸部被長劍刺入的騎士團長的臉，可以讀出伴隨著痛苦還有「怎麼會這樣」的純粹驚訝。在旁邊守候結果的年輕女子（歌劇中的安娜女士），由於雙方激烈鬥爭的關係，感情太投入，身體幾乎快被分成兩半。端正的臉因苦悶而扭曲，白皙美麗的手指半掩著口。身材矮胖的僕人（雷波雷羅），對事情出乎意料之外的發展感到震驚，跌得四腳朝天。他的右手想抓住什麼似地伸向天空。

構圖是完美的。不可能有比這更好的構圖。這是思考再思考後的卓越配置。四個人的動作活生生地保持那動態，而瞬間凍結在那裡。而且在那構圖上，我試著將一九三八年維也納可能發生的暗殺事件的狀況試著重疊起來。騎士團長不是穿飛鳥時代的服裝，而是穿納粹的制服，或許那是親衛隊的黑色制服。而且那胸前可能插著軍刀或短刀，那出手的可能是雨田具彥本人。旁邊驚恐的女人是誰呢？是雨田具彥的奧地利女友嗎？為什麼她的心會這樣被撕裂？

我坐在圓凳上，長久注視著〈刺殺騎士團長〉的畫面。只要驅使想像力，就可能從其中讀取各種寓意和訊息。但無論如何組合說法，結果一切都不過是沒有證據的假設而已。而免色所說的畫的背景——令人想成背景的東西——都不是公開的歷史事實，而只是風聞的傳聞而已。或只是通俗劇的劇情而已。一切都是以可能收場的故事。

現在如果有妹妹在一起就好了，我忽然想起。

如果Komi在這裡的話，我可以把過去事情發展全部說給她聽，她對故事偶爾會插入簡短的問題，但會安靜地側耳傾聽。即使是像這樣莫名其妙的，麻煩複雜的故事，她可能也不會皺眉，或驚叫。她那沉著的思慮、深沉的表情依然不變。而當我說完時，她會暫時停頓一下，然後可能提出幾個有益的建議給我。我們從小開始，就持續那樣的互動。不過回想起來，Komi並不會提出跟我商量的問題。在我的記憶裡，應該連一次都沒有。為什麼呢？她難道沒有面臨過精神上的困難嗎？或者是找我商量也沒有用，於是放棄了呢？可能是兩者各半？

不過如果她身體健康，十二歲時沒有死的話，我們那種親密的兄妹關係也可能維持不了多久。Komi或許會和什麼地方的無趣男人結婚，搬到遙遠的地方去住，精神被日常生活所磨損，為養育兒女弄得筋疲力盡，失去往日的清純光輝，不再有餘裕聽我商量事情。我們的人生會如何進展下去，誰也不會知道。

我和妻子之間的問題，或許是我在無意識之間向柚子尋求死去妹妹的替身角色，我並不是沒有這種感覺。雖然我自己沒有這樣打算，不過試想起來自從妹妹去世以來，心裡某個地方可能就在尋求，遇到精神上的困難時可以依靠的夥伴。不過不用說，妻和妹妹不同。柚子不是Komi，立場不同角色也不同，而且更重要的是共同擁有的經歷不同。

在思考這些事情之間，我忽然想起結婚前到位於世田谷區砧的柚子家拜訪時的事。

柚子的父親是一流銀行的分行經理。兒子（柚子的哥哥）也是銀行員，在同一家銀行上班，兩人都是東京大學經濟學部畢業的。他們家似乎是銀行員多的家族。我想和柚子結婚（當然柚子也想和我結婚），我們去把這想法告訴她的雙親，但與她父親半小時多的會面，無論從任何觀點來看都很難說是友好的。我是個畫賣不出去的畫家，靠畫肖像畫打工而已。既沒有稱得上固定收入的經濟能力，也幾乎看不到稱得上可能的發展潛力，怎麼想都不是身為菁英銀行員的父親會有好感的。這點事先其實已經預料到了，因此無論對方說什麼，怎麼罵，都決心保持冷靜地前往的。而且我的個性本來就很有耐心。

不過在聽著妻子的父親冗長嘮叨的說教之間，我心中的生理嫌惡感卻高升起來，逐漸失去感情的控制力。甚至覺得不舒服，想吐。我在談話的途中起身，說不好意思我想借個洗手間。就到裡面跪在馬桶前，想把胃裡的東西吐出來，卻吐不出來。因為胃裡幾乎什麼都沒有，連胃液都出不來。所以深呼吸幾次後，讓心情鎮定下來。口中有不快的氣味，因此用水漱漱口，用手帕擦擦臉上的汗，然後回到客廳。

「沒問題嗎？」柚子看著我的臉擔心地問，可能我的臉色很糟糕吧。

「要結婚是個人的自由，不過那樣的情況是不會持久的。頂多大概四、五年吧。」這是那天，臨別時她的父親對我說的最後一句話（我對那個什麼也沒回應）。那句話伴著不愉快的聲響一起留在我耳裡，成為某種咒語一直到往後都繼續發揮作用。

她的雙親到最後都沒有認可，不過我們還是就那樣去登記結婚成為正式夫妻。我和自己的雙親幾乎已經斷絕聯絡，我們沒有舉行結婚典禮。朋友租了一個會場，幫我們辦了一個簡單的慶祝派對而已（帶領幫忙張羅的，當然就是很會照顧人的雨田政彥）。雖然如此我們還是幸福的。至少在最初的幾年我想真的是幸福的。四年或五年吧，我們之間沒有像是問題的問題，但終於，像大客船在大海中轉變舵的方向那樣，慢慢進行轉變，原因我至今還不太清楚。那轉變的起點我也沒看清楚。可能是她對婚姻生活所追求的東西，和我所追求的東西之間，有某種差異，那差異隨著年月的過去，逐漸變大了吧。而且一恍神時，她已經和我以外的男人開始祕密約會了，婚姻生活最終只維持了六年左右。

她的父親知道我們的婚姻生活出現裂痕時，可能會暗中竊笑「你看，我就說嘛」（雖然比他所預言的長了一、兩年）。而且柚子離開我，他們一定認為是可喜的事。柚子跟我分開之後，不知是否恢復娘家的關係？當然這種事我無從知道，也不想知道。那是她個人的問題，不是我該知道的。不過雖然如此，父親的詛咒似乎仍然在我頭上揮之不去。那種模糊的跡象，那沉沉的重量，我現在還一直感覺得到。而且雖然自己不願意承認，不過我的心卻傷得比自己所想的更深，還流著血。就像雨田具彥的畫中，騎士團長被刺的心臟那樣。

終於午後加深，秋天提早來臨的夕暮降臨了。轉眼之間天色更暗，烏黑漆艷的烏鴉群，在山谷間的上空喧鬧啼叫著，一邊朝歸巢飛去。我走出露台倚靠在扶手上，眺望隔著山谷對面免色的家，庭園裡幾盞水銀燈已經點亮。在夕暮中那房子的白浮了上來。我想起從那露台用高性能雙筒望遠鏡，每晚悄悄尋找秋川麻里惠身影的免色身影。他為了讓這行為成為可能，完全只以那件事為目的，而勉強得到那棟白色的房子。支付了一大筆錢，花了很大的功夫，得到這棟和自己品味不合的過大豪宅。

而且不可思議（連我自己都覺得不可思議）的是，一留神時，我對免色這個人物，開始有了對別人從來沒有這種感覺過的近。親近感，不，或許可以稱為連帶感吧。我們或許在某種意義上是相似的同類——我這樣想。我們不是被自己手上所擁有的東西，或即將到手的東西推動著向前走，而是被一直失去的東西，現在手上沒有的東西推動著向前走。他所採取的行為，實在很難說我已經認同。那顯然超越我所能理解的範圍，不過至少我可以理解那動機。

我走到廚房，用雨田政彥送的單一純麥威士忌調了一杯 on the rock，拿在手上回到客廳在沙發坐下，從雨田具彥的唱片收藏中，選了一張舒伯特的弦樂四重奏曲放在唱盤上，名為〈羅莎蒙〉Rosamunde 的間奏曲。在免色家的書齋播放過的音樂。一邊聽著那音樂，不時搖一搖杯中的冰塊。

那天直到最後，騎士團長一次都沒現身。他也許和貓頭鷹一起，在閣樓上安靜休息，Idea同樣也需要休假日。我那天也一次都沒有站在畫布前，我也一樣需要休假。

敬騎士團長，我獨自舉杯。

27 形狀模樣都可以記得那麼清楚

女朋友來後，我告訴她免色家晚宴的事。當然沒說秋川麻里惠、露台三腳架上高性能望遠鏡和騎士團長祕密同行的事。我談到的，是端出來的食物菜單、家裡的空間格局、裡面擺設什麼樣的家具，那些無害的事而已。我們在床上，兩人都赤裸裸的，那是在三十分鐘左右做完愛之後了。騎士團長是否正從哪裡觀察著，我一開始還不太能平靜，但從途中就忘了。他想看就讓他看吧。

她是個很熱情的運動迷，就像想知道支持的隊昨天的比賽詳細得分經過那樣，也想知道餐桌上端出來食物的詳細情形。我所能想出來的，從前菜開始到甜點為止，葡萄酒到咖啡，都正確詳細地一一描述。包括餐具在內，我本來對這些視覺上的記憶力就有天賦，無論任何東西只要集中精神收入視野，即使時間經過了，某種程度還能連細節都相當詳細而具體地想起來。因此就像速寫某種物體那樣，一道道的菜色特徵都能以繪畫重現。她以陶醉的眼神，傾聽著那樣的描述。有時似乎真的在吞口水的樣子。

「好棒噢。」她像在作夢般說。「我也好希望能被招待到什麼地方享用那樣豐盛的美食。」

「不過老實說，我幾乎不記得端出來菜色的味道了。」我說。

「不太記得菜色的味道？不過很美味吧？」

「很美味喲。非常美味，有這樣的記憶。但想不起那是什麼樣的味道。也無法用言語具體說明。」

「可是形狀模樣都可以記得那麼清楚？」

「是啊，因為是畫家，所以菜色的形狀模樣都能原樣重現，因為那就像工作一樣。不過那內容卻無法說明，如果是作家的話大概連味道的內容都能表現吧。」

「真奇怪。」她說。「那麼，跟我做這種事情，事後就算可以詳細地畫成畫，卻無法用語言重現那感覺，對嗎？」

「對。」

我試著先在腦子裡整理一下她的提問。「換句話說，妳是指性的快感嗎？」

「這個嘛。我想大概是。不過拿做愛和食物來比較，我覺得說明菜色的味道好像比說明性的快感更難。」

「換句話說，」她以令人感到初冬夕暮冷感的聲音說。「我所提供的性的快感，不如免色所提供菜色的味道，那麼纖細深奧嗎？」

「不，不是這個意思。」我慌忙追加說明。「那不一樣。我說的，不是指內容質的比較，只是說明的難易度。在技術上的意味。」

「算了，無所謂。」她說。「我給你的東西，也還不錯吧？在技術上。」

「當然。」我說。「當然很棒啊。無論在技術上，或其他什麼意味，連畫都畫不出來的美好。」

老實說，她給我的肉體上的快感，是完全沒話說的。我過去和幾個女人——就算並不多到足以引以為傲的地步——有過性經驗。但她的性器官，比我所知道的任何那個都更纖細而富於變化。那不加以資源回收而閒置多年放著不用，真是令人感慨。我這麼說，她的表情不太以為然。

「沒說謊嗎？」

「沒說謊。」

她懷疑地望著我的側臉一會兒，終於好像相信了。

「那麼，車庫讓你參觀了嗎？」

「車庫？」

「據說停了四輛英國車，傳說中他的車庫。」

「不，沒看見。」我說。「畢竟是寬敞的宅第，根本還沒看到車庫。」

「噢。」她說：「那你也沒問他是不是真的有 Jaguar 的 E-Type 嗎？」

「是啊，沒問。想都沒想到。因為我對車子沒那麼大的興趣。」

「你有 Toyota Corolla 的中古廂型車就已經滿足了喔？」

「沒得挑剔。」

「如果是我的話，就會想請他讓我摸一下那 E-Type。那真的是漂亮的車型。我小時候看奧黛麗赫本和彼得奧圖主演的電影，從此以後就一直迷那車子了。電影中彼得奧圖就開著那閃閃發亮的 E-Type。那是什麼顏色？我想大概是黃色吧。」

少女時代看到那跑車令她的思緒一時奔騰，另一方面我腦海裡卻浮現那輛Subaru Forester的模樣。宮城縣海邊的小村子，那小村子邊的家庭餐廳的停車場停著的白色Subaru。從我的觀點來看，並不算特別美的車子。只是極普通的小型SUV運動型休旅車。那是為了實用而製造的外型結實的機械。可能很少人會不由得伸手想觸摸看看吧。和Jaguar E-Type不同。

「那麼你也沒請他讓你參觀溫室啦、健身房之類的嗎？」她問我。她在談免色家的事。

「嗯，溫室啦、健身房啦、洗衣房、傭人房、廚房、六疊榻榻米寬的衣帽間、有撞球檯的娛樂室，也沒實際看到。因為人家沒帶我看哪。」

免色那天晚上有一件重要事情，無論如何都要跟我說。一定沒有心情能悠閒地帶我參觀他家。

「真的有六疊榻榻米寬的衣帽間，和有撞球檯的娛樂室嗎？」

「不知道啊，只是我的想像而已。不過就算實際有也不奇怪。」

「除了書房之外的房間，完全沒讓你看嗎？」

「嗯，我對室內裝潢並沒有特別感興趣。他只帶我看了玄關、客廳、書房和餐廳而已。」

「那麼那『藍鬍子公爵上鎖的祕密房間』也沒找到嗎？」

「沒有那個時間。而且總不能問他本人『對了，免色先生，那著名的藍鬍子公爵上鎖的祕密房間在哪裡？』吧。」

她覺得無聊地咋舌，又搖了幾次頭。「男人真是的，這種地方就是不行。你們難道沒有好奇心嗎？要是我的話，就會要他讓我一間間像用舌頭舔似的都看遍每個角落。」

「男人和女人，本來好奇心的領域就不同。」

「好像是。」她好像放棄了似地說。「不過沒關係。免色先生家內部，光是很多新的情報進來，就要覺得很開心了。」

我漸漸開始擔心起來。「收集情報固然可以，但如果把那到處宣揚，那我倒有點傷腦筋。妳如果在那所謂叢林通訊上……」

「沒問題。你不用——那麼擔心。」她開朗地說。

然後她輕輕牽起我的手，導向自己的陰核。就這樣我們好奇心的領域重新大幅重疊起來。離出發到教室的時間還有一段。那時候覺得放在畫室的鈴好像小聲響起來似的，可能是耳朵的錯覺。

她三點前，開著紅色MINI回去之後，我進入畫室，拿起櫃子上的鈴來檢查。鈴看起來看不出有任何變化，那只是安靜地放在那裡而已。環視一周也沒看到騎士團長的身影。

然後我走到畫布前在圓凳上坐下，凝望白色Subaru Forester的男人，凝望我畫到中途尚未畫完的肖像畫，我想該想好現在開始要前進的方向。不過這時，我發現一件出乎意料的事情；那幅畫已經完成了。

不用說那幅畫還在製作途中。其中顯示出幾種想法，接下來將一一具象化下去。現在那裡所畫的，是我只用三種顏料造形出來的男人的臉大致的原型而已。在木炭所描繪的草稿上，把那些顏色粗獷地胡亂塗上去。當然我的眼睛，可以讓那畫面上浮起「白色Subaru Forester的男人」該有的姿態形象。那上面有所謂潛在性地、錯覺畫般地，畫他的臉。但除了我以外的人眼裡還看不出那形影來，那幅畫現在還只是底稿。還停留在啓發和暗示，該來的終將來臨這件事。然而那個男人——我從過去的記憶中喚醒並準備畫出來的那個人物——對於那裡所提示出來而現在自己暗默的姿態，似乎已經感到足夠了。或者說，正強烈要求，自己的姿態不希望被畫得更清楚了。

不要再多碰了，男人從畫面深處對我說。或命令。就這樣不可以再加任何一筆了。

那幅畫就在未完成之下完成了。那個男人，就以不完全的形象在那裡完全實際存在了。雖然是矛盾的語法，但除此之外無法形容。而且那個男人被隱藏的像從畫面中，朝向作者的我，想傳達強烈的意念般的東西。努力想讓我理解什麼。但我還不明白，那到底是什麼樣的事。這個男人是有生命的，我真的感覺到了。實際活著動著。

我把顏料還未乾的那幅畫從畫架上拿下來，為了不碰到顏料而把畫面靠牆，立在畫室的地上。我漸漸無法忍受，再多看那幅畫了。我感覺那上面似乎含有什麼不祥的東西——可能是我不該知道的東西。

從那幅畫的周邊，飄過來漁港小城鎮的空氣。那空氣混合著海潮的氣味，魚鱗的氣味，漁船柴油引擎的氣味。海鳥群一邊發出尖銳的啼聲，一邊慢慢盤旋在強風中。可能一輩子沒打過高爾夫的中年男人戴著黑色高爾夫帽、曬成淺黑色的臉、僵硬的脖子、混有白髮的短髮、穿舊了的皮夾克、家庭餐館裡刀叉相碰的聲響——在全世界的所有家庭餐館都聽得見的無個性聲音，還有靜靜停在停車場的白色Subaru Forester，後保險桿所貼著的旗魚的貼紙。

「打我。」正在交歡中女人對我說。她雙手指甲緊緊扣在我背上，濃重的汗臭撲鼻。我依她說的用手掌打她的臉。

「不是這樣，沒關係更認真地打。」女人激烈地邊搖頭邊說。「更用力，使勁打，留下痕跡也沒關係。用力到流鼻血的地步。」

我沒想要打女人。我身上本來沒有這種暴力傾向，幾乎完全沒有。但她卻認真地要求認真地打，她所需要的是真正的痛。我沒辦法只好更用力一點打女人，用力到會留下紅色痕跡的地步。我用力打女人時，每次她的性器就更激烈地夾緊我的陰莖，簡直就像飢餓的生物猛然啄食眼前的餌那樣。

「嘿，你稍微掐緊我的脖子好嗎？」過一會兒女人在我耳邊低語。「用這個。」

我感覺那低語好像從別的空間傳來似的。於是女人從枕頭下拿出浴袍的白色腰帶，一定是事先準備好的。

我拒絕。再怎麼樣我都無法做這種事，太危險了。搞不好對方會死掉。

「做樣子就好。」她喘氣般懇求。「不用認真也可以，只要裝成那樣做就行了。把這繞在脖子上，只要稍微用一點點力就行了。」

我無法拒絕。

家庭餐館裡響著無個性的餐具的聲音。

我搖搖頭，想把當時的記憶推到什麼地方去，那對我來說是不願想起的事情。如果可能但願永遠捨棄的記憶。但那浴袍腰帶的感觸，還清楚地留在我的雙手上，她的脖子的手感也一樣，無論如何都無法忘記。

而這個男人知道。我前一夜在什麼地方做了什麼。還有我當時在想什麼。

這幅畫該怎麼辦才好？就這樣轉到背面，放在畫室的角落好嗎？就算是轉到背面，那依然讓我心情不安。如果其他還有可放的地方的話，就只有那個閣樓了。和雨田具彥藏〈刺殺騎士團長〉同一個地方，那裡可能是為了讓人把心藏起來的場所。

我的腦子裡，剛才自己說過的話又再重複。

是啊，因為是畫家，所以菜色的形狀模樣都能重現。不過卻無法說明那內容。

無法說明的各種東西，正在這棟房子裡慢慢試著捉住我。在閣樓上發現的雨田具彥的畫作〈刺殺騎士團長〉、在雜木林打開的石室裡留下的奇怪的鈴、借騎士團長的形體出現在我眼前的Idea，還有白色Subaru Forester的中年男人。再加上，住在山谷對面不可思議的白髮人物。免色似乎想把我拉進他腦子裡盤算中的某個計畫。

我周圍漩渦的流勢似乎正在徐徐加強。而我已經無法抽身退出，已經太遲了。而且那漩渦始終是無聲的，那異樣的安靜令我膽怯。

28 卡夫卡喜歡斜坡道

那天傍晚，我在小田原車站附近的繪畫教室裡指導孩子們畫畫，那天的課題是人物速寫。兩個人組成一組，從教室旁邊事先準備好的繪畫用具中選出自己喜歡的（木炭、或幾種軟鉛筆），輪流在素描簿上互相畫對方。時間限制是一張十五分鐘（用廚房的計時器正確計時），少用橡皮，盡量以一張紙畫完。

然後每個人到前面來，把自己畫的畫讓大家看，孩子們自由地互相發表感想。因為是小班的人數，因此氣氛融洽。然後我站在前面，教他們速寫的幾個簡單竅門。素描和速寫有什麼不同，大致說明那不同。素描可以說是繪畫的設計圖般的東西，某種程度需要正確。比較起來，速寫則像是自由的第一印象般的東西。讓印象在腦子裡浮現，在那印象還沒消失之前，賦予大概的輪廓。速寫與其正確性，不如平衡感和速度才是更重要的要素。有很多著名的畫家速寫也不太行，我卻從以前就擅長速寫。

我最後從孩子們中選了一位模特兒，用白色粉筆在黑板上，畫出她的模樣給大家看，也就是實例示範。「好厲害」「好快」「一模一樣」孩子們佩服地說。讓孩子們真心佩服，也是教師的重要職責之一。

接下來是換夥伴，讓大家畫速寫，孩子們吸收知識的速度很快。第二次明顯進步變順

手了，我甚至到了要佩服自己教法的地步。當然有擅長的孩子，也有不太擅長的孩子。我教孩子們的，與其說是實際畫的方法，不如說是看東西的方法。

這一天我畫實例時，指定秋川麻里惠當模特兒（當然是有意圖的）。我在黑板上簡單地畫出她的上半身，正確說雖然不算是速寫，但畫法大體相同。我以三分鐘左右快速畫好，我想利用那堂課，試試看秋川麻里惠可以怎麼畫。而結果，我發現拿她當畫的模特兒相當特別，而且隱藏著豐富的可能性。

過去雖然沒有刻意去看過秋川麻里惠，但以畫作的對象注意地深入觀察她時，她比我原先模糊認識的更具有耐人尋味的容貌。不是單純的容貌端正美麗而已，雖然是美少女，但仔細看時，她身上卻有某種不平衡的地方。而且在那多少不安定的表情深處，身上似乎又潛藏著某種有力的動能般的東西。就像潛藏在高高的草叢中的敏捷的獸那樣。

我想那樣的印象能不能巧妙地讓它具體成型。但三分鐘之間，要在黑板上用粉筆表現出來是極難的作業。不如說，幾乎不可能。需要花更長時間仔細觀察她的臉，用心剖析各種要素。而且必須更深入去了解這個少女才行。

我把在黑板上所畫她的畫，保留下來沒有擦掉。而且在孩子們回去以後，自己一個人暫時留在教室，交抱雙臂望著那粉筆畫，並想看出她的容貌，是否有像免色的地方？但很難判斷。要說像似乎很像，要說不像簡直完全不像。只是如果要我只舉出一個像的地方的話，應該是眼睛。兩個人眼睛的表情，尤其是那一瞬間獨特的閃光方式中，感覺有某種共通的東西似的。

一直注視清澈泉水的深底時，可以看見那裡面有發光的塊狀的東西似的。不仔細看的話看不見，而且那塊狀會立刻搖晃而消失。越認真地窺視，越會產生那可能是錯覺的疑問。不過那裡確實有什麼東西在閃光。如果以很多人為模特兒畫畫，有時就會有這種令人感覺「發光」的人。以人數來說極稀少。但那少女——還有免色——則是那少數人之中的一個。

在櫃台服務的中年女人，進來整理教室時站在我旁邊，佩服地看著那畫。

「這是秋川麻里惠吧。」她看一眼就說。「畫得非常好。看起來好像現在就會動起來似的，要擦掉真可惜。」

「謝謝。」我說。然後從桌子站起來，用板擦把畫擦乾淨。

騎士團長在翌日（星期六），終於出現在我眼前。星期二夜晚，在免色家的晚餐會上見過之後第一次出現——借用他自己的用語的話稱為「形體化」——。我去買食物回到家，傍晚在客廳讀書時，畫室傳來鈴響聲。我到畫室去一看時，騎士團長坐在櫃子上，把鈴拿在耳邊輕輕搖著，像在確認鈴的微妙聲響似的。看到我出現，他就停止搖鈴。

「好久不見。」我說。

「沒什麼好久不見。」騎士團長冷淡地回答。「Idea這東西是以百年、千年單位在全世界走來走去的。一天兩天不算在時間之內。」

「免色家的晚宴怎麼樣？」

「噢，噢，那還算是有趣的晚宴。當然我不能吃美食，只能讓我養眼。而免色君倒是照顧相當周到的人，很多事情他都事先考慮到了。而且是個心事很多的人。」

「他提出一個請求。」

「噢，是啊，對了（是啦）。」騎士團長邊望著手上拿的古鈴，沒什麼興趣地說。「那件事我在旁邊全都聽到了，不過那跟我沒什麼關係。只是諸君和免色君之間的實際的，也就是現世的事情。」

「我可以問一個問題嗎？」我說。

騎士團長用手掌來回摩擦著下顎的鬍鬚。「啊，沒關係。不知道我答不答得出來。」

「是關於雨田具彥〈刺殺騎士團長〉的畫。當然您知道那幅畫的事吧？畢竟您是從那畫面中，借用出場人物的形體的。那幅畫好像是以一九三八年維也納實際發生的暗殺未遂事件為主題的樣子，而且據說那事件是和雨田具彥先生自己有關的。那件事您知道什麼嗎？」

騎士團長交抱雙臂沉思片刻。然後瞇細眼睛，開口說起。

「在歷史中，有很多事情是就那樣放在黑暗中會比較好的。正確的知識不見得會讓人更豐足，客觀不見得會凌駕主觀，事實不見得會吹熄妄想。」

「以一般論來說或許是這樣。但對看那幅畫的人，卻有強烈訴求什麼的感覺。我感覺雨田具彥想把他所知道的非常重要但不能公開的事情，以個人的暗號化為目的，畫出那幅畫。人物和舞台設定借用別的時代，使用自己新學的日本畫手法，他似乎藉著所謂隱喻的方法進行告白。我甚至認為，他就為了這個而捨棄西洋畫，轉向日本畫，我甚至這樣感覺。」

「諸君可以讓畫來說啊。」騎士團長以安靜的聲音說。「如果那畫想說什麼的話，就讓畫直接說好了。隱喻就以隱喻，暗號就以暗號，竹篩蕎麥麵就以竹篩的樣子就行了。那有什麼失禮嗎？」

我不知道為什麼會突然跑出竹篩來，不過就那樣聽過去。

我說：「不是有什麼失禮。我只是，想知道雨田具彥畫那幅畫的背景之類的事情而已，因為那幅畫好像在訴求什麼似的。那幅畫，一定是為了達到什麼具體的目的而畫的畫。」

騎士團長好像想起什麼似的，一時又再以手掌撫摸著下顎的鬍鬚。然後說。「法蘭茲·卡夫卡喜歡斜坡道。他被所有的斜坡道吸引。喜歡眺望建在陡坡上的房子。坐在路邊，花幾小時一直眺望那樣的房子。毫不厭倦地，一邊歪著脖子或直起脖子。總是個怪傢伙。諸君知道這些事吧？」

法蘭茲·卡夫卡和斜坡道？

「不，我不知道。」我說，沒聽過這種事。

「那麼，諸君知道這件事之後，對於理解他留下的作品，有沒有稍微深入一點了，嗯？」

我沒有回答那問題。「那麼，您也認識法蘭茲·卡夫卡嗎？私底下？」

「對方當然私底下不會知道我。」騎士團長說。然後像想起什麼似的，吃吃地笑著。那可能是我第一次看見騎士團長發出聲音笑，法蘭茲·卡夫卡想必有什麼會讓他吃吃笑的要素吧。

然後騎士團長表情繼續恢復原狀。

「所謂真實也就是表象，表象也就是真實。在那裡的表象就那樣一口氣咕嘟吞下去是最好的了。那裡既沒有道理也沒有事實，沒有豬的肚臍，也沒有螞蟻的睪丸，什麼都沒有。人們想要用那個以外的方法去到達理解之道，就像想讓竹篩浮在水上一樣。我不說難聽的話，不過還是別這樣比較好。免色君所做的事，真可憐，說起來也類似那個。」

「換句話說，不管做什麼到頭來都是一場空嗎？」

「就像偏要讓都是洞隙的竹篩浮在水面那樣，任誰都辦不到。」

「正確來說，免色到底想做什麼？」

騎士團長輕輕聳肩。然後雙眉之間，皺起令人想起年輕時候馬龍白蘭度的皺紋。雖然我實在很難想像騎士團長會看過伊力卡山的電影《岸上風雲》，但那皺眉方式真的和馬龍白蘭度一模一樣。我無法預測，他的外觀和相貌的借用來源會到達什麼領域。

他說：「關於雨田具彥的〈刺殺騎士團長〉，我能對諸君說的非常少。因為那本質是在寓意上、在比喻上。寓意和比喻是不該以語言說明的東西，是應該直接吞進去的東西。」

於是騎士團長用小指頭的指尖來回抓抓耳後，就像貓在下雨之前會抓抓耳後那樣。

「不過我就告訴諸君一件事吧。雖然是非常小的事，不過明天晚上會有電話打進來，是免色君打來的電話，那個要好好的考慮之後才回答會比較好噢。不管考慮多久，雖然諸君的回答結果可能一點都不會改變，但還是好好考慮比較好。」

「而且要讓對方知道，這邊是在好好考慮的也很重要，是這樣嗎？作為一種態度。」

「對，就是這個意思。First Offer 第一個報價要先拒絕是商業的基本鐵則，要記住才不會損失。」說著騎士團長又再吃吃地笑，今天的騎士團長似乎心情不錯。「不過換個話題，陰核這東西摸起來很有趣嗎？」

「我想不是因為有趣而摸的。」我老實地陳述意見。

「在旁邊看著也不太明白。」

「我也覺得不太明白。」我說。原來Idea也不是什麼都懂。

「總之，我差不多要消失了。」騎士團長說。「其他還有要去一下的地方，不太有空閒時間。」

然後騎士團長消失了。就像柴郡貓消失那樣，是漸漸分階段的。我到廚房去，一個人簡單地做了晚餐吃。然後試著稍微想想騎士團長有什麼樣「要去一下的地方」，但當然想不到。

正如騎士團長預言的那樣，第二天晚上八點過後免色打電話來。

我一開始先為前幾天晚餐的事道謝，非常豐盛的餐點。哪裡，沒什麼。我才要感謝您帶來愉快的時光，免色說。然後我也為了肖像畫的禮金付得比約定的多，向他道謝。不，這是應該的，因為您為我畫出那麼精彩的畫，請別掛在心上。免色一味謙虛地說。這種禮儀的對話全部對答完畢之後，暫時落入沉默。

「對了，關於秋川麻里惠的事。」免色好像在提天氣的事一般，若無其事地切入。

「您還記得吧。前幾天，我曾經拜託您，以她為模特兒，幫我畫一幅畫的事？」

「當然記得很清楚。」

「那樣的事，昨天向秋川麻里惠提了——或者說實際上，繪畫教室的主管松嶋先生向她的姑姑提起，有沒有這種可能——據說秋川麻里惠已經同意當模特兒了。」

「原來如此。」我說。

「因此，如果您答應為她畫肖像畫的話，那麼一切都已經準備就緒了。」

「但是免色先生，這件事是您單方面開始計畫的事，松嶋先生沒有覺得可疑嗎？」

「這一點我很小心地行動，請不用擔心。我正扮演您的後援者的角色，我這樣向他解釋。但願這不會讓您覺得不愉快……」

「那倒沒關係。」我說。「不過秋川麻里惠居然同意了。她看起來是個沉默寡言，乖巧內向的女孩。」

「老實說，她姑姑剛開始對這件事好像並不起勁。當什麼畫家的模特兒，一定沒什麼好事。這種說法對畫家的您很失禮。」

「不，這是世間一般的想法。」

「但麻里惠自己，對於當畫畫的模特兒據說相當積極。還說如果是由您畫的話，她很樂意當模特兒，而且姑姑反而是被她說服了。」

為什麼呢？這和我把她的模樣畫在黑板上，或許在某種形式上有關係吧。不過這件事我沒有對免色提起。

「事情的發展不是很理想嗎？」免色說。

我對這尋思了一番。這件事情真的發展得很理想嗎？免色似乎在電話口等我陳述什麼意見。

「事情的發展到底是怎麼樣，可以更詳細地告訴我嗎？」

免色說：「說法很簡單。您為了畫作正在找模特兒，而您在繪畫教室的學生名叫秋川麻里惠的少女，正好適合擔任這模特兒。因此透過主管松嶋先生，向監護人姑姑打聽，事情就順理成章地進行下去了。松嶋先生個人保證您的人品和才能，沒話說的人品，熱心的老師，以畫家來說才華卓越經驗豐富未來前途不可限量。我的存在完全沒有出現，我事先叮嚀過不要提起。當然是著衣的模特兒，有姑姑陪伴前往，請到中午結束。這是對方提出的條件。怎麼樣？」

我聽從騎士團長的忠告（第一次出價先拒絕），先把對方的步調喊停。

「我想條件上沒什麼問題。只是要不要畫秋川麻里惠的肖像畫，這件事本身可不可以多給我一點時間考慮？」

「當然。」免色以沉穩的聲音說。「您盡量考慮，絕對不急。不用說畫畫的是您，一定要您有這個心情，事情才能進行。只是以我來說，一切準備已經就緒，我只是想向您報告這個而已。還有一點，這說來也許多餘，不過這次拜託您的事情，謝禮也請讓我充分表示敬意。」

事情進展得真快，我想。一切都令我佩服地迅速而俐落地展開，簡直像球滾在坡道上一般……。我在斜坡道的途中坐下來，想像正眺望著那球在滾動的法蘭茲·卡夫卡的身影。我必須慎重才行。

「可以給我兩天時間嗎？」我說。「我想兩天後可以回答。」

「沒問題。兩天後我會打電話過來。」免色說。

然後我們掛斷電話。

但老實說，那回答並不需要特地等兩天。因為我早已下定決心了。我想畫秋川麻里惠的肖像畫已經想得不得了。就算有誰阻止我，我也可能會接下這工作。會特地緩衝兩天，只是不想完全被對方的步調牽著走而已。在這裡暫且先爭取時間慢慢深呼吸比較好，本能──還有騎士團長──教我的。

……猶如想讓竹篩浮在水面上一樣，騎士團長說。偏要讓都是洞隙的竹篩浮在水面上，任誰都辦不到。

他在暗示我什麼，即將來臨的什麼。

29 含有什麼不自然的要素

那兩天之間，我在畫室輪流看著那兩幅畫度過時間。雨田具彥的〈刺殺騎士團長〉，和我畫的〈白色Subaru Forester的男人〉。〈刺殺騎士團長〉現在掛在畫室的白牆上。〈白色Subaru Forester的男人〉背面朝外放在書室角落（要看時，我才放回畫架上）。除了看那兩幅畫之外，只是消磨時間的讀讀書，聽聽音樂，做做菜，掃掃地，拔拔庭園的雜草，或到房子周圍散散步，沒有心情拿起畫筆。騎士團長依然保持沉默，沒有露面。

在附近的山路一邊散步，我試著尋找是否從哪裡可以看見秋川麻里惠的家。但在我走過的範圍內並沒有看見那樣的房子。從免色家所看到的，以直線距離來說應該是相當近的，但因為地形的關係可能視野被擋住了。在林間一邊散步時，我不知不覺間也在注意虎頭蜂。

兩天之間輪流注視著那兩幅畫，重新明白，我所懷有的感覺絕對沒有錯。〈刺殺騎士團長〉在尋求隱藏在內的「暗號」能被解讀，〈白色Subaru Forester的男人〉希望畫面的作者（也就是我）不要再繼續畫。兩者的訴求都非常強而有力——至少我這樣感覺——我只能依照他們的要求。我讓〈白色Subaru Forester的男人〉保持現狀（但設法理解那要求的根據），此外在〈刺殺騎士團長〉中，努力讀取那畫真正的作畫意圖是什麼。但兩幅畫都像被胡桃的殼般堅硬的謎所包裹著，以我的握力實在無法敲碎那外殼。

如果沒有秋川麻里惠的委託案的話，我或許會一直無止境地輪流看那兩幅畫度日。但第二天夜晚免色打了一通電話來，托他的福那咒縛得以暫時解除。

「那麼，有結論了嗎？」免色在客套的寒暄完畢後問我。當然他在問，我是不是要畫秋川麻里惠的肖像畫。

「基本上，我想接這個。」我回答。「只是有一個條件。」

「什麼樣的事情？」

「那會變成什麼樣的畫，我還無法預料。必須由秋川麻里惠實際站在前面，我拿起畫筆，才能開始決定作品的風格。如果創意無法順利發揮時，畫可能無法完成。或者雖然完成了但我可能不滿意，或免色先生可能不中意。因此這幅畫我想不是接受免色先生的委託，或唆使而畫的，我希望是由我自發性地畫的。」

停頓一口氣之後免色好像試探地插入般說：「換句話說，如果您畫好的作品您不滿意的話，不管怎麼樣都不會交到我手中。您想說的是這個意思嗎？」

「或許也有這種可能性。無論如何，完成的畫要怎麼辦，希望由我來判斷，這是條件。」

對這個免色考慮了一下，然後說：「除了說Yes之外，我似乎別無選擇。如果不吞下這個條件，您就不動筆的話。」

「很抱歉。」

「這個意圖，換句話說，由於您希望把我的委託，或唆使這框架拿掉，在藝術性上可以更自由地發揮，是這樣嗎？還是說和金錢的要素纏在一起會造成您的負擔？」

「我想這兩者都各有一點。不過最重要的是，心情方面希望能更自然。」

「想更自然？」

「我希望這件工作盡量排除不自然的因素。」

「也就是說。」免色說。他的聲音似乎稍微變硬了。「我這次拜託您畫秋川麻里惠的肖像畫，讓您感覺含有什麼不自然的因素嗎？」

猶如想讓竹篩浮在水面上一樣，騎士團長說。偏要讓都是洞隙的竹篩浮在水面上，任誰都辦不到。

我說：「我想說的是，關於這件事我希望我和免色先生之間不牽涉利害，也就是希望保持對等的關係。對等的關係這說法，可能很失禮。」

「不，沒什麼失禮。人與人保持對等關係是理所當然的事。想到什麼請儘管說，沒關係。」

「也就是說，以我來說，我希望免色先生和這件事無關，這只是以自發性的行為，想畫秋川麻里惠的肖像。不這樣的話可能正確的創意會出不來，這些事情可能成為有形無形的枷鎖。」

免色稍微考慮之後說：「原來如此，我明白了。拜託的事情這框框就當沒有，報酬的事也請忘記。金錢的事太早提出，確實是我粗心失禮了，完成的畫要如何處理，請在完成後讓我看的時候，再來商量吧。無論如何，最重要的當然要尊重創作者您的意志。不過我提出的另一個請求怎麼樣？還記得嗎？」

「當我在畫室以秋川麻里惠為模特兒畫畫時，安排免色先生可以不期而遇的事，是嗎？」

「是的。」

我稍微考慮一下說：「我想這點沒什麼問題。我們是熟朋友，您就住在附近，星期天早上散步路過就走進來。於是大家在那裡輕鬆地聊一下之類的，那完全不會不自然吧。」

免色聽了似乎鬆一口氣。「您能這樣為我設想，真是感謝。這件事情絕對不會給您帶來麻煩。讓秋川麻里惠從這星期日上午開始會去府上拜訪，然後您畫她的肖像畫，這件事就這樣具體進行下去可以嗎？實質上是松嶋先生擔任中間人，聯絡您和秋川家。」

「這樣很好，請他繼續進行。星期天早上十點，兩個人到我家來，請秋川麻里惠當模特兒，大約十二點工作就可以結束了。那要連續幾星期，可能五到六星期。大概就這樣吧。」

「細節決定以後，會重新通知您。」

於是我們必須商量的事情就結束了。免色在那之後忽然想起來似地補充：

「對了，關於維也納時代的雨田具彥先生的事，那次之後又知道了些事實。他所參與的納粹高官暗殺未遂事件，以前說的是在德奧合併之後立即發生的，正確說似乎是一九三八年初秋，也就是德奧合併的大約半年後。德奧合併的事大概的情況您知道吧。」

「知道，但不是很詳細。」

「一九三八年三月十二日，德國國防軍越過國界單方面侵入奧地利，轉眼之間便掌握了維也納，並威脅米克拉斯總統，任命奧地納粹黨的代表人物阿圖爾．賽斯－英夸特為首相。希特勒在那兩天後進入維也納，然後在四月十日進行國民投票：問國民是否希望與德國合併的投票。雖然號稱是自由的祕密投票，但其實做了很多複雜的安排，實際上要投反對合併票似乎需要相當大的勇氣。結果贊成合併的票佔百分之九十九・七五。就這樣奧地利這個國家便完全消滅了，領土降格為德國的一個地區。您去過維也納嗎？」

別說是維也納，我連離開到日本以外都沒有過，也沒拿過護照。「維也納是其他任何地方都無法類比的城市。」免色說。「只要在那裡稍微住過的話，立刻就會知道。維也納和德國不同：空氣不同、人不同、食物不同、音樂不同。維也納說起來是要享樂人生，親近藝術的特別場所。但那個時期的維也納卻正值混亂的極致，那裡正猛吹著暴虐的狂風。雨田先生住在那裡的時候，正值那樣動亂的維也納。在國民投票尚未舉行之前，納粹黨員行為也還稍微遵守禮儀，但投票結束後，暴力本性開始暴露無遺。德奧合併之後，希姆萊首先進行計畫，是在奧地利的北部建設毛特豪森（Mauthausen）集中營。僅數周時間便已完成。對納粹政府而言，成立那集中營是當務之急。並在短期間內逮捕政治犯數萬人送進那裡。被送進毛特豪森的主要有『矯正無望』的政治犯，和反社會份子，因此對待囚犯特別殘酷。許多人在那裡被處刑，或被派到採石場從事激烈的肉體勞動，終至喪命。所謂『矯正無望』的意思就是，一旦被送進那裡就別指望能活著出來的意思。此外有些反納粹的活動家中，有些還沒被送進集中營，就在接受調查的拷問時被殺害了。許多人就在從一個暗處轉到另一個暗處之間被葬送了。雨田具彥先生所涉及的暗殺未遂事件，正好發生在那德奧合併後的混亂中。」

我默默地聽著免色的話。

「但正如前面說過的，在官方的紀錄裡，並沒有一九三八年夏秋，在維也納發生過納粹要人暗殺未遂事件，這試想起來也是不可思議的事。因為如果實際上真有那樣的暗殺事件存在的話，希特勒或蓋世太保應該拿那個徹底宣傳一番，當成政治利用工具吧？就像水晶之夜（kristallnacht）情況那樣。您知道水晶之夜的事嗎？

「知道大概的情形。」我說。我以前看過提到那事件的電影。「駐巴黎的德國大使館員被反納粹的猶太人槍擊而死。納粹利用這事件在德國全境發動反猶太暴動，許多猶太人經營的商店被破壞，許多人被殺害。櫥窗玻璃被敲碎四散，像水晶般發亮因而得名。」

「沒錯，一九三八年十一月發生的事件。雖然德國政府發表聲明，說那是民眾自發性擴散開來的暴動，其實是德國宣傳部長戈培爾所主導的納粹政府，利用那暗殺事件，組織性策劃的暴行。暗殺犯赫舍．格林斯潘因為自己家人在德國境內受到針對猶太人的殘酷對待，為了抗議而犯下這事件。最初本來打算殺害德國大使，但未能成功，於是轉而射殺眼前見到的大使館員。但很諷刺的是，被殺的大使館員名叫恩斯特．馮．拉特，他其實是因具有反納粹傾向正被當局監視中的人物。無論如何，如果那個時期的維也納有類似納粹要人暗殺計畫發生的話，一定會被同樣拿來當宣傳吧。而且以此為藉口，對反納粹勢力進行更嚴厲的鎮壓。至少那個事件應該不會被悄悄葬送進黑暗中。」

「那沒有被公開的紀錄，想必有什麼不便公開的隱情吧？」

「似乎可以確定，那個事件實際發生過。不過與暗殺事件有關的那些人，很多是維也納的大學生，被一網打盡全部逮捕，或處刑或殺害。可能為了封口。根據一種說法，反抗成員中有一位納粹高官的親生女兒，據說那也是事件消息被封鎖的理由之一，不過真假無法確定。戰後雖然出現幾種證言，但那些周邊證言有多少可信度，依然無法確定。順便一提，那個反抗組織的名字叫做『candela』，在拉丁文中，是指為了照亮地下黑暗地方的燭台。日語外來語中的『カンテラ』就是從這裡來的。」

「據說事件的當事者一個不留地全數被殺了。換句話說生還者只有雨田具彥先生一個人而已，是嗎？」

「好像是這樣。終戰前夕根據國家保安本部的命令，有關事件的祕密文件一件不留全部燒掉，其中所有的歷史都埋入黑暗中去。如果能從生還者雨田具彥先生那裡了解當時的詳細情形就好了，然而現在那一定也很困難了吧。」

我想很難，我說。關於那件事，至今雨田具彥完全不談，而他的記憶現在已經完全沉入厚厚的遺忘之泥底下了。

我向免色道謝。掛斷電話。

雨田具彥在記憶還確實的期間，對那個事件已守口如瓶，其中可能有無法說出口的某種個人理由，或者在離開德國時，當局曾經以利害關係極力要求他無論如何一定要保持沉默。但他一輩子保持沉默的取而代之的卻是，畫出了〈刺殺騎士團長〉這樣的作品。他可能把被禁止以語言表達的事件真相，或與那相關的想法，託付在那幅畫中了。

第二天晚上免色又再打電話來，說秋川麻里惠已經決定這個星期日上午十點，會到我家來。像之前說過的那樣，她姑姑會陪她來。免色第一天則不會出現。

「等過一陣子，她稍微習慣和您的作業時，我才露面。剛開始她一定很緊張吧，而且我想不要打攪你們比較好。」他說。

免色的聲音很罕見有點高亢的感覺，因此連我也變得心情有點浮動。

「說得也是，那樣可能比較好。」我回答。

「不過試想起來，可能反而是我比較緊張。」免色稍微猶豫之後，透露祕密般說。

「不過如果想靠近的話，那種機會應該可以製造吧。」

「是啊，當然。如果想的話，應該多少都可以製造。」

「我想以前也說過，我一次也沒有靠近過秋川麻里惠，只有從遠遠的地方看過。」

「但您卻沒有這樣做。為什麼呢？」

免色很稀奇地花時間選擇他的用語。然後說。「因為活生生的她就在眼前，自己都無法預測，當場會想什麼，會說出什麼話來。因此，向來我都避免走近她身邊。隔著一條山谷，從遠遠的用高性能雙筒望遠鏡暗自地眺望她的身影就滿足了。您覺得我的想法不對嗎？」

「我想沒什麼不對。」我說。「只是覺得有點不可思議而已。但總之這次，會決心在我家實際和她見面，是為什麼呢？」

免色沉默了一下。然後說：「那是因為您這個人在我們之間，以仲介者存在的關係。」

「我嗎？」我驚訝地說。「可是，為什麼是我呢？這樣說也許失禮，但免色先生幾乎不知道我的事，我也還不太知道免色先生的事。我們在短短一個月前才剛認識，隔著山谷住在對面而已，生活環境生活方式，真是從一到十都那麼不同。但不知您為什麼這麼信任我，把您個人的祕密都告訴我？免色先生看起來並不是會輕易把自己的內心對外人公開的人。」

「沒錯。我是一旦有什麼祕密，就會把它放進保險箱鎖起來，把那鑰匙吞進肚子裡去的人。絕不會找人商量，或對誰坦白。」

「然而為什麼對我——該怎麼說呢——某種程度能坦開心胸來呢？」

免色稍微沉默。然後說：「我也不會說，但我對您可以有一定程度不設防的感覺，好像是從見到您的第一天開始就有了。幾乎是直覺。後來，看到您所畫的我的肖像畫，那種感覺就更確定了。這個人是值得信賴的。我想如果是這個人的話，或許可以完全以自然的形式接受我對事情的看法和想法。就算那是多少有幾分奇怪，或扭曲的看法和想法。」

幾分奇怪，或扭曲的看法和想法，我想。

「聽您這麼說，我非常高興。」我說。「然而我實在不認為自己能理解您這個人。無論怎麼想，您都是超出我理解範圍之外的人。老實說，關於您的許多事情真的都讓我感到驚訝。有時讓我說不出話來。」

「不過您對我的事情並不做判斷。不是嗎？」

這麼說來，確實沒錯。我對免色的言語行動和生活方式，從來不以任何基準來做判斷。既不特別讚賞，也不加以批判。只是啞口無言而已。

「或許是這樣。」我承認。

「那麼您記得我下到那洞底下時的事情嗎？獨自在那裡一小時的事？」

「當然記得很清楚。」

「您那時候，想都沒有想過，會把我永遠遺棄在那又暗又濕的洞穴中。那種事情明明是可能的，但您腦子裡卻絲毫沒有想到那種可能性。是吧？」

「沒錯。不過免色先生，一般人想都不會有想，去做那種事情的念頭。」

「真的能這樣斷言嗎？」

被這麼一說，我真沒辦法回答。其他的人心底下在想什麼，我無法想像。

「我還想拜託您一件事。」免色說。

「什麼樣的事？」

「這個星期日的早晨，秋川麻里惠和她姑姑到您府上去的時候的事。」免色說。「如果可以的話，在那之間我想用望遠鏡看看您府上，可以嗎？」

沒關係，我說。騎士團長就在旁邊一直觀察我和女朋友的做愛樣子。隔著山谷用望遠鏡眺望這邊的露台會有什麼不方便呢？

「因為我想還是要先徵求您的同意比較好。」免色辯解似地說。

他那不可思議的正直方式讓我重新佩服這個男人的修養。於是我們結束談話，掛斷電話。由於話筒一直壓著，耳朵上方的部分有點痛。

第二天上午，收到一封附有寄件證明的掛號郵件。我在郵差遞出的單據上簽了名，領到一個大信封。手裡拿到那個心情不太開朗，以經驗來說，附有寄件證明的郵件都不會帶來什麼快樂的通知。

果然不出所料，寄件人是東京都內的律師事務所，信封裡是兩份離婚申請文件，還附已有貼了郵票的回郵信封。除了文件之外，只有一封律師事務性指示的信而已。根據信上所寫的，我必須做的事，是閱讀上面所寫的內容後，確認如果沒有異議，在一份文件上簽名蓋章，寄回來就可以。如有疑問，請不用客氣儘管問承辦律師。我把文件快速過目，填上日期，簽名蓋章。關於內容並無「疑問」。金錢方面的義務雙方都沒有發生，沒有值得分割的財產，也沒有需要爭養育權的孩子。極其單純，極其簡單明瞭的離婚，可以說是初次離婚的典型。兩個人的人生重疊為一個，六年後再分開，如此而已。我把文件放進回信信封，把信封放在廚房桌上。明天到繪畫教室去時，投進車站前的郵筒就行了。

那桌上的信封，我在下午之間似有似無地恍惚地瞄著，不久，漸漸感覺長達六年之久的婚姻生活的重量完全壓在那信封裡似的。那麼長的時間——裡頭染滿了各式各樣的記憶和各式各樣的感情——現在卻在平凡的事務信封中正在窒息、逐漸死去。想像到那模樣時胸口感到一陣壓迫，變得無法好好呼吸。我把那信封拿起來，帶到畫室去放在櫃子上，在那有點髒的古鈴旁邊。然後關上畫室的門，回到廚房，在玻璃杯裡注入雨田政彥送的威士忌喝。雖然自己規定天黑之前不喝酒的，不過偶爾沒關係吧。廚房靜悄悄的，沒有風，也聽不見車子的聲音。連鳥都沒啼。

離婚本身沒有什麼問題，因為我們實質上好像已經離婚了。在正式文件上簽名蓋章，感情上也沒特別在意。如果她想要那樣的話，我這邊沒有異議。因為這種東西只不過是法律上的手續而已。

但為什麼，到底是怎麼變成這種狀況的？我卻搞不清楚那經過情形。人的心和心會隨著時間的經過，狀況的改變，有時聚在一起，有時分開而去，這種事情當然知道。人心的動向，無法以習慣、常識、法律來規範，那永遠是流動性的東西。那是自由展翅、移動的東西。就像候鳥沒有國境的概念一樣。

不過那終究只是一般性的說法，至於那個柚子要拒絕這個我的擁抱，寧可選擇別的誰的擁抱——像這樣的個別案例——就不那麼容易理解了。我感覺現在像這樣承受的，是非常沒道理、殘酷而痛切的對待。我沒有憤怒（我想）。我到底要對什麼生氣才好呢？我所感覺到的基本上是麻痺的感覺。對誰有強烈需求，但那需求不被接受時，會產生激烈的痛苦。為了緩和那痛苦，心自動啟動的麻痺感覺，也就是像精神的嗎啡般的東西。

我無法好好忘記柚子，我的心還在渴求她。然而假定柚子就住在我家隔一個山谷對面的房子裡，而且我擁有高性能望遠鏡，我會透過那鏡頭每天窺視她的日常生活嗎？不，一定不會。不，絕對不會做這種事。不如說本來，無論如何也不會去選那樣的地方住，那豈不是像為自己設一個拷問台一樣的事嗎？

因為威士忌的醉意，我八點前就上床睡了。然後半夜一點半醒過來，就那樣睡不著了。到黎明前的時間非常長而孤獨。既不能讀書、也不能聽音樂，我一個人坐在客廳的沙發上，只是凝視著什麼都沒有的黑暗空間。然後尋思各種事情，那大半是我不該想的事情。

要是騎士團長在旁邊就好了，我想。而且如果能跟他談談就好了，不管談什麼。什麼話題都沒關係，只要聽得見他的聲音就好了。

但到處都見不到騎士團長的身影，而且我也沒有可以呼喚他的方法。

30 或許每個人差異很大

第二天下午，我把簽名蓋章後的離婚協議書寄出去，並沒有附上信。只把裝有文件貼有郵票的回郵信封，丟進車站前的郵筒。不過僅僅是那信封從家裡消失了，我心裡的負擔似乎就減輕了許多。至於那文件現在開始要走過什麼樣的法律途徑，我可不知道，無所謂。喜歡怎麼走就怎麼走吧。

然後星期天早晨，十點稍早前秋川麻里惠到我家來了。亮藍色的Toyota Prius幾乎無聲地開上山坡來，輕輕地停在我家的玄關前。車體承受著星期天早晨的太陽，華麗鮮明地閃閃發光，看來簡直就像剛剛拆開包裝紙的新品似的。最近好多款車子開到我家門前來，免色的銀色Jaguar、女朋友的紅色MINI、免色派司機來接送的出租車黑色Infiniti、雨田政彥的黑色舊型VOLVO，還有秋川麻里惠的姑姑開的藍色Toyota Prius，然後當然還有我開的Toyota Corolla的旅行車（因為長久被灰塵蓋著，想不起是什麼色了）。人們可能因為各種理由和根據或情況，而選擇自己開的車子，秋川麻里惠的姑姑又是為了什麼原因而選擇藍色的Toyota Prius，當然我無從知道。但無論如何，那輛車子與其說是汽車，看起來更像巨大的（真空）吸塵器。

Prius平穩的引擎聲安靜地停止，周遭變得比剛才又稍微更靜了。車門開了，秋川麻

里惠和看來是她姑姑的女人下了車。看起來很年輕，不過可能有四十開外吧。她戴著深色的太陽眼鏡，淺藍色式樣簡單的洋裝，披著灰色毛衣外套，手拿黑色亮面手提包，腳穿深灰色低跟鞋子，適合開車的鞋子。關上車門後，她摘下太陽眼鏡放進皮包。頭髮齊肩，帶著美麗的捲度（但沒有剛從美容院出來的過度完美）。除了洋裝領子上別的金質胸針之外，沒有戴別的顯眼裝飾品。

秋川麻里惠穿著黑色棉絨的毛衣，長度及膝的茶色羊毛裙子。因為向來只看過穿學生制服的她，因此氛圍和平常相當不同。兩人並排站著，看來就像良好家庭氣質高雅的母女一般。我已經聽免色說過，知道兩人並非母女。

我像平常那樣從窗簾的縫隙，觀察她們的樣子。然後門鈴響起，我繞到玄關去開門。

秋川麻里惠的姑姑是位談吐穩重，容貌相當良好的女士。雖然不是艷驚四座的美女，但容貌打扮端莊高雅。自然的微笑像黎明的白色月牙般，輕輕浮在嘴角。她帶了糕餅禮盒來當伴手禮。是我拜託秋川麻里惠當我的模特兒的，其實根本不必帶伴手禮的，但到初次見面的對方家裡拜訪時，還是習慣帶個什麼伴手禮，想必是從小就受過這種教育的人。因此我便坦然道個謝接了下來。然後帶她們到客廳。

「我們住的房子，以距離來說跟這裡真的是像鼻子和眼睛一般近，開車來的話，卻必須繞一大圈。」姑姑說。（她的名字叫秋川笙子。笙笛的笙，她說）。「當然我們以前就知道雨田具彥先生住在這裡，但實際到這一帶來，這還是第一次。」

「從今年春天開始，因為有一點情況，就讓我住在這裡，當作看家一般。」我說明。

「我也聽說是這樣。能住得這麼近可能也是一種緣份吧。以後還請多多指教。」

然後秋川笙子為了姪女麻里惠在繪畫教室跟我學畫，非常禮貌地感謝我教她。說托我的福，經常很愉快地期待去上課。

「也談不上教。」我說。「只是大家一起快樂地畫畫而已。」

「不過我聽很多人您非常擅長指導。」

雖然我不認為有那麼多人讚美我的指導，不過對這個我沒有特別表達意見。只是默默把讚美的話聽過去。秋川笙子是一位教養良好而重視禮節的女士。

看秋川麻里惠和秋川笙子並排坐著，人們首先會想到的，應該是這兩人的容貌無論從哪一點來看都完全不像。雖然從稍微離開的地方看起來，似乎散發著一種很搭配的母女般的氛圍，但近看時，會知道兩人的相貌之間簡直找不到共通的地方。秋川麻里惠容貌端正，秋川笙子顯然也屬於美麗的一類，但兩人給人的印象卻可以說是兩個極端。如果說秋川笙子的容貌是凡事以盡量追求平衡為目標的話，那麼秋川麻里惠則似乎反而要突破均衡，去除限定的框架似的。如果說秋川笙子是以整體的調和與安定為目標的話，那麼秋川麻里惠則在追求非對稱式的對立。但雖然如此，兩人在家庭內似乎保持著和諧的健全關係，從氣氛可以大致推測出來。兩人雖然不是母女，但在某種意義上，甚至比真正的母女更放鬆。看來她們以適度的距離保持著良好的關係，至少我得到這樣的印象。

像秋川笙子這樣容貌姣好，洗鍊而高雅的女人，為什麼一直保持單身呢？為什麼能甘於在這遠離人煙的山上和哥哥的家人住在一起呢？我當然無從知道這緣由。她以前有一位登山家男朋友，但他挑戰從最艱難的途徑攀登珠峰因而喪命，或許她決心抱著那美麗的回憶，永遠繼續保持單身，或者和哪裡的有婦之夫長久繼續保持不倫的關係。但無論如何那都是與我無關的問題。

秋川笙子往西側的窗邊走去，看來似乎對所見的山谷景色深感興趣。

「同樣是對面的山，但只是看的角度稍微不同而已，看起來就相當不同。」她很感嘆似地說。

那座山上，看得見免色的白色大豪宅正鮮明地閃亮著（免色可能正從那邊用望遠鏡探視著這邊）。從她們的家看起來，那棟白色豪宅不知道是什麼樣子？本來想稍微談一下那個，但感覺從一開始就提起這個話題，恐怕會有點危險。很難預測，不知道話題會怎麼發展下去。

我應該避開麻煩，把兩位女性帶到畫室。

「我想在這個畫室，請麻里惠小姐當我的模特兒。」我對兩人說。

「雨田先生一定也是在這裡工作吧。」秋川笙子一邊環視畫室，一邊興趣濃厚地這樣說。

「應該是。」我說。

「該怎麼說才好呢，來到府上之後，我感覺只有這裡的空氣好像有點不同。您不覺得嗎？」

「哦，是嗎？平常生活在這裡，不太有這種感覺。」

「麻里惠覺得呢？」秋川笙子問麻里惠。「妳不覺得，這裡好像是個相當不可思議的空間嗎？」

秋川麻里惠忙著在畫室東張西望，沒有回答這問題。可能沒聽見姑姑的問題。其實我也想聽聽她的回答。

「兩位在這裡工作的時候，我在客廳等候會比較好嗎？」秋川笙子問我。

「這要看麻里惠小姐。盡量為麻里惠小姐營造一個可以放鬆的環境，比什麼都重要。以我來說，您要一起在這裡，或不在這裡，都沒有關係。」

「姑姑不在這裡比較好。」麻里惠那天第一次開口。雖然安靜但非常簡潔，而且是沒有讓步餘地的通告。

「好啊，就照麻里惠的意思。我原本就想大概是這樣，所以把要讀的書也帶來了。」秋川笙子也不介意姪女強硬的口氣，安穩地這樣回答。也許平常已經習慣這種對答方式了。

秋川麻里惠完全忽視姑姑所說的話，微微彎腰，從正面一直凝神注視著掛在牆上雨田具彥的〈刺殺騎士團長〉。長久看著那幅日本畫的她的眼神非常認真。她一一注視那細部，看來彷彿要把畫中的一切要素全部刻進腦子裡記憶起來似的。這麼說來（我想）除了我以外，她恐怕是第一個看見這幅畫的人。我完全忘記，要把這幅畫事先移到別人看不見的地方了。算了，沒辦法。我想。

「妳喜歡那幅畫嗎？」我試著問那少女。

秋川麻里惠對這也沒回答。因為精神太集中在看畫上，我的聲音沒傳到她耳裡的樣子，還是聽到了也不理會嗎？

「對不起。這孩子有點不同。」秋川笙子打圓場地說。「該說是專注力很強吧，一旦迷上什麼之後其他的事情完全進不了腦袋。從小就這樣。對書和音樂、繪畫、電影，都一樣。」

不知道為什麼，秋川笙子和麻里惠都沒有問，那幅畫是不是雨田具彥的作品。因此我也沒有特別說明。當然也沒告訴他們〈刺殺騎士團長〉這畫名。我想讓這兩個人看到畫，應該也沒什麼問題。她們兩人可能沒留意到，這幅畫是沒有被收入在雨田具彥畫集中的特別作品。如果免色或政彥看到這幅畫就另當別論了。

我讓秋川麻里惠盡情地看〈刺殺騎士團長〉，並到廚房去燒開水，泡紅茶。再把茶杯和茶壺放在托盤上端到客廳。秋川笙子帶來的餅乾也一起附上。我和秋川笙子在客廳的椅子上坐下，一邊談著輕鬆的（山居生活、山谷氣候）話題，一邊喝茶。在實際開始工作之前，這種放鬆的談話時間也是必要的。

秋川麻里惠暫時還一個人在看著〈刺殺騎士團長〉的畫，然後又像好奇心旺盛的貓那樣在畫室裡慢慢繞著，把裡面的東西一一拿起來確認。畫筆啦、顏料啦、畫布啦，還有從地裡挖出來的古鈴。她拿起鈴，試著搖了幾下。發出輕輕的每次相同的鈴鈴聲。

「為什麼在這種地方會有古鈴呢？」麻里惠朝無人的空間，沒目標地發問。不過她當然是在問我。

「那個鈴是從這附近的土裡找到的。」我說。「偶然發現的。我想可能是跟佛教有關的東西，和尚在一邊唸經一邊手搖之類的。」

她再一次把那拿在耳邊搖。然後說：「聽起來很不可思議的聲音。」

那樣小的鈴聲，竟然能在雜木林的地底下傳到在這棟房子裡的我的耳裡，我感到佩服。搖法可能有什麼訣竅之類的。

「人家家裡的東西不要這樣隨便玩弄。」秋川笙子告誡姪女。

「沒關係。」我說。「不是什麼重要的東西。」

不過麻里惠似乎立刻對那鈴失去了興趣。她把鈴放回櫃子上，在房間正中央的圓凳上坐下來。從那裡眺望窗外的風景。

「如果可以的話，差不多可以開始工作了。」我說。

「那麼，在那結束之前我在這裡一個人讀書。」秋川笙子露出高雅的微笑說。然後從黑色皮包裡拿出有書店書套的厚厚文庫本來。我把她留在那裡走進畫室，把和客廳之間的門關上。於是我和秋川麻里惠兩個人單獨留在畫室裡。

我讓麻里惠坐在準備好的有靠背的餐廳椅上，而我則坐在經常坐的圓凳上。兩人之間相距大約兩公尺。

「暫時坐在那裡好嗎？以妳喜歡的樣子就好，只要姿勢變動不大，適度動一動沒關係。沒有必要一直不動。」

「畫畫時，可以講話嗎？」秋川麻里惠好像在試探似地說。

「當然沒關係。」我說。「講吧。」

「上次，您幫我畫的畫非常好。」

「在黑板上用粉筆畫的嗎？」

「擦掉了，好可惜。」

我笑笑。「總不能一直留在黑板上吧。不過如果是那樣的東西，要多少都可以畫給妳。因為很簡單。」

她沒有回答。

我拿起粗的鉛筆，用那當作比例尺一般，試著測量秋川麻里惠容貌的各個要素。在畫素描時，和速寫不同，有必要花時間更正確地、實際掌握模特兒的容貌。無論結果會變成什麼樣的畫。

「我覺得老師有畫畫的才華。」麻里惠在暫時的沉默之後好像忽然想起來似地這樣說。

「謝謝。」我老實地道謝。「聽您這樣說，讓我勇氣倍增。」

「老師也需要勇氣嗎？」

「當然。誰都需要勇氣呀。」

我拿起大型素描簿，翻開來。

「今天開始要先畫幾張妳的素描。雖然我也喜歡直接在畫布上顏料，但這次要好好的先畫素描。因為我想這樣子可以慢慢的、階段性地理解妳這個人。」

「要理解我嗎？」

「所謂人物畫，就是理解和解釋對方。不是用語言而是用線、用形和用色。」

「我也希望能夠理解自己。」麻里惠說。

「我也這樣想。」我同意。「我也想但願能理解自己，但那並不容易。所以我畫畫。」我用鉛筆迅速描繪出她的臉和上半身。要如何把她所擁有的深度轉移到平面上，是很重要的事。要如何把那微妙的動感轉變成靜止的，也一樣很重要。素描決定那概要。

「嗯，我的胸部很小吧。」麻里惠說。

「是嗎？」我說。

「好像沒發好的麵包似的。」

我笑了。「妳才剛上國中吧。接下來一定會漸漸大起來的，完全不用擔心。」

「完全不用穿胸罩。班上其他女生全都穿胸罩了。」

確實她的毛衣上，完全看不出胸部的曲線。「如果妳很在意那個的話，可以塞一點東西起來怎麼樣？」

「您希望我這樣嗎？」

「我都無所謂，因為不是為了畫妳胸部的曲線而畫的。只要隨妳高興就好了。」

「不過，男人都喜歡胸部大的女人吧？」

「倒也不一定。」我說。「我妹妹和妳一樣年紀的時候，胸部也還很小。不過我妹妹好像並不在意那種事情。」

「說不定在意，只是沒說出口而已。」

「也許是這樣。」我說。「不過我想Komi根本不會在意那種事情，因為她有別的更需要在意的事情。」

「你妹妹，後來胸部有變大嗎？」

我拿著鉛筆的手忙碌地繼續動著，沒有特別回答那個問題。秋川麻里惠暫時一直看著我手的動作。

「她，後來胸部有變大嗎？」麻里惠再問一次同樣的問題。

「沒有變大噢。」我放棄地說。「因為上中學的那年妹妹就死了，才十二歲。」

秋川麻里惠後來暫時一言不語。

「我姑姑，還滿美的吧？」麻里惠說。立刻改變了話題。

「嗯，非常美。」

「老師是單身吧？」

「嗯，幾乎是。」我回答。那個信封如果寄到律師事務所，可能就算完全了。

「想跟她約會嗎？」

「嗯嗯，如果可能的話應該很快樂吧。」

「胸部也很大。」

「沒注意到。」

「而且形狀非常好噢。因為有時會一起洗澡，所以很清楚。」

我重新看看秋川麻里惠的臉。「妳跟姑姑感情很好噢？」

「不過有時候也會吵架。」她說。

「因為什麼事？」

「各種事。意見不合，或單純生氣。」

「妳真是個不可思議的女孩噢。」我說。「和在繪畫教室時給我的感覺相當不一樣。在教室我對妳的印象是非常沉默。」

「只是在不想說話的地方不太說話而已。」她很爽快地說。「我是不是話說太多了？是不是保持安靜比較好？」

「不，當然沒那回事，我也喜歡說話啊。妳儘管說沒關係。」

當然，我歡迎自然而活潑的對話。總不能將近兩小時默不作聲，只是畫畫而已。

「我非常在意胸部的事。」麻里惠隔一會兒後說。「每天幾乎都只想著這件事。這樣很怪嗎？」

「我想沒什麼怪。」我說。「妳正好在這個年齡。我在妳這個年齡時，好像也常常在想陰莖的事。擔心形狀會不會很奇怪，會不會太小，會不會不正常之類的。」

「那現在怎麼樣呢？」

「現在，對自己的陰莖怎麼想嗎？」

「對。」

對於這個我想了一下。「幾乎不會注意。我想應該是很普通吧，也不覺得有什麼不方便。」

「女人會稱讚嗎？」

「偶爾會，不是沒有人稱讚。不過說不定只是客套話，就像畫有人稱讚一樣。」

秋川麻里惠對這個想了一會兒。然後說：「老師可能有點跟人家不一樣。」

「是嗎？」

「一般的男人說話不會這樣。我爸也是，這種事他不會一一告訴我。」

「一般家庭裡，爸爸可能不想對自己的女兒談陰莖的事吧。」我說。在那之間我的手忙著繼續動。

「乳頭，大概要幾歲才開始變大呢？」麻里惠問。

「嗯，我不太清楚。因為我是男的啊。不過，這種事或許每個人差異很大吧。」

「小時候，有女朋友嗎？」

「十七歲的時候第一次交女朋友，是高中的同班同學。」

「什麼高中？」

我告訴她豐島區內一所都立高中的名字。那所高中的存在除了豐島區民之外，恐怕沒人知道。

「學校有趣嗎？」

我搖搖頭。「不怎麼有趣。」

「那麼，你看過那個女朋友的乳頭嗎？」

「嗯。」我說。「我請她讓我看了。」

「有多大？」

我回想她的乳頭。「沒特別小，也沒特別大。我想大概是普通吧。」

「胸罩裡有塞東西嗎？」

我回想以前女朋友所戴的胸罩。記憶相當模糊，只記得手要繞到背後去解開非常吃力。「沒，我想並沒有塞什麼東西。」

「現在她怎麼樣了？」

我試著想想她。現在怎麼樣了呢？「嗯，不知道啊。因為很久沒見了，大概跟誰結婚了，也生孩子了吧。」

「為什麼不見面呢？」

「因為最後她對我說，不想再見了。」

麻里惠皺起眉頭。「那麼，是因為老師這邊有什麼問題嗎？」

「我想大概是。」我說。當然是我這邊有問題。毫無疑問。

算是到最近了，我才夢見那個高中時代的女朋友。在一個夢中，我們在夏天的傍晚，在一條大河邊並腰散步。我想吻她。但她的臉前面卻不知道怎麼有長長的黑頭髮像簾子般擋著，我的嘴唇無法接觸到她的嘴唇。而且我那時候突然發現，在那夢中她十七歲，我卻已經三十六歲了。這時我醒了過來。那是個鮮活的夢。我的嘴唇上還留下她頭髮的感觸。

我已經很久沒有想起她了。

「那麼，你妹妹比老師小幾歲？」麻里惠又忽然轉換話題。

「小三歲。」

「十二歲死的，是嗎？」

「是啊。」

「那麼，當時老師是十五歲。」

「是啊。我當時十五歲。剛上高中，她剛進初中，跟妳一樣。」

試想起來，現在Komi已經比我小二十四歲了。因為她死掉了，當然我們之間的年齡差每年逐漸拉開。

「我母親死的時候，我六歲。」麻里惠說。「我母親在這附近的山中一個人散步時，身上被虎頭蜂螫了好幾個地方，就死掉了。」

「真可憐。」我說。

「她天生體質上對虎頭蜂的毒過敏。救護車送到醫院時，早已休克，心肺功能已經停止了。」

「後來姑姑就跟你們一起住了嗎？」

「對。」秋川麻里惠說。「她是爸爸的妹妹。如果我也有哥哥的話就好了，比我大三歲的哥哥。」

我畫完第一張素描，開始畫第二張。我試著從各種角度描繪她的姿勢，我打算今天一天都只用來畫素描。

「你跟妹妹會吵架嗎？」她問。

「不，沒有吵架的記憶。」

「感情很好噢？」

「好像是這樣。根本沒想過這種事情，感情好不好。」

「幾乎單身，是什麼意思？」秋川麻里惠問。到這裡話題又變了。

「馬上就會正式離婚。」我說。「因為正在辦事務性的手續，所以說幾乎啊。」

她瞇細眼睛。「我真搞不懂什麼是離婚，因為我周圍沒有人離婚。」

「我也不太清楚，因為我才第一次離婚。」

「是什麼樣的心情呢？」

「可以說心情好像怪怪的吧。向來以為這是自己的路，照常走著過來的，但那條路忽然間卻在腳底下碰一下消失掉了，在空無一物的空間，既搞不清方向，也摸不著東西，只能一步一步往前進似的，那種感覺。」

「結婚多久呢？」

「大約六年。」

「你太太幾歲呢？」

「比我小三歲。」當然是偶然，但和妹妹同年。

「那六年之間，你覺得白費嗎？」

關於這個我想了想。「不，我不覺得。我不願意這樣想。沒有白費。也有相當多快樂的事。」

「你太太也這樣想嗎？」

我搖搖頭。「這我不知道。我當然希望她這樣想。」

「你沒問她嗎？」

「沒問她。下次，有機會的話我會問看看。」

接下來我們暫時完全沒開口。我集中精神在第二張素描上，秋川麻里惠不知道在想什麼——可能是乳頭的大小、離婚的事，虎頭蜂的事、或其他什麼事——她在認真沉思。瞇細了眼睛、嘴唇閉成一直線、雙手抓著左右的膝蓋，整個人落入深深的沉思中，她似乎已經進入這樣的模式了。我把那一本正經的表情記錄在素描簿的白紙上。

每天一到正午，就會從山下傳來鐘聲。可能是公所或什麼學校的報時鐘聲。聽到這個我看看時鐘，並結束作業。到這時為止我共畫好三張素描，造形都相當有趣，分別顯示某種可以發展的方向。以一天份的工作來說還算不錯。

秋川麻里惠坐在畫室的椅子上當模特兒的時間，總共約一個半小時多。以第一天的作業來說應該是極限了。對不習慣的人——尤其是正在發育中的孩子——來說，要當畫的模特兒並不是簡單的事。

秋川笙子戴著黑框眼鏡，坐在客廳的沙發上投入地讀著文庫本。看見我走進客廳便摘下眼鏡，把文庫本闔起來收進皮包。戴著眼鏡的她看來相當知性。

「今天的工作順利完成了。」我說。「如果方便的話，下星期同樣的時間可以過來嗎？」

「好，當然。」秋川笙子說。「一個人在這裡讀著書，不知道怎麼讀得心情好舒坦，是因為沙發坐起來很舒服的關係嗎？」

「麻里惠也沒問題嗎？」我問麻里惠。

麻里惠什麼也沒說，只點個頭，表示可以的意思。在姑姑面前，她和剛才完全兩樣，變沉默了。或許她不喜歡三個人在一起。

然後兩個人坐著藍色Toyota Prius回去。我在玄關目送她們。載著太陽眼鏡的秋川笙子從車窗伸出手，向我輕輕搖幾次；小小的白皙的手。我也舉起手回應。秋川麻里惠收著下顎，筆直注視著前方。車子開下坡道從視野中消失後，我回到家。兩個人不在之後，家裡不知怎麼看起來忽然覺得很空曠。好像應該有的東西卻不見了似的。

不可思議的二人組，我一邊望著桌上留下的紅茶杯一邊想。不過其中有某種不尋常的地方。但她們到底哪裡不尋常呢？

然後我想起免色。或許我該讓麻里惠走出露台，讓他可以用望遠鏡好好看她。但接著我又想到，為什麼我非要特地那樣做不可呢？他並沒有那樣拜託我啊？

不管怎麼樣，以後還有機會。不用著急，我想。

31 或許有點過分完美

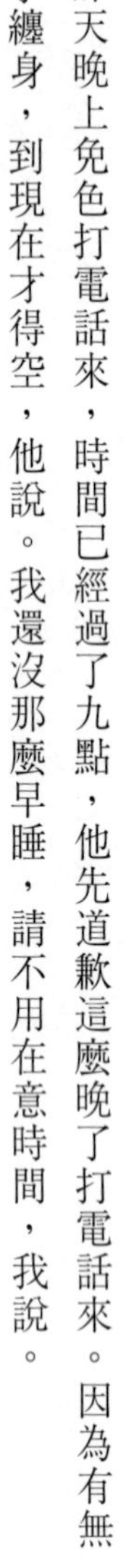

那天晚上免色打電話來，時間已經過了九點，他先道歉這麼晚了打電話來。因為有無聊的事纏身，到現在才得空，他說。我還沒那麼早睡，請不用在意時間，我說。

「怎麼樣？今天早上的工作進行得還順利嗎？」他這樣問我。

「我想馬馬虎虎還算順利。我完成幾張麻里惠的素描。下周的星期日，同樣的時間兩個人還會來這裡。」

「那太好了。」免色說。「不過，姑姑對您還友善嗎？」

友善？這用語有點奇怪的感覺。

我說：「嗯，看起來是感覺相當好的女性。是不是算友善我不清楚，不過並沒有特別有防備的樣子。」

於是我大概地說明那天早晨發生的事，免色幾乎屏著氣聽我說。好像要把話中含有的微細具體的情報，盡可能有效地多吸取一點。除了有時稍微提問一下之外，幾乎沒有開口。只是注意傾聽。我把她們穿什麼衣服、如何上山來、看起來是什麼樣子、說了什麼事情，還有我怎麼樣畫秋川麻里惠的素描。把那些一一告訴免色，但沒有提到秋川麻里惠很在意自己胸部小的事。我想這種事情，還是保留在我和她之間比較好。

「我下星期到那裡露面，一定還有點太早吧？」免色問我。

「那是要免色先生決定的事，我無法判斷。以我來說，下星期您要過來，我覺得好像沒什麼問題。」

免色在電話那頭暫時沉默。「我必須稍微想一想。因為這相當微妙。」

「請慢慢考慮。在畫完成之前，暫時還會花一些時間，我想還有幾次機會。對我來說，下周或下下周，都沒有關係。」

第一次發現免色也會這樣困惑。過去我所見到的他，無論任何事情，都迅速決斷毫不遲疑，我以為那就是免色這個人所擁有的特質。

我想問免色今天早上，有沒有用望遠鏡看我家。有沒有好好觀察秋川麻里惠和她的姑姑，但我改變想法沒有問。只要他沒有談到，那個話題還是別提出來比較聰明。就算被看的是我所住的房子。

免色再度向我道謝。「向您提出各種無理的要求，覺得真過意不去。」

我說：「不，我並沒有在為您做什麼。我只是在畫秋川麻里惠的畫而已，只是為了想畫而畫而已。表面上和實際上，事情的發展應該都是這樣。沒有必要特地向我致謝。」

「就算是這樣我還是非常感謝您。」免色安靜地說。「真的在各種意義上。」

雖然我不太清楚，各種意義上是指什麼，不過關於這個我並沒有問。夜已深了，我們簡單地互相道過晚安就掛斷電話。但免色放下話筒之後，接下來恐怕要迎接失眠的長夜也未可知，我忽然這樣想。從他的聲音可以聽出那種緊張的音調，他一定有許多必須尋思的事情吧。

那星期，並沒有發生什麼特別的事情。騎士團長沒有現身，年長的人妻女友也沒聯絡。非常安靜的一星期。只有我的周圍秋意逐漸加深而已。天空眼看著變高，空氣清澈透明，雲留下彷彿以刷毛拉長般的美麗白紋。

我把秋川麻里惠的三張素描拿起來看了好幾次。各種不同的姿勢，各種不同的角度。非常耐人尋味，而且充滿暗示。但我從一開始就沒有打算從其中挑選一張作為具體的底稿。我畫那三張素描的目的，就像我對她自己也說過的那樣，我想整體理解、認識，秋川麻里惠這個少女的為人。把她這個人的存在，一度放進自己的內部去。

我一再重複觀看無數次畫她的三張素描。並集中精神，在我心中具體建立她的姿態。在那樣做著之間，我感覺心中秋川麻里惠的姿態，和我妹妹Komi的姿態混合成一個了。我無法判斷那是不是適當的事情，不過這兩個幾乎同年齡的少女的靈魂似乎已經在某個地方——可能是我所無法進去的深奧場所——共鳴、結合起來了。我已經無法將這兩個靈魂分解開來。

那周的星期四，我收到妻寄來的信。那是三月我離開家之後，第一次收到她的聯絡。信封上寫著經常看慣的美麗工整的字跡寫了收件人姓名，和寄件人姓名。她還冠有我的姓。可能在正式離婚成立之前，繼續冠夫姓還有什麼方便的地方。

我用剪刀整齊地剪開信封，裡面放著一張附有站在冰山上白熊照片的卡片。卡片上簡單寫著對我在離婚文件上簽名蓋章，並立刻寄回表示感謝。

您好嗎？我還算平安順利地生活著，仍住在同樣的地方。謝謝您，把文件這麻快寄回來。後續如有進展，會再聯絡。您留在家裡的東西，如果有什麼需要，請告知。我會請快遞送過去。無論如何，但願我們各自的新生活能一切順利。

柚

我把那封信重讀了好幾次，並試著讀取在那字面下所隱藏的些許心情般的東西。但從那短文，並未讀出任何言外之情或任何意圖。她在信中明白表示的訊息，似乎就是她要傳達給我的，就只有那樣而已。

只有一件事我不太明白，為什麼準備離婚協議書需要花這麼長的時間。以作業程序來說，應該並不那麼麻煩。而且以她來說，應該想早一刻解除和我的關係。然而我離開家之後已經過了半年，在那之間她到底在做什麼？在想什麼？

然後我凝神注視那張卡片中白熊的照片，但從那裡也讀不出任何意圖。為什麼會選北極的白熊呢？可能是碰巧手頭有白熊的卡片，就用了。我推測大概是這樣。或者因為站在小冰山上的白熊，不知道要去哪裡，只能任海潮飄流，像在暗示我的身世嗎？不，那也許是我太過於臆測吧。

我把信封裡的那張卡片收進書桌最上面的抽屜。關上抽屜時，事情有往前推進一個階段的輕微感觸。發出喀一聲，刻度往上提升一格似的，並不是我自己推進的。不知是誰，是什麼，代替我準備了新的階段，我只是依照那程式動著而已。

然後我想起星期日自己向秋川麻里惠說過，關於離婚後的生活。

向來以為這是自己的路，照常走著過來的，但那條路忽然間卻在腳底下碰一下消失掉了，在空無一物的空間，既搞不清方向，也摸不著東西，只能一步一步往前進似的，那種感覺。

無論是不知方向的海流，或無路的道路，都無所謂、都一樣。無論什麼，都只不過是比喻而已。我反正像這樣掌握著實物，在那實物中被現實吞進去了。在那之上為什麼還需要比喻這東西呢？

如果可能我想寫信，把自己現在所處的狀況向柚子詳細說明。像「總算還平安順利地生活著」這麼曖昧的事情，我實在寫不出來。豈只這樣，事情太多了才是真實不假的心情。不過自從開始在這裡生活以後，如果把我身邊所發生事情開始原原本本寫出來的話，一定會變得無法收拾吧。而且最困難的問題是，這裡到底發生了什麼，連我自己都沒辦法說清楚。至少以整合性的理論性的文脈，是實在無法「說明」的，因此我決定不給柚子回信。一旦要寫信的話，只能把發生的事一五一十照實（不管理論和整合性）全部寫出來，或完全什麼都不寫。只能二選一，於是我選擇什麼都不寫。確實在某種意義上，我就是被留在漂流冰山上的孤獨白熊。放眼望去到處都不見郵筒，白熊豈不是無法寄信？

我還記得很清楚，遇見柚子，開始交往時的事情。

第一次約會一起吃飯，當下就談了各種話題，她似乎對我懷有好感。她說可以再見面。我和她之間，從一開始就有不講道理直接心意相通的地方。簡單說就是個性很合吧。不過實際上和她成為戀人關係還花了一段時間。因為當時的柚子，還有一個交往兩年的對象，但她和對方並不是懷有不可動搖的深刻愛情。

「他是個非常英俊的人。雖然有一點無聊的地方，不過那個歸那個。」她說。

非常英俊但是無聊的男人……因為我周圍沒有一個這種類型的人，所以我腦子裡無法想像這種人和他的為人。我能夠想像的，是看起來非常美味卻味道不足的料理之類的東西。不過那樣的料理有誰會喜歡呢？

她坦白地供出。「我啊，從以前就對英俊的人難以抗拒。面對臉長得英俊的男人時，就會喪失理性似的。明明知道有問題卻無法抵抗。這種毛病怎麼都改不了。那可能是我最大的弱點。」

「沉痾」我說。

她點點頭。「沒錯，可能就是那個。沒辦法治好的沒用的宿疾。沉痾。」

「無論如何，那對我來說都不是對我有利的好消息。」我說。容貌好，很遺憾，都不是我這個人的有力賣點。

她對這個也沒否認，只是很開心似地張口大笑而已。她跟我在一起時，至少不會無聊的樣子。談話很痛快，經常在笑。

因此我很有耐心，等她和英俊的戀人有一天會處不好（他不只英俊而已，還是一流大學畢業，在一流商社上班，領著高薪的菁英。一定跟柚子的父親很投緣）。在那之間，我跟她談了各種話，到各種地方去。而且我們互相對彼此的事情有了更深的了解。我們親吻、擁抱，但沒有做愛。因為她不喜歡和複數的對象同時擁有性關係。「這方面，我還很保守。」她說。因此我只好等待。

這種期間我想大約持續了半年。對我來說是相當長的期間，也曾經想放棄一切。不過總算忍住了。她一定不久就會成為我的。

然後好不容易，因為我深信，她和交往的英俊男友最後終於關係破裂（我想是破裂了。因為她對那經過並沒有透露一句，我只是推測而已），於是才選擇不太英俊，又缺乏生活能力的我當戀人。然後經過不久，我們決心正式結婚。

我還記得很清楚，第一次和她性交時的事。我們到鄉下的一個小溫泉去，在那裡迎接值得紀念的。一切都進行得非常順利，幾乎可以說是完美的。或許有點過分完美。她的肌膚柔美白皙光滑細緻，或許稍微有點黏滑的溫泉湯水，和初秋月光的皎潔，也更添加了那美麗和光滑。擁抱柚子的裸體，初次進入那裡面時，她在我耳邊發出輕輕的聲音，纖細的手指用力壓著我的背。那時候秋蟲們也熱鬧地鳴叫著，聽得見涼快的溪流聲。我當時在心裡堅定地發誓。絕對不要放開這個女人。對我來說，那可能是我過去的人生中最光輝的瞬間。柚子終於成為我的人了。

收到她的短信之後，我想了柚子很久。最初遇見她時的事，第一次和她相交的秋夜的事。還有對柚子，我的心從最初那時候到現在為止，基本上沒有任何改變。我現在依然不想放開她，這點我很清楚。雖然在離婚協議書上簽名蓋章了，但和那沒關係。不過不管我想什麼怎麼想，她已經在不知不覺間離我而去了。去到遠方——可能相當遠，無論用性能多好的望遠鏡，都看不到那片鱗的地方。

她在什麼地方在我不知道之間，可能發現了新的英俊戀人。而且照例，理性般的東西變得無法發揮作用了。當她拒絕跟我做愛時，我就該意識到這件事了。她無法同時跟複數的對象擁有性關係，稍微想一下立刻就會知道的。

沉痾，我想。治癒無望的可惡的病。道理行不通的體質上的傾向。

那一夜（下雨的星期四夜晚），我做了一個又長又暗的夢。

我在宮城縣海濱的小城鎮，握著白色Subaru Forester的方向盤（那現在成為我所有的車子）。我穿著舊的黑色皮夾克，戴著有YONEX商標的黑色高爾夫帽。我個子很高，曬得黑黑的，短髮粗硬花白的短髮。換句話說我是「白色Subaru Forester的男人」。我悄悄跟蹤那部妻子和情夫所乘的小型車（紅色Peugeot 205）。經過海岸的國道。然後看見兩人進入城鎮外豪華的賓館。然後第二天，我追到了妻子，用浴袍的腰帶把她那白皙纖細的脖子絞緊。我是個習慣肉體勞動，手臂強壯的男人。使出渾身的力氣一邊絞緊妻子的脖子，一邊大聲喊叫著什麼。自己在喊什麼，自己都沒聽出來。那是沒有意義的，純粹憤怒的叫喊，從來沒經歷過的激烈憤怒支配著我的身心。我邊叫邊向空中吐出白色的飛沫。

肺裡想吸進新的空氣而一邊拚命喘著，看得見妻子太陽穴正微微痙攣著。口中桃色的舌尖捲曲糾結。青色的靜脈像立體地圖般浮出肌膚。我嗅到自己的汗臭。從來沒聞過的不快氣味，從我體內簡直像溫泉的熱氣般冒出來。令我想起濃毛野獸體臭的氣味。

別畫我，我朝我自己發出命令。我用食指指著掛在牆上鏡子中的自己，激烈地指責。別再繼續畫我了！

到這裡我忽然從夢中醒來。

然後我想到自己當時，在那海邊村子的賓館床上，最害怕的是什麼了。就是我自己把那個女人（不知道名字的年輕女人）在最後的瞬間是不是真的絞殺了？我心底害怕的就是這個。「只要裝樣子就行了。」她說。可是光那樣也許還不行，只裝樣子或許不能結束。而且那只裝樣子不能結束的主要原因，在我自己身上。

我也但願能理解自己。但那不是簡單的事。

那是我對秋川麻里惠說出口的話。我一邊用毛巾擦著身上的汗一邊想起那件事。

星期五早晨雨停了，天空乾淨的放晴了。我為了鎮定昨夜沒睡好覺的亢奮情緒，上午就到附近去散步大約一個多小時。走進雜木林裡，繞到小祠後面，檢查看看好久沒來的洞穴的樣子。進入十一月，風確實冷一些了。地面鋪滿了濕濕的落葉。洞穴和平常一樣被幾片木板緊緊蓋著。那木板上積滿了各種顏色的落葉，排列著鎮壓的重石。但那些石頭的排列方式，感覺和上次看到的時候好像有一點不同。雖然大致相同，但配置似乎有些許差別。

不過我對那件事並沒有太在意。除了我和免色之外，應該沒有人會特地走到這裡來。我只把一片蓋子掀開探視看看，裡面並沒有人，梯子也和上次一樣靠在牆上立著。那暗暗的石室和先前一樣，在我的腳底下深深沉默地繼續存在。我再一次蓋上木板，在那上面照舊排上石頭。

騎士團長已經將近兩周沒有出現在我眼前，我也沒有特別在意。就像他本人說的那樣，Idea也有各種事情要做。超越時間和空間的事情。

然後下一個星期日終於來了。那天發生了很多事，是個非常忙碌的星期日。

32 他的專業技能備受重視

我們在談話時，又有另一個男人走過來。是位華沙出身的專業畫家。中等身高，鷹勾鼻，蒼白的臉上留著漂亮的漆黑鬍子。（中略）那獨特的風采，從遠處就可以立刻看見，顯而易見的，他職業上的地位相當崇高（他的專業技能在收容所裡備受重視）。誰都要對他另眼看待。他也常常對我提及許多自己所做的工作。

「我為那些德國兵畫色彩畫。也就是所謂的肖像畫。那些傢伙會把親戚、妻子、母親、孩子們的照片帶來。誰都想擁有親人的畫像。親衛隊員們會流露真摯的情感把家人的事，向我說明。例如：他們眼睛的顏色、頭髮的顏色。然後我根據模糊的黑白生活照，畫出他們家人的肖像畫。不過，不管怎麼說，我想要畫的絕對不是這些德國人的家人。我想把被堆疊在『隔離病棟』的兒童們，畫成黑白畫。我想畫下被那些傢伙所殺戮的人們的肖像畫，讓那些傢伙帶回自己家裡，掛在牆上裝飾。這些畜牲！」

畫家此時特別激動。

塞繆爾．維倫伯格（Samuel Willenberg）《特雷布林卡滅絕營Treblinka的暴動》

註：「隔離病棟」，特雷布林卡滅絕營處刑所的別名。

〈第一部終〉

藍小說 968

刺殺騎士團長——第一部・意念顯現篇

作　者——村上春樹
譯　者——賴明珠
編　輯——黃煜智
企　劃——張燕宜
封面設計——莊謹銘
校　對——張致斌、黃毓婷、魏秋綢

總 編 輯——余宜芳
發 行 人——趙政岷
出 版 者——時報文化出版企業股份有限公司
10803台北市和平西路三段二四〇號四樓
發行專線—（〇二）二三〇六—六八四二
讀者服務專線—〇八〇〇—二三一—七〇五
（〇二）二三〇四—七一〇三
讀者服務傳眞—（〇二）二三〇四—六八五八
郵撥—一九三四四七二四時報文化出版公司
信箱—台北郵政七九～九九信箱

時報悅讀網——http://www.readingtimes.com.tw
電子郵件信箱——liter@readingtimes.com.tw
法律顧問——理律法律事務所　陳長文律師、李念祖律師
印　刷——盈昌印刷有限公司
初版一刷——二〇一七年十二月八日
平裝本定價——新台幣四四〇元
精裝本定價——新台幣五八〇元
（缺頁或破損的書，請寄回更換）

時報文化出版公司成立於一九七五年，
並於一九九九年股票上櫃公開發行，於二〇〇八年脫離中時集團非屬旺中，
以「尊重智慧與創意的文化事業」爲信念。

刺殺騎士團長．第1部，意念顯現篇 / 村上春樹著；賴明珠譯．--
初版．-- 台北市：時報文化，2017.12　面；　公分

譯自：騎士団長殺し．第1部，顕れるイデア編．

ISBN 978-957-13-7187-0(平裝). --
ISBN 978-957-13-7188-7(精裝)

861.57　　106018368

KISHIDANCHO-GOROSHI Vol. 1 ARAWARERU IDEA-HEN
by Haruki Murakami

Originally published in Japan by SHINCHOSHA Publishing Co., Ltd., Tokyo.
Chinese (in complex character only) translation rights arranged with Haruki Murakami, Japan through THE SAKAI AGENCY and BARDON-CHINESE MEDIA AGENCY.

ISBN 978-957-13-7187-0 (平裝)
ISBN 978-957-13-7188-7 (精裝)
Printed in Taiwan